GRAVITARE

关 怀 现 实 , 沟 通 学 术 与 大 众

James B. Stewart

Rachel Abrams ✛

［美］詹姆斯·B.斯图尔特、

［美］蕾切尔·艾布拉姆斯 ／著 ✛

李磊 ／译

继承

UNSCRIPTED

之战

The Epic Battle for a Media Empire and the Redstone Family Legacy

广东人民出版社

· 广州 ·

图书在版编目（CIP）数据

继承之战 / (美) 詹姆斯·B.斯图尔特, (美) 蕾切尔·艾布拉姆斯著；李磊译. -- 广州：广东人民出版社, 2024. 10. -- (万有引力书系). -- ISBN 978-7-218-17776-2

Ⅰ. I712.55

中国国家版本馆CIP数据核字第2024S45U62号

著作权合同登记号：图字19-2024-162号

Copyright © 2023 by James B. Stewart and Rachel Abrams

JICHENG ZHI ZHAN

继 承 之 战

［美］詹姆斯·B.斯图尔特　［美］蕾切尔·艾布拉姆斯　著

李磊　译　　　　　　　　　　　　版权所有　翻印必究

出 版 人：肖风华

丛书主编：施　勇　钱　丰
责任编辑：张崇静　王　辉
营销编辑：常同同　张　哲
责任技编：吴彦斌

出版发行　广东人民出版社
地　　址：广州市越秀区大沙头四马路10号（邮政编码：510199）
电　　话：（020）85716809（总编室）
传　　真：（020）83289585
网　　址：http://www.gdpph.com
印　　刷：广州市岭美文化科技有限公司
开　　本：889毫米×1194毫米　1/32
印　　张：14.75　　字　　数：320千
版　　次：2024年10月第1版
印　　次：2024年10月第1次印刷
定　　价：98.00元

如发现印装质量问题，影响阅读，请与出版社（020-85716849）联系调换。
售书热线：（020）87716172

你看到的是一家处在内战中的大公司，那里尸横遍野。

——哥伦比亚广播公司前董事长兼首席执行官莱斯利·穆恩维斯，2018 年 9 月 9 日保密证词

序　言

　　"我可以说，关于哥伦比亚广播公司那种恶臭工作环境的所有报道都是真实的，"有人在 2018 年 10 月发给《纽约时报》秘闻热线的一封电子邮件中如此写道，"这个案子让我火冒三丈，看到我从小就钦佩的机构和人士在幕后所展现的丑陋和道德沦丧，我心都碎了。"

　　这个案子指的是哥伦比亚广播公司董事长兼首席执行官莱斯利·穆恩维斯所牵涉的案件。就在一个月前，穆恩维斯辞去了职务，同日，《纽约客》发表了一篇文章，该文章与此前的一篇文章详述了 12 名女性控诉穆恩维斯性行为不端的情况。哥伦比亚广播公司已经启动了一项内部调查，以确认穆恩维斯是否应该获得 1.2 亿美元的离职金等问题。

　　从很多方面来看，穆恩维斯的突然离职只是这个故事的开篇。在《纽约时报》，我们两人——媒体记者蕾切尔·艾布拉姆斯和商业专栏作家詹姆斯·B.斯图尔特各自从不同角度跟进了这个故事。蕾切尔曾为茱蒂·坎特和梅根·图伊获得普利策奖的那篇有关电影界高管哈维·韦恩斯坦的报道出过一份力，她很关注哥伦比亚广播公司的内部调查。她想知道这家公司是真的在尽力查明真相，还是像很多企业的自主调查一样去竭力掩盖丑闻并保护一些有权有势者的利益？詹姆斯则在调查哥伦比亚广播公司董事会的内部运作，以及它将以何种方式处理针对其首席执行官的控诉。

在这封电子邮件发到《纽约时报》的"秘闻罐"①后，筛选人员将其转发给了该报的媒体编辑吉姆·温多夫，他转而把这封电子邮件发给了蕾切尔。那天她出门时正好经过詹姆斯位于《纽约时报》三楼新闻编辑部的办公桌旁。他们此前几乎没打过交道，但蕾切尔在詹姆斯桌前停了一下，因为她听说他也在调查穆恩维斯和哥伦比亚广播公司。她把这封邮件的内容向詹姆斯描述了一番，詹姆斯很兴奋：这个线人听起来既能证实其见闻又能详谈，他所说的穆恩维斯离职的真正原因比公开报道中所说的要有意思得多，其中甚至涉及敲诈勒索的意图。

当晚，蕾切尔与这个线人谈了话。她觉得此人此番挺身而出并将职业生涯置于险境的动机是无私的：此人密切关注着"#MeToo"运动②，因此不想让那些侵犯女性后还能一手遮天、掩盖事实的男人逍遥法外。蕾切尔认为这名线人对那些容忍这种行为的机构也有着同样的关切——就该案而言是一家上市公司。她相信这名线人并不忠于哥伦比亚广播公司的任何对立派系。

这个线人及后来的很多人提供了数百页的原始材料——电子邮件、短信、采访笔记、内部报告，这些材料记述了发生在一家大公司最高层的有关性、谎言和背叛的骇人大戏。

"#MeToo"运动与哥伦比亚广播公司的董事会发生了爆炸性

---

① 即内幕消息邮箱。——如无特殊说明，本书脚注均为译注
② 由美国好莱坞制作人哈维·韦恩斯坦性侵事件引发的一场反性骚扰运动。

的碰撞。穆恩维斯是第一个因掠夺式性行为而被迫辞职的大型上市公司首席执行官。（韦恩斯坦的公司规模小得多，而且是私有公司。）

更何况，穆恩维斯并不是什么普普通通的首席执行官。哥伦比亚广播公司作为一流的传媒和娱乐公司，拥有足以自傲的新闻部门，在美国的政治和文化领域发挥着巨大的影响力。在穆恩维斯的领导下，哥伦比亚广播公司电视网的收视率从末位上升到了首位，并且卫冕了十几年。哥伦比亚广播公司的股价也涨到了原来的两倍多。《好莱坞报道》称穆恩维斯是娱乐界最有权势的人。他在任期间的收入超过了七亿美元，这使他成为美国薪酬最高的首席执行官之一。

即便穆恩维斯拥有如此大的权力和影响力，他也仍须向董事会汇报工作，董事会有权聘用和解雇他，或者以其他方式对他施以奖惩。哥伦比亚广播公司的董事会成员包括一名前国防部部长、一名美国全国有色人种协进会的前负责人、一名哈佛大学法学院的前院长，以及一名奥斯卡奖获奖影片的制片人。但他们其中任何一个都可以被一个持股率为80%的控股股东通过行使投票权而将其替换掉。

该控股股东即全美娱乐公司，这是一家连锁院线公司，也是一个传媒帝国的控股公司，而这个传媒帝国的缔造者就是身体每况愈下的95岁老人——萨姆纳·M.雷德斯通。萨姆纳拥有维亚康姆集团和哥伦比亚广播公司，维亚康姆集团是一家娱乐公司，旗下包括派拉蒙影业和多个有线电视频道——音乐电视网、喜剧中心和尼克国际儿童频道。近年来，萨姆纳很大程度上把控制权让给了他 64 岁的女儿莎莉·雷德斯通，由她兼任哥伦比亚广播公司和维亚康姆集团的副董事长。莎莉很有可能成为萨姆纳的法定继承人，但也可能不会。

从很多方面看，莎莉·雷德斯通都是被牵扯进来的，她之所以被扯进这场大戏，是因为其父日益过分的怪诞之举威胁到了家族的财富和遗产，而这一基业是她父亲耗费了几十年时间才奠定的。她并不熟悉好莱坞的路数，对迎候她的全男性堡垒和根深蒂固的性别成见也毫无防备，还一再被人轻视，尤以其父为甚。

莎莉试图维护自己的权威，并对哥伦比亚广播公司的运营施加影响，这对穆恩维斯及其盟友来说是无法容忍的。穆恩维斯在被迫辞职前几个月曾向雷德斯通家族宣战，意在剥夺他们的投票权。令我们不解的是，为什么穆恩维斯明知（他确实知道）他过去的掠夺式性行为有被公开的风险，而且是巨大的、紧迫的风险，他仍然要发动一场企业内战。

当然，从路易·B. 梅耶、阿道夫·朱克、泰德·特纳、约翰·马龙、鲁伯特·默多克到萨姆纳·M. 雷德斯通本人，这些传媒大亨们从未为这种问题操心。他们全都是白人男性，无论他们多么肆无忌惮地大发脾气，或者对女性和少数族裔的态度有多么麻木乃至偏执，他们的权力和权威都是不容置疑的。

他们治下的董事会虽肩负着保护所有股东的责任，但这也不过是他们独裁专制的遮羞布而已。萨姆纳曾夸口说维亚康姆集团的董事会从未违逆过他的旨意。

在他们的世界里，性方面的不慎言行就像在贝莱尔乡村俱乐部①的第18发球区谈成的生意一样平平无奇。"选角沙发"这个概念（以性来换取工作或角色）虽并不仅限于传媒业和娱乐业，但首创于好莱坞。米拉麦克斯影业公司和后来的韦恩斯坦公司的老板——哈维·韦恩斯坦的绯闻早已流传多年，但这并没有妨碍他获得好几项奥斯卡金像奖。即便出事，也是女人们首当其冲地承受批评——是那些"荡妇"在利用性来敲诈有权有势的男人。对于穆恩维斯涉嫌在工作场所进行性骚扰所引发的舆论，好莱坞资深制片人、哥伦比亚广播公司董事会成员阿诺德·科派尔森似乎颇有些不解。"我们都这么干过。"[1]他不屑一顾道。

好莱坞的传统商业模式依靠有线电视费和院线影片的影碟租赁业务繁荣了几十年。这就是萨姆纳·雷德斯通所掌握和主导的模式，让他成为亿万富翁。但对于哥伦比亚广播公司以及其他所有大型传媒和娱乐公司来说，这种好日子正在技术进步和持续变化的文化规范的共同冲击下不断崩解。奈飞这家娱乐流媒体服务公司此前已击败了维亚康姆集团旗下的百视达公司经营的数字影碟租赁业务，在全球赢得了近2.1亿订户。它正在创造自己的内容，并与维亚康姆集团的派拉蒙影业和哥伦比亚广播公司的电视台展开直接竞争。直达消费者的流媒体和退订有线电视的新世界迫使所有传统传媒公司在战略上做出彻底的改变。

工作场所也发生了彻底的变革——这不仅始于"#MeToo"运动，也源自"黑人的命也是命"等社会运动。首席执行官作为

---

① 贝莱尔乡村俱乐部（Bel Air Country Club）是一家位于加州洛杉矶贝莱尔的社交俱乐部，其中包括一座十八洞高尔夫球场和网球场，是洛杉矶最高档、历史最悠久的私人高尔夫俱乐部之一。

独裁者的模式正在让位于一种更多元化的、民主的治理模式，这种模式承认多样的客户、员工、社群及股东等各方的利益，尽管他们相互之间存在冲突。

这些力量全都在雷德斯通的传媒帝国中发挥着作用。就在萨姆纳的威权掌控力日渐衰弱以及他的女儿试图巩固自身地位之时，各个争夺统治权的对立派系之间爆发了一场诉讼洪流。虽然维亚康姆集团和哥伦比亚广播公司内的冲突可能特别激烈和个人化，但面对代际更替、高速演变的技术和日新月异的社会规范，同样的一些力量在所有上市公司也都发生着不同程度的碰撞。

在雷德斯通的这场权力的游戏中，很多时常让人瞠目结舌的风波都登上了街头小报、好莱坞的商业出版物和全国性媒体的头条，连萨姆纳自己的哥伦比亚广播公司新闻网也不例外。但这些报道只是透露了发生在萨姆纳那座奢华的比弗利山豪宅、时代广场派拉蒙影业总部以及黑岩大厦①中哥伦比亚广播公司董事会会议室内的戏剧性场面和之前在洛杉矶、波士顿和特拉华州的多所法院秘密展开的诉讼程序。

我们的调查引出了一众人物，其中有企业的顶层高管、董事和雷德斯通家族的成员，也不乏风情万种的情人、前肥皂剧和真人秀明星、渴望卷土重来的落魄经纪人，以及专做名人生意的红娘。他们都被数十亿美元的财富战利品和好莱坞那神话般的诱惑所吸引。

在更深入地挖掘这个故事的三年调查中，我们获得了数百页

---

① 黑岩大厦（Black Rock）位于纽约曼哈顿，曾是哥伦比亚广播公司总部所在地。

的原始材料，还在法庭档案中找到了更多资料，其中大部分不被公众所知。随着官司的继续——以及更多诉讼的威胁笼罩着所有相关人士——很多消息来源都要求对其身份保密。最初联系《纽约时报》的那名线人就拒绝透露身份，也不愿再对本书的成稿做更多配合。其余线人的身份都列在了附注里。

这些材料提供了空前的详尽视角，揭露了两家上市公司及其董事会和正经受着激变剧痛的豪门里不为人知的内部运作。对很多局内人来说，再多的金钱、权力甚至爱欲都无法让他们满足。

这场已经开幕的大戏虽发生在维亚康姆集团和哥伦比亚广播公司，但最近美国的商业和社会高层中的贪婪、陷害、阴谋和背叛的鼓点却并不局限于一两家公司或某一个富豪及其攀附者。无怪乎很多美国人眼中的这些自私自利的娱乐和商业精英会受到越来越多的抵制，因为他们无论言行有多么猥劣，造成的后果有多么严重，总能全身而退，财富纤毫无损，甚至有所增益，随时准备并且能够踏上下一条铺在他们脚下的红毯。

目　录

预告片

演员乔治·皮尔格林近年来没什么戏演，但他仍密切关注着业内的消息。2014 年 6 月 25 日，他注意到了一则有关亿万富翁萨姆纳·雷德斯通的新闻。《好莱坞报道》透露："这位 91 岁大亨的 43 岁女友西德尼·霍兰德对歌手希瑟·内勒提起的诉讼已经持续了 10 个月，后者主演过短命的音乐电视网剧集《电动芭芭丽娜》。"[1]

文中所附的照片上，[2] 霍兰德就站在虚弱的雷德斯通身旁。这个男人掌控着一个传媒帝国，旗下有哥伦比亚广播公司电视网、派拉蒙影业、有线电视频道——音乐电视网、喜剧中心以及尼克国际儿童频道。

皮尔格林觉得霍兰德漂亮极了，同时也很讨厌内勒。皮尔格林正在制作一部关于超自然现象的真人秀节目——《寻找真相》，他本想招募内勒的一名员工，结果与她发生了争执。

皮尔格林冲动地在脸书上给霍兰德发了一条信息："看到你在教训希瑟·内勒，我很高兴，"[3] 皮尔格林写道，"她干的烂事我知道不少！有空联系我。"

时年 49 岁的皮尔格林仍有着轮廓分明的体格，高颧骨、蓝眼睛，还有一头金发，这让他拿到了在长期播出的肥皂剧《指路明灯》中出演三年的合同，并在 1994 年的经典营地恐怖片《百变侏罗纪》中担任主角之一，他还出演了 20 世纪 90 年代中期在娱乐时间电视网播出的有线电视剧集《红鞋日记》中的一个角色。1996 年，他为《大都会》杂志"关于男人的一切"版中名为"短裤猛男"的广告照片担当了主角。后来他还在真人秀《幽浮搜索线》中的一集中客串，身份是"蛮荒西部熟知不明飞行物踪迹的顶尖专家"。

皮尔格林也曾入狱服刑，有过一段堪比小说《天才雷普利》主人公的经历。①

皮尔格林参加过音乐电视一台的真人秀节目《富贵逼人》，该节目记录了他追求上进的苏格兰金发女演员露易丝·海伊的过程。⁴ 皮尔格林和海伊确有一段风流韵事，但在这个节目里发生的事情没有几件是真的。皮尔格林并不像他自诩的那样是乔治·威廉·伦道夫·赫斯特三世，亦即传媒大亨威廉·伦道夫·赫斯特的富豪曾外孙，而海伊也并不像她所坚称的那样有身家亿万的父亲。但在屏幕上，他们的恋情开花结果了。节目结束时，穿着比基尼的海伊租下一艘游艇，又开了一瓶香槟庆祝，即便嘴上还说着："我对乔治还是没有信任到可以被他抱起来抛高的地步。"

皮尔格林，或者说"赫斯特"确实拥有可以彰显财富的资本，他拥有一辆崭新黑亮的宝马 740i、一辆搭载双涡轮增压发动机的保时捷 911 卡雷拉，以及一座位于好莱坞山的豪宅，洛杉矶市中心的景致在那里一览无余。他甚至在拍卖会上买下了赫斯特当初

---

① 皮尔格林有过冒充他人的欺诈犯罪史，这与《天才雷普利》中的主人公类似。

在圣西米恩用过的办公桌。[①] 皮尔格林九岁时，他的生父就抛家弃子，皮尔格林便把赫斯特这位报业巨头想象成了一个父亲式的角色和导师，这给予了他慰藉和激励。他在自传的初稿（后被删除）中写道，冒充赫斯特的后人"让我得以参加那些顶级派对，和性感的女人约会，还让我进入了一些我一直渴望进去自荐一番的圈子"。他给自己的这本书取名为《公民皮尔格林》，书名参考了奥逊·威尔斯的经典之作《公民凯恩》。

然而这档真人秀节目却给他埋下了祸根。他写道，他知道参加这场真人秀是一次"疯狂的冒险"，但"我自己的愚蠢，我自己激发自我的需要"还是驱使他这么做了。

《富贵逼人》的宣传广告展示了皮尔格林的照片，中间还穿插着威廉·伦道夫·赫斯特的资料片镜头，结果（真正的）赫斯特家族起诉了他。音乐电视一台终止了该节目的发行。随后联邦政府的工作人员也越逼越紧。皮尔格林承认犯有逃税罪，因为他耍了个花招，利用一些不存在的刊物获取了数百万美元的广告收入。[5] 此后他在洛杉矶大都会看守所服刑两年半。（与皮尔格林共演的明星露易丝·海伊——后改名露易丝·林顿，嫁给了皮尔格林的律师罗纳德·理查兹，和理查兹离婚后，她最终嫁给了史蒂文·姆努钦，而姆努钦后来成了唐纳德·特朗普主政时的财政部部长。）

出狱后，皮尔格林一直与母亲和继父住在亚利桑那州的塞多

---

① 威廉·赫斯特在加州圣西米恩（San Simeon）兴建了一座城堡，即"赫斯特堡"（Hearst Castle），其后人将这座城堡捐给加州政府，现在，赫斯特堡作为州立历史公园向公众开放，成为当地的地标建筑。

纳市。在洛杉矶期间，他和当时的女友艾米·什波尔住在一起，什波尔曾是演艺经纪人，还担任过精彩电视台的健身真人秀《强身》的执行制片人。

皮尔格林不再有与动作片导演迈克尔·贝等名人聚会的机会了。他的演艺生命已然枯萎，但他不明白为什么所有人都喜欢关注他的前科而不是表演天赋。韦斯利·斯奈普斯和小罗伯特·唐尼也有案底，但他们还是有主角当。

即便如此，他还是自认为可以与霍兰德联手启动他的真人秀项目。

霍兰德没有回复他在脸书上发的消息，尽管他刻意提到了她的死对头希瑟·内勒来吊她的胃口。但这并没有让皮尔格林放弃，他认为只要他坚持下去，女人们总会发现他那不可抗拒的魅力。

"我知道你的笔记本电脑在谁手里。"[6] 他接着写道。霍兰德在诉讼中指控内勒偷了她的笔记本电脑。[7]

霍兰德依旧没有回复。

"你这孩子真好看，可喜可贺!!!"[8] 他写道。"这孩子"指的是霍兰德刚生的女儿亚历山德拉·雷德，皮尔格林在霍兰德的脸书帖子里看到了她。

然后他试着做出了一些更露骨的性暗示："我觉得你很性感!!"还有"见鬼，我迷上你了"。

霍兰德依旧保持沉默，这让他的情绪爆发了："我本可以说滚你丫的!!因为你没有回应!!!但我不能，你实在是太棒了。打给我。"

这一连串的密集攻势终于奏效了。

"你是谁啊？？"霍兰德回道，"不好意思，我从不看脸书。我明天会打给你，谢谢你联系我！"

霍兰德给皮尔格林打了电话，说她在照看一个"头面人物"，还提议两人去一个特别显眼的地方见面——比弗利山半岛酒店的屋顶泳池。按照旅游网站牡蛎网的说法，这是一处"名流消闲场所"。

皮尔格林借了女友的宝马奔赴那里。据皮尔格林说，他来到那个屋顶泳池时，霍兰德就坐在一张鸡尾酒小桌旁。她正在用三部手机中的一部跟人通话，抬起一根精心护理过的手指向赴会的皮尔格林致意，同时继续她的通话，内容涉及某种大金额的电汇。

老辣的皮尔格林很快就注意到了她的爱马仕柏金包、劳力士手表和 Jimmy Choo 的鞋子。打完电话后，霍兰德慢慢摘下她的超大太阳镜，直视着皮尔格林。

他满眼都是她那淡紫色的双眸。

霍兰德向他透露，她所说的"头面人物"就是萨姆纳·雷德斯通。她问皮尔格林知道这个人是谁吗？

皮尔格林说他听过这个名字。

霍兰德解释了一番，说萨姆纳是派拉蒙影业的老板。他还拥有图书出版公司——西蒙与舒斯特。他是好莱坞最有权势的人之一，是亿万富翁。鉴于她和萨姆纳的关系，她可以助皮尔格林一臂之力：出版一本书、制作一部电影——任何他想要的东西。

皮尔格林伸手过去触摸了她的手，他好像感觉到了一股电流。

皮尔格林确实跟霍兰德说了一些他所了解的内勒的情况，以及内勒与萨姆纳的关系，但话题很快转向了霍兰德可以怎样帮助皮尔格林。她提议由自己的制片公司买下《公民皮尔格林》的电影版权。经过两个小时的畅谈，他们才起身离去。

他们在等电梯时，现场只有他们两人。霍兰德突然拽住皮尔格林，热情地吻了他。

到楼下后，两人分开了，皮尔格林独自走向他的车，他的车停在附近的一家星巴克旁。这时他的手机响了。

"你有感觉吗？"霍兰德问道。

他有，但他坦承自己正和另一个女人同居。

"别管她。"她说。霍兰德答应照顾皮尔格林。她的灵媒刚刚才预言她会遇到某个像他这样的人。

当皮尔格林沿着太平洋海岸的高速公路返回时，他仔细考虑了霍兰德的提议：也许四处求人的日子该到头了。

第一季

第 1 集 "我反正是要下地狱的"

　　皮尔格林对萨姆纳·雷德斯通的了解无疑要比他向霍兰德透露的更多。好莱坞和华尔街的每个人都知道这个身家亿万的大亨是谁。

　　霍兰德也不仅仅是萨姆纳的护理人。《好莱坞报道》称她是萨姆纳的"女朋友"，但这也远远无法准确描述他们的关系。除了萨姆纳家族和核心圈子里的少数人之外，其他人并不知道霍兰德及其盟友曼努埃拉·赫泽正顺利地掌控着美国的两家一流的传媒娱乐公司。

　　就像霍兰德向皮尔格林吹嘘的那样，她几乎可以让萨姆纳·雷德斯通做她想做的任何事，不过她没有提到她和萨姆纳已经订婚了，一枚稀有的九克拉淡黄色钻戒可资证明。当萨姆纳的未婚妻而不是妻子自有其好处。由于不必签婚前协议，霍兰德可以自由地另寻所爱，不管是金钱还是爱情。

　　促成这一切的正是她与曼努埃拉·赫泽的同盟。赫泽是一位亮眼的金发女郎，在萨姆纳的密友、制片人罗伯特·埃文斯几年前举办的一次晚宴上，她曾与萨姆纳毗邻而坐，之后便和萨姆纳约会了。赫泽发过牢骚，抱怨自己在明星云集的好莱坞餐厅——丹·塔纳订不到餐位。[1]萨姆纳是这家餐厅的常客，他便说第二天晚上就带她去。没过多久，萨姆纳将她引为"他的一生所爱"。[2]他在比弗利山给她买了一栋市值385万美元的房子，还让她成了他在纽约卡莱尔酒店套房的联名住客。[3]两年后，他向赫泽求婚，但遭到婉拒。[4]这段恋情变成了柏拉图式的关系，两人依旧是朋友和知己。在那栋房子进行翻修时，赫泽搬进了萨姆纳和霍兰德住的那幢位于比弗利庄园的豪宅——并且就此留了下来。[5]

作为亿万富豪，萨姆纳的财产分配起来当然绰绰有余。霍兰德和赫泽希望萨姆纳能让她们取代他的孙辈，成为他那份据说是不可撤销信托的受益人——在他死后，其传媒帝国的股权就会根据这一信托转让。拜赐于萨姆纳的慷慨，这两人都已积累了巨额财富，可以凭这笔"战争资金"去实现更大的野心。她们聘请了纽约一位著名的遗产律师来帮助自己成为那份信托的受益人。[6]霍兰德也已经开始劝说萨姆纳收养自己的女儿亚历山德拉，好让她进入继承序列。[7]

她们的障碍只有一个：萨姆纳的女儿莎莉·雷德斯通。

60岁的莎莉体型娇小（身高1.58米），和她父亲一样，说话也带有波士顿地区的口音。她通常一副职业女商人的打扮，喜欢简约的黑裙子和宝石色调的西装外套，以此衬托她从父亲那里继承的红金发。她拥有全美娱乐公司20%的股份[8]——这不足以左右任何事情，但肯定能确保她在董事会中占有一席之地。若用一个词来形容莎莉和父亲的关系，说好听点，那就是复杂。这么多年来，她与父亲发生过不少激烈的冲突，有时甚至可以说是水火不容。与此同时，她又渴望得到父亲的喜爱和认可，因此萨姆纳经常借此来吊她的胃口（尤其是他有需要的时候），但随后又会收回对她的褒奖。尽管如此，莎莉仍担任着全美娱乐公司的总裁，而且在哥伦比亚广播公司和维亚康姆集团都挂着副董事长和董事的头衔。

随着父亲晚年陷入复杂的感情纠葛，莎莉的心情也自然日渐低落。她和霍兰德在表面上保持着一种礼貌的共处关系，即便她们几乎毫无共同语言。[9]莎莉从法学院毕业，在波士顿从事法律工作，供养着一个家庭，还在全美娱乐公司担任了多年的高管。霍兰德没上过大学，曾在多家不成功的企业里打转（包括一家为高净值男性提供约会服务的公司）。[10]在与萨姆纳见面、约会和同居之前，霍兰德一直被债主们东追西逐。她留着光亮乌黑的长发，拥有海量的设计师定制鞋，喜欢穿性感撩人的连衣裙——尤其是带有仿动物印花的那种——这让她的身材看起来更加诱人。最重要的是，她想显得"时髦"，这是她很喜欢的一个词。

霍兰德觉得她已经花了相当大的力气来打消莎莉的疑虑，以培养她们之间的感情，她坚称自己已经尽了最大努力来"让这个争吵不休的家庭团结到一起"。[11]但在莎莉看来，霍兰德是在竭尽所能地离间她和父亲的关系。不过她大体上接受了父亲做出的选择，毕竟这是他的生活。2014年，莎莉在给子女的信中写道，对于霍兰德和赫泽，"我得出的结论就是我已经彻底无能为力了"，[12]她在信中把这两人称为"S和M"。

私下里，她还要直言不讳得多："我不会去那个住着西德尼孩子的家。"[13]这是她在亚历山德拉出生后写给儿子们的一句话。在另一封电子邮件里，她还把霍兰德和赫泽称作"妓女"。[14]

一

萨姆纳·雷德斯通不是第一个爱上年轻女人的单身老男人，也不会是最后一个。但他肯定是其中最富有的人之一，当年他的财富估计有 50 多亿美元。[15] 他也是最有权势的人之一：他能最终决定两家拥有数千名股东和员工的大公司的命运，而且在美国的文化和政治生活中拥有着举足轻重的影响力。

尽管萨姆纳毕生都对其商业帝国的业绩和价值痴迷有加——即使年过九旬，他也会通过家中、甚至他卧室里安装的多台股票报价器来监控维亚康姆集团的每一次股价变动——但随着年岁增长，他在自己的个人生活方面也变得愈发任性。

亲密的同僚们失望地看着这个曾经才华横溢、干劲十足的商人对永生产生一种奇怪的执念，而且沉溺于发泄他那长期压抑的性冲动。虽很难确定到底是从何时开始的，但多年来，萨姆纳的轻率举动已经影响了他的公司。他手下的影视高管们都抱怨过这位老板会突然想找在电视节目和会议中出现的某个女人，或者维亚康姆集团的女员工。那些跟他约会过的顶顶幸运的女人最终都拥有了数百万美元的现金、豪宅、维亚康姆集团的股份和其他资产。

萨姆纳也许是在治愈自己贫瘠的童年。他生于 1923 年，其母名为贝拉（后来的贝莱）·罗特施泰因，其父名为马克斯（后来的迈克尔）·罗特施泰因，人称米奇，他把罗特施泰因这个姓改成了英语化的雷德斯通。据萨姆纳所说，他们一家人有阵子还住过波士顿的一套没有卫生间的廉租公寓。[16] 他父亲"兜售过油毡"，后来转行做起了酒品生意，最终成立了一家拥有两家汽车影院的公司，萨姆纳后来将其取名为全美娱乐股份有限公司（NAI）。最终，这个财运亨通的家庭住进了波士顿的那座宏伟的科普利广场酒店。

"我母亲的一辈子只奉献给了一件事，那就是我的教育。"[17]萨姆纳在 2001 年出版的自传中如此写道。这本自传有一个贴切的书名——《赢的激情》。他告诉同僚们，如果他在钢琴课上犯了错，或者在久负盛名的波士顿拉丁学校没能取得优异的成绩，母亲就会罚他。与此同时，母亲也很宠他，甚至把他的兄弟都忽视了。

萨姆纳以全班最好的成绩从波士顿拉丁学校毕业，同时被哈佛学院①录取，还拿到了奖学金。"我没有社交生活，没有朋友，"[18]他写道，"我知道我约会的任何一个姑娘都不会让我的母亲足够满意。"

在哈佛学院，他"只顾着埋头学习"。[19]仅仅两年，他就拿到了足以毕业的学分。他擅长语言，掌握了极难的日语，在毕业之前的 1943 年，他应征入伍，以协助破解日方密码。哈佛大学最终授予他学位（尽管他尚未完成四年的必修课），随后他便入读哈佛大学法学院。1947 年，24 岁的萨姆纳娶了名叫菲丽丝·拉斐尔的姑娘（尽管她的富裕家庭瞧不起雷德斯通一家），这是一个成功的百货商店老板的女儿，一头金发，性格十分活泼，萨姆纳是在一次教会舞会上认识她的。[20]他们的儿子布伦特于 1951 年出生，女儿莎莉于 1954 年出生。萨姆纳参与了自家的汽车影院生意，并且以巧计无情地击败了他的兄弟，获得了家族企业的控

---

① 哈佛学院（Harvard College）是哈佛大学唯一的本科生院。

制权。从 20 世纪 60 年代开始，他就将汽车影院转型成连锁影院，在汽车影院所处的郊区兴建了一些配有很多银幕的室内影院。萨姆纳发明了"多银幕影院"这个词。[21] 他逐渐掌握了海量的电影发行业务知识，自家影院的票房让他如痴如醉。他知道每一块银幕上正在上映的每一部影片，而且能牢记周末的票房。

他是一个事必躬亲的管理者，几乎没有什么能逃过他的审视。当《大白鲨》在达文波特市（人口十万）的一家全美娱乐影院上映时，他亲笔写信给《四城时报》的编辑，盛赞该报对这部一鸣惊人的鲨鱼惊悚片的评价——非同一般的"感官刺激"和"巧妙的电影制作手法"。[22]

萨姆纳成年后经历过一次对他影响重大的事故，1979 年 3 月，他入住的科普利广场酒店——他和父母一起住过的那家酒店——发生了一场火灾。大火肆虐，萨姆纳逃到窗外，攀在窗台上，窗内的大火炙烤着他的手和手臂。"这种疼痛实在是让人受不了，但我决不放手。"[23] 他在自传中写道。一辆钩梯消防车把萨姆纳从窗台上救了下来，随后在马萨诸塞州综合医院接受了长达 60 个小时的手术。[24] 从那时起，他的右手变得永久畸形，和一只扭曲的爪子没什么两样。

萨姆纳在他的书中坚称这次濒死的经历并未改变他分毫：总有强烈的动力驱使他迈向成功，而"赢的意志就是生的意志"。[25] 但其他人还是从他身上窥见了一种不断膨胀的天下无敌的野心。那场火灾点燃了他的雄心。他那家名不见经传的全美娱乐院线企业开始大量收购大型娱乐公司的股份，包括二十世纪福克斯、华纳传播公司、米高梅电影公司、哥伦比亚电影公司和时代公司。20世纪80年代，迈克尔·米尔肯资助的企业掠夺者[①]开始涌现，萨姆纳也加入了他们的行列。

他的对手们一直低估了他敏锐的商业眼光和炽烈的决心。1987年，和他竞过标的维亚康姆集团管理层曾贬斥他是波士顿的乡下影院运营商，后来，当萨姆纳穿着他刚刚在折扣连锁店飞琳地下商场买来的运动夹克（标牌还没摘）现身于维亚康姆集团的纽约总部时，"乡巴佬"的印象就更加深入人心了。[26]

1994年，萨姆纳与传媒巨头巴里·迪勒竞购派拉蒙传播公司，他无视手下银行家们的财务预测，对维亚康姆集团的首席财务官汤姆·杜利说："我只想打败巴里。尽我们所能去赢。"[27] 2000年，他发起了自己职业生涯中最大的一次征服战，维亚康姆集团斥资400亿美元收购了哥伦比亚广播公司。在有线电视人气飙升的提振下，萨姆纳的资产价值迅速膨胀。2000年10月，《福布斯》估算其净资产高达惊人的140亿美元。[28]

在77岁时，萨姆纳·雷德斯通成了名副其实的好莱坞大亨。2012年，他在好莱坞星光大道上获得了一颗"星星"。但对于一往无前的萨姆纳来说，这依然不够。他一再告诉维亚康姆集团的公关总监卡尔·福尔塔，他想登上《时代》杂志的封面。

———

在萨姆纳对他逃离科普利广场酒店的戏剧性描述中，他并没

---

① 企业掠夺者（corporate raiders），也称公司蓄意收购者，是指大量购买股票以达到控制某一公司之目的的个人或机构。

有提到他的长期情人德尔莎·维纳，[29]维纳先于他逃到了酒店客房的窗外，而且大体上安然无恙。[30]

至少在那些日子里，萨姆纳还是谨言慎行的。他在《赢的激情》中夸赞了自己对家庭的奉献。妻子菲丽丝陪他参加了奥斯卡颁奖典礼等备受瞩目的活动，但同时他还与维纳保持着情人关系。他给维纳买了一套房子，还常和她住在马萨诸塞州的林肯镇郊区。尽管他仍然有时间带女儿莎莉出去吃冰淇淋，但父亲时常缺席的状况很难躲过莎莉的眼睛。菲丽丝在一定程度上容忍了这一切。她曾于1984年和1993年两次起诉萨姆纳，要求离婚。[31]菲丽丝很会判断时机，会在萨姆纳专注于新的收购目标时发出威胁。这两次他都说服她放弃了诉讼，因为他怕她分走自己一半的资产，从而被迫拆分自己日益强盛的帝国。

但在1999年，萨姆纳与克莉丝汀·彼得斯的绯闻登上了小报，[32]菲丽丝又一次遭受了公开羞辱。彼得斯一头金发，颧骨突出，做过模特，是好莱坞制片人和前发型师乔恩·彼得斯的前妻，不过这对曾经的伉俪在婚礼后仅两个月就分居了。克莉丝汀的老板是萨姆纳的密友、制片人罗伯特·埃文斯，萨姆纳正是经埃文斯的介绍才认识她的。埃文斯是个臭名昭著的色鬼和浪荡子，他不仅是萨姆纳的朋友，还与维亚康姆集团旗下的派拉蒙影业达成了利润丰厚的制片协议。萨姆纳和克莉丝汀认识后不久，两人在撒丁岛度假时就被狗仔队发现了。[33]菲丽丝聘了一名私家侦探，拍到了萨姆纳和克莉丝汀去著名的银塔餐厅吃饭以及随后在巴黎手牵手的照片。[34]鲁伯特·默多克旗下的《纽约邮报》在头版刊登了这两人的照片，[35]萨姆纳闻讯暴跳如雷，维亚康姆集团的高管都目睹了这一幕。即使按萨姆纳自己的标准，他也可谓脏话连篇。他大骂对手——传媒大亨默多克，坚信默多克就是这篇羞辱性报道的幕后黑手。（《纽约邮报》实际上是从菲丽丝雇的那名摄影师手里买下了这些照片。）

掌握了萨姆纳的出轨证据后，菲丽丝便以"通奸"和"残忍而异常的对待"为由发起了离婚诉讼。[36] 她要求分得他一半的财产，根据马萨诸塞州的法律，她有权获得这一份额的财产。[37] 这一次菲丽丝没有让步，她的律师发动了一场谈判持久战。恼火的萨姆纳告诉女儿莎莉，他再也不会结婚了。

与克莉丝汀的婚外情还使萨姆纳被迫终结与当时已 70 岁出头的维纳的长期关系。在读到那篇小报的报道后，维纳也觉得被他背叛了。[38] 即便如此，维纳余生的每一次生日萨姆纳依然会给她送去巨大的花束。

尽管萨姆纳信誓旦旦绝不再婚，但在与菲丽丝离婚后，他几乎立即就向克莉丝汀求婚。她拒绝了。后来在《好莱坞报道》的一篇文章中她说道："我就没想过要嫁给他，因为他要求太苛刻，干什么都是自作主张。"[39] 她的回绝激怒了他。他口述了一封信并传真给她，说他恨她，但就像他以往发脾气时常见的情况一样，一周后他又恳求她做他的朋友。[40] 克莉丝汀透露，从那之后，他们的柏拉图式关系还是持续了 18 年，尽管他仍然是众所周知的"粗鲁"——"以前洛杉矶的所有餐厅都禁止他入内"[41]，这还包括在夏威夷发生的一件事，当时萨姆纳把主厨叫到桌前，然后把盘里的牛排扔向对方，声称牛排煎过头了。[42]

"你为什么对人这么刻薄？"克莉丝汀问。

"我无所谓啊，"他答道，"我反正是要下地狱的。"[43]

克莉丝汀纵容了他，她仍会在贝莱尔酒店的那张他常用的餐桌上和他共进午餐。

凭借140亿美元的财富和他对电影与电视制片厂的掌控，愿意乃至渴望与萨姆纳结交的女性不乏其人，萨姆纳是在任何年龄段都不多见的好色之徒，遑论年近八旬了。他身高1.83米，曾有一头浓密的红金色卷发，这可能是他最突出的特征，不过他后来把头发染成了深浅不一的粉色。（萨姆纳的一名顾问见过他在卡莱尔酒店套房的浴室里给自己染发。）他的下巴后缩，颧骨很圆，虽和一名教练一起锻炼，还痴迷于使用各种抗氧化剂和维生素，却仍是一副肚大腰圆的体型。他总戴着宽而无当的华丽领带，内里通常会搭配一件黑色或深色的衬衫。

这并没有妨碍赫泽与他相恋。[44]她在埃文斯的庄园里上网球课时认识了萨姆纳。[45]赫泽生于阿根廷，后入籍美国。[46]她的家庭肯定相当富裕，因为她曾在法国求学，通晓几种语言。[47]她经历过一次痛苦的离婚，有过至少一个情人[48]，还有三个孩子，其中两个——布莱恩和克里斯蒂娜是与前夫埃里克·尚舒姆所生，此人是主要活动在尼日利亚的一个黎巴嫩富家子弟；第三个孩子——凯瑟琳——则是跟她后来的男友、青年服装品牌兰沛琪的创始人拉里·汉塞尔所生。在汉塞尔把赫泽告上法庭并拿到对她的限制令之后，这段关系终告结束，[49]"起因是她被指控在他们的女儿面前对他进行了人身攻击"。

尽管赫泽有一个富有的前夫和一个跟她有过孩子的情人，但她好像一直在挣扎着维持一种奢华的比弗利山式生活。从当时的一些汽车租赁公司、世纪城公寓的房管会、甚至她的离婚律师对她发起的一系列诉讼来看，赫泽似乎一直在躲债。但她仍在不停地购买名牌服装、鞋子和珠宝，这一切都是为了在与好莱坞大亨们打交道时不掉身价。

因此，赫泽拒绝了萨姆纳的求婚，这多少有点让人意外。她唯一的公开解释就是她想把全副身心都献给孩子们，无意再步入婚姻。也许就像霍兰德一样，她已经意识到，在 21 世纪的美国，婚姻已不是获得财富和经济保障的唯一途径，甚至都不一定是最好的途径。

在被克莉丝汀和赫泽拒绝后，萨姆纳与菲丽丝的离婚谈判仍在进行，他只能独自一人住在豪华酒店里，然后找女人约会。他的情绪波动越来越大，风流之举也变得愈发肆无忌惮。萨姆纳的继侄、负责维亚康姆集团股票回购的股票经纪人史蒂文·斯威特伍德认为解决的办法可能就是去给他找一个和好莱坞完全不搭界的女人。斯威特伍德安排萨姆纳和曼哈顿的一位名叫宝拉·福图纳托的小学老师相了一次亲，此人是他在贝尔斯登公司[①]的一个同事的朋友。[50]

38 岁的福图纳托住在曼哈顿上东区的一套一居室公寓里。她从没听说过萨姆纳·雷德斯通和维亚康姆集团。[51]按萨姆纳自己的说法，他立刻就爱上了这个妩媚的褐发女人。两人在曼哈顿的邮差餐厅吃了第一顿晚饭，之后他就让信使给她递送了一份有关他的新闻剪报。[52]不久他又约了她一次。

---

① 华尔街五大投资银行之一。

福图纳托在 158 小学教三年级，萨姆纳的豪车不久就开始例行地在校外接她下班。他们会乘维亚康姆集团的飞机去洛杉矶过周末，入住奢华的贝莱尔酒店或贝弗利山酒店的套房。两人自称已难舍难分。萨姆纳很快便向她求婚，让她从满满一托盘的订婚戒指里自选一枚。尽管一开始福图纳托并不愿戴，但她还是挑了一枚。在萨姆纳的怂恿下，她还是在和脱口秀主持人拉里·金在一家餐厅吃晚饭时展示了这枚戒指。

经过三年的紧张谈判，萨姆纳最终与菲丽丝达成和解，这让他完全控制了全美娱乐公司，进而把持了维亚康姆集团和哥伦比亚广播公司。[53] 这份离婚协议是在 2002 年敲定的。萨姆纳将继续拥有一言九鼎的投票权股份。作为回报，在萨姆纳身故之前，这些股份将被放入一份不可撤销的信托之中，以保障萨姆纳在世期间的利益，在他去世或丧失行为能力后，这些股份将被放入一份保障他和菲丽丝的后代利益的信托之中。[54] 除萨姆纳和菲丽丝之外，还有五位家族外的受托人：[55] 乔治·阿布拉姆斯，这是一名温文尔雅、出身哈佛的波士顿律师，曾为萨姆纳的离婚提供咨询；大卫·安德尔曼，萨姆纳的遗产规划律师；菲利普·道曼，长久跟随萨姆纳的企业律师、维亚康姆集团高管；以及另外两名律师。萨姆纳和他的铁杆盟友们控制着一个稳固的多数派，若是谁对萨姆纳的忠诚有所动摇，萨姆纳随时都有替换他们的权力。

作为和解协议的一部分，萨姆纳还把他在弹珠机和电子游戏制造商中途岛游戏公司的大笔股份中的一半转给了菲丽丝。[56] 这家公司最出名的一点就是拥有 1992 年推出的奇幻格斗游戏《真人快打》的特许权。萨姆纳很了解中途岛游戏公司的管理层，因为它的弹珠比赛长期以来都是全美娱乐影院的一个固定项目，他似乎还认为该公司即将推出一款新的热门游戏，并马上迎来转型。[57]

———

翌年 4 月，雷德斯通和福图纳托在第五大道的以马内利会堂①举行了婚礼。[58]萨姆纳最喜欢的歌手托尼·班奈特在纽约公共图书馆的招待会上为他们献唱。

萨姆纳在与克莉丝汀和赫泽约会时都体验了一把好莱坞式生活，这回他也带着新娘去了比弗利山。他斥资近 1600 万美元，买下了一幢庞大的八居室豪宅，从其中的无边泳池和一旁的热水浴池可以俯瞰洛杉矶市中心的全景。[59]卖家和隔壁的邻居就是生活在高档的比弗利庄园的演员西尔维斯特·史泰龙。

萨姆纳在前院的一个带瀑布的池塘里养了一些颇具异国情调的锦鲤，还在室内装设了一口精心制作的热带鱼鱼缸（他坚称这口鱼缸是世界上最大的），鱼缸周围的多块电视屏幕会一直显示美国消费者新闻与商业频道以及维亚康姆集团的股价。他的作息仿佛还是依照东部时间。[60]他会在凌晨 4 点起床，披上长袍，坐到鱼缸旁的软椅上，然后开始给他那些在东海岸的高管们打电话。

其中最主要的通话对象是维亚康姆集团的菲利普·道曼。[61]这两人的关系非常亲密，以至于维亚康姆集团的一名高管告诉《纽约时报》的记者艾米·乔齐克，说道曼就是"萨姆纳理想中

——————————
① 以马内利会堂（Temple Emanu-El）是纽约的第一座犹太教改革派会堂，始建于 1845 年。

的儿子"（这让莎莉非常沮丧）。两人的关系已经维持了30多年，道曼还是谢尔曼·斯特灵律师事务所的一名年轻律师时，亲手把文件送到萨姆纳在卡莱尔酒店的套房，机灵地傍上了律所的这个最大的客户。多年以来，道曼帮助萨姆纳完成了对维亚康姆集团的恶意并购，以及对派拉蒙和哥伦比亚广播公司的收购。道曼在《纽约时报》的报道中说："我们在这个极其漫长的过程中洒下了很多鲜血、汗水和泪水。"[62] 如他所言，正是这些阵地战使得道曼成为萨姆纳"最亲密的顾问和同事"之一。[63]

萨姆纳很欣赏道曼的聪明才智——他13岁时就在学术评估测试（SAT）中拿到了满分1600分——他还有在哥伦比亚法学院的学历背景。道曼的父母是法国人，道曼曾在纽约法语高中就读，并成长于曼哈顿，其父是《生活》杂志的摄影师（他曾为玛丽莲·梦露和杰奎琳·肯尼迪拍过半身照）。成年后，道曼仍坚持用法语发音来念自己的名字。

不过他最显眼的品质还是对萨姆纳坚定不移的忠诚，一种近乎献媚的忠诚。萨姆纳是"我见过的最聪明的人"，[64] 道曼曾向《纽约时报》如此夸张地称赞道。

与同时代的很多传媒大亨一样，下属的忠诚是萨姆纳既珍视又需要的一种美德。萨姆纳最喜欢的电影是派拉蒙的《教父》，这并非巧合，对这部1972年上映的大片中的很多角色来说，忠诚、裙带关系和黑手党的缄默法则[①] 凌驾于法治之上。"教父"这个头衔有意援引了西西里人[②] 最看重的血缘纽带和准家族关系，他

———

① 缄默法则是黑手党的一种规矩，即谁都不能向警察告密。
② 黑手党多出自意大利西西里岛。

们认为世上的其他人都不可信任。萨姆纳也经常称颂家族的重要性，尽管他在性方面并不检点。他对如同儿子一般的道曼的忠诚的奖赏是，让他成为萨姆纳·M.雷德斯通全美娱乐信托的受托人和维亚康姆集团的董事。[65] 2006 年，道曼成为维亚康姆集团的首席执行官。

萨姆纳的下一通电话通常会打给莱斯利·穆恩维斯，这个演员出身的电视业高管在上进心的驱使下闯入了好莱坞的高层。谢顶的道曼更善于动脑，很少出席红毯活动，他在那种场合会显得局促，与之相比，穆恩维斯更擅交际，他长得英俊帅气、魅力十足，而且牢牢占据着好莱坞的名流地位。他成长于长岛的谷溪市，那是一个中产聚居的郊市，当地的男孩儿似乎都有一个以"y"结尾的小名，穆恩维斯（Moonves）的小名就是"穆尼"（Moony）。[66]他九岁时就开始在卡茨基尔的提奥加夏令营参加表演，还在锡安圣殿门队打过篮球。

穆恩维斯凭借他在《无敌金刚》和《雷警菲菲》中扮演的角色闯入了电视界并搬到洛杉矶，在那儿认识了女演员南希·维森菲尔德，并与之成婚。他很快就意识到自己的未来是在制片上而非表演上。他在热门剧集《达拉斯》和《鹰冠庄园》的制片方——洛里玛电视制片公司开始迅速晋升。洛里玛公司与华纳兄弟娱乐公司合并后，他成了华纳兄弟电视公司的总裁，并通过制作全国广播公司的大热剧《老友记》和《急诊室的故事》奠定了他在电视史上的地位。他于 1995 年加入了哥伦比亚广播公司，凭借《幸存者》《犯罪现场调查》《海军罪案调查处》和《铁证悬案》等热门剧集，把这家电视网的收视率从末位提升到了首位。收视率上的成功为他赢得了一个绰号——"有黄金胆魄的男人"。[67]

尽管如此，穆恩维斯心中的那个曾经苦苦奋斗的演员似乎从未消失。他在20世纪80年代中期参加的一个男性互助小组中的朋友们认为他取得成功的明显动力就源出于此。穆恩维斯有很强的好胜心，无论是临时组织的篮球赛还是哑谜猜字（他很擅长这个游戏），他都一心求胜。以烈性子著称的制片人布莱恩·格雷泽（《美丽心灵》的制片人）在和他玩了一场哑谜猜字游戏后说道："这对我来说太激烈了。"

和萨姆纳一样，穆恩维斯是一个老派的娱乐业大亨：他也引用过《教父》中的话，而且很看重下属的忠诚。不同于律师派头的道曼，他会插手业务中的每一个创意层面，但把财务和法律细节方面的工作交托他人。

对于哥伦比亚广播公司在收视率上的成功和随之而来的利润，萨姆纳乐见其成，也基本上把这家公司交给了穆恩维斯，让他以他认为合适的方式去运营。[68]萨姆纳在2004年对《纽约时报》的一名采访记者说，他任由穆恩维斯"大胆去干"。

道曼很可能也渴望获得类似的"自治权"。比如莎莉就指责道曼鼓励她父亲搬到西海岸的做法，她认为这是意在让萨姆纳疏远自己的女儿和维亚康姆集团总部，从而巩固道曼的控制力。

———

2006年，萨姆纳同意与《名利场》杂志合作撰写一篇个人传略。穆恩维斯被临时找去夸赞萨姆纳新夫人的优良品质："毫无疑问，宝拉激发了萨姆纳·雷德斯通更好的一面。宝拉从不听他胡扯。

她会说：'萨姆纳，规矩点。'我不知道这是不是真的，但我听说他要是不规矩，她就会给他记过。他要受一种评分制的管束。"[69]

然而这篇文章对83岁的萨姆纳的描写毫不留情，并因此获得了更多关注。记者布莱恩·伯勒写道："他看起来很虚弱，中间犯了两三次糊涂，思路断了，还反复地讲述一些故事，要求记者重述一两个问题。"更不妙的是，采访一结束，萨姆纳正起身与这名记者握手，结果身体一歪，倒下了。

就在几个月后，萨姆纳和宝拉在派拉蒙出品的影片《星尘》的首映式上当着无数看客的面破口对骂，好莱坞撰稿人尼基·芬克报道了这一情况。[70]随后萨姆纳在丹·塔纳餐厅——他在这个名流聚集地追求过曼努埃拉·赫泽——又"爆发"了一次。很快，萨姆纳又开始与克莉丝汀·彼得斯交往，[71]她当时与哥伦比亚广播公司签了一份制片协议。[72]赫泽也回到了他身边。[73]萨姆纳向这两个女人吐露了心声，他告诉赫泽，自己和宝拉的关系很"恐怖"，跟彼得斯则说，"我一点都不开心"。[74]

另一场冲突很快又在媒体上引发了轩然大波。汤姆·克鲁斯曾做客奥普拉脱口秀，当众宣布他对有孕在身的演员女友凯蒂·霍尔姆斯的爱至死不渝，之后宝拉就向萨姆纳表达了她对克鲁斯做派[①]的反感。萨姆纳很快就把这位好莱坞巨星从派拉蒙制片厂原先的总部赶了出去，并终止了派拉蒙与他长达14年的合作关系。与这一消息相关的大部分报道对萨姆纳都多有贬斥。[75]"雷德斯通拿克鲁斯的行为来做文章是很荒唐的，"芬克写道，"老

---

① 汤姆·克鲁斯曾因爱上女星妮可·基德曼而与发妻咪咪·罗杰斯离婚。

天呐，萨姆纳自己多年来都在公开和他的一个制片人女友在制片厂里鬼混。""制片人女友"是指彼得斯。"莱斯利·穆恩维斯跟员工朱莉·陈长期通奸，其后还抛弃妻子并和她结婚，而雷德斯通却对此视而不见。这些行为违反了太多的企业行为准则，我都要数不过来了。"

不过宝拉很快就从萨姆纳的生活中消失了。萨姆纳以惯常的不可调和的分歧为由，于 2008 年 10 月申请与宝拉离婚。[76] 他在公开评论中对她很客气，还特别提到他们离婚协议中的经济条款远远超出了婚前协议规定的范围，他说他们俩将仍是伙伴。他在比弗利山给她购置了一栋价值 400 万美元的房子，还在佛罗里达州给她买了一套价值 260 万美元的公寓。

第 2 集 "穿裙子的萨姆纳"

鉴于萨姆纳曾发誓绝不再婚，可以说没有人比莎莉更惊讶于萨姆纳与宝拉的闪婚了。但如果这能让父亲开心，她也就听之任之了，哪怕宝拉比自己还小八岁。

萨姆纳的两个孩子最初都走上了独立的职业道路，远离家族的连锁院线，以及让父亲的胃口不断增大的媒体和娱乐收购事业。两人都和父亲一样拿到了法学学位：布伦特在 1976 年拿到了雪城大学的法学学位，此前他追随父亲的脚步，在哈佛大学完成了本科学业；1978 年，莎莉在波士顿大学拿到了法学学位，此前她毕业于塔夫茨大学。布伦特后来成了波士顿的一名检察官；莎莉则加入一家律师事务所，从事企业、信托与财产以及刑法方面的工作，直到她在 1987 年生下第三个孩子。

但这并不意味着他们可以彻底脱离父亲的帝国，因为根据父母离婚时达成的信托协议，两人各拥有全美娱乐公司六分之一的股份。[1] 此外，莎莉的丈夫伊拉·A. 科夫在 1980 年和她结婚后就加入了全美娱乐公司，他既是律师，也是一名犹太教正统派的拉比，承袭自哈西德派犹太人① 的一个著名支系。[2] 随着萨姆纳对维亚康姆集团的关注日渐增加，他觉得有家族成员参与全美娱乐公司的运营才能让他放心。科夫随后就被任命为该公司的总裁。

从各方的说法来看，科夫都是全美娱乐公司的一位功勋卓著的总裁。在他掌舵之下，该公司成功地首次向英国展开了国际扩张。他与暴躁的萨姆纳不同，萨姆纳会骂人，在会议上对员工大喊大叫，反复地解雇他们（他的态度只有到第二天才会软化），科夫则是一个冷静而公正的人。但及至 20 世纪 80 年代末，他那"高贵"的犹太血统对他产生了极大的影响。[3] 他越来越投身于宗教，对电影票房和租赁生意的兴趣日渐减弱。他留起了胡子，穿上了黑衣，开始以伊扎克·亚哈龙·科夫自居，不再用伊拉这个名字。科夫和莎莉于 1992 年离婚，同年，他收购了周刊《犹太倡导者》，并成为其出版人。[4] 尽管如此，萨姆纳还是表示女儿

---

① 哈西德派犹太人（Hasidic Jews）属于犹太教正统派，以保守著称。

的离婚并没有影响他与科夫的亲密关系，毕竟科夫仍是他的外孙和外孙女的父亲。萨姆纳劝科夫留在全美娱乐公司，改任职权更有限的角色，所以科夫虽于1994年辞去了总裁一职，但在2009年之前都一直是该公司的顾问。

萨姆纳时不时地劝说子女全职参与家族生意，暗示他们有一天可以接替他担任首席执行官和董事长。布伦特最终同意了，于1992年加入了全美娱乐公司董事会，但莎莉与之保持距离的心似乎更加坚决。[5] 虽然离开了律师事务所，专注于自己人丁渐旺的家庭，但她还是攻读了一个社工专业的硕士学位，期待着职业上的转变。[6]

但离婚后，莎莉突然成了单身母亲，她至少需要一份兼职工作来养家。这时萨姆纳介入了，他说她可以一周在全美娱乐公司工作两天。他还给她提供了维亚康姆集团和哥伦比亚广播公司的董事会席位。[7] 她拒绝了，但他一再坚持，用莎莉的话说，他是在"逼着"她加入。1994年，莎莉终于屈服，加入了董事会，并担任了全美娱乐公司的副总裁，负责企业战略。她令公司在核心市场进一步扩张，[8] 同时助力公司进军俄罗斯和南美的新市场，并通过升级影院和引入美食、精酿鸡尾酒、代客停车等奢侈体验来应对互联网上日益增长的家庭娱乐的挑战。这是一场激进的变革，因为影院行业几十年来的重点都是尽可能快速而高效地让观众进出。莎莉却希望他们在影院里停留更长时间，然后花掉更多的钱。

莎莉坚信变革不可避免，所以最好抢先一步。她对现状也并无依恋，这或许是因为她的父亲从未让她对现状感到舒服过。

萨姆纳似乎很高兴。在 2002 年《福布斯》的一次采访中，他夸夸其谈地表示，"在娱乐业还没人能像莎莉那样迅速崛起"。他甚至拿她和自己作对比："这就叫有其父必有其女，她没有什么大的弱点。她是一个了不起的女商人。"[9]

　　萨姆纳没有提起布伦特。那年早些时候，萨姆纳曾试图回购布伦特和莎莉在全美娱乐公司的股份，这一举动也是想在与菲丽丝离婚后维持自己的控制权。为了获得莎莉的支持，他抛出了让她在自己的公司掌握更大职权的橄榄枝，甚至承诺要指定她为自己的继承人。莎莉大体上同意了，但布伦特不愿出售自己的股份，而且在父母离婚时选择了站在母亲一边。[10] 尽管布伦特仍是维亚康姆集团和全美娱乐公司的董事，但他在这两家公司的职权都在被不断削弱。布伦特始终认为父亲从未原谅他，并以排挤的方式来报复他。[11]

　　在 2002 年的离婚协议中，被指定为萨姆纳继承人的是莎莉，而不是布伦特。一年后，萨姆纳就解除了布伦特在维亚康姆集团的董事职务，还扬言要把他赶出全美娱乐公司的董事会。

　　压死骆驼的最后一根稻草是维亚康姆集团的一次董事会议，布伦特在会上介绍了他对维亚康姆集团的付费有线电视网"娱乐时间"的规划。萨姆纳爆出了一连串脏话和批评，对布伦特大加贬斥，而莎莉和其他董事只能以一种惊骇的沉默注视着这一切。布伦特走出了会议室，再也没有回来。他们一家人搬到了科罗拉多州的一个面积约为 253 万平方米的大牧场。[12] 尽管如此，全美娱乐公司每年仍要支付他 100 多万美元。（他需要这笔薪资，因为他在该公司的少数股权是非流动性的，而且没有股息。）

但这并不意味着莎莉的地位有多么稳固。拥有了萨姆纳法定继承人的新身份后，莎莉开始更公开地表达自己的看法，甚至自称可以代表维亚康姆集团与外界接触。这点燃了萨姆纳的怒火，他痛骂女儿狂妄自大，维亚康姆集团的管理层也曾多次目睹此类情形。尽管她有可能接替他担任董事长，但萨姆纳宣称，他不会把另一个职位——首席执行官——以及相应的实权交给她。萨姆纳的离婚协议签订两年后，《纽约时报》记者劳拉·里奇曾问他有没有指定莎莉来接任首席执行官的打算。[13]

"绝对、肯定、始终不变地：没有、没有、没有。"萨姆纳答道，"她不会在公司担任高管或运营职务。我已经说过了，我是认真的，让她跟实际的管理人员互动，以尽可能地熟悉和了解公司，这对维亚康姆来说是最好的，因为我希望有朝一日，在遥远的将来，我离开之后，她能成为控股股东，但不会担任高管。"

就莎莉而言，她对这种没有实权的头衔并无兴趣。在萨姆纳对《纽约时报》发表了那番评论后，他就给她提供了一个副董事长的头衔，此举显然是把她定位成了他的法定继承人。"继任计划是必须要有的。"他强调。

但莎莉回绝了父亲的提议，说她在纽约花了太多时间，和孩子们分别太久。她虽欣然接受了自己不断加重的管理职责，但没有在家给孩子们做一顿家常饭，这还是让她感到内疚——就像很多既有孩子又有事业的女性一样，她的这种矛盾也从未得到彻底解决。

萨姆纳对这些话很不耐烦，他愤怒地提高了嗓门："这样的话，我会把你踢出董事会。"

"行，把我踢出去吧。"她答道。

她怀疑他是在虚张声势，事实证明她是对的，因为他并不想真的赶走她。

2005 年，萨姆纳告诉《洛杉矶时报》："公司的控制权很可能会交给莎莉。"[14] 一年后，布伦特出人意料地发起了一场诉讼，意在解散全美娱乐公司，借此兑现他持有的六分之一股份的价值，他当时估算这些股份的价值约为 13 亿美元。萨姆纳被这起诉讼惹恼了——维亚康姆集团的同僚们从未见他如此愤怒。布伦特坚称父亲褫夺了他的所有实质性职权；他在全美娱乐公司的董事职位只是个"名头"；他的父亲和妹妹什么消息都不告诉他。不用说，萨姆纳绝不会允许他毕生创建的帝国就此解体。他在法庭上与儿子展开了激斗，几次要求驳回诉讼的努力无果后，他同意以 2.4 亿美元收购布伦特所持的股份——无论按什么标准衡量，这都是一笔巨款，但也只是该股份价值的一小部分。萨姆纳与儿子之间的裂痕似乎已无法修复。布伦特发誓再也不会和他父亲说话。

这一和解协议中的条款让萨姆纳在全美娱乐公司的股份从约三分之二增持到了约 80%，余下的 20% 留给了莎莉。

在莎莉 1994 年加入全美娱乐公司时，该公司及其控股公司的管理工作都是只有男人才能干的（整个娱乐业就更不必说），其中的大多数人都和她父亲一样比她年长一辈。有次她陪父亲去维亚康姆集团的办公楼，当时满头银发的总裁梅尔·卡尔马津调侃地问道："今天是什么日子，带女儿上班日？"[15] 卡尔马津轻蔑地称她是"穿裙子的萨姆纳"，[16] 这个绰号在公司里深入人心且广为流传。莎莉对此一清二楚，所以也曾步步为营。跟人会面时，她会特意表现出倾听的样子。这使得她习惯于间或问个问题，然后再提些建议。

虽然莎莉是萨姆纳的女儿，还被指定为董事长的接班人，但萨姆纳对她的想法不仅常常是不屑一顾，而且还会在会议上直接贬低她。但在对女儿发过脾气后，他也会打电话给全美娱乐公司的高管塔德·扬科夫斯基，此人几十年前曾是萨姆纳在波士顿大学的助教，毕业后就一直为萨姆纳工作。"莎莉还好吗？"萨姆纳会问，然后就叮嘱扬科夫斯基"照顾好她"。

萨姆纳可能是在以自己的方式爱着莎莉，对于作为高管的女儿，他对她的要求和对其他下属的要求一样严格，甚或更高。只要涉及生意，萨姆纳就常把她视为对手，又一个要击败的对手。有一年父亲节，莎莉在网球场上赢了他（由于手部受过伤，萨姆纳把球拍绑在了右臂上），他不愿祝贺她。"我赢了，你不高兴吗？"她问。

"不高兴。"他答道。

还有一次，他们在公务机上打牌，一个点数就是一分钱。随行的道曼也加入了这场牌局。萨姆纳输了之后就改规则，这样他就赢了。莎莉拒不买账——但道曼付了。在某种程度上，莎莉意识到她和父亲之间有一个根本区别：他总是必须赢，而她只是不想输。

萨姆纳对待其他高管的方式与对待他女儿的方式几乎一样，连扬科夫斯基也不例外。有时他甚至会炒掉他们，第二天又装作若无其事。

然而萨姆纳有时也会过为已甚。2004年，他口述了一份计划发给维亚康姆集团各董事的备忘录，文中大批卡尔马津的表现和智商，措辞相当尖刻。一名秘书打出这份脏话连篇的公文后，误将其发给了卡尔马津。卡尔马津怒不可遏地冲进萨姆纳的办公室，手上激动地挥舞着复印件，说他不会容忍被这样对待。卡尔马津随即离职，萨姆纳让音乐电视网的负责人汤姆·弗雷斯顿和哥伦比亚广播公司的掌门人莱斯利·穆恩维斯以联席总裁的身份顶替了卡尔马津，并让这两人展开竞争，以决定由谁来接手萨姆纳的首席执行官一职。

就在萨姆纳指定莎莉继任董事长一职的同年，他提议将维亚康姆集团拆分成两家上市公司：[17] 维亚康姆集团将保有派拉蒙影业和有线电视频道；哥伦比亚广播公司将保留广播网和西蒙与舒斯特出版公司。维亚康姆集团的股价在那一年下跌了18%，[18] 尽管如此，该公司仍向萨姆纳和另两名高管支付了1.6亿美元，这导致股东们发起了一场诉讼，要求他们退还这笔款项，并修改维亚康姆集团的薪酬政策。按萨姆纳的推断，公司拆分后，快速增长的有线电视和娱乐资产的价值就不会再受到增长较慢的广播和出版业务的拖累。

这还解决了一个让人头疼的问题，即一旦萨姆纳离世，谁将被任命为维亚康姆集团的首席执行官。萨姆纳想让弗雷斯顿和穆恩维斯都留在公司，但两人都不甘居于对方之下。那么拆分以后，两人就都有权担任首席执行官了。

另一个问题是投票的控制权。长期以来，萨姆纳一直不满所谓的"雷德斯通减价"的存在——由于萨姆纳掌控的全美娱乐公司在维亚康姆集团的股份拥有投票权，而普通股东的股份没有投票权，所以拥有投票权的股份的股价较低。为了解决这一问题，两家公司的章程都会明确规定其董事会中的"独立"董事——即未受萨姆纳雇用或与他无关的董事——将占多数。[19]萨姆纳很清楚这不过是粉饰门面而已。他依然可以撤换任何违逆他的董事，无论其"独立"与否。

莎莉坚决反对拆分公司。她认为无法在两名竞争最高职位的人之间做出选择并不足以成为理由。维亚康姆集团是一家垂直的综合娱乐公司：它的工作室制作内容，出售给它旗下的有线电视和广播公司。而其竞争对手，如迪士尼和福克斯，都在朝着相反的方向前进。而且更大的体量能让维亚康姆更有底气与有线电视分销商讨价还价。媒体公司可以绕开有线电视运营商，直接向消费者销售产品的这一构想最近也日渐彰显出吸引力。在直接面向消费者的未来图景中，规模将至关重要。

在重大问题上，萨姆纳从未对意见相左的高管表现出多大的宽容，但他不能真的解雇自己的女儿。萨姆纳做过劝说女儿支持分拆的努力，但得到否定的答复后，他告诉她，无论如何他都会这么做。

她说他这么做是错的，但她会支持他。萨姆纳想让她担任分拆后的两家公司的副董事长，但她对没有任何职权的头衔依然毫无兴趣。维亚康姆集团的资深董事、她父亲的密友弗雷德里克·萨勒诺向她保证，她可以参与组建新的董事会，她这才最终同意。

在公司分拆后，作为股东诉讼和解协议的一部分，他们同意任命七名新董事，其中四名进入哥伦比亚广播公司董事会，三名进入维亚康姆集团。这些新董事中有三名是女性——这是除莎莉本人外首批进入董事会的女性。萨拉·李集团的前高管茱蒂丝·A.斯普雷泽被任命为哥伦比亚广播公司薪酬委员会主席。[20]

萨姆纳发布了新闻稿，承诺哥伦比亚广播公司和维亚康姆集团的高管薪酬将与各公司的业绩联系得更加紧密，并声称这是他长期以来的信念。[21]但新董事的加入对这些公司的实际运营模式几乎没有产生任何影响。萨姆纳只倚重少数几个亲信，希望其他董事都能支持他们的决定。不到一年，斯普雷泽就和穆恩维斯发生了冲突，穆恩维斯认为她没有"团队精神"。她和另外两名女董事辞去了职务，还跟莎莉说她们感到自己被边缘化了，没能发挥作用。她们觉得自己是被逼走的。

这几人离开后，哥伦比亚广播公司重新任命了五名董事，全员男性，都是由萨姆纳一手挑选而出。[22]

维亚康姆集团虽被拆分，但若论及公司治理，并没有什么真正的改变。

———

莎莉和萨姆纳在维亚康姆集团问题上的根本分歧，以及她固执己见、不愿听劝的态度仍然是萨姆纳眼中的一根钉。2006年10月，在与迪士尼前首席执行官迈克尔·艾斯纳一同参加的一档美国消费者新闻与商业频道的访谈节目中，萨姆纳直截了当地表示他无意任命莎莉为首席执行官。[23]"你想把你的东西送给家人，那你请便。"他说。在谈到他当时的妻子宝拉时，他补充道："这些日子里，我老婆比我女儿更亲近我。"

他还表示他不同意莎莉那种依靠投资升级来重振全美娱乐公司影院业务的战略。莎莉曾主导一场耗资不菲的所谓高起坡①变革，这种高起坡布局很快就成了业内常态。

在萨姆纳对中途岛游戏公司的投资越来越大一事上，父女俩再次发生了冲突。作为离婚协议的一部分，萨姆纳曾把他在这家电子游戏公司持有的股份赠予菲丽丝。那次离婚后，尽管该公司未能再现《真人快打》的成功，股价也在下跌，萨姆纳还是持续购入了更多的中途岛公司股份。及至 2007 年，萨姆纳和全美娱乐公司已经拥有中途岛公司近 90% 的股份，其股价却从 2005 年的每股 23 美元跌到了 5 美元以下。除了 1994 年维亚康姆集团收购百视达公司的那场灾难性交易外，这可能就是萨姆纳做过的最糟糕的投资决策。

2005 年，萨姆纳将 3300 万股中途岛公司股票转让给全美娱乐公司的一家子公司，借此让全美娱乐公司获得了花旗银行的 4.25 亿美元个人贷款，萨姆纳拿走了这笔钱。[24] 这显然只有利于萨姆纳个人，而非全美娱乐公司的其他股东，即持有 20% 股份的莎莉。萨姆纳向她承诺，这种情况下不为例，且全美娱乐公司对中途岛公司的任何进一步投资都将由她唯一决定。[25]

但两年后，萨姆纳就公然无视了他们的协定。他不顾莎莉的激烈反对，又转让了 1240 万股中途岛公司的股票，将其以 8500

---

① 高起坡（stadium seating）是指影院的座位区像体育场馆那样做到观众视线的绝对无遮挡，这样能提高观赏大银幕时的舒适度。

万美元的价格卖给了全美娱乐公司的子公司。在董事会投票中，莎莉的父亲、道曼和全美娱乐公司的其他董事击败了她，这再次证明了她那 20% 的股份并没有赋予她任何实权。[26]

萨姆纳利用其所持股份的投票权将莎莉选为中途岛公司的董事长时，她再一次被激怒了，这也是个没有丝毫权力的职位。虽然她明面上掌管着这家举步维艰的公司，但实际上什么事情都无权插手。

不过，与她违逆父命时父亲的暴怒相比，莎莉的愤怒只能算是不疼不痒。萨姆纳会跟维亚康姆的高管、董事——几乎所有会听他讲话的人贬低他的女儿。他还会给她一连发出很多带有污言秽语的电子邮件和传真，同时抄送给维亚康姆集团的高管，甚至还多次以"婊"字头称呼她，这还是流传于公司内部的委婉说法。为萨姆纳工作多年的律师和亲信乔治·阿布拉姆斯以及那些收到抄送函的人都恳请他不要再说这种伤人的话，结果萨姆纳大发雷霆，还坚称他的女儿他想怎么叫就怎么叫。

地产商唐纳德·J. 特朗普也加入了这场父女纠葛。他给萨姆纳写了一封信，说他应该听听女儿的话。在新英格兰爱国者队[①]的一场比赛中，特朗普曾与莎莉共用一个包厢，莎莉显然给特朗普留下了不错的印象。特朗普之后问了些影院生意上的问题，莎莉便带着特朗普和他女儿伊万卡参观了全美娱乐公司新建的一家豪华影院。在全美娱乐公司董事会坚定支持萨姆纳的情况下，特

---

① 新英格兰爱国者队（New England Patriots）是一支位于马萨诸塞州福克斯堡的美国国家橄榄球联盟（NFL）球队。

朗普是为数不多的愿意为莎莉挺身而出的人之一———这份情义她永难忘怀。

结果最终证实莎莉是对的，但萨姆纳或其他任何一名董事都没有承认这一点。萨姆纳投入中途岛公司的巨资最后几乎是血本无归。莎莉辞去了董事长一职，全美娱乐公司以象征性的 10 万美元抛售了所持的全部股份，中途岛公司随即很快便宣布破产。[27]

萨姆纳曾决定以自己的名义给几家医院捐赠 1.05 亿美元，莎莉则依旧对父亲把全美娱乐公司当成他的私人零钱罐感到恼火，她反对用全美娱乐公司的资产来给这些慈善捐赠买单。

当莎莉建议萨姆纳出售一些他个人名下的哥伦比亚广播公司和维亚康姆集团的股份作为捐资时，他勃然大怒。他坚称自己永远不会出售这些股份，哪怕这会让全美娱乐公司破产。

再不然，莎莉认为这些捐赠至少也应该以出资公司——全美娱乐公司——的名义捐出，而不是被标榜为萨姆纳的个人捐赠。[28]

没人听她的。全美娱乐公司董事会议对这一问题的投票结果是 4：1。她的父亲和永远忠于父亲的道曼都支持这笔捐赠，莎莉是唯一的异议者。

这可能也是萨姆纳忍耐的极限了。当年 4 月，莎莉被纽约大都会区的美国劳军联合组织①授予年度最佳女性的荣誉时，她的父亲没有参加典礼（他说这和他的日程有冲突）。[29]父女两人不再交谈或见面，只通过传真或律师交流。[30]

---

① 美国劳军联合组织（United Service Organizations，简称 USO）是美国的一家非营利机构，负责为美国军人及其家人提供娱乐表演，以提升美军士气。

两人的纠葛威胁到了莎莉作为萨姆纳指定的董事长继任者的地位。2007 年，萨姆纳在写给信托受托人的一封信中直言："莎莉不具备担任董事长所需的商业判断力和才能。"[31] 他在 7 月份写给《福布斯》的一封信中更是公开表达了自己对莎莉的轻蔑："我女儿说什么良好治理都没用，她显然忘了良好治理的首要前提，那就是维亚康姆和哥伦比亚广播公司这两家上市公司的董事会应该选择我指定的继承人。"[32] 在萨姆纳看来，良好治理显然不包括让这些董事进行任何独立判断。"就算她坚持想办法接替我，董事会也无疑会照我说的做，"萨姆纳接着说道，"他们从没违背过我的意愿。"[33]

他还给了子女们最后一记耳光，宣称"有一点必须记住，我孩子的股份是我给的（尽管是莎莉的祖父创立了这份信托，而不是萨姆纳）"，而且"是我在两家公司董事会的协助下创建了这些伟大的传媒公司，他们（子女）基本上或者根本就没有贡献"。[34]

莎莉在杂志上看到这封信时崩溃大哭。她一生都在努力赢得父亲的尊重，但获得的回报竟是公开的羞辱。

道曼很快联系了她，商量要她退出家族企业一事，或者至少说服她接受一个权责大幅缩减的职位。莎莉没法跟他对话。她坚信是道曼精心策划了这场在《福布斯》上发起的攻击，因为若是没有经过道曼的审查和批准，这样一封登上全国性刊物的信是绝不会发布的。萨姆纳虽以好斗著称，但并不喜欢和女儿发生冲突，更不用说公开冲突了。一和道曼见面接触，萨莉就感到他几乎抑制不住自己的开心，毕竟他的这个主要的竞争对手有望除去了。

道曼始终坚称自己与这封信无关，他和其他人一样对此感到意外。萨姆纳让助手直接把这封信打出来并传真给了《福布斯》，绕过了公关负责人卡尔·福尔塔以及道曼。

莎莉同意出售自己的股份，但开价 16 亿美元，这个要价是把整个公司的估值算作了 80 亿美元。道曼提出了一个替代方案，即让她获得全国连锁影院的所有权。

2008 年 10 月，他们还远远谈不上达成协议，但当时恰逢雷曼兄弟倒闭，金融危机由此爆发，维亚康姆集团和哥伦比亚广播公司的股价也随之暴跌。由于必须偿还 16 亿美元的银行债务，全美娱乐公司已濒临破产。它被迫出售了价值 10 亿美元的哥伦比亚广播公司和维亚康姆集团的股份，以及很大一部分连锁影院，包括莎莉在洛杉矶建的那座豪华影院。[35]

据《福布斯》估计，萨姆纳的净资产已从 2008 年的 68 亿美元暴跌至 2009 年的 10 亿美元——这几乎让他无法入选该杂志的年度全球富豪排行榜。[36] 买断莎莉股份的谈判中止了。莎莉全身心地投入到偿债和重新协商贷款事宜的工作中。她还利用了萨姆纳突然暴露的财务上的脆弱，证明了她可以像父亲一样手腕强悍。她让自己的律师起草了一份长达 80 页的诉状，细数萨姆纳在中途岛公司的败局中进行的自我交易，并扬言要在第二天提起诉讼。[37]

维亚康姆集团和哥伦比亚广播公司的员工都很清楚，这对父女的关系日渐紧张。他们曾开玩笑说，这两个雷德斯通家的人给对方的圣诞节礼物都是传票。

萨姆纳不得不做出让步，以避免莎莉提出控告：莎莉得以保留她 20% 的股份，并获得全美娱乐公司的终身雇佣合同，这确保了她在可预见的将来仍能留在这家公司。她将继续担任董事，保留总裁的头衔，不过这大体上只是名义上的，因为她放弃了对这家连锁院线的所有日常管理权。另外，她还获得了俄罗斯院线的完全所有权（后来以1.9亿美元的价格售出），以及500万美元，用于启动她自己的风险投资基金。[38]

这对父女进入了暂时的休战期。莎莉从未与父亲就《福布斯》上刊登的那封信谈过，也没有跟他说过这封信对她的伤害有多大。

第3集　萨姆纳将永生不死

2008年，住在拉古纳海滩的26岁化妆师玛丽亚·安德林和当时的很多美国人一样，会用借入资金买卖房地产来赚取额外收入。随后金融危机汹涌而来，信贷骤然蒸发，房地产买卖做不成了。就在安德林另谋生路之时，一个朋友建议她可以尝试去做私人飞机的空乘。她去接受了培训，在自卫课程期间结识了两名飞行员，他们建议她跟他们一起去一家为哥伦比亚广播公司和维亚康姆集团专设的航空公司工作。

身材苗条、一头金发的安德林在犹他州长大，出身于一个守旧的摩门教家庭，是八个孩子中的老幺。虽从未从事过航空工作，但她愿意一试。她首次出勤时，乘客里就有影星小罗伯特·唐尼。

安德林喜欢这份工作，看起来也很有这方面的天赋。萨姆纳乘机的那天最终不可避免地到来了。11月底，也就是萨姆纳提出要跟宝拉离婚后一个多月，他和朋友、制片人兼哥伦比亚广播公司董事阿诺德·科派尔森及其妻子安妮正要从纽约飞回洛杉矶郊外的凡努伊斯机场。在等待起飞时，安德林走进客舱，问萨姆纳能否由她来帮他系好安全带。

"靠，你是谁啊？"萨姆纳问。

"萨姆纳，住口。"安妮·科派尔森打断了他。

安德林不知该如何回应。"我叫玛丽亚，"她说，"是本次航班的乘务员。"她提起她以前和他一起乘过一次飞机。

"那我应该不会忘了你这么漂亮的脸蛋。"他答道。

这一下激怒了她。"靠，你是谁啊？"她说完就离开了客舱。

她这种以牙还牙的态度似乎让萨姆纳陷入了疯狂。飞行途中，萨姆纳不停地按铃叫她。

"我听说女人都喜欢被打屁股，"萨姆纳有次跟她说，"你喜欢吗？"

安妮·科派尔森想让他闭嘴，但这只是徒劳。旁边的阿诺德则未发一言。

"请不要告我性骚扰。"萨姆纳对着安德林说完便笑了起来。

萨姆纳在余下的航程中不断对安德林发出失当的言论，这让她越来越心烦。他还反复打听她的住址和电话，她则拒不透露。

飞行员们虽颇感惊愕，但并不意外——萨姆纳在公务飞机上骚扰女职员然后炒掉她们已经是司空见惯的事。飞机着陆后，一名飞行员把安德林拉到一边。

"我可能再也见不到你了，"他说，"我知道他是什么样的人。我们都知道他是什么样的人。"

尽管安德林拒绝透露自己的电话号码，萨姆纳还是毫不费力地拿到了，想必是通过航空公司获取的。他不停地给她打电话，她只好经常关机。他留言邀她共进晚餐，讨论一下公司飞机上的菜单。她不予理睬。与此同时，她虽一直要求承担更多的工作，但上司完全没有给她出勤的机会。萨姆纳似乎是在以重新上岗的可能性来诱使她和他共进晚餐。

"有人说，是我打造了《不可能完成的任务》①，也有人说，这个任务是不可能完成的。"萨姆纳在一条语音信息中告诉她，"但我能让这个任务的完成成为可能。我明白你讨厌风险，你在飞机上不会和我说话，但我知道，如果你回我电话并且敢于冒险试试，那么这个电话可能就会改变你的人生。"

这条消息惹恼了安德林。她已经拒绝给他电话号码，他也禁止了她上机工作，他怎么还敢给她发来这种暗示性的语音消息？她给他打去电话并留了言："你以为你是谁啊？这样不好。我只想知道我什么时候能重新上班。"

萨姆纳给她寄了一份礼物以作回应——一个镶着水晶的朱迪思·雷伯牌美洲豹形手提包（这款包目前的零售价在5000美元以上）。"我是一头美洲豹，我会猛扑过去。"附带的便条上如此写道。

---

① 即汤姆·克鲁斯主演的电影《碟中谍》，后文均译为《碟中谍》。

萨姆纳的司机最终来到了她家门口。她会和萨姆纳共进晚餐吗？就一次？

安德林的所有言行都没能阻止萨姆纳。她很担心：考虑到他手中巨大的财富和权力，他还会纠缠多久？也许接受他的邀请会好过一些，就一次。也许这样她就能重新上岗。

她最终同意与萨姆纳吃晚饭。但有种感觉在告诉她，她会后悔的。

———

萨姆纳从查格①美食指南里挑了一家新港滩市的餐厅，那里离安德林的住处不远。当天，萨姆纳接上安德林，然后让他的司机把他们送到了那家餐厅。她很少喝酒，但当晚她喝了一杯葡萄酒来缓解紧张情绪。

两人离开餐厅后，安德林坐到了车的后座，萨姆纳刺溜一下坐到了她身旁。但司机没有上车，而是在外磨蹭，把他们二人留在了车里。萨姆纳突然扑向了她，企图把手伸进她的衬衫。安德林把他推开，使劲开门下了车。她吓坏了，甚至都不记得自己是怎么回家的。

第二天，萨姆纳给安德林打了电话，还发了一封电子邮件，但她没有理会。接着他的司机就出现了，告诉安德林说萨姆纳想当面道个歉。她脑子里一下子闪过了各种念头。她的第一反应是不想再见到萨姆纳。但就像她当时在日记里所写的，萨姆纳这么

---

① 查格（Zagat）是一家调查和评价酒店、餐饮和购物场所的企业。

有钱有势，最终会把她压垮的。她真觉得自己已经别无选择了。

她勉强同意再见他一次。

当她来到萨姆纳的豪宅时，给萨姆纳当了十多年房屋管理员的卡洛斯·马丁内斯迎接了她。"没什么好怕的，"他试图安抚她，"我在这儿。你不是一个人。不会有事的。他只是想把整个世界都给你。"但萨姆纳向她展示自己的鱼缸时，安德林感到很不舒服，觉得自己有可能会晕倒。

她也不知道自己是怎么熬过那个傍晚的。当萨姆纳再次邀请她时，她接受了。有一次，马丁内斯在安德林离开时给了她一张两万美元的支票，说如果她那个月能上机工作，这笔钱也本来就是她应得的。"萨姆纳想让你知道这一点。"他说。

她再也没有被分派过空乘的工作。大约一个月后，萨姆纳告诉她，她没必要再在飞机上工作了。她完全可以陪他吃吃饭，在他出席的众多好莱坞影片首映式、庆典和慈善活动上跟他一起走走红毯。

安德林很快就成了萨姆纳豪宅的常客，通常每周都会和他共进晚餐。就像和其他人相处时一样，萨姆纳在向安德林吐露心声时经常贬低他的孩子布伦特和莎莉。有时她不得不耐着性子看着他女儿来探望他，这让她很不自在，也很紧张。有次跟萨姆纳和莎莉吃过晚饭后，安德林和莎莉一同乘车离开，结果莎莉在途中哭了。

还有一次，莎莉给萨姆纳送来了自己做的意式脆饼，安德林当时正好在他的豪宅里。莎莉准备离开时把安德林拉到一边说道："你真是太可爱了。我不知道你和我爸是什么关系，但有一点你得明白，永远要跟他说出你的想法。绝对不要退缩，永远要说出你的感受。"

安德林觉得莎莉是萨姆纳身边少数几个对她很好的人之一。

———

2009 年 4 月，米尔肯研究所 ① 在其年度全球会议上将美国有线电视新闻网的知名主持人兼采访记者拉里·金与 85 岁（马上就将 86 岁）的萨姆纳配成了一对搭档。[1] 金给他和萨姆纳的"对谈"定的主题是"如果你能永生……"。

毕竟，萨姆纳挺过了那场酒店的火灾，还在 2005 年左右扛住了一次严重的前列腺癌发作（这在一定程度上要感谢米尔肯 ②，他也是前列腺癌的幸存者，并把西达赛奈医疗中心的一名医生介绍给了萨姆纳）。

当时的比弗利希尔顿酒店会议厅里挤满了人，穆恩维斯也静静地在后排落座。穿着藏青色西装和敞领蓝衬衫的萨姆纳一开场就宣称："我的生命统计数据和一个 20 岁的年轻人没什么差别。"[2] 但他明显可见的大肚子应该不会同意这个说法。"哪怕是 20 岁的年轻人也有变老的一天，但我不会。我的医生说我是唯一能逆生长的人。我会服用人类已知的每一种抗氧化剂。我每天还会锻炼 50 分钟。"萨姆纳告诉安德林，2008 年的派拉蒙电影《本杰明·巴顿奇事》就是受了他的启发。在该片中，布拉德·皮特饰

---

① 米尔肯研究所（Milken Institute）是美国知名独立经济智库。
② 即米尔肯研究所的创始人迈克尔·米尔肯（Mike Milken）。

演了一个逆龄生长的男人。

不管观众觉得萨姆纳的永生论调有多么好笑，但其言辞间反映的恰恰是一种渺小的感觉。萨姆纳有时虽很鄙视来世的观念——引用《创世纪》中的一段话就是：你本尘土，终归尘土——但他也曾向安德林吐露，他十分恐惧死亡，因为他将为自己犯下的诸多罪恶而接受审判和惩罚。到目前为止，他都侥幸逃脱了这一审判。

"你多大年纪了？"金问道。

"65。"萨姆纳答道。观众们笑了。

"说真的，"金追问他，"你多大年纪了？"

"65。"他一口咬定。

萨姆纳说他感觉自己比20岁时还要好。

要说起来，这话似乎还有些保守了。就在他用金钱、礼物和殷勤的态度追求安德林的同时，他还在和罗希尼·辛格约会。辛格在19岁时就成了2001年《洛杉矶杂志》封面故事的主人公，只是那篇故事详尽得让人尴尬，故事的主题是"勾搭：好莱坞年轻人的性、地位和部落仪式"。她告诉记者："很多男人都说我是出了名的爱跟人乱搞。"[3] 在萨姆纳的坚持下，哥伦比亚广播公司旗下的娱乐时间电视网在那年夏天聘用了辛格，尽管这家有线电视网当时正处于停止招聘期。[4] 辛格以职位候选人的身份在娱乐时间电视网轮换了好几个部门，最后选择了公关部，然而她在这个领域没有任何从业经验。萨姆纳给了她一些维亚康姆集团的股票，据说还付了她1800万美元的薪资。

同年，萨姆纳也开始和泰莉·霍尔布鲁克约会。她有着一头

深褐色的头发，曾是福特模特公司的模特，当过休斯敦油人队①
的啦啦队队长。萨姆纳给她买了一栋价值 250 万美元的房子以及
一个赛马训练场。他还向雨水收集者组织②捐赠了大笔资金，这
个组织是她资助的一家慈善机构，总部位于马里布，专注于清洁
饮用水项目。赫泽坚称萨姆纳每月都会给霍尔布鲁克 4500 美元
的现金，这笔钱和其他各种款项最终合计高达 700 万美元。[5]萨
姆纳还把霍尔布鲁克列为了他的信托受益人。

多年以来，萨姆纳把他的信托修改了 40 多次，增删了无数
受益人，其中很多都是和他约会过的女性。作为萨姆纳信托的共
同受托人之一，道曼知道他送出的很多赠礼，他承认有"几个"
女人每人收到了 2000 多万美元，"很多"女人收到了 1000 多万
美元，"很多很多"女人收到了 100 多万美元。[6]

2010 年春，每日野兽网的彼得·劳里亚报道称萨姆纳带了
一位"身材高挑、皮肤晒成了小麦色、宛若女机器人般、年轻得
足够当萨姆纳孙女的金发女郎"[7]与穆恩维斯和朱莉·陈一起在
丹·塔纳餐厅用餐。这个"女机器人"就是希瑟·内勒，萨姆纳
最新的迷恋对象，是名不见经传的女子组合"电动芭芭丽娜"的
主唱。萨姆纳当时还强迫维亚康姆集团旗下的音乐电视网制作一
部真人秀剧集，讲述这个女子组合追寻梦想、成为明日之星的历
程，音乐电视网对此并不情愿，此外他还想让哥伦比亚广播公司
来推广她们。

---

① 休斯敦油人队（Houston Oilers）是美国国家橄榄球联盟的一支球队。
② 雨水收集者组织（RainCatcher）是一家非营利组织，致力于为世界各地的贫困地
区提供清洁饮用水的解决方案。

穆恩维斯很怕这些要求，但萨姆纳毕竟是他的老板。2011年3月27日，电动芭芭丽娜在哥伦比亚广播公司电视网的节目《克里格·弗格森深夜秀》上首次亮相，她们都穿着绸缎热裤，唱的歌完全不在调上。请注意关键词是"深夜"：她们是在凌晨1点30分出场的，此时节目已近尾声——穆恩维斯唯愿没几个人还在看。

劳里亚的报道称萨姆纳花了50万美元让电动芭芭丽娜飞往纽约参加音乐电视网的试演，而且强推她们的真人秀剧集上线，毫不理会音乐电视网高管的极力反对。这些高管告诉劳里亚，这个剧"简直没法看，音乐也很烂"。就连道曼也想毙掉这个节目，但萨姆纳仍固执己见："没人能违抗我。"[8]

如果萨姆纳没有给劳里亚打电话，那么这段略显尴尬的插曲可能也就仅限于好莱坞业内人士知道——他打这个电话不是为了否认该报道，而是想找出劳里亚在维亚康姆集团内的消息来源，萨姆纳推测此人应该是音乐电视网的一名年轻男高管。[9]

"你会得到彻底的保密。"萨姆纳在电话中向劳里亚保证。但劳里亚则完整地录下了他们的通话内容，每日野兽网将其公之于众了。"我们不会伤害这个家伙的。我们只想让他坐下来，再问问他为什么要这么做。我们不会出卖你的。你会得到优厚的报酬和很好的保护。"萨姆纳说道。

劳里亚拒绝透露他的消息来源，转而把他和萨姆纳的交锋变成了另一篇报道，多亏了萨姆纳本人的直接参与，这篇报道吸引了更多媒体的关注。《纽约时报》的媒体专栏作家大卫·卡尔称这段录音"是一部经典，是一份充分展现大亨特权的必听记录"。[10]

维亚康姆集团的卡尔·福尔塔看到了这篇报道，他对道曼说："我真是大开眼界。"

福尔塔向萨姆纳问起此事时，萨姆纳否认打过任何这样的电话。

"萨姆纳，他们已经把这通电话录下来了！"福尔塔喊道。

"那就把这个事搞定。"萨姆纳说。

2011 年，《电动芭芭丽娜》登陆音乐电视网，同名组合正式出道。她们吸引了近 100 万名观众，但这在一定程度上是得益于媒体对萨姆纳的关注。音乐电视网的一名高管发给内勒的电子邮件说道，《电动芭芭丽娜》的"首播成绩在所有电视台的原创有线电视剧集中都排名第一"。但这部剧也引来了一些尖刻的评论，比如《纽约》杂志的一位评论家就说这是"做作过头、表演痕迹过重、满屏假发的烂摊子"。[11]

当时，一档经典的真人秀节目终映了。在这种情况下，《电动芭芭丽娜》的收视率仍一路猛跌。一名唱片公司的高管给电动芭芭丽娜组合打去了电话，从成员们兴奋的尖叫声推断，她们似乎马上就要拿到一份很大的唱片合同了，但音乐电视网砍掉了这个剧。

内勒说，萨姆纳和她保持着联系，每周都会和她打三到五次电话。[12] 萨姆纳鼓励内勒去实现自己闯荡好莱坞的抱负，还给了她一些事业上的建议。赫泽称萨姆纳送给内勒的不少维亚康姆集团的股票加上支付的其他款项，总额不下 2000 万美元。[13]

《好莱坞报道》后来曾披露内勒一度抛售了 15.7 万美元的维

亚康姆集团股票，此后，人们就对萨姆纳越来越不得体的行为更
为质疑。[14] 该杂志报道，"萨姆纳身边的一些人说他早就陷入了
无意识的自我戏谑状态，在社交或商务宴饮中都会绘声绘色地大
开黄腔"。一名好莱坞高管说："他的行为就像个夏令营里的 15
岁小孩儿。"

第 4 集　圈内贵宾社交俱乐部

　　2010 年秋，萨姆纳 25 岁的外孙布兰登·科夫请来了精彩电
视台的热门真人秀《为百万富翁做媒》的主持人帕蒂·斯坦格，
想让她给外祖父找一个登对的配偶。[1] 萨姆纳不间断的约会，加
上随之附送的大量贵重礼物让布兰登几近抓狂。布兰登推心置
腹地跟斯坦格说道："我都应付不来他。"随着宝拉的离去，
萨姆纳或许需要一个可靠的爱侣来给他的个人生活带来一些稳
定性。

　　布兰登亲眼见识过外祖父的荒唐。他毕业于乔治·华盛顿大
学，最近搬到了洛杉矶，在音乐电视网上班，有时也会和萨姆纳
待在一起。他有着少年感十足的俊朗外形，脸上留着时髦的胡茬，
没多久便开着宾利在城中驰骋，还陪萨姆纳参加了不少娱乐圈的
活动。他经常和外祖父一起看体育比赛的电视转播，参加萨姆纳

在家中举办的每周一次的周日电影放映会。

莎莉·雷德斯通和伊拉·科夫婚后育有三个孩子（这对夫妻已于1992年离婚），布兰登排行老二。萨姆纳虽和子女关系不佳，但仍然相当宠爱孙辈，包括莎莉的三个孩子——金伯莉、布兰登和泰勒，以及布伦特的两个女儿——克琳和劳伦。从事法律行业的传统在这个家族中延续着：布伦特和莎莉像父亲萨姆纳一样都做过律师，金伯莉、克琳和泰勒（他还是一位被授予了圣秩的拉比）也是如此。

布兰登并没有像家族成员一样的好学天赋。在洛杉矶，他跟一连串模特和女演员约过会，其中有些人还会再和萨姆纳约会。萨姆纳总是执着地让布兰登联络他，给他介绍潜在的情人，有时还会在凌晨三四点给他打电话。辛格就是布兰登介绍给萨姆纳的，就是前文提过的那个得以加入娱乐时间电视网公关部的年轻姑娘，而布兰登几乎马上就后悔介绍这两人认识了。

萨姆纳对布兰登不断地提出要求，再加上他对布兰登身边某些女人展开的追求，使得这对祖孙的关系有时变得相当尴尬。[2] 2009年，布兰登带着他当时那位婀娜多姿、留着一头飘逸的深褐色长发的女友参加了在洛杉矶举办的音乐电视网音乐录影带大奖的颁奖礼，他们在现场和萨姆纳一同亮相，接受了摄影师们的拍摄。整场活动期间，萨姆纳都在明目张胆地与布兰登的女伴调情，还经常搂着她，坐在旁边的维亚康姆集团的高管们都目睹了这番"奇景"。

一年后，布兰登携另一位女友赴会时，还竭力邀请玛丽亚·安德林来当萨姆纳的女伴，这或许是希望避免发生上一年的事情。他在5月给安德林发了一封电子邮件："我们四个一起去吧，我不想让他在音乐电视网羞辱他自己和我们，你不去的话，他搞不好会带个妓女。"但安德林回绝了他。

最终，事实证明这个问题不是布兰登能解决的。他觉得需要请专业人士来帮外祖父找个伴儿。在征得其他家族成员的同意后，他找到了斯坦格。

———

斯坦格是从迈阿密搬到好莱坞的，他在迈阿密经营着一家大型的约会服务机构，也一直希望能成为一名制片人。[3]她以雪莉·兰辛为榜样，这位前模特和演员后来转型成了事业有成的制片厂高管。兰辛执掌派拉蒙影业达12年之久，萨姆纳收购该公司时，兰辛就是该公司的董事长。斯坦格从未像兰辛那样跻身于高管阶层，但拜赐于最近真人秀节目的大热现象，她现在的名声可能比兰辛更响。各家制作公司现在都开设了自己的"无剧本"部门，加入迅速升温的真人秀热潮。

斯坦格的母亲和外祖母都曾是她所成长的保守犹太社区的传统媒人，她汲取了她们的经验，创立了一家好莱坞约会服务公司。[4]兰辛把她介绍给资深制片人亚瑟·科恩，科恩鼓励她做全职媒人。"你迟早会有自己的电视节目。"他预言道。

她做到了，从2008年开始，她就任职于精彩电视台的有线电视网。在《为百万富翁做媒》这档节目中，斯坦格和很多富豪对谈，给他们筛选出有可能的约会对象，然后把他们聚到一场贵宾"交谊会"中，最后为获胜者安排一次约会，这一切都会被拍摄、剪辑，然后在电视上播出。

自以为是、口无遮拦、粗俗而滑稽可笑的斯坦格似乎就是为真人秀而生的，尽管她的泛泛之论有时也会引发争议。[5]但无论其评论有多么耿直，她都从未偏离对爱情和婚姻的传统叙事。她只准参赛者在贵宾交谊会上喝两杯酒，还禁止性行为，直到一对情侣建立了"承诺性的关系"为止。这个节目在精彩电视台很受欢迎。

布兰登打来电话时，斯坦格已经是名人了。她从未见过萨姆纳·雷德斯通，但知道他是个大亨，更重要的是，他是个亿万富翁。所以斯坦格开车到比弗利庄园去见了萨姆纳本人，用她的话说，这是为了"读懂他的能量"。

她走过锦鲤鱼缸，然后被引进屋，萨姆纳就坐在他那口鱼缸前的椅子上，看着装设在邻近墙上的股市行情显示屏。她的第一印象是他年轻时可能还挺好看，但现在太老了。她知道他已经86岁了，但他的外表仍让人吃惊，尤其是他那只受伤变形的手。她手里有很多合适的女人，她们都对有钱的老男人感兴趣。不过这次依然有可能是个挑战。

雷德斯通似乎立刻被斯坦格迷住了，他把自己对想要找的约会对象和妻室的要求都告诉了她，她则把这些框框——勾选：犹太人、深棕色头发、年轻些（当然，年近50或50多岁也可以）。萨姆纳厚着脸皮跟她调情，不时说些下流话，她也以同样的方式回应。在面谈过程中，斯坦格在萨姆纳的劝说下坐到了他的大腿上，一小会儿后，她礼貌又坚定地起身了。（斯坦格定了一个很严格的规矩：不能和客户约会。）

萨姆纳愿意和中年女性约会，这打开了充满可能性的大门。斯坦格手里有一长串迷人妩媚而又年长的单身女性名单，而大多数富有的男客户甚至都不会瞧她们一眼。

　　"那我们就开始吧。"她说。

　　斯坦格给萨姆纳说明了一番。他会被注册为贵宾级别，这可以确保他每周 7 天每天 24 小时都能与她这位富豪红娘本人取得联系。费用是每年 12 万美元，提前支付，服务期为一年，不过很少有客户能耗费她那么长时间——她说基本只用安排三次约会就能成功了。

　　萨姆纳有点不自在地提出他可以马上付给她六万美元，其余的要过后再付。他告诉她，有人给他定了限额，以遏制他在女人身上日益奢侈的花销。

　　斯坦格表示怀疑。"不会吧？我不信你这么惨。12 万美元你还是有的。我愿意信任你，但你要是不把另外六万美元给我，那我可就不管你了。"

　　萨姆纳看起来很受用。"还从来没有人信任过我。"他说。他最终把余额付了。

　　蕾妮·苏兰是斯坦格给萨姆纳安排的最早的约会对象之一，是演员、模特，也是摇滚吉他手史莱许的前妻。[6]苏兰长得漂亮、身材高挑、肤色浅黑，萨姆纳为她疯狂。但她没有回应他的热情，对他的钱也不那么感兴趣。萨姆纳似乎被她的拒绝伤了心，一直恳求斯坦格再给他们俩安排一次约会。

　　似乎没有人能符合他的标准了。萨姆纳经常在约会次日打电话给斯坦格，叫喊着斥责她给他安排的女人不够好。"你不能跟女士们这样说话，"斯坦格警告他，"除非你打电话来道歉，否则我不会再给你安排了。"说完她就挂了他的电话。他肯定会回电话，这时她会告诉他要冷静下来："咱们准备好专注于爱情了吗？"

在这一年里，萨姆纳和斯坦格逐渐亲密起来。她会叫他"老头"和"瘤子"——这是指他受过伤的手，还会在言语中夹杂与他的言论相应的脏话。他似乎很喜欢她敢于直面他和取笑他的态度，也乐于有她做伴。他反复告诉她，她就是他的"梦中情人"，她就是他想要的那个人，但她断然拒绝了他。尽管如此，除了他发脾气时说的脏话和周期性的暴怒之外，她发现他还是一个挺老派的绅士。[7]他们要出去吃饭时，他都会派一辆车来接她，而且总是穿着正装。他还竭力劝她把她的真人秀节目从精彩电视台转到维亚康姆集团的频道来。

在约会合同到期时，萨姆纳成了斯坦格服务过的百万富翁（就他而言，应该是"亿"万富翁）里罕见的一次也没有配对成功的人。他总是在问："你还有什么人？"即使在遇见了他喜欢的人之后也是如此。斯坦格给他打了九折，让他再续签一年，但他不想付钱。于是，她鼓动他和一个他之前说过喜欢但不知怎么还是错过了的人再约会一次——一个名叫西德尼·霍兰德的女人。"如果你想要的就是我这样的，那你应该去跟西德尼交往。西德尼就是迷你版的我。"

霍兰德是斯坦格的私人好友，并非约会服务公司的客户。这两个女人确实有很多共同点：相似的身形；年龄（霍兰德39岁）；宗教（两人都是犹太教徒）；以及对保健、健康和新时代灵修①的兴趣。霍兰德是个酒鬼，正在戒酒。她和斯坦格都热衷于草药。她们甚至连姓都一样——霍兰德的婚前姓就是斯坦格[8]，不过她们并不知道彼此是不是同根同祖。[9]

霍兰德成长于加州圣迭戈市郊的一个富裕小镇——拉荷亚，父亲是牙医，在她20岁时就去世了。霍兰德曾和年长男人约会（并结婚）。她在2000年嫁给了做过模特的建筑承包商塞西尔·霍兰德，当时她29岁，塞西尔比她大16岁。这段婚姻持续了三年。[10]

六年后，在匿名戒酒会②的一次聚会上，霍兰德认识了卡拉威高尔夫球公司的顶级销售主管布鲁斯·帕克。1992年，这家广受喜爱的大贝莎球杆的制造商上市，他大赚了一笔。[11]仅他所持有的卡拉威股票的市值就超过了2100万美元。他比霍兰德大15岁。

认识一个月后，她就搬进了帕克在威尔希尔大道的公寓，他还给她租了一辆梅赛德斯。但在2009年10月，也就是两人同居仅几个月后，帕克就在和霍兰德亲热时心脏病发身亡。[12]他们虽都参加了匿名戒酒互助会，但尸检却确认帕克的死因为"急性可卡因中毒"。他当时只有53岁。

除了男友在如此尴尬的状况下突然身故所带来的精神创伤（警方还调查了霍兰德的谋杀嫌疑，不过没有提出指控），霍兰

---

① 新时代灵修（New Age spirituality），又称新时代运动，是20世纪70年代在北美兴起的一股反叛现代性的神秘主义思潮。它并不专指某一具体的新兴宗教，而是弥漫于社会中的一种新宗教运动。其核心观念是吸纳东西方神学和形而上学的传统并将之与心理学、通灵学、意识研究融合，倾心于神秘主义及超常的心灵体验的心理治疗等。

② 匿名戒酒会（Alcoholics Anonymous）是一个国际性互助戒酒组织，创立于1935年，有200多万名会员。

德在财务上也很窘迫。她有很多账单都未偿付，还身负多项法庭裁决，被扣押了 47540 美元。[13] 她自称创业家，但所做的投机生意无一成功："环保"瑜伽服；一个运动服和女士内衣产品线；连她自己的婚介生意——以斯坦格的百万富翁俱乐部为模板的圈内贵宾社交俱乐部 [14]——也是一样。（斯坦格并不喜欢霍兰德撬她客户的举动，但也没把她当成一个真正的竞争对手。）霍兰德甚至希望推出自己的做媒真人秀，却又缺乏斯坦格那种盛气凌人、为电视而生的个性。她最终颗粒无收。

霍兰德称帕克曾向她承诺过每月都会给她一万美元的家用并让她开那辆梅赛德斯。[15] 让帕克的大家庭和继承人们感到惊愕的是，霍兰德咨询了律师，并且拒绝搬出他的公寓。她留下了那辆梅赛德斯，还希望被指定为帕克遗产的遗嘱执行人。在帕克的家人给了她 16.4 万美元的和解费用之后，她才离开了——带着整套用古驰牌行李箱打包的物品。

因此，当斯坦格要把萨姆纳介绍给霍兰德时，从霍兰德的角度来看，能与一位亿万富翁见面真是再及时不过了。霍兰德几乎是求着斯坦格给她和萨姆纳安排一次约会。斯坦格答应了，但也提出了一些严厉的警告："第一次约会不要和他上床。他很老派，像上个世纪 40 年代的人一样。只要他想，他可以跟好莱坞的任何人上床。但他在找寻真正的东西。"她是指爱情和婚姻。

霍兰德把萨姆纳追求她的那段时间描绘得有如田园诗般美妙："沿着马里布海岸驾车兜风，听托尼·班奈特和弗兰克·辛纳特拉演唱。"[16] 他们还在各家餐厅里一起享用了萨姆纳最爱的甜点——巧克力慕斯。霍兰德开始以他女友的身份公开露面，"在慈善活动、电影首映式和派对上都伴他左右。"萨姆纳转瞬间就为霍兰德所倾倒，就如他被福图纳托迷住时一样。在她知道这一点之前，"他们醒着的每一刻几乎都黏在一起"。

两人相识后不久，霍兰德和萨姆纳以及曼努埃拉·赫泽和她的儿子布莱恩一起吃了顿饭，以便让赫泽来考察一下霍兰德。[17]霍兰德通过了这场检验，赫泽认可了这段关系。

不到一年后，也就是 2011 年，萨姆纳便向霍兰德求婚，据赫泽回忆，霍兰德"很高兴地同意了"。[18]他给了她一枚九克拉的钻戒，她则得意地向斯坦格炫耀起来。（萨姆纳送了斯坦格一副卡地亚的"LOVE"系列钻石手镯作为答谢。）萨姆纳还大手一挥送给霍兰德大笔现金以及无数的珠宝、艺术品和鲜花——确切地说是红玫瑰和兰花。他在西好莱坞给她买了一栋房子，就在比弗利山与西好莱坞的交界处，她则常开着一辆新的保时捷往返两地。萨姆纳还为她支付了比弗利山网球俱乐部的会员费，会员过期后，又安排她加入了在宝马山花园①的里维埃拉乡村俱乐部，入会费为 25 万美元。他会给她写一些示爱的便条，有些就写在松久日料餐厅的信笺上。"我会永远爱你。你可以永远依靠我。爱你的萨姆纳。"其中一条如此写道。

霍兰德联系了自己的律师安德鲁·卡赞斯坦，让他就那枚钻戒和其他礼物提些税务建议。[19]必须把那颗"绝美的钻石"申报为个人收入吗？是的，卡赞斯坦（在一封泄露给《纽约邮报》的

---

① 宝马山花园（Pacific Palisades）是位于洛杉矶西部的富裕社区，处于圣莫尼卡山脉和太平洋之间。

电子邮件中）答道，但他补充了一句，说很多人都"无视了"这个规定。

她还告诉卡赞斯坦，萨姆纳在遗嘱中给她留了共计 300 万美元的遗产。缘于萨姆纳的慷慨，卡赞斯坦估计霍兰德此时的身价已经达到了 900 万或 1000 万美元。"是不是开始觉得有些安慰了？"他问。

"2000 万就最好了！！！"她回复道，"只是说说而已。"

霍兰德收到的保时捷、豪宅、俱乐部的会员资格和现金给蒂姆·詹森留下了深刻印象，他原是派拉蒙影业的一名员工，于 2011 年受聘为萨姆纳的全职司机。詹森说他第一次见到霍兰德时，她开的是一辆红色小车，非常破旧，其中一个后视镜都是用强力胶布粘住的。[20]

詹森很快就意识到，他虽被派拉蒙影业或维亚康姆集团聘为老板的司机，但他的雇主实际上是霍兰德。他的主要职责之一就是把可兑现的支票拿到美国银行的一家分行，然后带着现金回来——一次几千美元——他会把这些钱交给霍兰德。[21] 霍兰德则会用现金给七个定期去看望萨姆纳的女人付酬。

为了随时记录相关工作，詹森制作了一份电子表格，列出了不同的女人和她们所获得的报酬。[22] 在一年内，她们总共收到了 100 多万美元。詹森在纽约向维亚康姆集团的一名安保官员提出了投诉，一方面是因为他觉得携带这么多现金不安全，另一方面也是因为他觉得给这些女人付钱不在他的职责范围内。据詹森说，他的投诉没有任何回应，但霍兰德对他产生了"敌意"，不久后他就被解雇了。[23]

尽管萨姆纳不再是斯坦格的客户，但她仍会点拨霍兰德：萨姆纳想要什么就给他什么；只要合情合理，为他做什么都行；在任何情况下，都不要背着萨姆纳跟其他男人交往。萨姆纳和他那一代的很多男人一样，对女人保持着一种厚颜无耻的双重标准：他想跟多少人出轨和上床都没问题，但任何跟他约会、订婚或结婚的女人都要恪守一夫一妻制的标准。对萨姆纳来说，妻子和情妇的忠诚就像他对下属的要求一样是他所看重的珍贵品质。

斯坦格确信，这两人虽年龄相差很大，霍兰德也怀有明显的经济动机，但她确实爱上了萨姆纳。斯坦格认识很多女人，她们都会被年长得多的男人吸引。霍兰德把斯坦格的建议都放在了心上。她会随叫随到地服侍萨姆纳。[24] 萨姆纳一打来电话，她就会中断和朋友们（比如常一起吃午饭的斯坦格）的午间聚餐。

萨姆纳很快就变得离不开霍兰德了。当萨姆纳让霍兰德搬去和他同居时，她同意了，并充当妻子、秘书和业务经理的角色，还越来越像个护士。[25] 她重新装修了这栋豪宅。她安排了萨姆纳的老友查理·罗斯、迈克尔·米尔肯和雪莉·兰辛前来做客，她为满足萨姆纳的性欲而找来的女人就更不必提了。她会监督他处理哥伦比亚广播公司和维亚康姆集团的事务，也在家中组织过一次哥伦比亚广播公司的董事会议。她安排他的周日电影放映活动，以及带他去看牙医和预约的医生。

萨姆纳对霍兰德提出了很多要求，她坚称自己全部满足了这些要求：每次午餐和晚餐，她都会和他一起吃；他要睡觉的时候，她也会陪他上床（虽然这比她习惯的上床时间要早得多）；她不会独自在外过夜；她不再约见朋友。然而萨姆纳却"可以为所欲为"。[26]

第5集 "我的就是你们的"

2012年6月，派拉蒙影业在自己的制片厂为其百年诞辰举办了庆祝活动，这是唯一一家仍坚守在好莱坞①的制片厂。[1]约有上百位来宾和员工走入了那道历史悠久的拱形大门，[2]大家手持着装满香槟的细长酒杯，从容地走过其间的录音场和摄影棚。[3]葛洛丽亚·斯旺森、鲁道夫·瓦伦蒂诺、加里·格兰特和梅·韦斯特的演艺生涯和影史经典就是从这里起步的——从1927年的《翼》到1961年的《蒂凡尼的早餐》，再到1974年的《唐人街》，无不如此。

尽管莎莉·雷德斯通仍与父亲争执不断，但她还是出席了这场纪念活动，不过她无权发言。当装在树上的扬声器播放起《教父》主题曲的时候，身穿深色西装、打着俗艳领带的萨姆纳走了进来。道曼在一旁搀扶着他。霍兰德则穿着暴露的连衣裙和璐彩特细高跟鞋紧随其后。她的出现引发了人们的好奇。

"那是谁啊？"[4]一名记者询问维亚康姆集团的公关负责人卡尔·福尔塔。

"那是他的家庭保健助理。"福尔塔答道。

道曼扶着他那89岁的老板坐到制片厂的中央行政大楼——217号楼前的一张椅子上，在好莱坞的黄金时代，这栋楼就是派

---

① 地理意义上的好莱坞。

拉蒙的创始人阿道夫·朱克的运筹帷幄之地。

"拥有这个地方曾经是你最美的梦。"道曼提醒萨姆纳。萨姆纳则向众人祝酒:"为我们这些赢家干杯!"[5]——1994年,萨姆纳在长达两年的派拉蒙竞购战中击败了对手巴里·迪勒之后也说过这句话。[6]

随后,道曼和派拉蒙制片厂的负责人布拉德·格雷扯下了一块红色的天鹅绒帷幔,揭开了这栋大楼的新标志:萨姆纳·雷德斯通大楼。

雷德斯通仍然坐着,接过了麦克风:"通常大楼都是以死者的名字命名的,[7]但这对我永远不适用,因为我将永生。"

好莱坞的业内人士都注意到了道曼在这场庆典上的显要角色,也都知道他在2010年拿到了8450万美元年薪[8]——这使得他成为全美薪酬最高的首席执行官。这同样激起了媒体的兴趣,而萨姆纳也同意与《纽约时报》的一名记者聊聊。尽管具体的谈话要点已经事先列好,但在接受记者艾米·乔齐克的采访时,他还是脱口而出:"我想每个人都知道,菲利普(·道曼)会成为我的继任者。"[9]谈话脚本里可没有这句话。

乔齐克引用了萨姆纳这句话,鉴于众人对谁将接替萨姆纳一直猜测不断,她还合情合理地渲染了这一消息。这篇报道在9月份登上了《纽约时报杂志》,标题是"下一个'雷德斯通'"。报道中还称道曼和萨姆纳都会"滔滔不绝地表达对彼此的钦佩,每每夸大其词,显露出通常对家人或个人拥趸才有的态度"。其中还引用了萨姆纳的原话:"我曾把菲利普称作我的导师,他却说,'不,萨姆纳,你才是我的导师'……我从没想过以权力否定菲利普。"[10]

道曼很乐意看到萨姆纳如此公开地支持他。而福尔塔知道，麻烦——用他的话说就是"第三次世界大战"要来了。

父亲指定道曼为继任者，这让莎莉颇为伤心。她对道曼也怨愤有加，怀疑是他编排了这番言论。

福尔塔被迫发布了一份"澄清声明"，[11]强调萨姆纳的继任者尚未确定，将来会由哥伦比亚广播公司和维亚康姆集团的董事会适时选出。

但是，没有人站出来说是记者误引了萨姆纳的话，因此道曼的地位看起来相当稳固。好莱坞的内部人士虽抱怨道曼缺乏创意天赋，以高压方式管理明星，但道曼还是给出了令萨姆纳真正满意的结果：自2006年道曼担任首席执行官以来，维亚康姆集团的股价上涨了50%以上。

———

虽然霍兰德在派拉蒙的百年庆典上大刷存在感，但她并不是萨姆纳生活中唯一的女人。萨姆纳还在追求玛丽亚·安德林。他也仍在和旧情人曼努埃拉·赫泽交往，并向她吐露心声。霍兰德或许是同侪之首，但她还是和赫泽结成了联盟。2013年，萨姆纳出资翻修赫泽的家宅时，他就曾邀请赫泽和她的女儿凯瑟琳来与他和霍兰德同住。[12]赫泽由此开始分担萨姆纳家的员工管理工作及萨姆纳个人的医护工作。萨姆纳家的工作人员都将赫泽视为仲裁者，认为霍兰德在没有赫泽同意的情况下很少做出什么重大决定。[13]赫泽差不多就这么留了下来，她那栋房子似乎也在无限期地翻修——两年后，翻修工作仍在继续，花费已超过 900 万美元。[14]

赫泽在萨姆纳家有自己的房间，不过她很少在那儿过夜。[15]但萨姆纳似乎对这种额外的关注相当满意。

事实上，这两个女人都没有花太多时间来陪萨姆纳。[16]霍兰德晚上很多时候会很勉强地和萨姆纳一起上床，但他一睡着，她就会起来。[17]杰里米·贾吉洛是萨姆纳的护士之一，从 2013 年 5 月开始就在这座豪宅轮班工作，每 12 个小时轮班一次。[18]贾吉洛视霍兰德为萨姆纳的"同居女友"，据他观察，霍兰德通常会和萨姆纳一起吃午饭和晚饭，萨姆纳做理疗和言语治疗时，她会在旁坐陪，但除此之外她都不见踪影。赫泽则经常外出旅行，即便在家也只会陪他"几分钟"。[19]然而赫泽还是牢骚满腹，说她不得不限制自己的旅行安排，因为在家里陪萨姆纳的时间远比她设想的要多。[20]

即便如此，萨姆纳此时也已经习惯性地把霍兰德和赫泽都称作这个"大家庭"的家人了，他在修改自己的遗嘱和信托文件时明确使用了家庭这个词。他参加了布莱恩·赫泽在南加州大学的毕业典礼，[21]凯瑟琳·赫泽在纽约找到第一份工作时，萨姆纳也送她去上过班。[22]

赫泽的另一个女儿克里斯蒂娜·尚舒姆（后改名为克里斯蒂·查姆）曾被聘为哥伦比亚广播公司 2012 年播出的剧集《警界新人》的戏服制作助理，还成了派拉蒙电影《忍者神龟》的助理戏服设计师。

凯瑟琳上高中三年级时（她此前已经在前美国副总统小艾伯特·戈尔的气候现实项目中做过实习生，[23]戈尔接受过雷德斯通的资助），她母亲开始敦促萨姆纳让她出演哥伦比亚广播公司的新剧《国务卿女士》，该剧的主角——国务卿伊丽莎白·麦考德由蒂娅·里欧妮饰演。穆恩维斯被召到萨姆纳的豪宅，在霍兰德和赫泽的陪同下，萨姆纳几乎是命令他在该剧中给凯瑟琳安排一个角色。穆恩维斯自知别无选择，只能照办。

在这部剧的试播集中，凯瑟琳饰演的是虚构的麦考德家唯一的女儿艾莉森。后来制片人又给这部剧新增了一个角色——长女斯蒂芬妮，并邀请年轻有才的茱莉亚学院毕业生瓦莉斯·柯里-伍德来出演这一角色。不出所料，赫泽对女儿戏份的减少怒不可遏。她让萨姆纳照着一个黄色便签簿上手写的字句向穆恩维斯大声读出来："莱斯（利），我叫你让凯瑟琳参演，结果你又加了一个女儿。你为什么要这么干？"

此时要撤掉角色已经太晚了，但赫泽会现身片场，监控凯瑟琳拿到的台词和出演时长。她经常打电话给穆恩维斯，要求增加她女儿的戏份。穆恩维斯把赫泽转托给了该剧的另一名制片人才最终得以脱身。

赫泽总会为自己和孩子从哥伦比亚广播公司和维亚康姆集团的高管那里贪占各种小便宜，包括后台通行证、门票以及在各种颁奖礼和活动上的贵宾待遇。若是没能如愿，她就会对维亚康姆集团和哥伦比亚广播公司的员工大喊大叫并向萨姆纳告状。然后萨姆纳就会打电话过去责备他们。哄赫泽开心的责任就这样落到了福尔塔肩上。即便如此，福尔塔还是告诫萨姆纳，赫泽辱骂维亚康姆集团员工的行为是不可接受的。但萨姆纳好像并不在乎。

赫泽的到来让萨姆纳家中的氛围发生了巨变。房屋和院落的各处都安装了监控摄像头，[24] 护士和工作人员都要接受测谎仪的测试。[25] 她命令他们只能说英语，还威胁要解雇一名说母语——他加禄语①——的护士。[26] 只要霍兰德或赫泽觉得谁对她们不忠，谁就会被炒掉。[27] 随着这两个女人对这栋豪宅、其中的工作人员和萨姆纳本人的控制日益加深，可以不受限地接触萨姆纳的人也在不断减少。

这些人中就包括他的直系亲属莎莉和他宠爱的孙辈。只要他们来访，霍兰德或赫泽都会不离左右，[28] 或者让工作人员全程在场并向她们通报谈话内容。萨姆纳的护工和私人助理乔万尼·帕斯就是这些工作人员之一，按他的说法："有家人来访时，霍兰德会吩咐我待在那间房里，偷听他们的谈话，然后向她汇报。霍兰德特别叮嘱我，要我在雷德斯通先生的女儿莎莉来访时好好监视他们。"[29]

家人给萨姆纳打来的大多数电话也被屏蔽了，而霍兰德和赫泽会告诉萨姆纳，他的家人从未给他打过电话。[30] 按贾吉洛所说："霍兰德和赫泽要是听说哪个护士或者家政人员转接了这些来电，便会大怒，而且明确表示犯这种错会被开除。"[31]

霍兰德和赫泽"经常在雷德斯通先生面前贬低莎莉，说她是个骗子，只想要他的钱，在个人和生意问题上都违背了他的意愿"——贾吉洛称之为"持续轰炸"。[32]

萨姆纳儿子布伦特的女儿克琳·雷德斯通此时 30 出头，毕业于丹佛大学法学院，是萨姆纳家人中的一个特例。即便在布伦

---

① 他加禄语（Tagalog）是菲律宾的官方语言之一。

特跟自己的父亲决裂之后，克琳也一直与萨姆纳走得很近，常在他的豪宅留宿。她在赫泽结识萨姆纳后不久就认识赫泽了，而且她们多年来一直保持着联络。与此同时，克琳对姑妈莎莉却有着强烈的反感，说莎莉"总是表现出对我、我父亲和'生气包'（萨姆纳的孙辈这样叫他）的敌意，有时还会用一些阴暗的、威胁性的方式"。[33] 克琳对莎莉的看法使得她成为赫泽和霍兰德宝贵的潜在盟友之一。

霍兰德和赫泽似乎也容忍了萨姆纳对玛丽亚·安德林的持久迷恋，尽管萨姆纳声称与霍兰德订了婚，但安德林还是几乎每周都会来他家中。萨姆纳总是不停地给安德林打电话，有时一天要打好几次，还会给她留很长的信息，说他爱她："我每时每刻都在想着你——想着我有多爱你，多思念你。""如果你需要什么，打给我，"他在另一条信息中如此说道，"答应我，如果你有任何需要，打给我，宝贝——记着这一点。对不起，我哭了。每次想到你我都会哭。我控制不住。记着，如果你需要任何东西——钱、建议，不管什么东西，打给我。我会永远守候在你身旁。"他称她是"我的唯一"。

安德林容忍了这些话，但她对萨姆纳并没有爱情的感觉。萨姆纳虽时常口吐淫词秽语，但安德林很怀疑他的身体还有没有能力进行任何传统意义上的性行为。安德林觉得他更想让鲍勃·埃文斯[①]和拉里·金这样的密友以为他和迷人的年轻女人上了床。

---

① 即前文中萨姆纳的密友、制片人罗伯特·埃文斯。

萨姆纳喜欢在公共场合炫耀安德林。在 2009 年的托尼奖[①] 和 2010 年的奥斯卡金像奖的颁奖礼上，她和他一起走上了红毯。他经常带她去比弗利山的豪华餐厅，参加他为朋友、娱乐业高管及他们的配偶举办的晚宴，他在这种场合总是坚持让每个人点昂贵的多佛鳎鱼，即使他们说自己讨厌鱼。

　　有时萨姆纳的话听起来更有家长的风范，而较少有浪漫的感觉。2010 年底，安德林认识了一位体育用品方面的创业者，并开始和他约会，之后萨姆纳似乎接受了她已有男友而且坠入了爱河的事实，甚至说自己期待着陪她走过婚礼的红毯。"你做得对，"他在一条语音信息中说，"你会嫁给他，还会有孩子和家庭，这是你一直想要的，而我想让你拥有你想要的一切。就像我跟你说过的，我全部所想的就是让你幸福。"

　　安德林能感觉到霍兰德和赫泽很嫉妒萨姆纳对她的感情，但也知道她们对此无计可施。她的出现或许也给她们带来了一些愉快的夜晚，让她们不必去迎合萨姆纳的一时冲动。这两个女人甚至会帮萨姆纳给安德林挑选昂贵的礼物，比如钻石耳环和劳力士手表，有时她们还会额外给自己捎带一些衣服和珠宝，一并计入账单。

　　赫泽指点安德林，说她可以向萨姆纳索取更多东西。赫泽还坦言自己几年前婉拒他的求婚是她一生中最大的错误。

　　安德林从未向萨姆纳要过钱，萨姆纳说想帮她买一栋房子，她最初也拒绝了。但他说她若是不选，那他会亲自为她选一栋，

---

　　① 托尼奖（Tony Award），全称安东尼特·佩瑞奖（Anthony Perry Award），是为纪念美国戏剧协会的创始人之———安东尼特·佩瑞而于 1947 年创立的。

她这才让步了，最终在科罗纳德尔玛① 买了一栋价值265万美元的小别墅，这里距她在拉古纳海滩的家不远。萨姆纳看后表示很失望，因为这栋房子没有泳池，也不在海边上。

萨姆纳甚至也大手笔地给了安德林的姐姐瓦内萨不少赠礼，她当时正在经历一场混乱的监护权争夺战。听说瓦内萨突然有一大笔钱进账，安德林怀疑姐姐和萨姆纳之间发生了什么，要姐姐给个说法，瓦内萨则说："我用不着告诉你。"两姐妹原本的亲密关系由此破裂。房屋管理员马丁内斯告诉安德林，他并不知道发生了什么，但萨姆纳给瓦内萨打过很多电话。赫泽后来称萨姆纳总共给了瓦内萨600万美元。②

随着时间的推移，萨姆纳送给安德林的礼物变得越来越名贵。六位数甚至七位数的现金存款以及哥伦比亚广播公司和维亚康姆集团的股票也开始出现在她的账户上。正如萨姆纳在一条语音消息中所说的："记住，甜心，我会永远爱你，我会尽我所能地让你幸福。即便我们不睡在同一个房间，我家也永远都是你家。"他还补充道："你只记着，如果你需要什么，尽管告诉我。我很乐意为你付出。永远不要说你想回报我什么。那只会让我觉得无比受伤。我给你这些东西是因为我爱你。我依然爱你。"

萨姆纳还力劝她购买哥伦比亚广播公司和维亚康姆集团的股票。2012年4月16日上午，他让自己的行政助理格洛丽亚·马

---

① 科罗纳德尔玛（Corona del Mar），加州新港滩市的一个海滨富人区。

② 这段有关瓦内萨和萨姆纳之间关系的描述获得了多个消息来源的证实，但瓦内萨表示，对她和妹妹玛丽亚·安德林之间谈话的这些描述是"不真实的，只是道听途说"。——原注

泽奥给她发了一封电子邮件,指示她去购买 8000 股维亚康姆集团的股票和 4000 股哥伦比亚广播公司的股票。安德林很清楚内幕交易的规定,所以对此十分警惕。"我不能跟你或萨姆纳谈论维亚康姆或哥伦比亚广播公司。"她回复道。

萨姆纳不为所动,他以安德林的名义给她在美国信托公司的财务顾问去信,指示这位顾问"在开盘或尽可能接近开盘时"买入维亚康姆集团和哥伦比亚广播公司的股票,"价格不限"。

安德林知道后很生气。她写信给自己的财务顾问,说她无意购买任何股票,还说:"萨姆纳·雷德斯通不应该打听我账户的事情,也不该问你有没有买股票。"

萨姆纳从未告诉过安德林为何他那天坚持让她买股票,她也不想问。当时并没有什么能明显抬升股价的促动因素。维亚康姆集团在前一天已发布了最新财报,他们表现平平,对股价影响甚微。维亚康姆集团在 11 月 16 日宣布了一项债务交换要约,以清偿部分债务,但股价仅有小幅上涨。

作为董事长和首席执行官,萨姆纳很可能知道另一些即将揭晓的利好消息,比如较大的有线电视续约交易的进展——这就是对首席执行官和其他内部人士买卖公司股票有严格规定的原因。传奇投资家沃伦·巴菲特在前一周的一次公开呈报中披露了他持有的维亚康姆集团的大量股份,后来又披露了他买入的更多股份。美国证券交易委员会的档案文件显示,维亚康姆集团的高管道曼、杜利和法律总顾问当月也行使了认股权[1] 并买入股票。

---

[1] 行使认股权是指在一定时间内以固定价格买入一家公司的股票。

无论是出于什么理由，萨姆纳选择的入市时机都有点神了。在接下来的三个月里，维亚康姆集团和哥伦比亚广播公司的股价均上涨了近一倍，而标准普尔 500 指数 ① 仅上涨了约 10%。

———

安德林从没算过萨姆纳总共给过她多少钱，但成百上千万美元肯定是有的。她很清楚别人是如何看待她和他们两人的关系的，但不喜欢这种感觉。她很厌恶别人把她看成另一个霍兰德或赫泽。尽管如此，她还是接受了萨姆纳的钱和礼物。她收得越多，就越抬不起头来。有时她也会琢磨：她是不是患上了斯德哥尔摩综合征——类似受虐者对施虐者产生依恋的状态？尽管萨姆纳有很多缺点，但在他们相处的这些年里，安德林还是对他产生了一些同情。她觉得他从根本上来说是孤独的，而且非常没有安全感。

她还把这种相处模式想象成了她的工作，让这一切变得"合理化"。如她所说，无论萨姆纳有多么"出口成脏和粗鲁无礼"，她都视他为导师、一个才华横溢的商人，她可以从他身上学到很多东西。而且她或许可以改变萨姆纳，让他变得更好。

在让他变得更好这一点上，她的任务可谓艰难无比。在比弗利山伊巴尔迪餐厅的一次晚宴上，萨姆纳满腹牢骚，说导演史蒂文·斯皮尔伯格一直在逼他对巴拉克·奥巴马客气一点。奥巴马在好莱坞精英圈中广受欢迎，但萨姆纳并不是这位总统的粉丝。"奥巴马是个……"萨姆纳大声说道。他用了那个"N"字头

---

① 标准普尔 500 指数（S&P 500 index）是衡量美国大盘股票市场的最好指标之一。

的词①。

安德林被吓坏了。"你不能说那个词！"她惊叫道。

"开个玩笑。"他强调。

"那你也不能说，尤其是在别人有可能听到你说话的地方。"

随后，萨姆纳问安德林有没有觉得他是个"可怕的人"。"如果我像你这么年轻，我们认识了，你会和我做朋友吗？如果我是你这个年纪，你有可能喜欢上我吗？"

安德林不想伤害他的感情，但还是听从了莎莉的建议，对萨姆纳坦言道："我不知道。你不太好相处。"

萨姆纳哭了起来。

———

2013年5月，萨姆纳迎来了九十大寿，霍兰德和赫泽在萨姆纳的那幢位于比弗利庄园的豪宅举行了盛大的祝寿宴。两人铺设了一条通往前门的红毯，前门上方装了一个看起来像剧院天幕的天篷——这是向萨姆纳影院生意的开创期致敬。后院被一个大帐篷占满了，托尼·班奈特再次到来，为客人们唱起了小夜曲，还感谢萨姆纳"让我上了音乐电视网"，重振了他的演艺生涯。

来宾的名单就是一份好莱坞现任和前任大亨的名人录，34 尽管几乎每位出席者都有某种直接的经济动机：菲利普·道曼和莱斯利·穆恩维斯自不必说，出席的还有萨姆纳的老友罗伯特·埃文斯，雪莉·兰辛，制片人布莱恩·格雷泽，迪士尼前董事长迈

---

① 指"黑鬼"（nigger）。

克尔·艾斯纳，以及梦工厂的联合创始人杰弗瑞·卡森伯格，他曾被艾斯纳赶出迪士尼。（维亚康姆集团曾于 2006 年斥资 16 亿美元买下了梦工厂的实景摄影棚。）

曾为萨姆纳的前列腺癌提供咨询的前垃圾债券之王迈克尔·米尔肯也是来宾之一。萨姆纳曾向乔治·华盛顿大学捐赠了 3000 万美元，而米尔肯研究所公共卫生学院就是该校的机构。小艾伯特·戈尔也出席了，这位前副总统的气候现实项目从萨姆纳那里获得了 1000 万美元的资助。[35]

不少与派拉蒙影业有着千丝万缕联系的名人也来了：演员马克·沃尔伯格、丹尼·德·维托、西德尼·波蒂埃，甚至还有汤姆·克鲁斯，他在 2006 年被萨姆纳驱逐后又被哄劝回了派拉蒙的圈子，参演了《碟中谍》系列的另一部影片。

萨姆纳的发妻菲丽丝和鲍勃·埃文斯分坐在萨姆纳两边的荣誉席位上。坐在主桌上的还有莎莉和玛丽亚·安德林。抱怨了菲丽丝多年的萨姆纳告诉安德林，和菲丽丝离婚是他一生中最大的错误。他的几个孙辈——布兰登、金伯莉和泰勒当然也在主桌上。

莎莉在一段由霍兰德和赫泽安排的致敬视频中说："和你一起庆祝的日子总是让人难忘。"[36] 但在这种场合，这句话很可能听起来更像是敷衍。

安德林在镜头前公开表达了她对萨姆纳的"爱"，说他是"全世界我最喜欢的人"。

道曼那十足的摇尾姿态可以说让其他人黯然失色。他直言萨姆纳"是我的灵感、我的明灯、我的导师"。

不过这段视频中真正的明星还是那对主持人双姝。对于霍兰德和赫泽来说，萨姆纳的生日就是她们作为萨姆纳生活中的女人——这位大亨豪宅中的实权掌控者——的登场派对。这两人在视频中格外显眼，如视频制作者名单所示，它是"由霍兰德和赫泽用爱创作的"。霍兰德穿着缀着亮片的黑色礼服，把萨姆纳的迷你贵宾犬糖糖抱在腿上。"受上天莫大的眷顾，我才能和你一起共度我人生中的每一天。"她说，"萨姆纳，你让我完整。我爱你。"

赫泽穿着裸色蕾丝雪纺礼服，显得金色的长发更加耀眼。她的言语中满是"家庭"一词："他们都说人不能选择自己的家庭，但他们发明这个警句的时候肯定没有想到你。能够在昨天、今天、明天和余生成为你的家人，什么言语都不足以表达我们有多么感激，又蒙受了多大的恩泽。"

晚宴中罗伯特·埃文斯一度坐到了安德林旁边，劝她多给萨姆纳打电话。"求你把他从这几个女人手里救出来吧。"埃文斯恳求道。

———

考虑到萨姆纳的冲动之举以及对其他女性产生迷恋的可能，霍兰德和赫泽不得不时刻保持警惕。玛丽亚·安德林就是潜在的巨大威胁。她在萨姆纳的祝寿晚宴上占据了一个主座——就连霍兰德和赫泽都没能坐上他那张桌子。自那时起，萨姆纳每天发给她的语音信息都不下20条（由于他的身体不再能操作手机，霍兰德不得不为他拨打电话，听着他留言）。在傍晚，萨姆纳会播放音乐，给安德林唱歌，通常都有弗兰克·辛纳特拉和平·克劳

斯贝 ① 的歌曲。

事态逐渐向不可控的方向发展。一名私家侦探跟踪了安德林——她认为这个侦探受雇于霍兰德和赫泽，当然，费用是由萨姆纳出的。³⁷ 她家门外停着好几辆陌生的车。其中一辆执着地紧跟在她后面，差点把她逼出路面。

她惊慌失措地给萨姆纳打了电话。"告诉你的女朋友们不要再跟着我了。"她说，"我要向官方举报，派拉蒙、维亚康姆和哥伦比亚广播公司的钱都用来骚扰和跟踪我了。"

"你在说什么呢？"萨姆纳问道。然后她就听到萨姆纳对某个人大喊："有人在跟踪她吗？"

尽管萨姆纳看似接受了安德林已有男友和两人终将成婚的现实，但他显然已经开始相信安德林爱他，而且只爱他一个人。安德林坚信是霍兰德和赫泽助长了这种浪漫的错觉，然后转而利用这一点来激怒他，怂恿萨姆纳相信他的"唯一"背叛了他。

6月，萨姆纳给安德林致电并留言，请她"马上"去他的豪宅，"我等不及要见你了"，听起来好像完全没有怪她的意思。安德林之前虽突然翻了脸，但她还是准备去一趟。然而萨姆纳的房屋管理员马丁内斯打来了电话。

"别来。"他警告说，"这是个圈套。"马丁内斯告诉她，一名律师带着一台测谎仪正在那儿等着呢。安德林向马丁内斯透露过，她与萨姆纳的关系让她觉得很困扰。马丁内斯告诉她，现在是时候抽身了。

---

① 这两位都是已逝的美国歌手。

正如斯坦格警告的那样，萨姆纳无法容忍不忠。他把安德林从遗嘱和信托文件中剔除了。他还聘请了风格狠戾、专为明星解决麻烦的专家、比尔·科斯比的长期律师马丁·辛格，考虑起诉安德林，因为她曾"声称她爱上了他，忠诚于他，以此引诱和影响了他，让他给了她数千万美元、股票、贵重资产、对一家所谓的非营利性机构的财务支持以及其他好处"[38]，萨姆纳后来在一份法庭备案中如此说道。

安德林越来越担心自己的安全，在 6 月 12 日，也就是萨姆纳开过庆生宴后不到一个月，她给他发了一封电子邮件，说她在这种情况下不能再和他见面。"我不知道你、霍兰德和赫泽之间发生了什么，但我很担心自己的人身安全。"她写道，"我还在被人跟踪和骚扰，我甚至害怕独自一人、没人保护。我不知道该怎么办，不知道该找谁帮忙，也不知道该怎么保命。我感到不安全。这不是开玩笑。请终止这一切，因为我怕我会没命。这种状况必须结束，直到我确定自己是安全的。"

萨姆纳没有回应，但她确实收到了辛格发来的威胁性语音邮件，说除非她跟辛格谈谈，否则她的房子就没了。她没有回应。

在接下来的几个月里，萨姆纳口述了一连串火药味十足的信息，原本都是要发给安德林的，在这些信息中，他谴责了她所谓的背叛，还说希望自己从没见过她。

霍兰德恭顺地抄写了这些信息，然后发给了赫泽。[39]

———

2014 年 6 月 12 日，也就是安德林与萨姆纳断联整整一年后，一位代孕妈妈生下了霍兰德的女儿。霍兰德给孩子取名亚历山德拉·雷德·霍兰德，还让赫泽当了孩子的教母。

亚历山德拉有着萨姆纳那标志性的红发，长得也和他很像，这引得人们纷纷猜测她是萨姆纳的亲生女儿，一个人工授精得来的孩子。[40] 还有人认为这个孩子的中间名"雷德"就是对雷德斯通的一种不大含蓄的引用。[41]

霍兰德略显含糊其词地承认了，是萨姆纳帮她"怀上了女儿"。如果亚历山德拉是萨姆纳的亲骨肉，这无疑会巩固霍兰德对萨姆纳遗产的所有权。但当霍兰德的媒人朋友帕蒂·斯坦格直截了当地向她打听亚历山德拉是不是萨姆纳的孩子时，霍兰德否认了，还说她找了一名代孕母亲。无论如何，萨姆纳很溺爱这个孩子，他似乎很享受和亚历山德拉待在家里的时光。霍兰德展示过亚历山德拉在萨姆纳的大腿上蹦蹦跳跳的照片。萨姆纳在自己的遗嘱受益人中加入了亚历山德拉，并表示打算正式收养她。[42] 长期效力于萨姆纳的波士顿税务和遗产规划律师大卫·安德尔曼也开始研究起他与霍兰德结婚并收养亚历山德拉后的税务影响了。

———

就在霍兰德去圣迭戈接孩子的那天，希瑟·内勒趁霍兰德不在家的机会和萨姆纳在他的豪宅里吃了顿午饭。[43] 一年多来，内勒听到了不少霍兰德在背后诋毁她的消息——具体而言就是跟别人说她没天赋，萨姆纳在她身上是浪费时间，她新推出的真人秀也搞砸了。在萨姆纳的坚持下，内勒重返音乐电视网，这次她参加的是《爱丽克蒂克斯》，该剧与《电动芭芭丽娜》有着完全相同的预设，甚至有些团员都没变。[44] 内勒认为霍兰德向自己开战是因为她嫉妒自己和萨姆纳的关系。[45]

霍兰德虽费了不少力气，但萨姆纳似乎还是一如既往地对内勒的才华和潜力充满热情。[46] 据内勒说，萨姆纳在午餐时向她保证，《爱丽克蒂克斯》会再续签一季，即便不续签，她也能参演音乐电视网的另一部剧集。他说他会帮她拿下一份唱片合同，并主动为她出席一场音乐展演会，还催促她去邀请大牌唱片制作人。

随后，内勒抓住霍兰德不在家的机会发起了反击：内勒把霍兰德发给律师的电子邮件给萨姆纳看了，霍兰德和律师在邮件中讨论了她在萨姆纳遗嘱中的经济前景和地位。内勒还给他看了霍兰德的裸照，坚称霍兰德在网上给其他许多男人发了这些照片。[47]

他们的谈话被突然回来的赫泽打断了。[48] 赫泽对这些罪证一笑置之，很快就把内勒带到了门口。[49] 内勒几乎没有让霍兰德受到什么持续的打击，即便有也微不足道，但赫泽给霍兰德详细描述自己目睹的情况时，霍兰德还是气不打一处来。霍兰德的笔记本电脑几年前不见了，她现在怀疑这些裸照就出自那台电脑。霍兰德断定是内勒偷了她的笔记本电脑。[50]

霍兰德致电内勒，明令她不要再给萨姆纳打电话，或有其他任何进一步的联系，内勒无视了她的命令。[51] 内勒依然把音乐展演会安排在 7 月 8 日，还向大唱片公司的代表保证萨姆纳是支持她的，他会出席。[52] 但萨姆纳没有再接听她的电话，也没有回复她的任何信息，这让她越来越感到难过和灰心。[53] 在音乐展演会当天，萨姆纳没有露面，唱片合同也成了梦幻泡影。

7 月 24 日，内勒和她的助手把车停在雷德斯通的豪宅前，她希望能跟他本人见一面。[54] 他们在门口就被卡洛斯·马丁内斯拦住了，马丁内斯说内勒已被禁止来看望萨姆纳或与他有任何接触。霍兰德下令更换了萨姆纳的电话号码，而内勒无权知晓。内勒的电话号码也从萨姆纳的手机上删除了，所以他没法打给她。内勒只得无功而返。

不久后，霍兰德解雇了马丁内斯和他的妻子（她也在帮着打理萨姆纳的家务），只因怀疑他们和内勒勾结。[55] 多年来，萨姆纳和马丁内斯早已是亲密无间，以至于马丁内斯都成了萨姆纳遗嘱中的受益人。[56] 然而现在，萨姆纳却把他赶走了。

这一决定让长期效力于萨姆纳的律师大卫·安德尔曼颇感不安，他担心是霍兰德和赫泽在幕后指使。[57] 安德尔曼就这个问题严肃地询问了萨姆纳是否真的想用如此严厉的手段。但这些问题似乎只是惹恼了萨姆纳，他命令安德尔曼"切实、马上"执行这一变更，并表示他"不想让自己的律师来放什么马后炮"。安德尔曼只能从命。

失去萨姆纳的支持之后，内勒的电视和唱片事业刚刚起步就走进了死胡同。音乐电视网只播出了六集《爱丽克蒂克斯》，并非许诺好的八集，而内勒认为其播出时段（晚上 11 点）也不如人意，还没什么广告或宣传。由于收视率较低（每周不到 20 万名观众），这部剧被砍了。此后内勒也没有收到任何新的剧集邀约。

内勒与萨姆纳的关系可能就此终结了，但在当年夏末，霍兰德起诉了内勒，声称内勒从雷德斯通家中偷走了她的笔记本电脑，里面存有一些"私密"照片。她还起诉了马丁内斯，指控这位为萨姆纳服务多年的房屋管理员教唆了这次盗窃行为。马丁内斯聘请了布莱恩·弗里德曼，这是娱乐圈一位著名的诉讼律师，手里有一长串名人客户名单。

"西德尼·霍兰德起诉马丁内斯先生的决定是她犯过的最大错误。"弗里德曼说道。[58]

———

成功渡过金融危机的萨姆纳非但没有失去对维亚康姆集团或哥伦比亚广播公司的控制权，反而见证了自己的财富及公司的股价的迅速反弹。除了女性恋人和伴侣，也没有什么比股票和期权的价值更让他感兴趣的了。贾吉洛观察到，萨姆纳会"痴迷"地跟进他在维亚康姆集团和哥伦比亚广播公司的期权的价值。[59] 他甚至在卧室里都安装了一台电子股票报价器。他经常让贾吉洛和其他护士帮他计算。如贾吉洛所说，他"非常投入，跟进他持有的股份好像让他获得了极大的乐趣"。那一年，《福布斯》对雷德斯通净资产的估值是 47 亿美元。[60]

自从就她的钻戒向律师咨询税务建议后，霍兰德轻松地达到了她所说的 2000 万美元的目标，甚至不止于此。根据赫泽的说法，萨姆纳曾向她保证，她和霍兰德"在她们的余生都会得到很好的照顾"。[61] "我的就是你们的，"他说，"你们再也不用担心或者渴求任何东西了。"

萨姆纳修改了遗产规划，把他之前要捐给莎莉的慈善基金会的 4000 万美元都给了霍兰德和赫泽。

2013 年 9 月 26 日的信托修正案中[62]写道，萨姆纳去世后，霍兰德可以得到至少 2000 万美元，至多 4500 万美元；赫泽也会获得同样的数额，她的三个孩子每人也都将获得 150 万美元。这还不包括早已成为惯例的现金赠礼。（霍兰德和赫泽在 2013 年总共收到了 910 万美元的现金赠礼。[63]）霍兰德和赫泽将继承比弗利庄园的那幢豪宅，并获得萨姆纳·雷德斯通基金会的经营权。[64]霍兰德还将获得萨姆纳的迷你贵宾犬糖糖和蝴蝶的监护权。[65]

萨姆纳还曾斥资数百万美元，以霍兰德和赫泽的名义资助了一些慈善基金会。[66]

在萨姆纳的财务支持下，霍兰德创办了一家电影制片公司——富嬉皮制片公司，并涉足高端房地产业。[67]她重新装修了从杰西卡·辛普森手中买下的比弗利山的房产，一年后把它卖给了女演员詹妮弗·劳伦斯。[68]

萨姆纳在遗嘱中删除了莎莉的受益人身份，不过他对莎莉在全美娱乐公司的 20% 股份却无能为力（除非买断她的股份），也无法把莎莉从信托中除名。[69]

第 6 集　"你知道他是怎么对女人的"

2014 年 3 月，霍兰德和赫泽正在制定她们迄今为止最厚颜无耻的计划，企图借此谋得萨姆纳在担任维亚康姆集团和哥伦比亚广播公司董事长期间持有的这两家公司的股票和期权，其价值逾两亿美元。[1]不同于全美娱乐公司持有的那几十亿美元的股票——它们被锁定在不可撤销的信托之中——这些证券都放在一个不受信托约束的账户里。[2]这两个女人想让萨姆纳出售这些资产,然后马上把收益交给她们,而不是等到他去世。

霍兰德和赫泽聘请了知名的信托和遗产律师——纽约卡特·莱德亚德和米尔本律师事务所的理查德·B. 柯维来为她们的这一想法出谋划策。[3]3 月 21 日,霍兰德准备跟他见面,并给赫泽发了一封电子邮件,文中附了"一份我认为我们应该考虑的事项清单"[4]。清单的内容包括"更改信托,把我们俩的名字都加进去","改组萨姆纳·雷德斯通基金会,好让我们在眼下和萨姆纳死后都能掌控它",以及"现在就要拿到钱,不要等到萨姆纳死了"。

想让萨姆纳遵从这一计划,她们得打一场持久战,乔万尼·帕斯和雷德斯通家中的其他工作人员对她们计划的大部分内容都有所耳闻。[5]有一次,萨姆纳的护士们曾被勒令离开那个养着鱼的房间,只能在厨房里等候,他们称那次就曾听到霍兰德和赫泽在哄骗他的钱。这两个女人告诉他,莎莉恨他,她只关心钱,还很可能通过诉讼来争夺她们俩将获得的所有遗赠。[6]莎莉甚至有可能更早地提起诉讼,她们俩或许会落得两手空空,能确保她们拿到钱的唯一办法就是萨姆纳马上将钱给她们。

萨姆纳没有答应。

但她们没有放弃努力,甚至说过她们"是唯一爱他并且会保护他的人。如果他也爱她们,那就应该将股票套现。如果他不这么做,那就会在孤独中死去"这样的话。

除莎莉之外，另一个障碍就是波士顿的遗产规划律师大卫·安德尔曼，他做萨姆纳的代理律师已有 30 多年，是那份掌控着全美娱乐公司的信托的受托人之一，也是全美娱乐公司、维亚康姆集团和哥伦比亚广播公司的董事。安德尔曼密切关注着萨姆纳的资产，萨姆纳则总是找他咨询税务问题。和很多亿万富翁一样，萨姆纳也痴迷于尽可能把纳税额降到最低。

安德尔曼不断提出税务上的异议，反对任何出售股票和期权的行动让霍兰德倍感受挫。[7] 他这么做也有道理，因为出售股票要缴纳资本利得税，而把任何资产转移给霍兰德和赫泽的动作都要缴纳赠与税。3 月 21 日，霍兰德在发给赫泽的电子邮件中抱怨道："大卫老是拿赠与税当借口。"

4 月，也就是几周后，萨姆纳聘请了一名新的税务和遗产规划律师——洛杉矶乐博律师事务所的莉亚·毕肖普，后来有人怀疑这名律师就是霍兰德和赫泽推荐来的。[8] 安德尔曼在毕肖普向他索要全美娱乐公司信托的文档副本时才知道此事，他很担心萨姆纳会想更改信托条款，边缘化莎莉和她的孩子。[9]

随着安德尔曼的出局，萨姆纳向霍兰德和赫泽低头了。[10] 5 月 16 日，霍兰德给负责接听电话的帕斯下达指示，让他拦截所有打给萨姆纳的电话，连他的医生也不例外。根据萨姆纳按要求提交的监管备案文件，他当天售出了价值 2.36 亿美元的股票和期权。[11] 这笔收益打到了他在洛杉矶国民城市银行的支票账户①。[12]

第二天，霍兰德把萨姆纳卧室里的股票报价器搬走了，好让

---

① 支票账户（checking account）是一种取钱不受约束的账户类型，它不限定每次取钱的上限，也不限定某段时间的交易次数。

他无法再跟进公司的股价。[13] 萨姆纳的护士贾吉洛注意到他"差不多一下子就陷入了抑郁状态"。

两天后，安德尔曼打电话给萨姆纳在国民城市银行的客户经理埃尔维拉·巴托利查询萨姆纳的账户余额，[14] 结果数字比他预期的少了 9000 万美元。当巴托利跟他说她不能透露这笔钱的去向时，他更加惊讶了，这是他与萨姆纳和这家银行合作多年以来从未发生过的事。萨姆纳总会事先与安德尔曼商量这种大宗的财务交易，部分原因是为了仔细检查税务问题，安德尔曼通常要处理所有的转账细节。

安德尔曼要求对方解释，巴托利最终坦白：这 9000 万美元通过电汇转给了霍兰德和赫泽，每人 4500 万美元，时间就是萨姆纳出售其股票和期权的那天。[15]

安德尔曼大惊失色。[16] 那些出售的股票产生了大约一亿美元的税后收益。赠与税和其他税现在总计要超过 9000 万美元。霍兰德和赫泽实际上已经掏空了萨姆纳的账户。（萨姆纳最后不得不从全美娱乐公司借了一亿美元来支付税款。[17]）

安德尔曼当天对萨姆纳"犯颜直谏"，说他很担心那两个女人给他"施压"。[18] 萨姆纳对这个说法"明显动气了"，甚至直骂安德尔曼是"混蛋"。"他坚称转移这些资金是他个人的决定。"安德尔曼回忆道。

安德尔曼基本上把整件事都告诉了乔治·阿布拉姆斯，这位长期效力于萨姆纳的律师也表达了自己的惊愕。阿布拉姆斯试图直接向萨姆纳提出这个问题，但萨姆纳断然拒绝谈论此事，称他的私生活与阿布拉姆斯无关（可是这名律师在他两次离婚时都曾为其提供法律咨询）。

萨姆纳还大声询问他怎样才能给这两个女人更多："如果我在将来某个时候卖掉我没有承兑的期权，我能拿到钱吗？"以及"有朝一日，我能不能从国民城市银行提出钱来？"[19]

哥伦比亚广播公司法律总顾问告诉穆恩维斯，说萨姆纳正在苦寻办法支付赠与税，然后穆恩维斯才得知了这两笔4500万美元的转账。但穆恩维斯并不想碰这个问题，他认为这种情况是一团糟，只想尽量远远躲开。

萨姆纳的举动并不能掩人耳目。除了他的律师毕肖普和安德尔曼，包括道曼在内的其他受托人也得知了信托的更改和那些巨额的捐赠。"有时我也会被其中涉及的金额吓一跳。"道曼坦承道。[20]"所以我会和大卫商量。大卫说：'他（萨姆纳）就想这么干。'"安德尔曼还说，"你知道他是怎么对女人的，你懂的，这些女人把他照顾得很好"，而"他和女儿的关系显然不是很好"。

在此期间，毕肖普曾请萨姆纳于5月21日去见一见加州大学洛杉矶分校大卫·格芬医学院的著名老年病专家、精神病学教授詹姆斯·E. 斯帕医生。[21]据说在见医生之前，霍兰德和赫泽花了"几个小时"，"一五一十地告诉萨姆纳该说什么话"。

这一招奏效了。[22]斯帕说萨姆纳"对他的遗产表现出了令人钦佩的熟悉程度，很清楚列入他的遗产规划中的人，以及他们和他的关系，而且在讨论他的遗产规划时并未表现出任何妄想的迹象"。在他看来，"〔萨姆纳〕在此次评估中讨论的遗嘱决定给我的印象是反映了他自己的真实意愿，而不是受到霍兰德、赫泽或其他任何人的影响。"[23]

斯帕医生的报告可以帮助霍兰德和赫泽在将来免受她们对萨姆纳施加了不当影响的任何指控。由于涉及的金额如此之大，受到指控绝不仅仅是唯一的可能性。可想而知，这些最新的事态发展再次引起了莎莉及其子女的担忧。

莎莉第一次听到那笔巨额转账的消息时惊得目瞪口呆。在中途岛游戏公司事件发生后，她就曾提出让萨姆纳出售他在哥伦比亚广播公司的部分股份，萨姆纳当时表示他在任何情况下都不会出售这些股份，现在他却把它们全卖了。萨姆纳讨厌交税金，可他现在却让自己无缘无故背上了巨额的赠与税和资本利得税。

莎莉觉得这两件事的发生简直不可思议，除非是萨姆纳没抵挡住霍兰德和赫泽的不当影响，否则他对他的律师和斯帕说了什么根本无关紧要。

当月，莎莉在给安德尔曼的一封电子邮件中写道："得想个计划，我能不能去看我父亲不能由她们决定。"[24] 2014 年 5 月 26 日，也就是萨姆纳 91 岁生日的前一天，莎莉和她的三个孩子都要去洛杉矶参加他的生日派对，他们约好在半岛酒店聚头，讨论一下形势。莎莉发誓："不管花多大力气，都不会放过她们。"

5 月 27 日，萨姆纳的 91 岁寿宴已经准备就绪，不过场面极其尴尬。[25] 考虑到萨姆纳的身体每况愈下，说话和进食都有困难，霍兰德和赫泽打算在松久日料餐厅的私人包间里进行小规模的低调庆祝活动，那是明星大厨松久信幸在马里布开的分店。[26] 她们没有放消息给八卦专栏作家和摄影师，来宾也全是私交，名单严格保密。

莎莉和她的孩子们到达时，布伦特的女儿克琳·雷德斯通正坐在她祖父旁边的座位上。目击者称，莎莉和克琳为座位的安排爆发了激烈的争吵。[27]克琳在一份宣誓声明中坚称她的祖父最近伤了手，所以让她坐在他旁边照顾他吃饭。"莎莉要求我跟她换个座位，好让她坐到'生气包'旁边。我没答应，因为'生气包'特意嘱咐我坐在他身边喂他。莎莉突然发火，还扬言要杀了我。"（莎莉否认发生过任何此类争吵。）

那年夏天，莎莉为调查霍兰德和赫泽也聘请了一批律师，他们又雇用了前联邦调查局探员吉姆·埃尔罗伊，这一态势让萨姆纳坐立不安（更不用说霍兰德和赫泽了），他聘请了四个法律顾问团队来与之抗衡。[28]2014年11月，萨姆纳在乐博律师事务所的私人遗产律师莉亚·毕肖普在给霍兰德和赫泽的一封电子邮件中写道："发生这种事确实让人心烦，但萨姆纳没法阻止莎莉这么做。"[29]

毕肖普还代为联系了著名的庭审律师大卫·博伊斯，他初入职场时就曾做过萨姆纳的代理律师。[30]毕肖普问他愿不愿意代表霍兰德和赫泽来应对莎莉必将发起的诉讼。毕肖普坚称是萨姆纳想要送钱给这两人，他不想让女儿或其他家人干涉此事。博伊斯觉得很奇怪，因为给这两个女人安排律师的是萨姆纳的律师毕肖普。博伊斯说他需要直接与萨姆纳谈谈，以确认这些安排确实是出自他的意愿。毕肖普说这不可能，因为萨姆纳口齿不清，他的话很难听懂。

尽管如此，博伊斯还是同意在纽约与霍兰德和赫泽面谈，但最终又决定不参与其中。他后来并未代理此案。

家庭内部的纷争并没有让萨姆纳停下，他继续将本要留给女儿和孙辈的财产转给霍兰德和赫泽，似乎认为这两人才是自己真正的家人。毕肖普让他又见了一次斯帕医生。[31] 斯帕在其报告中说，萨姆纳"非常关注那些文件能否确保赫泽和霍兰德继承那栋房子和相应的财产"。他引述了以下对话：

"在你跟霍兰德和赫泽的关系中，谁说了算？"斯帕问道。

"我。"萨姆纳说。

"有些人可能会说她们把你当成了提线木偶，可以操纵你。"

"这绝不可能。"

"如果她们威胁说，要是你不给她们想要的东西，她们就会离开你呢？"

"她们不会。"

"但如果她们就是会呢？"

斯帕说这个问题激怒了萨姆纳。"我会告诉她们，靠！"萨姆纳答道。

毕肖普一走出房间，萨姆纳就"跟我说了一些话，比如'要确保曼努埃拉和西德尼拿到所有东西'"，斯帕在其报告中补充道。

与此同时，莎莉请求父亲提供财务援助的请求却没有得到回应。她在2014年6月写给儿子泰勒的一封电子邮件中哀叹道："我父亲通过他的律师向我传达了一个讯息，他知道我的孩子们过得很难，但他压根无所谓，霍兰德和赫泽家里的每个人，包括她们的父母和孩子都比我的孩子过得更好、更轻松，但他不在乎。"[32]

她还写给她所有的孩子们："如果我父亲想让我去死，那他不需要再做别的任何事了。他已经明明白白地表达了他对我的想法。"

第 7 集 "我想要回我的 4500 万"

霍兰德对内勒和马丁内斯的百万美元诉讼自 2013 年 8 月发起后就一直没有进展。媒体没怎么理睬这个案子,也许是因为霍兰德和内勒相对不太有名。但在 6 月 25 日,该案突然成了头条新闻:[1] 内勒向法庭提交的文件不仅否认她窃取了霍兰德的笔记本电脑,还包含了更具爆炸性的反诉,即"霍兰德实际上已经控制了雷德斯通的生活,不允许任何人单独接触他"。[2] 由于涉及萨姆纳,这个案件骤然间具有了新闻价值。

这起诉讼案立刻就成了小报炒作和花边新闻的素材,其影响远远超出了好莱坞的范围。纽约《名利场》杂志的主编格雷登·卡特嗅到了一个绝佳故事的味道——一位年迈的好莱坞亿万富翁和两个同居伴侣正是融合了严肃商业和小报绯闻的爽口搭配,是为《名利场》特制的完美食谱。卡特随即让商业调查记者威廉·科汉去一探究竟。

内勒的反诉也催生了《好莱坞报道》的那篇文章,吸引了电视真人秀明星乔治·皮尔格林的注意,促使他在脸书上给霍兰德发了一连串消息——"我觉得你很性感"——他们最终在半岛酒店热情激吻,霍兰德还答应要"照顾"他。

尽管她的灵媒预言她会遇到皮尔格林这样的人,但霍兰德肯定非常清楚不忠的后果。她指称空乘玛丽亚·安德林不忠时就目睹了萨姆纳的爆炸性反应。帕蒂·斯坦格曾明确警告她不要背叛萨姆纳，更何况霍兰德也有理由相信莎莉的私家侦探吉姆·埃尔罗伊正在监视她。

尽管如此，在他们初次邂逅的第二天，皮尔格林和霍兰德就在另一个娱乐圈人常去的酒吧——比弗利山酒店的马球酒廊相会了。

他们依偎在铺着天鹅绒软垫的弧形卡座里，简直没法把手从对方身上移开。霍兰德提出就在这家酒店开房做爱，但皮尔格林拒绝了。这似乎愈发增强了他的吸引力。此后，霍兰德用挑逗性的短信和电子邮件向他狂轰滥炸。皮尔格林跟她说他得去一趟亚利桑那州的新时代灵修圣地塞多纳看望母亲，霍兰德就提出要去那里见他。

霍兰德乘私人飞机来到了塞多纳，当皮尔格林开着他那辆继承自祖母的老福特探险者汽车来接她时，她看起来颇有些鄙夷。他们去了博因顿峡谷，在静卧于红岩间的魅力度假村吃了午饭，然后在那儿订了一间房。

皮尔格林感觉"压力很大"，他回忆道，但"我们做爱了"，而且"很美好"。

后来霍兰德告诉皮尔格林，她觉得自己已经爱上了他。无论他想要什么，她都答应给他。"我掌管着萨姆纳·雷德斯通所恃的很多权力和很多东西。"霍兰德告诉他。

霍兰德开房时订了两晚（每晚 1500 美元），但她不能住下来——她必须回到萨姆纳身边。她告诉皮尔格林，她是在保护萨姆纳，让他免受他女儿莎莉的伤害，莎莉"恨"她，还竭力想赶走她。霍兰德告诫皮尔格林，莎莉已经请了一名私家侦探来调查她。

皮尔格林有次问霍兰德她和萨姆纳之间有没有爱情。

"你疯了吧？"她回应道，"他都 90 岁了。"

———

虽然霍兰德和赫泽是亲密的盟友，但她向皮尔格林明确表示，她并不相信赫泽会对她在谈恋爱这个潜在的爆炸性消息守口如瓶。霍兰德说赫泽在争夺她想要的东西时非常强势，皮尔格林给赫泽起了个"斗牛犬"的绰号。从皮尔格林的角度来看，这两个女人在那幢豪宅里常会争夺权力，发生小的争执，比如有一次，由于萨姆纳的司机没能按时接到赫泽的女儿，赫泽就怒斥了霍兰德一顿。有次霍兰德给皮尔格林发短信说："我不敢打电话，因为我听到'斗牛犬'刚路过我的房间准备下楼去。"为了避免被偷听，霍兰德经常通过短信和皮尔格林交流。

皮尔格林知道霍兰德打算继承萨姆纳的遗产，也很担心萨姆纳的家人可能会挤掉她。"我真的不相信［萨姆纳］。"皮尔格林告诫她。

"我也这么想，但［萨姆纳的家人］翻不起多大的浪，我会一直在那儿，'斗牛犬'也一样。"霍兰德发短信回道。

"要是我的话，现在绝对不会让［萨姆纳］单独跟任何一个［萨姆纳的家人］待在一起！"皮尔格林写道。

"没门！！"

"让他们见鬼去吧。"皮尔格林接着说。

"就是。"

"他们会使劲打犹太家庭牌的，要小心！！！"

"一点不假！！！"霍兰德表示赞同。

"但我们才是一家人啊爷爷。"[①]

"我们爱你。"

"扯淡！！！"

"他们爱他的钱才是真的。"霍兰德断言。

"没错，"皮尔格林表示同意，"而且想统统拿走。"

———

霍兰德兑现了"照顾"皮尔格林的承诺。他们一起在塞多纳看房子，预算在 100 万到 500 万美元。为了证明自己的经济实力，霍兰德向那位恰好是皮尔格林继父的房地产经纪人展示了她名下的一个信托账户，余额在 5000 万美元以上。

他们欣赏了宽敞的露台，又饱览了周围的峭壁景观，然后选定了一套面积约为 604 平方米、带有泳池和热水浴池的五居室住宅，霍兰德以 350 万美元拿下了这栋房子。[3]

皮尔格林在那年秋天搬了进去。霍兰德出钱给他们二人办了七峡谷俱乐部的会员，那里配有锦标赛高尔夫球场、水疗中心和健身中心，还能享受邻近的魅力度假村的优惠礼遇。她给他买了健康保险，送了他一辆新的吉普切诺基和一部 iPhone 手机，让他穿上了拉夫劳伦牌的服装，送了他全食超市的礼券。

她还给他买了价值几千美元的疗愈水晶，包括黑碧玺，据

---

① 这是模仿萨姆纳家人的语气。

说这东西可以增强男人的性能力，她把它放在了他们床下。霍兰德吹嘘说她有萨姆纳的签章和其他的文件存档，可以用这些东西来为皮尔格林与维亚康姆集团旗下的西蒙与舒斯特出版公司签订《公民皮尔格林》的图书出版协议。[4]

霍兰德还给皮尔格林的父母赠送了很多礼物。她第一次上门就送了他母亲一个昂贵的手镯，老太太觉得很奇怪，因为霍兰德才刚刚认识皮尔格林。

萨姆纳的豪宅每周都会收到成袋的一百美元钞票[5]，霍兰德和赫泽不使用现金的时候，她们所有的开销几乎都是用萨姆纳名下的维萨信用卡和美国运通信用卡来支付的。[6] 仅在2014年，也就是霍兰德认识皮尔格林的那年，她和赫泽两人的花销就超过了350万美元。霍兰德在那年给她的室内设计师特蕾西·巴特勒付了752737美元。赫泽则在服装上大肆挥霍：在巴尼斯[①]花了128780美元，在爱马仕花了82624美元，在缪缪[②]花了54212美元，在香奈儿花了34147美元。

只要有机会，霍兰德都会乘私人飞机从范奈斯机场出发，飞行25分钟（其收据显示每次的往返费用为7900美元），与皮尔格林厮磨一天，享受床笫之欢，但还是会及时回家，陪萨姆纳吃晚饭——如皮尔格林所说，这就是她的"宵禁时间"。（她在一条短信中抱怨道："我几乎没法迈出这栋房子。"）有时她也会派私人飞机去接皮尔格林到洛杉矶相会。但霍兰德承诺，只要萨

---

① 巴尼斯（Barneys）是一家世界著名的高档百货连锁店，总部位于美国纽约，旗舰店在纽约第五大道。

② 缪缪（Miu Miu）是一个创立于1993年的意大利高档女装品牌。

姆纳一死，她就会搬到亚利桑那州和他同居——想必用不了多久。

在不能外出的日子里，霍兰德经常会给他发一些她在那幢豪宅里搔首弄姿的挑逗视频，还会附上露骨的文字消息。皮尔格林都存了下来。

只要霍兰德不在家，萨姆纳就会不停地给她打电话。她跟他通话时常会打开免提，皮尔格林能听到萨姆纳问她在哪儿、什么时候回。片刻之后，他又会打来电话，问的还是这些问题。"她在哪儿，有些人很烦，曼努埃拉不在家，狗到处乱跑。她的生活里充斥着这些问题。"皮尔格林回忆道。

在皮尔格林听来，萨姆纳的话大多都是令人费解的嘟哝。但他偶尔也会蹦出几个相对清晰连贯的句子。

萨姆纳没完没了的电话搅得皮尔格林颇为心烦。有一次他提出要见见萨姆纳，他觉得如果萨姆纳见过并且喜欢霍兰德的新男友，那肯定能缓解这个老头的忧虑。霍兰德断然回绝了这个提议，她说萨姆纳"很老派"，他理解不了的。皮尔格林不明白，萨姆纳在乎这个干吗？"你说的如果你是他的护士是什么意思？"他问她。

萨姆纳连续不断的需求让两人经常为此争吵。但霍兰德向皮尔格林保证，这一切都会是值得的。

皮尔格林勉强同意了，但他还是催促霍兰德要确保她和萨姆纳的财务协议能"板上钉钉"。

"我们需要组建一个健康运转的开心家庭，这个老头儿正在把你榨干！他最好能说话算数。"他给她发短信说。

"我同意。"

"你现在需要铁板钉钉的保证。光动嘴皮子不行。要能给我们保障。"皮尔格林还说,"你是个让人惊艳的美丽女人,现在[和萨姆纳在一起]的状况是暂时的,只要获得全面的保障,把所有事都做到板上钉钉……"

"这个事是板上钉钉的,但他只要活着就可以改,当然,想动摇他也很难。"她回道。

———

那年夏天,萨姆纳的健康状况持续恶化。6 月下旬,霍兰德和赫泽不顾护士们的反对,坚持让萨姆纳陪她们去纽约。[7]"霍兰德和赫泽对雷德斯通先生不停地唠叨、劝诱、催促,直到他最后同意动身。"贾吉洛说道。这次旅行"对雷德斯通先生伤害很大,他的身体虚弱了很多"。

萨姆纳的护士约瑟夫·奥克塔维亚诺越来越担心霍兰德和赫泽照顾萨姆纳的方式。[8]萨姆纳经常脱水,奥克塔维亚诺发短信提醒霍兰德注意这个问题,但她没有回复。他觉得她们给萨姆纳喂食时很粗心,食材切得太大块,他很难舒服地咽下去。8 月,奥克塔维亚诺不得不实施了一次海姆利克急救法,因为萨姆纳的气管被食物堵住了,他的脸都蓝了。按奥克塔维亚诺的说法,霍兰德和赫泽简直是"从那间房里逃了出来"。

皮尔格林也是霍兰德时常做出轻率对待萨姆纳行为的证人,她开着手机免提照顾萨姆纳时,皮尔格林会在电话另一头旁听。"该死的,我不是你的护士。"他在一次通话时听到她如此说道,她告诉皮尔格林,萨姆纳尿床让她很恼火。还有一次,他听到她说："你为什么要把口水流得满身都是？"

9月初的一天，赫泽给萨姆纳喂炒饭，但她似乎并没有注意到他的吞咽和呼吸都很艰难。[9] 好在奥克塔维亚诺和另一名护士插手干预，给他输了氧，最终让他缓了过来。

两天后，霍兰德和萨姆纳在一起时，萨姆纳出现了呼吸困难、呼吸急促的症状。她拨通了皮尔格林的电话，点开免提，让皮尔格林听着萨姆纳此刻的窘况。仅凭手机中听到的哽咽声，皮尔格林无法判断萨姆纳是心脏病发作、中风还是单纯的窒息，但听起来很严重。他还听到霍兰德说要打911，萨姆纳则不停大喊"别打"。

"赶紧打911！"皮尔格林喊道。

———

萨姆纳被紧急送往西达赛奈医疗中心，在重症监护室过了一夜，这时他的家人都被叫来了。[10] 他被诊断出患有吸入性肺炎，这种感染往往是食物被吸入肺部引起的。

比起萨姆纳的状况，霍兰德似乎更关心在医院要穿什么。她给皮尔格林发了一段视频，视频中的她待在自己所谓的"星战"浴室里。"这就是我今天要穿的衣服。"她对着镜头说。她反复拍摄了自己的透视上衣和紧身牛仔裤，说："今天得去医院了。"她戴着超大的墨镜。"这就是我的休闲时装，戴上大墨镜，这样我就不用跟人说话了。"她摘下墨镜，甩了甩那头黑发。"给你一个大大的吻。"她噘着嘴给了他一个飞吻，"爱你。"

当天早上，萨姆纳被转到了一间私人病房，他的护士乔万尼·帕斯过来帮忙照顾他。他帮着把萨姆纳从床上搬到躺椅上，这时他听到萨姆纳对霍兰德说："我想要回我的 4500 万美元。"[11]

霍兰德尽其所能地转换话题，但萨姆纳不依不饶。

据帕斯所述，霍兰德回应道："我会把钱还给你的，但我们现在别谈这个，改天再说吧。"[12] 但萨姆纳始终在说他想要回他的钱。

"你的家人要来了，请不要这样对我。"霍兰德恳求道。就在她说这番话之时，布兰登已经在赶往医院的路上了，莎莉也正从波士顿飞来。

霍兰德用手机和一个人通了电话——帕斯认为是赫泽——然后转身看向帕斯和另一名护士。"我们必须让他睡着，"她说，"你们得帮我搞定这个事。"[13]

霍兰德和另一名护士离开了病房，留下帕斯陪床。[14] 不到 10 分钟，一名医院的护士过来给萨姆纳服了一些药。他很快就睡着了，或者说快睡着了。

那天早上，布兰登给医院打了电话，问现在能不能去医院探病，对方让他只管放心去。他的外祖父当时还醒着，而且很警觉。

布兰登赶到医院并与霍兰德交谈了一会，此后不久，他在过道里和帕斯擦身而过，帕斯尽力使了些眼色，但没能引起布兰登的注意。[15] 他跟着布兰登走进萨姆纳的病房，眼前的状况让布兰登呆住了——他一开始还以为外祖父已经死了。

但他还有浅浅的呼吸。布兰登问帕斯，为什么他外祖父的眼睛看起来这么"奇怪"。他让帕斯放下百叶窗，好让萨姆纳安心入睡。

帕斯对他刚才看见的事情深感不安。他很怀疑让萨姆纳服用催眠药物就是为了阻止他向布兰登、莎莉或其他任何人提到要回那 4500 万美元的问题。

大约半小时后，帕斯一离开医院就给布兰登发了条短信，让他在探视结束后给他回电话，尽管他知道，一旦被发现，他很可能会因为联系萨姆纳的外孙而被解雇。[16] 布兰登回了电话，帕斯告知了他之前发生的什么。[17] 布兰登认同他的看法，认为霍兰德要求给萨姆纳喂安眠药就是为了阻止萨姆纳与家人交谈。布兰登向帕斯保证，他做了正确的事情，还表示自己会给莎莉打电话。

"我想她们可能是想杀了他。"他告诉母亲。

当天晚些时候，莎莉赶到了。[18] 当奥克塔维亚诺走进房间时，她独自一人坐在父亲的床边，握着他的手。像帕斯一样，他也鼓起勇气说了些话。

"夫人，能不能由你来领头照管你父亲？"他问。

莎莉似乎被吓了一跳，并问他是谁。

他自报家门，说自己是一名护士，一周六天都和她父亲待在一起。他把她请到房间外，给她简要讲了讲霍兰德和赫泽是怎样对待她父亲的，他形容那是"持续的虐待"。[19]

莎莉忧心忡忡。她把自己的电子邮箱和电话号码给了他，让他有事随时知会她。[20]

奥克塔维亚诺担心自己可能会被发现并遭到解雇，于是让妻子创建了一个新的电邮账户，专门与莎莉沟通。"我会站在你这边而且……愿意指证霍兰德和赫泽。"他写道。[21]

萨姆纳明显受到了某种程度的脑损伤——赫泽称之为脑缺

血，这是由大脑血流量不足所引发的一种病况，[22]症状包括说话和吞咽困难、口齿不清和协调能力丧失。萨姆纳无法再咀嚼和吞咽食物，必须在身上装一个直通腹部的饲管。

9月9日下午3点，萨姆纳从西达赛奈医疗中心出院。回到了比弗利庄园的家中。奥克塔维亚诺开始向莎莉详细报告当日事件。在第一封信中，他讲述了霍兰德和萨姆纳在装有鱼缸的那个房间看电视时的一段对话：

"你还会娶我吗？"霍兰德问。[23]

"会的，明天我们就叫一位拉比来。"萨姆纳答道。

"我们要不等到周五吧？"霍兰德回复道，"我可以把我的律师请来，赫泽也在。"

霍兰德不可能在嫁给萨姆纳的同时还与皮尔格林保持婚约。而到了周五，关于结婚的谈话已经像蒸汽一样消失得无影无踪，要求她退还4500万美元的谈话也是一样。

———

与萨姆纳家人沟通的风险很快显现出来。[24]萨姆纳一回家，霍兰德就告诉帕斯，他不得再跟萨姆纳接触，这让他几乎无事可做。帕斯想协助另一名护士时，她却下令："别碰他。"

两天后，一名律师告诉帕斯，他被"开了"，但如果他同意签署一份声明，就能给他开一张与他一个月工资等额的支票。[25]帕斯拒绝了，他说想让他的律师先看一遍相关文件。霍兰德走了过来，站得"离我只有几英寸远"，他回忆道，然后她说："滚出我的房子。"

萨姆纳现在比以往任何时候都更加依赖霍兰德、赫泽和这幢豪宅里的护理人员。除了饲管，他还需要导尿管。他没有人扶着就走不了路。他说话的能力严重下降，对如果不是听惯了他这么说话的人来说很难理解。尽管如此，他还是会设法与人交流，通常依赖他的护士贾吉洛的帮助。贾吉洛陪伴萨姆纳的时间如此之长，以至于成了相当熟练的翻译，由此还获得了绰号"萨姆纳的耳语者"。[26]

　　萨姆纳仍会看电视上的体育比赛。他是个狂热的体育迷，这方面可谓无出其右，尤其是谈到他最喜欢的家乡球队——爱国者队和红袜队（至少在他们获胜时是如此）的时候，但现在他似乎并不太清楚是哪支球队在比赛。他好像也没有意识到他看的大多数比赛都是预先录制好的，并非现场直播。[27]他和继侄史蒂文·斯威特伍德就比赛结果进行了持续的、大量的押注，斯威特伍德就是为他和第二任妻子宝拉牵线搭桥的介绍人。萨姆纳总能赢得赌局，因为斯威特伍德已经知道了比赛结果，他会让萨姆纳给获胜的球队下注。

　　莎莉打算在 9 月 15 日再去探望萨姆纳一次，她在前一天与父亲通了电话。尽管她早前曾誓言要对霍兰德和赫泽采取法律手段，但此时她重新考虑了一番，就像她在给自己的三个孩子发的电子邮件中所写的："我们没法靠赢得一场诉讼来甩脱 S 和 M"，她又用这两个字母来指代霍兰德和赫泽。"而且这也不一定是正确的做法。"[28]毕竟是萨姆纳自己做出了决定。"我只是打电话告诉他，我爱他，明天我会去看他，而他一直在说别去惹霍兰德和赫泽。他说过一百遍了。他对我爱他或泰勒和我去看他都不感兴趣。"

"我们都活得很精彩，周围都是我们爱的人和爱我们的人，"莎莉接着说道，"不应该让这件事占据我们的生活，毁掉我们的白昼……和夜晚！！！！让每一天都很痛苦是什么也干不成的。我不否认这是个可怕的局面，但这个可怕的局面是他造成的，我们消除不了。这是个非常艰难的决定，但在经历了这么多痛苦和泪水之后，我真的认为我们不能再让这件事摧毁我们的生活了。犹太新年①就在下周，我觉得我们都需要有一个新的开始了。"

第二天中午前后，莎莉和泰勒来到了萨姆纳的宅邸。[29]他们很幸运，霍兰德和赫泽都已外出购物。这母子俩的主要目的是让萨姆纳放心，让他知道他们爱他，以此反驳霍兰德和赫泽的说法。但一名工作人员很快就给霍兰德报了信，说莎莉和泰勒来了。萨姆纳接到霍兰德的电话时，他们已经在那儿待了大约20分钟，除了萨姆纳言语上的局限，他们都觉得这次聊得还不错。

莎莉和泰勒都听到霍兰德想结束这次谈话。

"他们是不是来烦你了？"她问，"他们是不是把你惹哭了？你必须把他们赶出去。"[30]

萨姆纳转头望向女儿和外孙。"你们得走了。"他说完就哭了起来。莎莉跪在他的椅子旁握住了他的手。

"你真想让我们离开吗？"

萨姆纳点头称是。"我非常爱你们。"他尽力在表达清楚，"但你们得走了。"

---

① 犹太新年（Rosh Hashana）通常在公历9月6日至10月5日之间。

莎莉这时也泪流满面。她觉得这很可能是她最后一次见到父亲活着的模样了。

"至少你听到了你需要听到的话。"泰勒在他们离开时说道。

奥克塔维亚诺在目睹了这次交谈之后给莎莉发了一封电子邮件："今天这个事太不可原谅了。我很难过。还没有到无路可走的地步，莎莉夫人。我站在你这边，99% 的工作人员也都愿意指证霍兰德和赫泽对你父亲施加的暴行。从我在那儿工作的那天起，我几乎每天都能目睹言语上的虐待。她们用唠叨、威胁和背后捅刀子的办法赢得了你父亲的支持，让他签了很多文件。有次赫泽跟你父亲说，除了她们俩，他的家人都不爱他。昨天，霍兰德问你父亲还爱不爱她，他回答'不爱，我太累了，离我远点，我想死'。"[31]

奥克塔维亚诺还说萨姆纳有时会大声呼救，但工作人员基本上都无能为力："在那栋房子里，所有人的一举一动都在霍兰德和赫泽的把控之下。"[21]

奥克塔维亚诺在电子邮件结尾写道："你父亲看起来总是那么悲伤、无助。每当看到这种情景，我的心都会碎掉。"

这封信让莎莉心痛万分。她对奥克塔维亚诺提供的消息表示感谢，但还是让他以后把所有信件都发给泰勒。[22]

莎莉觉得她没法再做什么了。也许是时候效仿长兄，退出这个家族企业，出售她在全美娱乐公司的股份了。她可以将所得投入她的风险投资公司——高城资本，继续从事她的慈善事业，从父亲及其情人们上演的这出戏中抽身。她和毕肖普开始谈判，以商定如何由她的父亲买断其股份。

第8集 "这就是你的家人"

　　尽管霍兰德与萨姆纳一直是正式订婚的关系，也曾再次提出要嫁给他，但她从未向皮尔格林提起过这件事。2014年秋，就在萨姆纳出院后，皮尔格林给霍兰德发了一个代表家的表情符号，接着又发了新娘和婚戒的表情符号。他打电话过去向她求了婚。她没有回答，因为怕赫泽听到。

　　"你愿意吗？"他发短信问。

　　"愿意，愿意。"霍兰德答道。

　　"我的天呐。我太开心了。"皮尔格林回道。

　　"我也是。"这几个字后面跟着一长串心形符号。

　　皮尔格林冲动地提议他们放下一切，然后"逃走"。

　　"我们结婚吧，然后逃走，躲到塞多纳去。"

　　"我们俩的世界。"霍兰德答道。

　　"我们可以走遍天涯海角。"皮尔格林在后续的短信中写道。

　　"是的，必须的。"

　　"我就是这么想的。"

　　"我来解救你，然后我们逃走。"皮尔格林再次建议道。

　　"说定了。"

　　"我们就是整个宇宙。"

　　"让那些输家见鬼去吧。"

　　"同意。"霍兰德写道。

"就等着一个男人死了！！！该死的，我们可以像印第安纳·琼斯①那样周游世界。"皮尔格林细致地描绘着。

"我知道。"霍兰德答道。

"这让我们俩都很难受，我很抱歉。"

"对不起。"

霍兰德和皮尔格林此时在短信中已经开始互称对方为"老公"和"老婆"。

"上帝啊，我需要你。我想念你的气息和味道。"霍兰德发短信给他。

"更爱你了，老婆。"

"更爱你，老公，么么哒。"

"我是你的灵魂伴侣。"

"老公。"

"你是我的灵魂伴侣……"

"我希望我们能同时死去。"

"不想没有你。"

10月8日，霍兰德带着父母来到塞多纳，与皮尔格林及其家人见了面。这对未来的亲家一起在魅力度假村吃了午饭，本来大家相谈甚欢，直到霍兰德的母亲让皮尔格林的母亲考虑减减肥。之后霍兰德和皮尔格林上了床，她的父母则去买水晶了。

霍兰德一接受皮尔格林的求婚，两人就开始打算要一个他们自己的孩子，霍兰德再次决定用人工授精的方式，并找到了一名

---

① 印第安纳·琼斯（Indiana Jones）是系列电影《夺宝奇兵》中的探险家。

卵子捐赠者和一名代孕者。皮尔格林签署了一份正式的捐精协议，放弃了所有亲权。他们找了比弗利山的一名产科医生，也就是帮霍兰德怀上亚历山德拉的那名医生。皮尔格林在那儿向这位医生抱怨，说人们就在隔壁过道走来走去，他却不得不对着杯子自慰。医生也说这没有必要——他可以"用一根针扎进"皮尔格林的睾丸，就像他对"那位老年男性"做的一样。但就在这时，霍兰德示意医生不要再说了。

皮尔格林尽职尽责地用着杯子，不过他的思绪也在飞驰：医生说的"老年男性"指的是谁？萨姆纳和霍兰德也打算要孩子吗？亚历山德拉的父亲是谁？出门坐上霍兰德的那辆配有专职司机的车，皮尔格林就让她给个解释。"如果我们要拥有属于我们的孩子，那我必须知道实情，"他说，"该死的！这到底怎么回事？"

霍兰德注视着他，皮尔格林以为她终于要给他一个诚实的回答了。但这时司机问了问路，到嘴边的话又被她咽了下去。"先别管了，"霍兰德说，"我们以后再谈这事。"

10月28日，皮尔格林和霍兰德又互发了一轮短信：

"今天我把我的血脉给了你……我的精子。"皮尔格林写道。

"我知道，谢谢你。"霍兰德回道，"我会把我的心和灵魂给你……谢谢你做的一切，我知道这么做很不寻常。"

"这是我的荣幸，老婆。要我为你做什么都行。什么都行！！"

"谢谢你，老公。"

"爱你，老婆。"

"爱你，老公。"

"我们能拥有彼此真是幸运。"皮尔格林提醒她。

"我们当然幸运了，"她答道，"非常幸运。我一生都在等你。"

然而，霍兰德并没有深情到去塞多纳和皮尔格林一起过圣诞节的地步。相反，她和赫泽以及她们的孩子都聚在萨姆纳的豪宅里。[1]他们在客厅里庆祝时，萨姆纳则在另一个房间里独自煎熬，只有奥克塔维亚诺和其他几名护士在一旁陪伴。下午3点左右，萨姆纳想看看圣诞树，奥克塔维亚诺把他推到了客厅。赫泽看起来很意外，却又惊呼道："萨姆纳，这（我们）就是你的家人。"

萨姆纳"马上就开始抽泣了"，奥克塔维亚诺回忆道。[2]

———

经过近一年的努力，到11月，萨姆纳和莎莉达成了一份框架协议，他可以由此买断女儿在全美娱乐公司那20%的股份。[3]莎莉将获得价值10亿美元的现金和股票，而且免税。作为交换，她不能再接替萨姆纳担任哥伦比亚广播公司或维亚康姆集团的董事长。

莎莉已经做好了签字的准备。

但霍兰德和赫泽显然还不打算让萨姆纳签字。

奥克塔维亚诺在给泰勒发送的关于萨姆纳日常的信件中描述了安德尔曼、毕肖普和其他律师接二连三来访的情景，这些会面经常让萨姆纳流泪。奥克塔维亚诺回忆说，在与毕肖普的一次会面中，他听到萨姆纳大喊着"不要、不要、不要"然后就开始啜泣。

泰勒在早前的一封电子邮件中就告诉安德尔曼："霍兰德和

赫泽给萨姆纳口授了他与莉亚（·毕肖普）交谈时必须照说的所有话，如果他说偏了，就会惹来她们的一顿臭骂。有人告诉我，她们每天都会辱骂、威胁、抱怨他。"[4]

毕肖普突然在这个买断协议中加入了一个新条件：萨姆纳坚持要求莎莉同意不对他送给（并将继续送给）霍兰德和赫泽的任何巨额赠礼提出异议。[5]

奥克塔维亚诺在 1 月 8 日值班，他称萨姆纳"那天早上特别昏沉，神志不清"。[6] 在奥克塔维亚诺的描述中，迷糊的萨姆纳曾问护士贾吉洛："出什么事了，我在哪儿？"[7]

上午 11 点 30 分，毕肖普到了，他与萨姆纳待了 20 分钟，霍兰德也在场。[8] 奥克塔维亚诺听见萨姆纳在整个会面期间都哭个不停，后来又断断续续地哭了一整天。霍兰德吩咐奥克塔维亚诺，要他拦截所有打给萨姆纳的电话，并特意嘱咐要拦截莎莉和金伯莉的电话。所以金伯莉打来电话时就被挂断了。[9]

当天下午晚些时候，奥克塔维亚诺无意中听到了萨姆纳和霍兰德的对话，赫泽也通过免提电话参与了。[10] 据奥克塔维亚诺说，霍兰德告诉萨姆纳，"他的家人都不爱他"，而且"连电话都没给他打过"。霍兰德说莎莉正在起诉她（这并非事实），这进一步惹恼了萨姆纳。赫泽补了一句，说莎莉"精神不稳定"。

这一次萨姆纳反驳了："我知道莎莉是关心（我）的。"他坚称，莎莉和她的孩子就是他的家人。

但霍兰德和赫泽还是获胜了。当天，莎莉和萨姆纳的孙辈们收到了一封有他签名的信，其中写道："我希望在我的余生，无论这段时间还有多长，我都能确保霍兰德和赫泽在哀悼我逝去之时不会面临我家人发起的诉讼。"[11]

信中还写道:"我想安度我在这世上的余生。如果你们拒签弃权书,那么,尽管深感遗憾,我也将不得不指示霍兰德和赫泽禁止你们、菲丽丝以及你们的孩子出席葬礼,或以任何方式参与料理后事。"

莎莉目瞪口呆。[12] 这要求太过分了,她拒绝在弃权书上签字。出售她在全美娱乐公司股份的谈判也戛然而止。

第二天,奥克塔维亚诺报称萨姆纳"情绪非常不稳定",而且"大部分时候都在哭"。[13]

当晚,萨姆纳在纽约的行政助理格洛丽亚·马泽奥以萨姆纳的名义给布兰登、金伯莉和泰勒发了一封电子邮件:"你们的母亲对我一点都不尊重。我写给你们三人和你们母亲的信是出自我的意愿,里面的内容也涉及你们三人。我希望这当中不会有什么误解。"[14]

考虑到奥克塔维亚诺对当天情况的汇报,泰勒实在无法相信这真正体现了他外祖父的意愿,奥克塔维亚诺说:"霍兰德写了一张纸条,获得了萨姆纳的首肯,杰里米(·贾吉洛)把它给格洛丽亚读了一遍,格洛丽亚就把它发给了莎莉夫人、布兰登、金伯莉和你。内容我没听全,但听到了一句'你们的母亲对我一点都不尊重'。"[15]

这显然是对马泽奥发出的那封电子邮件的描述。

2015 年 1 月 12 日,泰勒去信毕肖普:

现在全美娱乐公司和我母亲之间的抽资脱离谈判已经

终止，很明显，霍兰德和赫泽打算禁止我们一家人参加我外祖父的葬礼，除非我们签署弃权书。

请注意，我的外祖父最近明确表达了他的意愿，即绝不能阻止他的家人参加他的葬礼。此外，霍兰德和赫泽现在已经屏蔽了我和我的兄弟姐妹们打给我外祖父的电话，而且事实上也剥夺了我们与他交谈的机会。同时她们还欺骗我外祖父，说我们不给他打电话，不爱他。

30年来，我和兄弟姐妹们与我的外祖父一直保持着美好、亲密、充满关爱的关系，我们依然深爱着他。然而，1月8日的那封信和1月10日的电子邮件都十分清楚地表明，霍兰德和赫泽会继续挑拨我们的关系，并且虐待我的外祖父，除非我们同意给她们以往和仍在持续的不端行为免责。

由于我在这种阻碍下无法直接给外祖父打电话，请转告他我有多么爱他和关心他，我多么希望能尽早有机会去看望他，和他谈谈。

霍兰德几乎立刻就拿到了泰勒这封信的副本。萨姆纳和奥克塔维亚诺正坐在露台，她挥舞着信走上前。她命令奥克塔维亚诺和其他护士都到厨房去，但奥克塔维亚诺还是听见她怒气冲冲地给萨姆纳大声念出了这封信的部分内容，她说泰勒就是个骗子，还抱怨他的家人"毁了她的生活"。

毕肖普在给泰勒的信中谈道："那封信并非出自霍兰德和赫

泽授意，我是按萨姆纳的指示撰写的。我和他见了面，并多次检查，以确认这的确是他的意愿，然后他签了字。我在这当中的唯一目标就是贯彻萨姆纳的意愿。"

———

同一天，亦即 1 月 12 日，一名护士给萨姆纳接通了他的外孙女金伯莉打来的电话。[16] 奥克塔维亚诺报告里提到，这个电话让萨姆纳"非常高兴，他反复告诉金伯莉，她和她的家人近期随时可以来看他"。

不出所料，霍兰德得知此事后大发雷霆。在萨姆纳的孙辈里，金伯莉好像是最让霍兰德烦心的一个。在给皮尔格林的短信中，霍兰德称金伯莉是"小奸细""操纵者""她妈的好女儿"。

霍兰德告诉萨姆纳，金伯莉是个骗子。[17]

"我爱金（伯莉）。"萨姆纳回应道。

她全家都是骗子，霍兰德坚称。

"不是，他们不是！"萨姆纳争辩起来。

这一来一回持续了一个小时，其间不时有喊叫和哭闹声传出。

———

奥克塔维亚诺及时向泰勒汇报了这些情况，泰勒至少一直都愿意与霍兰德和赫泽讨论放弃对她们进行法律索赔的可能性。[18] 但让他尤为心烦的是，她们要操控萨姆纳的葬礼，威胁要把他的家人排除在外，最近又企图怂恿萨姆纳抵制他的家人。他再次向毕肖普表达了不满，毕肖普则回道："霍兰德和赫泽并没有禁止任何人参加萨姆纳的葬礼。萨姆纳已经下了指示。"[19]

如果萨姆纳（或霍兰德和赫泽）以为威逼禁止他的女儿参加父亲的葬礼能行得通的话，那他们就错了，甚至还会产生反效果。莎莉告诉孩子们，她会拒绝"给那些将为他的逝去表演悲痛的娼妓签署弃权书"，并表示"完全没有什么可说的了……永远没有了！！！！"[20]。

———

持续不断的虐待行为连奥克塔维亚诺都不堪忍受。1月29日，他和另几名工作人员向洛杉矶县成人保护服务处提出了一份针对霍兰德和赫泽的投诉，这是两份投诉中的第一份，[21] 他们还单独投诉了毕肖普，奥克塔维亚诺认为毕肖普是这种虐待行为的同谋。

萨姆纳的护士贾吉洛也参与了投诉。"根据我在12小时轮班期间的个人观察，我坚信霍兰德和赫泽在情感和经济上都在虐待雷德斯通先生，"他陈述道，"我还认为，而且直到今天都认为，霍兰德和赫泽两人敲诈了雷德斯通先生，让他相信，如果他不能一直让她们得到经济上的满足，他将孤身一人死去，因为她们是唯一爱他的人。"[22]

和奥克塔维亚诺一样，贾吉洛也投诉了毕肖普："根据我对她与霍兰德和赫泽之间互动的观察，恐怕她是在助推她们两人的秘密计划，而不是维护她的委托人萨姆纳·雷德斯通先生的利益。"[23]

———

在这整场混乱中，萨姆纳不仅是控股股东，还是两家大型上市公司的执行董事长。他在哥伦比亚广播公司的底薪是 175 万美元，在维亚康姆集团的底薪是 200 万美元。[24]

萨姆纳虽凭借他的控股权任命了董事，但这些人也对所有股东负有受托注意义务。1 月 28 日，哥伦比亚广播公司薪酬委员会召开会议，商讨该公司应向萨姆纳支付的 2013 年（即上一年）的薪酬数额。该委员会早已明确规定了萨姆纳作为执行董事长的职责："在具有战略重要性的问题上"作为"首席执行官的决策咨询的人或顾问"，确保"战略计划与时俱进"并"得到执行"，保持"与董事会的有效沟通"，并协助"董事会维持最佳的治理实践"。[25]

2014 年 5 月，在哥伦比亚广播公司的年度股东大会上，萨姆纳不得不坐在椅子上被抬进了房间，在随后的董事会议上，他通过电话出席，而且只例行说了一句"大家好"。[26]

然而薪酬委员会的会议记录上并没有有关对萨姆纳身体状况的讨论，以及他是否切实履行了其肩负的职责的信息。[27]经过薪酬委员会的提议和哥伦比亚广播公司董事会全体成员的批准，萨姆纳拿到了 900 万美元的奖金，这使得他当年在该公司的薪酬达到了 1075 万美元。

在维亚康姆集团方面，道曼想必很清楚萨姆纳身心的局限，因为他经常去看他。[28]然而维亚康姆集团支付给萨姆纳的薪酬甚至比哥伦比亚广播公司更高——在 2014 财年超过了 1300 万美元。

在贾吉洛和奥克塔维亚诺提出投诉几天后，成人保护服务处的两名调查人员来到了比弗利庄园的入口大门前，想面见萨姆纳。[29] 门卫给萨姆纳的住所打了电话，其中一名工作人员立即通知了外出的霍兰德。她指示工作人员不要让那些调查人员进入，并要求他们另约时间。[30]

一回到洛杉矶，霍兰德和赫泽就去见了萨姆纳。在贾吉洛的回忆中，他很"沮丧"。[31]

"我有麻烦了，"萨姆纳说，"霍兰德和赫泽给我惹了麻烦。"[32]

几分钟后，因给 O. J. 辛普森辩护而广为人知的著名律师罗伯特·夏皮罗来到这幢豪宅，他显然是被霍兰德、赫泽中的一人或两人一同聘请的。[33] 毕肖普也很快赶到，为萨姆纳与调查人员的会面进行了预演。调查人员当天晚些时候再次上门时，这些人全都出席了萨姆纳的这次面谈，即便如此，赫泽当时还是坚称萨姆纳否认他受到过虐待或施压。贾吉洛指出，调查人员只待了很短一段时间，也没有与护士或家政人员谈话——尽管多起投诉都是由护士提出的。[34] 他们也没有联系萨姆纳的任何家人。[35]

所谓的调查就这么结束了。

事到如今，赫泽和霍兰德肯定已经察觉，或者至少是怀疑有家政人员或护理人员在泄露消息，尽管他们都签了严格的保密协议。4月，奥克塔维亚诺提醒泰勒，她们想"抓住给你们递消息的人。现在，这场游戏的名字叫小心"。[36]

"是的，小心行事是关键！"泰勒回复道，"我不会把你和杰里米的任何事情告诉任何人。感谢你提供的最新消息和警告。"

贾吉洛一直在向泰勒报告最新的事态发展。尽管谋求成人保护服务处介入的举动一无所获，但他比以往任何时候都更加坚定。"这些女人和她们那些混蛋亲信都得完蛋！"他在 5 月 14 日给泰勒发短信时说道，[37]"我受不了她们了，受不了她们的为人，也受不了她们干的事。我想吐！"

第 9 集 "你是想开战吗？"

当《名利场》记者威廉·科汉第一次联系到卡尔·福尔塔时，这位维亚康姆集团的公关负责人尽了最大努力来阻止媒体报道此事。他不准科汉与萨姆纳见面或交谈，还力劝霍兰德和赫泽不要插手。

这两个女人虽请了她们自己的公关顾问，但对顾问的建议却不屑一顾，不仅接受了允许公开引用的正式采访，还摆好姿势让名人摄影师道格拉斯·弗里德曼拍了全身照。[1]

2015 年 5 月，《名利场》6 月刊发布。正如福尔塔担心和预料的那样，科汉的文章《永无止境的萨姆纳》对萨姆纳并无恭维之词，他称这位 91 岁的大亨"显然有病"。[2]

"我觉得他已经完全糊涂了，"一位（匿名的）消息人士告诉科汉，"他说不了话，我不知道他对现状还了解多少。"[3]

据科汉报道，萨姆纳的老友罗伯特·埃文斯在被问及萨姆纳的健康状况时都"等不及地要挂断电话"。"我真的不想谈他。"埃文斯说。[4]

该文接着写道:"一个最近与鲍勃·埃文斯聊过的人谈到了雷德斯通的健康问题。他跟埃文斯说:'他看起来就像死了一样。'据说埃文斯是这么回答的:'嗯,你应该亲眼去看看——他看起来比死了还糟糕。'"[5]

相比之下,霍兰德和赫泽却享受着不亚于明星的待遇。赫泽在曼哈顿卡莱尔酒店灯火通明的贝梅尔曼斯酒吧里摆拍(萨姆纳把他在这家酒店的套房"送给"了她[6]);霍兰德则坐在帕萨迪纳修剪整齐的花园里的绿色天鹅绒垫上接受了拍摄。赫泽穿着一件紧身亮片连衣裙,胸部几无遮掩。霍兰德则穿着一件更显端庄的纯白落地长裙,腿从裙缝开衩中探伸出来。

这次采访被该杂志标榜为"内容广泛的访谈,霍兰德首次公开谈论了萨姆纳·雷德斯通",霍兰德尽责地紧扣主题,以一种不予明确的腔调暗示她爱萨姆纳,他们的关系是一段深厚浪漫的关系。[7]"萨姆纳是与众不同的、世上少见的,"霍兰德告诉科汉,"我从没注意过他的年龄。我先这么说吧。你要是见过他的样子,就会发现他有一头漂亮的头发,还有我这辈子见过的最美的皮肤,脸上没有一条皱纹。"

赫泽与科汉在卡莱尔酒店吃早饭时说的话则要坦率得多。"只要你谈到钱,就会有这么一条微妙的界线。"她跟科汉说道。[8]"萨姆纳把我和我的孩子都当成家人。我的意思是,这就是他的全部了。他说过,'你们就是我的家人'。虽然你不能在生活中挑选你的家人,但萨姆纳·雷德斯通选了。他就是选了。他想要和他想要的人一起过生活。"

记者问到赫泽在霍兰德和萨姆纳开始约会时她对霍兰德的支持时，她似乎有意与霍兰德保持距离。"我就说，'怎么说呢，这个姑娘也差不到哪儿去'，"她说，"我对她的背景了解多少？一无所知，而且我也无所谓，毕竟我为什么要评判她？又不是我和她约会。"[9]

科汉向赫泽打听了萨姆纳在遗嘱里会不会关照霍兰德。

"如果大家都说他做了什么或是打算做什么，但他实际没做，那说他恶心也不为过吧，"她答道，"我的意思是，在你人生中的五年时间里，每天都像那样陪着一个男人。我必须跟你说，如果他没有为她做些什么，她还会留下来吗？大概不会吧。但她爱他吗？绝对的。我心里没有一丝怀疑。"但赫泽又说："这对她来说差不多就是一份工作，就是一份工作。"[10]

报道发布后，萨姆纳跟福尔塔说所有人都很喜欢。

福尔塔则觉得这篇报道对所有与之相关的人来说都是难堪事，他只回了一句"会好起来的"，而且"我们会扛过去的"。

———

对于《名利场》的这篇报道，莎莉·雷德斯通和她的孩子们在正式场合都不予置评。莎莉只是表示"对我而言，没有什么比我的家人更重要"。她还补充道："我不会公开评论我父亲目前的两个女伴，以及她们对我们这个家庭的影响。"[11]

这篇报道本有可能更具杀伤力。莎莉此前在一封电子邮件中就写道，这两个女人及其盟友"准备开足马力大大诋毁我一番"，而奥克塔维亚诺曾报告说，霍兰德在让萨姆纳练习说是他"把莎莉赶出了家门"。[12] 不过律师团说服了霍兰德和赫泽不要无缘无故地挑衅莎莉，而报道中也没有引用萨姆纳提及他女儿的任何话。（称他把莎莉赶出家门"上百次"的说法确实出现了，但出自一位匿名的消息人士之口，此人"与霍兰德和赫泽关系密切"。[13]）

然而赫泽试图把自己和孩子们的身份确立为萨姆纳的"家人"，这让莎莉分外恼火。赫泽关于霍兰德把她和萨姆纳的关系看成一份"工作"的说法，让雷德斯通一家人更为担忧这两个女人是在利用萨姆纳谋财。

这种担忧在 6 月 22 日进一步加深。当时萨姆纳又向霍兰德和赫泽转了 1000 万美元，但事后他看起来很困惑，反复问护士奥克塔维亚诺自己刚刚干了什么，和银行的什么人说了话。[14]

7 月，萨姆纳让莎莉更灰心了。莎莉在给泰勒的一封电子邮件中说道："你外公说他一死，我就会抢他的大位。"[15]

———

身在亚利桑那州的皮尔格林看到《名利场》的这篇文章后惊呆了。尽管霍兰德事先告诉过他，这本杂志马上会刊登一篇"无聊文章"，但其中对她与萨姆纳关系的程度和性质的公开描述还是让他感到震惊。他读到霍兰德对萨姆纳"漂亮的头发"和"我这辈子见过的最美的皮肤"之类的奉承之辞时只有嫉妒和被人背叛的感觉。

他的朋友们看到这篇报道后对他不乏讥讽。他觉得这让他看起来就像个"软饭男"。

皮尔格林气冲冲地打电话给霍兰德。[16]"该死的！这算怎么回事啊？我搞不懂了。我坐着私人飞机来来回回，你飞过来给我买房子，你给了我整个世界。我们应该有生活你懂吗？现在整个塞多纳、亚利桑那州都知道我们的事了。你还办了这里的乡村俱乐部的会员。我的家人和所有人都想知道这到底是怎么回事。西德尼，你在帕萨迪纳为一本不入流的杂志搔首弄姿，真让我大开眼界。你们俩看起来都像是高级应召女郎。这是什么情况？"

霍兰德坚称，她之所以参与其中，是因为如果她不这么做，莎莉就会掌控话语权，把她和赫泽描绘成拜金女，甚至更加不堪。这一切都是为了保住她将与皮尔格林共享的遗产。至于她和萨姆纳的关系，她把另一些女人和萨姆纳在豪宅中厮混的视频发给了皮尔格林，仿佛在说，她怎么可能和一个还在跟其他女人发生性关系的人有什么感情呢？

皮尔格林算是得到了安抚。但他还是困惑：霍兰德是不是在"玩弄"他，她是不是为了发泄性欲而操纵他，就像为了钱而操纵萨姆纳一样？毕竟霍兰德则总有一套说辞等着他。

———

在《名利场》的文章仍在发酵之时，霍兰德和赫泽又为萨姆纳举办了一场生日派对，还不着调地戏称其为"激情派对"。[17]但5月27日的这场活动相当沉闷，毫无"激情"可言。原定于派拉蒙制片厂的派对地点突然改到了颤音烧烤爵士俱乐部，这是爵士乐小号手赫伯·阿尔珀特开的一家俱乐部，位于贝莱尔的一条商业街上，那里离萨姆纳家更近。考虑到萨姆纳要用饲管，家人们都很难想象他会想开一场派对，更不用说晚宴了。但霍兰德和赫泽坚持要办。

来宾包括一些常客——穆恩维斯和道曼，当然还有米尔肯、埃文斯和兰辛——但没请汤姆·克鲁斯或小艾伯特·戈尔这样的名人。[18]克琳·雷德斯通代表萨姆纳的家人出席，莎莉和她的孩子都未受邀请。泰勒本打算无论如何都要露面，结果在宴前最后一刻收到了邀请函的传真。

"我很高兴我们能安排你来。"毕肖普和他在活动中见面时说道。

"不管怎么样我都会来的。"泰勒回道。他设法在外祖父身边坐了一会儿，但一直没找到和他单独说话的机会。

霍兰德和赫泽不遗余力地想隐瞒萨姆纳要用饲管的事实。这个92岁的老人从一块黑色帷幕后走了进来，几名助手扶着他坐到了座位上。[19]深色西装和浅蓝色领带掩盖不了他的虚弱。[20]他瘦了，曾经的红色头发变成雪白，霍兰德称赞过的美丽皮肤被红色的斑点玷污。他没有当众发言。[21]虽然托尼·班奈特再次献唱了《生日快乐歌》，但萨姆纳还是很失落，班奈特和 Lady Gaga 在 2014 年合唱的《脸贴脸》让他万分着迷，他本希望这位流行天后也能到场。

灯光亮起后，助手们就把萨姆纳扶了出去，派对结束。[22]当时才晚上 8 点。

———

次月，霍兰德和赫泽加强了她们对萨姆纳生活中最为隐私的方面的控制，掌控了他对丧礼和葬礼的指示。[23]6月，萨姆纳修改了他的指示，想把他的丧礼改成私人仪式，由霍兰德和赫泽负责敲定宾客名单、决定司仪人选、挑选墓碑，并安排仪式后的招待会。萨姆纳要求由赫泽的儿子布莱恩担当抬棺人，并让她的两个女儿来朗诵祷文和诗歌。[24]7月7日，萨姆纳又作出指示，如果莎莉或其他任何人对他的遗产规划有异议，家族墓地的所有权将移交给霍兰德和赫泽，由她们随意处置。

当年夏末，霍兰德和赫泽飞往波士顿，在牛顿市郊区面见了一名长期为雷德斯通家族服务的殡仪师，讨论了丧葬计划。回到洛杉矶后，她们又向毕肖普咨询了如何转移墓地所有权的问题。[25]

那位葬礼承办人急忙给泰勒打了电话，一一转告了这些情况。霍兰德和赫泽要分割萨姆纳的财产还可以理解，但对于雷德斯通这种虔信宗教的家族来说，让霍兰德和赫泽在萨姆纳的丧礼和葬礼上取代殡仪师的做法就显得太不可思议了。更糟糕的是，未来这两个女人也将长眠于莎伦陵园（安葬着萨姆纳父母的犹太教墓地）是不能让人接受的。

———

早在《名利场》的文章激起皮尔格林对霍兰德和萨姆纳关系的疑心之前，他就已经在塞多纳听到了一些八卦消息，如他所说，大致内容就是他的女朋友"在和某个老男人啪啪啪"。他不喜欢把他们的婚约当成需要保守的秘密。霍兰德虽对萨姆纳随叫随到，但其他女人即便只是看一眼皮尔格林，霍兰德也会妒火中烧，生出强烈的占有欲。她甚至在他们买下的那栋位于塞多纳的房子里安装了监控摄像头。

那些日子里，皮尔格林并不觉得自己比年迈的萨姆纳·雷德斯通过得更好：他们都是关在金丝笼中的孤独男人。

在《名利场》发文后的几周里，皮尔格林和霍兰德因萨姆纳及其不断的要求而争吵得更频繁了。皮尔格林是个酒鬼，霍兰德却是匿名戒酒会的热情参与者和支持者，她力劝他报名参加一个戒酒项目。她的朋友埃洛伊斯·布罗迪·德乔里亚在得州奥斯汀市郊外开了一家居家式药物滥用矫治中心，德乔里亚做过《花花公子》杂志的插页模特，还嫁给了一位亿万富豪——宝美奇护发品公司和培恩龙舌兰品牌的创始人。霍兰德安排了自己的母亲来当皮尔格林的戒酒互助人，还主动提出由她支付朋友这家戒瘾中心每月 2.5 万美元的费用并为他购买到奥斯汀的头等舱机票。她答应皮尔格林，只要他完成这个为期 30 天、共 12 个步骤的酒瘾戒除项目，就给他办一场"大派对"。

皮尔格林并不承认自己是个酒鬼，或者需要专业帮助，但他仍然爱着霍兰德，也希望他们的关系能继续下去。他认为他愿意按霍兰德所要求的那样远离酒精是对他们两人关系的承诺的体现。

于是皮尔格林飞往奥斯汀，住进了乔木戒瘾中心。

皮尔格林在得州安顿好之后，霍兰德给丽娜·鲁伊达打了个电话，鲁伊达是皮尔格林在塞多纳的前女友，霍兰德雇了她来监督他们房子的翻修事宜，同时在霍兰德不在的时候照看房子。现在鲁伊达虽为霍兰德工作，但她和皮尔格林分手后依然与其保持着密切的联系。她和皮尔格林就像一对兄妹，常会待在这栋房子里。

此时，霍兰德肯定已经察觉到那个受雇于莎莉的私家侦探吉姆·埃尔罗伊正在监视她的行动，以期为莎莉找到可以用来对付她的"弹药"。埃尔罗伊此前已经给住在塞多纳那栋房子里的皮尔格林打过电话，皮尔格林接了电话，但他随后就假装只会说西班牙语，想把埃尔罗伊搪塞过去。

霍兰德告诉鲁伊达，她的律师坚持让她甩掉皮尔格林，把他赶出这栋房子。她会带着助理和"两名海豹突击队员"一起来塞多纳，更换门锁，并清理掉皮尔格林的物品。

鲁伊达给身在乔木戒瘾中心的皮尔格林打了电话。她很难过，联系到他时还流了泪，又说霍兰德提到海豹突击队就是在隐晦地威胁皮尔格林的人身安全。

皮尔格林当即采取行动。他入住时，乔木戒瘾中心已经拿走了他的钱包和手机，所以他身上没钱，没有身份证件，也没有通信工具。尽管如此，他还是冲破了两名临床护理人员的拦阻，翻过了一道栅栏。他拦下了一辆路过的卡车，这辆车把他带到了附近的一家古玩店，店外有一辆没熄火的出租车。皮尔格林答应给司机5000美元，让他带自己跨越1000多英里，从西南部的沙漠区开到塞多纳。皮尔格林承认这个提议看似很疯狂，因为他没有现金，也没有身份证件——除了身上的衣服什么都没有。为了说服司机，皮尔格林找古玩店的店员借手机，给鲁伊达打了电话。鲁伊达接着就给出租车司机发了短信，担保皮尔格林在他父母家的保险箱里存有现金。

皮尔格林上了出租车。由于这名司机也是个戒了酒的酒鬼，两人逐渐熟络起来，他和司机聊了一路。这段 16 个小时的旅程还给了皮尔格林不少时间来反思他最近的经历，以及他对霍兰德的诸多失望之处。他用司机的电话打给了前女友艾米·什波尔，坦白了他和霍兰德的恋情。

到达塞多纳后，皮尔格林找到他的保险箱，拿出了答应给司机的 5000 美元现金。乔木戒瘾中心已经通知了霍兰德关于皮尔格林提前离开的消息。第二天，霍兰德就打电话给他，怒斥他突然出走并返回塞多纳的行为。

用皮尔格林自己的话说，他接着就"抓狂了"。

"你是想开战吗？"他冲她大吼，"我要开战，去你的！"

第二季

第 1 集 "我最好还是别告诉曼努埃拉吧"

冷静下来后，皮尔格林意识到自己依然爱着霍兰德，哪怕她成心要把他赶出他们的房子。2015 年 6 月 26 日（周五），亦即两人大吵后几天，他们就在洛伊斯圣莫尼卡海滩酒店度过了一个浪漫的周末。这家酒店的海滩上有一些火坑，还可以看到海景，相比于半岛酒店或比弗利山酒店，他们在这儿遇到熟人的可能性要小得多。

两人沿着海滩走了很长一段路。皮尔格林道了歉，还告诉霍兰德他依然爱她。霍兰德也自称爱着皮尔格林。他怎么能怀疑她呢？她冒着失去一切的风险——她和萨姆纳的关系，以及这段关系带来的所有经济保障和权力——只为了与他相伴。如果这都不能证明她有多爱他，她也无法想象还有什么能证明了。

皮尔格林不得不表示同意。他单膝跪在沙滩上，又一次向她求婚。霍兰德接受了。

一周后，皮尔格林和父母回到塞多纳，还带着他的祖母参加了 7 月 4 日在七峡谷俱乐部举行的派对。霍兰德和萨姆纳在度假，但她嘱咐皮尔格林要玩得尽兴，还让他把他们的花销都记到他们在俱乐部的账上。

皮尔格林开车去俱乐部的路上经过了他的那栋旧宅，却仍然不得入内。俱乐部的人不停向他打听《名利场》的那篇文章，以及霍兰德为什么没有和他一起来参加派对。皮尔格林的内心翻涌起来。

他在俱乐部打电话给霍兰德，问他能不能带祖母去看看他们俩的房子。霍兰德一口拒绝。他没法让她解释个所以然出来。她只说他们可以稍后再谈这件事。（霍兰德没有告诉他，她认为这所房子现在正被莎莉请的侦探埃尔罗伊持续监视着。）

皮尔格林把祖母送回父母家后，又给霍兰德打了电话。他承认自己当时大发了一顿脾气。他不会让她像萨姆纳控制她那样"控制"自己。很快他们就互相叫嚷起来，这是两人迄今最激烈的一次争吵。皮尔格林告诉她，婚约取消，他再也不想见到她或者跟她说话了。

———

7月8日，霍兰德对内勒和马丁内斯发起的诉讼都悄无声息地结束了。霍兰德撤诉了，因为她未能提供任何证据来证明内勒偷了她的笔记本电脑。[1] 法官欧内斯特·广重对这个结果似乎也一头雾水，因为霍兰德并没有说明这个案子是已经达成了和解还是她直接放弃了。他指出该起诉讼缺乏证据，而且霍兰德回避了内勒对霍兰德可能背着萨姆纳跟其他人发生过地下恋情等问题的质疑。法官裁定，霍兰德须向内勒支付19万美元的法务账单。[2]

此案以一份严格的保密协议为条件达成了和解，但霍兰德不得不向马丁内斯支付了 800 万美元才换得了他的签名。

　　当然，霍兰德实际上并没有支付这几百万美元的和解费——几乎和她其他所有的花销一样，无论金额多大，都是萨姆纳买单。

——

　　与霍兰德闹翻后，皮尔格林经常往返于塞多纳和洛杉矶之间，在洛杉矶则会和艾米·什波尔待在一起。两人的复合始于他在出租车上打的那通电话，在频繁的电话、短信和电邮沟通之后，什波尔再次接纳了他，并且把皮尔格林这次出轨的大部分责任都归咎到霍兰德身上。她认识霍兰德——好莱坞是个小圈子，她最好的一个朋友就在霍兰德的富嬉皮制片公司工作。什波尔把霍兰德和皮尔格林的恋情以及霍兰德与萨姆纳的关系全都告诉了这个朋友和他的妻子。

　　这个朋友指出了一个显而易见的事实：皮尔格林与霍兰德的秘密恋情给了他一个巨大的筹码。现在他们已经分手了，霍兰德却需要皮尔格林继续保持沉默和合作，以防萨姆纳得知她的不忠之举。

　　皮尔格林联系了马丁内斯的代理律师布莱恩·弗里德曼。霍兰德曾对弗里德曼和他的手段多有怨言，这给正考虑起诉霍兰德的皮尔格林留下了深刻印象。弗里德曼的办公室在世纪城 ① 的一座大厦里，皮尔格林和什波尔去那儿见了弗里德曼，当时弗里德曼正在一台跑步机上边走边接电话。

---

　　① 世纪城（Century City）是洛杉矶的一个商业区。

皮尔格林把自己的故事和盘托出，这引起了弗里德曼的注意。弗里德曼和什波尔都承认皮尔格林的经历相当传奇，什波尔也是第一次了解到其中的细节。皮尔格林并非空口无凭——他几乎保存了一切，包括他和霍兰德之间的一大堆照片、露骨的短信和电子邮件。

皮尔格林并不确定自己是否想对霍兰德提出任何法律要求——尽管他很受伤、很恼火，但某种程度上他仍然爱着她。

"放心吧，"弗里德曼说，"你不了解她。"

"这是什么意思？"皮尔格林问道。

在接下马丁内斯的案子后，弗里德曼对萨姆纳·雷德斯通家中的事情已有了不少了解。弗里德曼告诉皮尔格林，他还看过霍兰德和其他男人在一起的露骨照片，对象不只是萨姆纳。"我知道这对你来说可能很难接受。"他对皮尔格林说。

也许皮尔格林是真的很天真，他曾经的确相信霍兰德对他是忠诚的。弗里德曼告诉他的事情打消了他跟这个前未婚妻翻脸的所有犹疑。皮尔格林与弗里德曼签了约，同意支付 25% 的风险代理费①。

霍兰德愿意冒这么大的风险去和一个有前科的人谈恋爱，这让弗里德曼十分不解。皮尔格林可能帅气迷人，但在好莱坞，这样的男人多的是。弗里德曼非常好奇，霍兰德看上皮尔格林什么了？

---

① 风险代理费（Contingency Fees）是指律师按其所代理案件的获赔金额收取的一定比例的费用。

在某种程度上，什波尔明白这一点。"他是乔治·皮尔格林。他是独一无二的。"她说。

霍兰德很快就风闻皮尔格林咨询了一名律师。

"我建议你收手，然后悄悄从我的生活里消失，"她给皮尔格林的红颜知己鲁伊达发去了短信，"提醒你三个事实：我比你聪明，我比你有钱，我没有犯罪前科。"

———

随着霍兰德与皮尔格林之间恋情的爆炸性证据的出现，弗里德曼认为这个案子不太可能进入审判阶段了，它会像内勒和马丁内斯的案子一样进入和解流程。皮尔格林对结果信心十足，只要达成和解协议，他就同意把弗里德曼的风险代理费提到 40%。

7 月 17 日，弗里德曼起草了一封信，阐述了皮尔格林对霍兰德明示毁约①或默示毁约②的索赔理由。其中并无一字威胁要公布皮尔格林的自述，也没这个必要。

"我写这封信是出于霍兰德的……欺诈性和误导性举动，这诱使皮尔格林把他的真人故事改编权签给了霍兰德的制片公司，并为她捐赠了精子，结果他却在她的操纵下住进了一家戒瘾中心，这使得她可以出其不意地结束两人的关系，让他有家不能回，"

---

① 明示毁约是指一方当事人无正当理由，明确肯定地向另一方表示他将在履行期限到来时不履行合约。

② 默示毁约是指在合约履行期到来之前，一方当事人以自己的行为表明其将在履行期到来之后不履行合约，而这一方有足够依据证明另一方将不履行合同，且另一方也不愿提供必要的履行担保的行为。

信的开篇如此写道，"霍兰德的行为简直令人憎恶，皮尔格林打算寻求所有可用的法律途径，以确保这种行为不至无所回应。"

这封信提到了多名"证人"，他们都可以证明霍兰德为皮尔格林买下了塞多纳的房子，并且"愿意证明霍兰德同意对皮尔格林的余生给予经济上的照顾，这与她出钱让皮尔格林乘私人飞机去看她以及为他的乡村俱乐部会员资格和医疗保险买单是相符的"。

至于萨姆纳，"霍兰德一再向皮尔格林保证，她与雷德斯通先生的关系并非建立在感情之上，只是出于经济考虑，除了在雷德斯通先生去世后获取他的财富之外，没有其他目的。霍兰德一再向皮尔格林表示，她从一开始就在操纵雷德斯通先生，我们有几个证人都证实了这些说法。霍兰德一再向皮尔格林保证，他是她一生的挚爱，也将成为她的丈夫，她与雷德斯通先生的关系只是暂时的"。

信的结尾发出了严厉警告："鉴于这些索赔要求的严重性，我们要求你方立即对这封信作出回应。我们非常熟悉霍兰德的拖延手段，在这种情况下，我们不会允许她有任何机会使出这种花招。请注意，如果你方没有在 24 小时内回复本信，并提出与索赔要求之严重程度相称的实质性和解提议，并且双方无法在此后48 小时内达成和解，我们就将起诉。虽然和解条款显然可以协商，但本文中所述的时间范围并没有商量余地。"

弗里德曼从未寄出这封信，简单地总结一下它的内容就足够了。弗里德曼与纽约普凯律师事务所的布拉德·罗斯展开了谈判，后者当时在为霍兰德代理此案。罗斯很快做出了回应，提出霍兰德可向皮尔格林每月支付 1.5 万美元，为期 10 年，加上出售塞多纳房产所得的一半资金也将支付给他，最高可达 200 万美元。

作为起手报价还算不错。

弗里德曼表示皮尔格林想要 1000 万美元。

谈判继续。罗斯最终同意向皮尔格林提供 1000 多万美元，分 10 年支付，其中包括出售塞多纳房产的一部分所得，以及霍兰德最终从萨姆纳那里继承的一部分遗产。相应地，皮尔格林要签署一份严格的保密协议，承诺在他打算出版的自传里或任何情况下都不得提及霍兰德或两人的恋情。

此时，皮尔格林已经获得了他说过的他想要的所有东西——而且不止于此。和解协议中的一些细节还需敲定，而交易进行过程中，皮尔格林和什波尔都待在洛杉矶。8 月 28 日（周五），他们前往比弗利山的沃利斯餐厅参加一个派对，那里既是餐厅，也是一间酒吧，老板是盖尔斯牛仔裤品牌的两位创始人——莫里斯·马西亚诺和保罗·马西亚诺兄弟。他们的侄子马特·马西亚诺及其女友克里斯蒂·查姆也在沃利斯餐厅工作，克里斯蒂正是曼努埃拉·赫泽的长女。

一周前，皮尔格林和什波尔就曾坐在沃利斯餐厅的一张公共餐桌旁，身边恰是马特和克里斯蒂。皮尔格林无意中听到这两人在贬损霍兰德和萨姆纳，他的耳朵立时就竖了起来。他马上猜出克里斯蒂是赫泽的女儿，这既是因为她的那番议论，也是因为她与其母长相神似。对皮尔格林来说，感觉就像是命运把他们引领到了一起。

接下来的一周，他一直琢磨着自己的处境，然后突然意识到他可以毁掉这一切，让霍兰德尝尝被他报复的滋味。萨姆纳"把她变成了他的妓女"，皮尔格林痛苦地想着，而现在霍兰德又给了自己1000多万美元的出价，她把他也当成了"妓女"。由于这笔钱是多年分期支付的，霍兰德将一直保有控制权。他依然是个软饭男。

那个周五的晚上，皮尔格林在沃利斯餐厅喝多了。他去了洗手间，把冷水泼到自己脸上，尽力理清思绪。他凝视着镜中的自己，然后听到了一个声音："别要那笔钱。"接着这声音又说："那是黑心钱。"

皮尔格林回到派对，然后把马特·马西亚诺拉到一边，两人出去抽了支烟。皮尔格林脱口道出了他和霍兰德的恋情，还把他们结婚生子的计划告诉了马西亚诺，给他看了自己手机上的照片，以证明他所言不虚。

什波尔加入进来后，马特问她皮尔格林和他所说的故事是真是假。"是真的。"她肯定地说。

"我最好还是别告诉曼努埃拉吧。"马西亚诺说。

———

正如皮尔格林所料，马西亚诺直接把这个爆炸性的消息告诉了赫泽。赫泽吃惊之余愤怒万分，这也难怪：霍兰德是在拿她们辛苦争取到的一切来冒险。与此同时，这件事对霍兰德来说或许是一场灾难，但很可能会给赫泽带来一大笔意外之财。毕竟她为什么要和霍兰德分享从萨姆纳手中继承的那份让人期待的遗产呢？

据萨姆纳家的家政人员所说，赫泽要求霍兰德向萨姆纳承认这场婚外情——如果她不承认，赫泽就会告诉萨姆纳。

周六午前时分，弗里德曼得知了一个令人震惊的消息，当时宿醉未醒的皮尔格林打电话告诉弗里德曼，自己可能在昨晚"犯了个错误"。他说他在沃利斯餐厅和马西亚诺谈到了霍兰德，但他话说得语焉不详、含糊其词。他毫无底气地声称他实际上什么都没告诉对方。弗里德曼觉得皮尔格林听起来就像一个干坏事被父母抓了现行的孩子。弗里格曼接着联系了什波尔，她证实皮尔格林已经把他和霍兰德的恋情告诉了马西亚诺。

弗里德曼打电话给霍兰德的律师。没人回他的电话，这不是个好兆头。

和解没戏了。弗里德曼简直不敢相信。仗着一股貌似醉酒引发的冲动，皮尔格林失去了对方承诺好的长期"饭票"，也让弗里德曼损失了潜在的 400 万美元的风险代理费。

———

第二天，也就是 8 月 30 日（周日），霍兰德在律师帕蒂·格拉泽的陪同下向萨姆纳承认了和皮尔格林的恋情。尽管霍兰德想要偷偷认错，但护士和家政人员还是见证了整个对话过程。霍兰德形容这段恋情是一次"轻率的行为"，并告诉萨姆纳，她"每次都原谅和理解了他的出轨，希望他也能这么待她"。[3]

霍兰德不停地道歉，在她乞求萨姆纳原谅的过程中，赫泽显然再也无法克制自己了。她冲进房间，宣泄了一连串变本加厉的控诉：霍兰德就是个妓女，皮尔格林有前科，皮尔格林是霍兰德

· 131 ·

孩子的父亲，霍兰德和皮尔格林想谋害萨姆纳。

赫泽要求萨姆纳马上把霍兰德赶出去。

面对这连番的指斥，萨姆纳很可能已被背叛感所淹没，随即让霍兰德走人，但给了她两周的时间准备。赫泽把这个宽限期缩短到了两天。[4]

48 小时后，霍兰德带着她的女儿亚历山德拉离开了，她们暂时住在比弗利山的那座奢华的蒙太奇酒店。

第 2 集　"自由行动"

9 月 2 日，遗产律师莉亚·毕肖普面见萨姆纳，修改了法律文件。萨姆纳把霍兰德从自己的遗嘱受益人中删除了。[1]赫泽几乎确定将获得一切，亦即她之前应得金额的两倍——5000 万美元，再加上比弗利庄园的豪宅（当时估值为 2000 万美元），总计 7000 万美元。她还被任命为萨姆纳唯一的医疗保健代理人。[2]（萨姆纳指定维亚康姆集团的首席执行官道曼作为其后备。[3]）

随着霍兰德的完败，赫泽独揽了雷德斯通的家政大权，此时她最不想看到的就是来自莎莉或其家人的任何干涉。9 月 3 日，也就是霍兰德狼狈离开的两天后，萨姆纳正打着电话，赫泽走进了他的房间。奥克塔维亚诺告诉她，萨姆纳正和外孙女金伯莉通话，赫泽气冲冲地抓起话筒挂断了。[4] 萨姆纳随即哭了起来。

一周后，莎莉原定要来探望，但赫泽跟莎莉说他太忙，没空见她，然后取消了这次来访。[5] 赫泽还让萨姆纳的医生写信告诉萨姆纳，联络家人会威胁到他的健康。[6] 奥克塔维亚诺也在无意中听到了赫泽与道曼的通话，赫泽坚决不准莎莉与其父谈论生意上的事。[7]

赫泽很快就巩固了自己新获得的权力。她在这栋房子里到处都安装了隐藏摄像头，包括萨姆纳的卧室。[8] 她加强了对工作人员的控制，严禁任何人联络霍兰德，并扬言要把一名涉嫌泄密的管家送进监狱。[9] 她还禁止工作人员给萨姆纳读报或向他传递任何消息。[10]

赫泽让克琳搬进这座豪宅长住，帮忙照顾萨姆纳，并且允许她用祖父的信用卡来支付搬家的费用和其他开销。[11] 她还让萨姆纳给克琳创建了一份100万美元的信托基金，让她可以拿这份基金的收益去消费。[12]

及至此时，赫泽的任务显然已经完成了，她动身前往巴黎，参加了由基努·里夫斯主演的情色惊悚片《敲敲门》的首映式，赫泽最近很"迷"他。[13] 这部电影于9月5日在法国多维尔的美国电影节上首映，评价褒贬不一。据《纽约时报》报道，这是"一部让人头晕目眩的虐待狂式的黑色喜剧"[14]。赫泽一走，她的兄弟卡洛斯便搬过来代她盯梢。[15]

有一周，比弗利庄园的那幢豪宅要进行熏蒸消毒，赫泽就带着萨姆纳去了她为萨姆纳在马里布租下的海滨别墅，但是按贾吉洛的说法，这栋房子被赫泽的孩子们当成了一间"派对屋"。[16]（当然，房租是萨姆纳付的。）赫泽占据了可以饱览海景的主卧套房，萨姆纳则被打发到了一间小客房里，在那间房里，太平洋海岸高速公路的嘈杂声仿佛就在耳边。一名护士抱怨这个房间太小了，萨姆纳坐在轮椅上都很难动弹。

萨姆纳并不像爱霍兰德那样爱赫泽，无论他们曾经多么亲密。"他看起来不大关心曼努埃拉。"奥克塔维亚诺说。[17]

赫泽也没有和他发生过任何性关系。赫泽抱怨萨姆纳"每天只想着性"。[18] 她后来称他多次要求见泰莉·霍尔布鲁克，这位前油人队啦啦队长在 2010 年跟他约过会，那是他遇见霍兰德之前。[19] 霍尔布鲁克后来每月都能拿到一笔预付的现金，因为她给他提供了性服务。有着一头棕色长发的霍尔布鲁克与霍兰德长得格外相像，所以在萨姆纳心里的情感排位乃至其遗产规划中，霍尔布鲁克肯定构成了一种足以替代霍兰德的尤为强大的威胁。

这是必须被制止的。赫泽给工作人员下了严令，要防止萨姆纳和霍尔布鲁克之间发生任何接触。萨姆纳要见霍尔布鲁克时，奥克塔维亚诺和其他工作人员就告诉他，她病了，她不在城里，或者不知道她在哪儿，事实上她就在附近，而且愿意去看他。[20] 萨姆纳让贾吉洛给霍尔布鲁克送花，赫泽取消了订单，却让他跟萨姆纳说花已经送到了。[21] 萨姆纳让护士当着他的面致电霍尔布鲁克，好让他能跟她说上话，赫泽却过来给他拨了自己的号码，她把电话递给萨姆纳，让他留言，因为无人接听。[22]

"曼努埃拉告诉我和其他护士，她不想让雷德斯通先生见到泰莉。"贾吉洛说，结果"我差不多每天都在照曼努埃拉的指示对雷德斯通先生说谎"。

赫泽安排了海蒂·麦金尼作为霍尔布鲁克的替代品，这个黑发女人，和霍兰德也有几分相像。不同于霍尔布鲁克，麦金尼对赫泽构不成威胁。尽管萨姆纳在认识霍兰德之前曾与麦金尼约会过几次，但现在她为赫泽工作，是赫泽的私人助理，同时还要照顾一个有特殊需求的孩子①。几年前，赫泽与前夫陷入激烈的监护权争夺战时，她一直是赫泽的品格证人②。[23]

尽管如此，作为赫泽的私人助理，麦金尼的工作内容还包括满足一个 92 岁老人的性欲，这肯定会让人大感震惊。在一份宣誓证词中，麦金尼说她在霍兰德离开后去看了萨姆纳五次，或者说大约每周一次，并且会尽力与他"发生性关系"。[24]他的护士贾吉洛总是在场，并会安排两人的互动，"指导我，告诉我应该做出怎样的性行为。"她说。[25]但她声称自己在 10 月 2 日过去时，萨姆纳"完全没有反应"，她发誓再也不去了。

霍兰德并没有完全出局。[26]萨姆纳显然还迷恋着她——他经常谈起她，而且似乎对她和皮尔格林的关系也耿耿于怀。霍兰德本人自然想恢复她在那幢豪宅中应有的地位，很可能也想重新被列入萨姆纳的遗产受益人名单中。用她的话说，她"尽了最大努力来向雷德斯通表达她的悔意"。[27]她给他寄了信、卡片、鲜花和便条，但没有得到一句回复。她试图打电话，但已经打不通了，他的号码换了。[28]霍兰德探究了起诉赫泽的可能性，但她的律师劝阻了她。

最后，霍兰德尝试了迂回战术，她让自己的律师写了一封给

---

① 指身体或精神上存在障碍的儿童。

② 品格证人（character witness）指对诉讼一方的人格、名誉等作证的证人。

萨姆纳的信，然后寄给莉亚·毕肖普，请她亲手把这封信交给萨姆纳。"我非常后悔，我伤害了你，"信的开篇如此写道，"我很难过，有人不准我和你道别，我不想要你的任何东西，只想看到你……我恳求你考虑一下，让我和亚历山德拉去看看你。她真是个漂亮的小姑娘……她让我想起了你，想起了你有多么坚韧，还有你永不言弃的精神。"[29]

霍兰德接着写道："萨姆纳，你要知道我会永远永远爱你，每一天我都会想起我们在一起的日子。求你了萨姆纳，让莉亚安排我们见面吧。永远爱你的西德尼。"

10月初，毕肖普把这封信带去了萨姆纳家。[30] 她到的时候，贾吉洛也在，他回忆说赫泽从毕肖普手里"夺过了"那封信，然后就开始给萨姆纳念。

但赫泽把这封看似真诚的道歉信只念了几句就突然收声了，还把信折起来，跟萨姆纳说她稍后再给他念完。[31]

当天晚些时候，赫泽带着一封据称是霍兰德的信回到了萨姆纳身边，然后大声朗读了全文。[32]

"我没有骗你，其他所有人都在撒谎，"信的开头如此写道，"我从来没有和那个男人出轨……这不是真的，有些人只是想拆散我们……你要相信我，我从来没有骗过你。我不认识他。我不明白你为什么不相信我，却相信别人。"

在这两次读信的过程中，贾吉洛都在旁边，所以他很清楚这封长信与赫泽早前读的那封没有任何相似之处，而霍兰德写的那封信的内容再也没有被人看到或听到过。[33] 这封信的语气听起来一点也不像霍兰德，而且她居然会坚称自己"从来没有和那个男人出轨"以及"我不认识他"，这只会让人更难相信，毕竟霍兰德已经在其律师的陪同下承认了她和皮尔格林的恋情，还恳求过萨姆纳的原谅。赫泽把这种前后矛盾变成了自己的优势，她告诉萨姆纳："你不能信她。"

萨姆纳让赫泽把这封信再大声念一遍。赫泽把它交给了贾吉洛去念，然后走了出去。

第二天，萨姆纳告诉贾吉洛，他还想把这封信再听一遍。贾吉洛找不到信了，于是走到楼上赫泽的房间，想找她拿一份复印件。他进来的时候，赫泽、她的一个女儿和克琳都挤在一台笔记本电脑前，显然是在编撰另一封信。[34]"我等了差不多十分钟，曼努埃拉才写完这封信，"贾吉洛回忆道，"她随后把信递给我，让我去读给雷德斯通先生听，我很不情愿地念了。"

这种持续的欺骗让护士和雇工们叫苦不迭。霍兰德可能确实是喜怒无常、要求苛刻，但她也常会体贴和理解他人。与之相比，就如贾吉洛所说，赫泽"异常专横"。[35]皮尔格林给她起的那个"斗牛犬"的绰号并非浪得虚名。奥克塔维亚诺承认，"平心而论"，他讨厌赫泽。[36]

在霍兰德离开后的几周里，贾吉洛、奥克塔维亚诺和萨姆纳的司机伊西莱利·图阿纳基在泰勒的鼓舞下开始策划一场"宫廷政变"。9月18日，贾吉洛给泰勒发了一条短信："感谢你昨晚说的话。海豹突击队今天要发起自由行动！告诉你一声，我会和你保持联系的。"他还说："希望一切顺利。"[37]

至于萨姆纳，"他一旦知道了真相肯定会暴跳如雷的！"贾吉洛给泰勒发短信时说道。[38]

第 3 集　"我从没想过我还能见到你"

　　赫泽把股市显示器搬出了萨姆纳的房间不让他看，这可能也是件好事，因为到 2015 年 10 月，维亚康姆集团的股价已经从前一年的峰值暴跌了约 40%。这在某种程度上反映了一点：随着美国人退订有线电视且习惯于使用流媒体服务，大多数传媒公司的股价都在下跌，尤其是那些拥有有线电视频道的公司。长期以来有线电视公司对观众的掌控在竞争中开始受到互联网以及奈飞和亚马逊等流媒体公司的冲击。像《纸牌屋》《王冠》和《透明家庭》等热播剧均获艾美奖提名，这与传统的内容创作方直接对垒。

　　那一年，奈飞在原创节目上花费了近 50 亿美元，开启了一场几无敌手的"军备竞赛"。[1]但维亚康姆集团的表现比其他娱乐公司还要糟糕得多，好莱坞、华尔街以及莎莉·雷德斯通对道曼的指责也越来越多。

　　作为一名炉火纯青的交易律师①，道曼晋升到了维亚康姆集团的最高层，承诺要进行更多的变革性收购，也正是这些收购让该公司在萨姆纳的领导下发展到今日的规模。[2]然而道曼也花了150 亿美元来回购本公司的股票，在竞争对手迪士尼收购了拥有《复仇者联盟》和《星球大战》特许权的漫威影业和卢卡斯影业时，他只是被动地袖手旁观，其后才斥资 10 亿美元收购了一家

---

　　①　交易律师（deal lawyer）即从事商事交易法律业务的非诉律师。

流媒体服务公司的一小部分股份。[3]

面对处于剧变中的行业，道曼故步自封，紧抱着维亚康姆集团已有的东西不放。作为律师，他的第一反应似乎就是打官司。几年前，维亚康姆集团曾起诉谷歌，企图让谷歌最近收购的优兔视频平台屏蔽维亚康姆集团制作的内容，此举可谓自毁长城，事实上最终也以失败告终。[4] 莎莉让道曼手下的首席运营官托马斯·杜利做出解释，杜利却预测优兔将在一年内倒闭。而优兔在2021年第二季度的收入达到了70亿美元，超过了哥伦比亚广播公司和维亚康姆集团的收入总和。

道曼大多数时候都在纽约时代广场的维亚康姆集团总部工作，他好像从来都没法自如地行走于娱乐业，因为在这个行业里，人际关系至关重要。上任之初，他就平白无故地疏远了好莱坞大腕史蒂文·斯皮尔伯格、杰弗瑞·卡森伯格和大卫·格芬——这三巨头创立了梦工厂，派拉蒙影业于2005年收购了这家公司，随后却使其深陷泥潭。[5] 他还解雇了长年执掌音乐电视网的人气负责人茱蒂·麦格瑞丝。[6] 自那以后，由于缺乏新的热点，以及年轻人纷纷涌向互联网，音乐电视网的收视率开始大幅下降。[7] 他没有培养人才，对名人似乎也不感兴趣。喜剧中心的明星乔恩·斯图尔特、约翰·奥利弗和斯蒂芬·科尔伯特的出走也被人归咎于道曼那刚愎自用的言论，这些人都在其他地方获得了引人瞩目的成就。[8]

莎莉要求道曼解释斯图尔特出走的原因，但道曼表现得好像事不关己。他坚称斯图尔特太像个"自大狂"了。但"这就是我们的工作，"莎莉反驳道，"在哥伦比亚广播公司，我们永远都要跟自大狂打交道。"（道曼的代言人否认道曼说过这些话。但有关这次对话的描述在维亚康姆集团内部流传甚广。）

道曼和有线电视运营商们（维亚康姆集团最大的客户群）的关系可以说更加糟糕。[9]道曼对自己的交易手腕颇为自傲，曾大力向有线电视运营商施压，要求他们向维亚康姆集团支付更高的节目转播费。他在一定程度上取得了成功，除了回购股票，更高的加盟费就是维亚康姆集团股价的主要增长动力，但道曼看起来和从前那个还是不够敏锐的并购律师的自己没什么两样。

照理说，成功的并购交易就是一次性的谈判，道曼即便疏远对手也无关紧要。但维亚康姆集团不得不反复地与有线电视运营商们打交道。2014 年 10 月，维亚康姆集团在收视率下降的情况下要求增加 50% 的转播费，互联网服务供应商速连通讯公司没有答应，反而直接放弃了维亚康姆集团的频道。[10]还有 60 家小型有线电视公司也做出了同样的决定。[11]

更不妙的是，美国第二大有线电视运营商——特许通讯公司（萨姆纳的主要竞争对手约翰·马龙就是该公司的董事）也威胁要效仿这种做法。一些高管很担心失去与特许通讯公司的合作可能会让维亚康姆集团陷入恶性循环。

维亚康姆集团的士气十分低落。2016 年，音乐电视网前高管杰森·赫塞豪恩在接受《名利场》采访时说："那时候，你喜欢不起来自己公司的首席执行官，你听不到他的消息，但听闻各种可怕的事情，你的朋友被炒了，你拿不到奖金，公司股价在跌……而你那个当家人甚至都不谈节目……"[12]

道曼从没奉承过莎莉，甚至对她称不上尊重。作为她父亲这个帝国的潜在继承人，他们无疑是竞争对手。不过萨姆纳竟将道曼而非亲生女儿指定为他的医疗保健代理人，这让莎莉颇为难堪。更糟糕的是，为了维持与萨姆纳的联系，道曼还与霍兰德和赫泽结盟了，莎莉认为这无异于要毁掉她的家族。她敌视他的原因远不止生意上那些事。

莎莉很恼火，但最终邀请道曼独自去她在皮埃尔酒店的那套刚翻新过的公寓套房。她带他参观了一下，准备了开胃佳肴和美酒，然后两人在一间能俯瞰中央公园的书房里安坐下来。她待客向来都如此亲切，使得他对她接下来的话毫无准备。"你我都知道你完全不适合担任维亚康姆集团的首席执行官。"莎莉说道。她摊开了自己的底牌。

"恕我不能同意。"道曼回道。

他这才明白她是想要他辞去首席执行官一职。他告诉她，有朝一日他会让位，但不是现在。公司正处于一个"拐点"，需要保持领导层的连续性。

萨姆纳对道曼受到的批评总是视而不见，即便批评来自他的女儿。为了缓解外界对道曼前景的不利报道和猜测所造成的压力，萨姆纳在 10 月 6 日发表了一份声明："菲利普是我的老友和搭档。他将继续得到我明确的支持和信任，这是我们共事多年建立起来的。"声明中还称："我们都是计长远的人，我比以往任何时候都更加相信，他走在正确的道路上。"[13]

第二天，《华尔街日报》援引了萨姆纳的话，说道曼"正在引领一场前所未有的行业变革，展现了一条高明的、创新的、可持续的成功之路"。[14]

实际上没有人听到萨姆纳说过这些话。这份声明是通过电子邮件发给《华尔街日报》的，起草人是福尔塔。但萨姆纳对文本做了一些修改，并且在发给《华尔街日报》之前签了字。

另外，这条"成功之路"究竟所指为何，即便是维亚康姆集团的高层也一头雾水。道曼一直向他们保证，他自有一套战略，却从未透露过具体情况。一些高管开始怀疑道曼根本就没有什么战略——他只是在拖延时间，等着萨姆纳去世，这样他就可以卖掉这家公司并从中获利。

罗伯特·巴基什曾在音乐电视网步步晋升，现在已是维亚康姆集团国际部门的负责人，他有次与首席运营官杜利发生了争执。"你和道曼可能以为我们都是白痴，"巴基什说，"这种情况下你就该炒了我们。但如果不炒的话，那就该把我们都叫到一个房间里，把事情说清楚。"

"道曼永远不会这么做的。"杜利回应道。

《华尔街日报》的文章发表后第二天，道曼就在萨姆纳家和他见了面，照道曼对这次会面的描述，他们讨论了最近的报道和一些"个人事务"。[15] 他坚称萨姆纳"很投入、很专注"。

像往常一样，赫泽全程都陪在萨姆纳身边，但她说这次会面只持续了二三十分钟，萨姆纳见他时始终都"有点恍惚地盯着"电视上还播放的棒球赛。[16] 她表示道曼和萨姆纳之间"并没有相互的对话或讨论"，[17] 还把这次会面形容为道曼的"独白"。[18]

至于那篇支持道曼的媒体声明，"萨姆纳没说过那些恭维话，也没有明确表达过此类话语。"赫泽说。[19]

当年 10 月，哥伦比亚广播公司的两名董事——萨姆纳的朋友阿诺德·科派尔森和伦纳德·戈德堡——见到了萨姆纳，他们在他身上找不到一点"投入和专注"。按他们的说法，萨姆纳"特别茫然和出神"，而且"好像和外界脱节了，对周围的人很疏离，没有反应"。[20]

在董事会议上，萨姆纳连"大家好"都不再说了。[21]那一年，哥伦比亚广播公司没有给他发奖金，但仍然支付了他175万美元的基本薪资。[22]维亚康姆集团同样也只是支付了他200万美元薪资。[23]不过这两家公司都再次指定他进入了各自的董事会。[24]

———

尽管赫泽依然以铁腕统治着那幢豪宅，但叛乱正在酝酿。贾吉洛曾向萨姆纳暗示，霍尔布鲁克没来的原因并不是别人告诉他的那么简单，但贾吉洛没有多说，因为他很怕萨姆纳会抖露给赫泽，连累他被炒。[25]在赫泽伪造霍兰德信件的事件发生后，贾吉洛和盟友们虽已经储备了更多的"弹药"，但在行动上依然犹豫不决。

不过有些事情似乎已经引起了萨姆纳的怀疑。照赫泽所说，他发现孙女克琳一直在用他的信用卡时"很生气"（虽然赫泽坚称这个安排是他点过头的）。[26]萨姆纳虽身体虚弱，但或许也看穿了赫泽用那封据称是霍兰德写的信所耍弄的拙劣伎俩。

10月10日，赫泽劝说不情不愿的麦金尼再试着与萨姆纳进行一次性生活。结果这一次尴尬至极。"他看起来越发无措、疏离而且无法沟通了，"麦金尼说道，"我缩短了探访时间，只和萨姆纳待了大约20分钟就离开了。"她断定他"不过是我以前认识的那个人的影子"。[27]

贾吉洛则观察到萨姆纳整个周末都对赫泽"非常疏远和冷淡"。[28]

同一天（10月10日），萨姆纳向贾吉洛抱怨了一通，图阿纳基一旁也听到了，萨姆纳说赫泽"让他"给了她5000万美元，这无疑是指他的遗产规划发生的变化，他对此显然深感不安。[29]萨姆纳叫贾吉洛联系格洛丽亚·马泽奥，让她安排萨姆纳与他的律师毕肖普和安德尔曼会面。通常来说，赫泽在萨姆纳会见律师之前都会给他排练一遍他该说的话，而她几乎全程都会陪在他左右，以确保他说得滴水不漏。但萨姆纳坚持让贾吉洛对这次约见保密，一句话都不要透露给赫泽。[30]尽管贾吉洛仍然很担心赫泽一旦发现此事就会解雇他，但他还是硬着头皮给马泽奥打了电话。[31]

马泽奥告诉他，毕肖普那个周末不在市内，但会在下周一，也就是10月12日回来。[32]他们商定让毕肖普在那天早上过来，因为赫泽在那个时间段通常会外出购物和办事。[33]

动手的时机已到。如贾吉洛所说："既然雷德斯通先生明确表达了对曼努埃拉这么深切的顾虑，还召集他的律师来开会，我就想，是时候把曼努埃拉一直在指使护理人员不断对他撒谎、孤立他、监视和欺骗他的情况都告诉他了。"[34]

事情还算幸运，因为家里早已有其他人提醒过赫泽，说贾吉洛正密谋造她的反。[35]在霍兰德离开后的几个月里，赫泽刷萨姆纳的信用卡，欠下了36.5万多美元的账款。[36]就在一周前，她让他用现金签收了四万美元的到付物品，并且同意给她的个人基金会捐赠500万美元。[37]那个周末，有人还看到赫泽在这幢豪宅的一个房间里销毁财务记录。[38]

尽管这种紧张和猜疑的气氛日益加剧，周日的电影（当时改成了午后场）仍照例放映了，来宾中包括萨姆纳的老友、哥伦比亚广播公司董事阿诺德·科派尔森及其夫人。[39]当天的片子是环球影业新上映的《史蒂夫·乔布斯》。[40]影片放映前，萨姆纳出现了窒息症状，赫泽叫来护士给他吸了吸喉咙。萨姆纳随即就睡着并被推入走了。[41]

晚些时候，在客人们离开后，萨姆纳醒了过来，开始观看一场棒球季后赛。[42]但赫泽在下午6点30分左右去查看他的状况之时，他又睡着了。这让人"非常不安"，赫泽说，因为萨姆纳一直都对棒球"极其狂热"。

10月12日，也就是第二天一早，赫泽让贾吉洛把萨姆纳的医生叫来，她自己则出去办事了。[43]

赫泽一出门，"海豹突击队"计划好的时刻终于到来：贾吉洛、奥克塔维亚诺、图阿纳基和另两名护士去见了萨姆纳，当着他的面讲述了他们被迫参与的那些欺骗行为。[44]如贾吉洛所说："我不知道雷德斯通先生会不会相信我们，我只知道他要是不相信，我们就会被炒掉。不过由于我一直昧着良心在按照曼努埃拉的要求办事，我也准备好接受这个结果了。"

这群人告诉萨姆纳，霍尔布鲁克明明有空，赫泽却让他们对他撒谎；赫泽隐瞒了霍兰德给他的信，又伪造了一封信；赫泽还在他的卧室里安装了一个隐藏摄像头；而且她的兄弟卡洛斯就住在这栋房子里。[45]他们说他们一直不敢告诉他真相，因为怕赫泽会炒了他们。[46]贾吉洛说萨姆纳被这些爆料"惊到了"。[47]

毕肖普和乐博律师事务所的另一名律师——遗嘱认证诉讼律师加布里埃尔·维达尔很快就赶来见了萨姆纳。[48] 另一名律师——安德尔曼则通过免提电话参与了这次会议。[49] 贾吉洛翻译道："他想把曼努埃拉从他的遗嘱中剔除，而且想要回他所有的钱。"

在这次会议进行期间，赫泽回到了比弗利庄园的正门。毕肖普代萨姆纳下令，禁止她入内。尽管如此，据贾吉洛回忆，赫泽还是走到了一个无人值守的后门，用密码从后门进入了庄园，然后"闯"进了房子。[50] 图阿纳基在走廊上拦住了她。[51] "雷德斯通先生不想让你待在这儿。"他说，但她径直从他身旁走过去了。

赫泽冲进房间时，毕肖普看起来很吃惊。[52] "你不该在这儿。"她说。然后她就打电话给安德尔曼："曼努埃拉在这儿，但她不该在这儿。我不知道她是怎么进来的。"用赫泽的话说，"接下来就是一阵狂风骤雨。"

赫泽走到萨姆纳身前，问他是否还好。[53] "你生我的气了吗？你想让我走吗？" 赫泽说萨姆纳用一种"咕哝声"作了回应，但贾吉洛将其解释为"滚出我的房子"。

"他想让你走。"贾吉洛告诉赫泽。[54]

"但我要住哪儿呢？"她问。[55]

"你有一栋房子。"贾吉洛翻译了萨姆纳的回答。这指的是萨姆纳给她买的房子，她已经翻修了很多年。萨姆纳随即哭了起来。

赫泽转而询问她的长期盟友毕肖普："我该怎么办？"[56]

但毕肖普的态度变得很冷淡。[57] 她说她需要在赫泽不在场的情况下与萨姆纳商量一下，尽管在以前好像从来没有这个必要。

她说赫泽可以稍后再回来取她的财物。赫泽离开这个房间时回头看了看，萨姆纳还在啜泣。

赫泽离开后，护士和工作人员们都开始击掌庆祝。[58]

赫泽到女儿家时冷静了下来。[59]几个小时后，图阿纳基叫她过去。一名保安跟着她来到了她的房间。"离我远点。"她要求道。她还要求见萨姆纳，但这名保安告诉她，如果她不离开，他就会报警。[60]

赫泽疯了一般地想为她的突然流放找到一些解释。[61]她不断打给毕肖普，但毕肖普只说赫泽对萨姆纳"撒了谎"，并没有告诉她具体情况。

凭借着过去建立的亲密情谊，赫泽接着给道曼打了电话，道曼详细解释了一番，说这些谎话涉及克琳用了萨姆纳的信用卡，以及赫泽瞒着他安装的隐藏摄像头（赫泽坚称萨姆纳知道这两件事，只是他明显忘了）。[62]道曼显然没有提到那些更严重的谎言——霍尔布鲁克原本有空，霍兰德写了信，还有其实萨姆纳的直系亲属想跟他聊天，也想来看望他。[63]

按赫泽的说法，道曼告诉她："曼努埃拉，现在你有这么多钱了，而且还有一个美满的家。你是个不错的人，你什么都有了。你要是有什么需要可以随时打我电话。你知道你没法再为他做什么了。这是他的原话。他爱你，他爱你的家人。别担心，我会支持你的。"[64]

（对赫泽所说的他们两人的对话，道曼几乎处处都提出了异议。他承认自己和她谈过，但表示他只是出于礼貌，而且坚称他从未说过她被流放的原因，也没有"支持"她。）

那个周末，泰勒在纳帕谷参加一场婚礼时，贾吉洛把赫泽出局的消息告诉了他。

"曼努埃拉被赶走了……她的家人也不受待见了。"泰勒兴奋地给布兰登发了短信。[65]

"我很好奇萨姆纳到底知道了些什么。"布兰登回道。

"说来话长……但这就是我们一直想要的结果啊。"泰勒回道。

泰勒飞到洛杉矶，然后直奔比弗利庄园，以确定他的外祖父安然无恙。萨姆纳没说太多话，但他看起来如释重负，毕竟这场危机已经过去，赫泽也滚蛋了。他坚决要拿回他的钱。他还想再见见其他人，尤其是他的家人，但克琳除外。

莎莉也以最快的速度赶到了。她冲进去看了她的父亲，又张开双臂拥抱了他。"我从没想过我还能见到你。"她说。

10 月 16 日，亦即护士们出手介入以及赫泽被流放的四天后，萨姆纳又见了毕肖普，把医疗保健代理人由赫泽更改为道曼，[66] 还把赫泽和她的孩子从他的遗嘱受益人中删除了，什么也没留给他们。[67]赫泽原本将得到的 5000 万美元和这幢豪宅的收益都将被用于慈善事业。[68]

斯帕医生再次现场评估了萨姆纳的精神状况和他对自己行为的理解能力。毕肖普离开房间后，斯帕问萨姆纳是什么原因让他修改了遗产规划并变更了医疗保健代理人。

"我把西德尼赶了出去，"萨姆纳答道，"然后我把曼努埃拉也赶了出去。曼努埃拉对我撒谎。所有人都知道。"[69]

"她撒了什么谎？"斯帕问道。

"她在泰莉的事上撒了谎。"萨姆纳说道。他指的是霍尔布鲁克。

萨姆纳还提到了那封据说是霍兰德写的信："那封信完全是胡编乱造。"

第4集　"我是不会炒掉他的"

莎莉很快就在比弗利庄园的那幢萨姆纳的豪宅里填补了赫泽离去后的空缺。[1]她几乎可以说是搬到了洛杉矶，在那儿度过了近半年的时间。父女俩不在一起的时候，也会定期通过视频电话来交流。即便如此，萨姆纳还是会掐算着她两次来访之间的日子。[2]他的护士给他装了一台大钟，好让他随时掌握莎莉还有多长时间才会到。

莎莉越来越擅长解读萨姆纳的言语。她聘请了专业人士来监督他的医疗保健事务。她会和父亲一起观看比赛和电影。但最重要的是，他们会谈论生意上的事，萨姆纳再次找回了自己最喜欢的话题。作为维亚康姆集团和哥伦比亚广播公司的董事和副董事长，她一直在向他报告她所了解的一切。

就在莎莉尽力料理父亲的事务之时，毕肖普却几乎没有帮忙。她虽与霍兰德和赫泽有过密切合作，在霍兰德被驱逐后也曾与赫泽联手，但她如今却拒绝单独和莎莉见面，除非毕肖普本人的律师在场，这让莎莉十分气愤。

道曼也毫不退让。他经常去萨姆纳的宅邸，和萨姆纳一起看比赛转播，谈论电影生意。道曼似乎觉得自己的地位很稳固，但他的副手汤姆·杜利提醒他，赫泽的放黜和莎莉的崛起已经让他们的地位岌岌可危了，但道曼只是耸耸肩："咱们等着瞧吧。"

道曼此前告诉萨姆纳的所有有关维亚康姆集团的事情都经过了他的过滤，而且他一般都会忽略莎莉的意见。现在莎莉总算获得了机会，能向萨姆纳指出她和道曼之间存在的冲突和分歧，同时说明她只是想尽力去做她认为萨姆纳想做的事情。

但道曼的忠诚仍然至为重要。萨姆纳坚持："我是不会炒掉他的。"

———

11 月 24 日，在被逐出萨姆纳家后仅六周，赫泽提起了诉讼，要求重新担任萨姆纳的医疗保健代理人。[3] 她形容萨姆纳是"一个处在完满人生中的风烛残年时期的悲剧人物"，[4] 声称以萨姆纳现在的心智能力并不足以撤销他此前签署的医疗保健委托书，而此前的萨姆纳才是"头脑清醒、能力健全"。她还羞辱了莎莉一顿，"他的选择是基于多年来建立起的亲密关系，他也一再将这种关系形容为一种充满爱的家庭关系。尽管雷德斯通先生有两个成年子女和五个成年孙辈"，他还是选择了赫泽"在他的晚年去照顾他，因为他知道他永远可以相信她会尊重他的意愿，维护他的最大利益"。[5]

赫泽第一个公开说出了一件众人心中都存疑的事：92 岁的萨姆纳·雷德斯通虽仍担任着两家上市公司的执行董事长，享受着高薪，但他其实已经丧失了行为能力。"一个活的幽灵，"她在诉讼中坚称，"那些认识他的人现在都说他很呆滞，无法正常地与人沟通，察觉不到周围的环境变化，对过去能让他兴奋和专注的事情也提不起兴趣。"[6]

把这场诉讼的消息告诉萨姆纳的责任落到了莎莉身上。萨姆纳听后立刻就开始担心赫泽可能会再度成为他的医疗保健代理人。他一再说他厌憎赫泽，她回到他生活中来的可能性让他焦虑不安。莎莉向他保证，赫泽绝不会得逞。

诉讼对赫泽来说并不稀罕，这很符合其"斗牛犬"的绰号。她可能已经断定，最好的防御就是在莎莉通过起诉让她退还那些贵重礼物之前先发制人。多亏了萨姆纳的慷慨，她才有了开战的资本，能组建一个强大的法律团队，并发起一场极端的诉讼战。

在她和霍兰德那次一起去拜访了大卫·博伊斯后，赫泽就聘请了洛杉矶最知名的律师之一——皮尔斯·奥唐奈。专栏作家阿特·布赫瓦尔德曾指控派拉蒙窃取了他为艾迪·墨菲的喜剧《美国之旅》想出的创意，奥唐奈就因成功代理了他这起诉讼而闻名全美。[7]奥唐奈还接手过一些备受瞩目的离婚案，最近就成功帮某人向情妇索回了重礼。

萨姆纳之前已经给奥唐奈支付了 25 万美元的律师费。霍兰德被赶走并与赫泽发生争执之后，奥唐奈就只担任赫泽的代理律师了。由于萨姆纳不再给赫泽的花销买单，奥唐奈同意以收取风险代理费的形式来帮她打这场官司，在此情况下，无论和解或判决的结果如何，他和他的律所都将从中收取一定比例的费用。

这场诉讼只聚焦于赫泽作为萨姆纳医疗代理人的身份，而不是那笔她已经不可能拿到的遗产，以表明赫泽纯粹是在履行人道之责。赫泽坚称她的动机就是"实现唯一的目标：确保她能够兑现她对雷德斯通先生作出的郑重承诺，照料他的余生"。[8]

但赫泽在这场诉讼中的措辞还是表现出了一些不那么善意的态度，很难说她有多么一心一意地献身于萨姆纳的福祉。她的申诉书在讲述细节上显得十分无情，毫不顾及萨姆纳的隐私或形象。其中说到萨姆纳即便要使用饲管也依然"痴迷于吃牛排"，还说他"好像不记得也不明白为什么他不能吃。[9]同样地，雷德斯通先生还要求，在他的身体状况允许的条件下，每天都要有性生活"。

这份申诉书几乎肯定会引发媒体的轰动性报道，事实也的确如此，"性痴"萨姆纳·雷德斯通花钱留美女，《纽约邮报》如此宣扬道。[10]《纽约时报》则称这份申诉书中涉及的各种骇人听闻的个人生活细节"让人难以忍受"。[11]

赫泽的前盟友霍兰德并不想参与其中。她的律师布拉德·罗斯告诉《财富》杂志："她极其反感曼努埃拉在法庭上的所作所为。"[12]

要想赢下这场诉讼，赫泽还必须用一个事实来穿针引线：就在几个月前，萨姆纳让赫泽担任了他的唯一医疗保健代理人（更不用说他多次给过她巨额款项，还让她成为他的信托受益人），那时他还十分机敏且心智健全，但他在把她赶走后就像完全变了一个人。所以赫泽声称霍兰德因与皮尔格林有染而被逐出家门之后，"就像按下了一个开关，萨姆纳的精神状态和敏锐程度都大不如前，只能隐约看到那个曾经充满活力的顶尖人物的身影"。[13]

赫泽提供了几份声明来佐证这份申诉书。其中一份声明出自赫泽聘请的医学专家，其他的则出自她的兄弟卡洛斯和海蒂·麦金尼——赫泽的雇员兼萨姆纳的前性伴侣。[14] 如果这些声明是出自一些与赫泽的利益不那么相关甚至和她明显有冲突的证人，那这份申诉书的说服力或许还会强上几分。

雷德斯通的律师公布了一份新闻稿，把赫泽描绘成了无情的拜金女。乐博律师事务所的合伙人维达尔曾目睹赫泽被驱逐的过程，她说赫泽"自称发起这场诉讼是出于对雷德斯通先生的担忧，这很荒唐。其诉讼毫无实据，充斥着谎言，是对雷德斯通先生的隐私的卑劣侵犯。这只是证明了赫泽女士会不择手段地追求她个人的经济利益"。[15]

莎莉的一名代言人只回应了一句话："萨姆纳的家人现在可以不受限制地去看望他。莎莉现在和过去都始终如一地积极参与萨姆纳的护理事务。"[16]

12 月 11 日，也就是几周后，萨姆纳让毕肖普转交了一封信给莎莉，他在信中否认了他与赫泽以前的关系，还试图抹去赫泽存在的痕迹："我希望我们的家庭能回到霍兰德和赫泽搬来之前的样子。把我们的家庭关系恢复到那时的状态……这对我非常重要。我爱你和你的家人，也信任你们。我邀请你们留下来陪我，随时来看我。听说别人把你和你的家人拒之门外，我感到非常难过。这种情况再不会发生了。"[17]

此外，他还强调以前批评莎莉或其家人的文件和声明"应被视为已经撤回、终止、作废、取消、有误并且不具任何效力"。[18]

他明确肯定，在撰写和签署这封信时，他没有受到任何强制或胁迫，贾吉洛可为其作证。及至此时，萨姆纳的手写签名已经与一条斜线无异。[19]

———

赫泽遭到驱逐后，莎莉及其家人重获萨姆纳的宠爱。2015 年的圣诞假期与前一年的圣诞节几乎没有任何相似之处，那时赫泽和霍兰德的一大家子人霸占着这栋房子，而现在莎莉、她的孩子和两个曾孙辈陪萨姆纳度过了这个假期，他们一起玩了游戏，莎莉则跟他讨论了媒体业务。[20]

道曼很快便对赫泽反戈相向，为了安抚莎莉，他答应要指证赫泽。在一份审前笔录证言中，他说"他每周都会通过电话与萨姆纳商谈业务和个人问题"，[21] 而且他最近在 11 月 3 日去看望萨姆纳时发现他"很投入、很专注"。[22]"萨姆纳让我代他向各界人士致以问候，我也向他转达了别人让我转达给他的问候，"道曼在证言中说，"我们谈论了第二天早上的一场我要做发言的会议，还回顾了公司的历史和一些个人往事。"[23] 他还说他和萨姆纳在 10 月 8 日见面时"就最近刊载的一些文章展开了广泛的商业讨论"——这次会面曾被赫泽形容为"一场独白"。萨姆纳在这两次会面中"一如既往地投入、专注和固执己见"[24]。

道曼还说他"非常关心萨姆纳，并将采取一切必要措施，确保萨姆纳能继续得到最好的照顾"。[25]

尽管如此，道曼并没有对赫泽的离开和莎莉的回归掉以轻心。1 月，他暗中聘请了著名的宝维斯律师事务所的律师，研究自己面临的选择。[26]

———

赫泽的诉讼及其对萨姆纳身心衰退的惊人断言，加上萨姆纳最近明显没有出席股东大会和简报会的情况——更不用说哥伦比亚广播公司和维亚康姆集团仍在支付萨姆纳数百万美元的薪酬——都引起了华尔街的关注。有一个萨姆纳这样的控股股东，维权投资者 ① 们自然都对维亚康姆集团兴味索然。在赫泽的诉讼发起后，情况发生了变化，毕竟即便是萨姆纳亲手挑选的董事也对所有股东负有责任。

12 月，在路透社主办的一次投资者会议上，颇具影响力的传媒投资者、维亚康姆集团的主要股东马里奥·加贝利问到了萨姆纳的状况："以他现在的状况，他是不是应该去挂一个荣休董事长之类的头衔？"维亚康姆集团的另一名主要股东塞尔瓦托·穆奥约也表达了同样的看法："如果萨姆纳不再适合领导董事会，那他就应该放弃这一职位。"[27]

次年 1 月，持有维亚康姆集团股份的维权投资者、春鸦资产管理公司的常务董事埃里克·杰克逊在网上发了一张幻灯片，痛斥维亚康姆集团的领导层，引发了广泛关注。杰克逊称维亚康姆集团"无聊到爆"。[28] 他认为萨姆纳的状况与电影《老板度假去》的剧情一样。[29] 这是一部喜剧，讲的是两个年轻的高管架着死去

———

① 维权投资者（activist investors）通常是指一些对冲基金、机构的投资者，为了捍卫自身权益，要求公司作出改变甚至插手企业决策，如提高派息、回购股票、削减成本、调整管理层，有时甚至会要求分拆重组公司。

的老板，只为了能在他的汉普顿庄园里享受一个周末的故事。

仅这些数字就很令人震惊：维亚康姆集团的股价在前一年下跌了 46.9%，而标准普尔 500 指数的跌幅仅为 1.2%。[30] 在过去三年里，维亚康姆集团的股价下跌了 21.4%，相比之下，标准普尔 500 指数则上涨了 47.1%。[31] 哥伦比亚广播公司的股价在同一时期上涨了 34.5%，迪士尼则上涨了一倍多。[32] 如果萨姆纳能意识到这一点，那么这个曾经的股痴竟会容忍如此惨淡的表现似乎就有些不可思议了。

杰克逊批评萨姆纳是一个"缺席的董事长"，[33] 指责他没有制定继任规划，[34] 并且直接呼吁更换"董事长、首席执行官、首席运营官和董事会"。[35] 他特别指出，维亚康姆集团的表现虽糟糕透顶，但道曼和他手下的首席运营官杜利却在过去五年总共拿到了 4.32 亿美元的薪酬，远远超出其他所有传媒公司的一般薪酬水平（哥伦比亚广播公司的穆恩维斯除外，他的薪酬更高，但该公司的股价实现了飙升）。[36] 杰克逊总结道："维亚康姆集团的管理层多年来一直表现不佳，却没有问责制度约束。"[37]

股东们紧接着就在特拉华州发起了一场诉讼，指控维亚康姆集团的董事背弃了其理应对股东履行的义务。

维亚康姆集团的董事们开始掘壕固守。律师、维亚康姆集团治理与提名委员会主席、萨姆纳的老友威廉·施瓦茨在一份声明中说："雷德斯通先生的医生已经公开证实，他的心智正常，这一信息符合我掌握的其他医学信息和另一些资讯。"[38] 但其中并没有提到萨姆纳和施瓦茨之间有任何实际的会面或交流，而"符合"这个古怪的措辞也只是加深了人们对萨姆纳病情的猜测。

这一切都引起了哥伦比亚广播公司的强烈兴趣，很明显，以萨姆纳的身心状况，他已经不适合担任董事长了，或者从根本上说，他也不适合再担任控股股东了。无论是 3 月份的维亚康姆集团年度股东大会，还是 5 月份的哥伦比亚广播公司年度股东大会，他都没有露面。多亏了穆恩维斯的领导才能，哥伦比亚广播公司的股市表现远远好于维亚康姆集团，同时躲过了像维亚康姆集团的道曼所受到的那样接二连三的严格审查和严厉批评。（赫泽被驱逐后，萨姆纳也不再干预哥伦比亚广播公司的选角决定。《国务卿女士》在播出六季后于 2019 年被砍，凯瑟琳·赫泽没有在哥伦比亚广播公司拿到其他角色。）

尽管如此，哥伦比亚广播公司也不难发现，谁成功地控制了丧失行为能力的萨姆纳，谁就能随心所欲地掌控该公司，而眼下这个人似乎就是莎莉。

穆恩维斯并不打算容忍这种状况。12 月，哥伦比亚广播公司董事会的独立董事们在没有通知莎莉和萨姆纳的情况下成立了一个特别委员会，以研究如何削弱萨姆纳的控制股权。选项包括让哥伦比亚广播公司以高价买下全美娱乐公司的控股股份，以及一种更激进的方式：把一小部分拥有超级表决权的股份当成股息发放给所有股东，这将达到削弱全美娱乐公司投票权的效果。

穆恩维斯手下的二号人物、哥伦比亚广播公司首席运营官约瑟夫·伊安尼洛曾在一封电子邮件中提醒穆恩维斯，如此激进的举措将"夺走莎莉·雷德斯通女士的全副身家"。[39] 但伊安尼洛忠于谁是显而易见的。如果穆恩维斯要与雷德斯通家族开战，"我会挺你到底。"伊安尼洛告诉穆恩维斯。[40]

第 5 集 "这是你的战争，不是我的"

这段日子里，很少有人能真正见到萨姆纳。赫泽抱怨莎莉切断了她父亲与外界的联系（就像莎莉之前抱怨赫泽一样），并坚称她和她的律师有权面见萨姆纳并评估他的精神状况。

1月，洛杉矶高等法院法官大卫·考恩驳回了赫泽找萨姆纳取证的诉求，但裁定赫泽聘请的老年精神病专家、加州大学洛杉矶分校的受人尊敬的职员——斯蒂芬·里德医生可以在赫泽不在场或任何律师在场的情况下去萨姆纳家中对他进行一小时的检查（萨姆纳的护士和一名翻译获准在场）。

里德给他做了一次测试，名为简易精神状态检查，这是一种通用的老年人认知功能测试。[1] 在某些方面，萨姆纳表现不错。[2] 里德觉得萨姆纳在他们会面期间"十分机敏并专注"。萨姆纳知道当天的日期（1月29日），但不知道年份（2016年）。他明白，如果拔掉他的饲管，他吃东西可能会呛住。[3] 他能凭记忆复述三个单词。[4] 他知道自己有几个子女（两个）、孙辈（五个）和曾孙辈（两个），他也记得曾孙辈的名字，尽管里德不得不接受翻译的转译，因为他听不懂萨姆纳在说什么。

不过萨姆纳没有通过其他测试。里德让他找出一张蓝色星星的图片，结果他指向了一个绿色的正方形。[5] 里德要求他按顺序执行三项简单的任务，这是一种被称为测序的测试。[6] 但里德刚说到第一个任务——摸你的鼻子——萨姆纳就马上照做了，而并没有等里德说完其他任务，里德称这是一种冲动的反应或"脱抑制性反应"①。[7]里德又试了一次，让萨姆纳依次摸自己的鼻子、伸舌头、摸自己的耳朵。萨姆纳摸了摸鼻子，伸出了舌头，但接着他就不停地左右摆动舌头，这是他在言语治疗中做过的练习。他始终没有碰自己的耳朵。[8]

萨姆纳做不了简单的算术。[9]里德问他100减7等于几，他费了半天劲，然后说是96（一旁的翻译尽全力给出的答案）。里德让他倒拼"world"（世界）这个单词，他正确地说出了字母"d"，但随后就支支吾吾起来。[10]

里德问到了萨姆纳和他继侄史蒂文·斯威特伍德给比赛下注的事，萨姆纳吹嘘他总是能赢，显然忘了他下的那些注都受到了操纵，也忘了这样完美的纪录在数学上几乎不可能。[11]

萨姆纳还坚称赫泽从他手中窃取了4000万美元。[12]为了确定这一点，里德在一块白板上写下"4000万美元"。萨姆纳点点头，确认这是对的。但里德向他询问是否有"责任人"在管他的钱时，萨姆纳也点头称"是"。里德认为赫泽不太可能"偷走"4000万美元，因为萨姆纳拥有专业的资金管理服务，如里德所说，"4000万美元不可能在没人发现的情况下飞走"。[13]但萨姆纳没有进一步解释，只是反复地说赫泽偷了这笔钱。他坚称："所有人都知道这件事。"

在失意时，萨姆纳经常会出现一种"控制不住的暴怒"，里德认为这"非常严重"，是个"非常大的问题"。[14]

---

① 脱抑制性反应是指个人行为的内部约束机制被解除的状态。

里德得出的结论是："雷德斯通表现出了痴呆症的病征，接近于中重度。"他"认为雷德斯通的脑皮质受损，原因很可能是一段时间内大脑的血流量和供氧不足，这导致了雷德斯通的语言障碍"。[15]

里德在他提交给法院的一份 37 页的书面报告中断定，萨姆纳更换自己的医疗保健代理人赫泽时，"心智能力严重受损，缺乏必要的心智能力来理解和明白他变更其医疗保健代理人的行为会有何后果"。他还说这使得萨姆纳"极易受到不当影响"。[16]

对一个在三年内迅速从哈佛学院毕业并迅速掌握日语的人来说，这是个惊人的诊断。正如里德在描述这次面谈以及他对萨姆纳的评价时所说，"这让人非常难过"，[17] 而且"看到这一幕让人非常痛心"。[18] 他还说："雷德斯通先生在他那个时代是一个非凡的人物，因为其高智商而受到了名副其实的赞誉，还在二战中为祖国做出了令人钦佩的贡献。但我们今天看到的雷德斯通先生只是过去那个他的一个非常非常模糊的影子。"[19]

且不谈萨姆纳是否明白撤换赫泽的后果这一法律问题，萨姆纳也明显没有资格担任两家大型上市公司的执行董事长了，他早该下台了。那份保有萨姆纳在全美娱乐公司股份的信托规定，如果萨姆纳确实丧失了行为能力，他就将被免职，但这一信托的协议也规定必须由一家法院认定萨姆纳已经失能，还须有三名医生以书面形式证明他丧失了行为能力——这是一种极不可能发生的状况。但萨姆纳公开缺席董事会议以及他总体上缺乏参与的做法已经招致了批评，在莎莉的支持下，两家公司的董事都达成了一致，萨姆纳是时候让位了。

2月2日，也就是里德做出那项评估后几天，萨姆纳就给哥伦比亚广播公司和维亚康姆集团的董事会去信，宣布他将辞去这两家公司的执行董事长和董事之职。[20]

即使到这时，这两家公司也没有简单地让他走人。[21]两个董事会都任命他为荣休董事长，哥伦比亚广播公司将支付他100万美元的基本薪酬，维亚康姆集团则给他175万美元的基本薪酬。[22]无论萨姆纳的身心状况如何，他依然是控股股东。

哥伦比亚广播公司董事会于次日开会，董事们首先根据全美娱乐信托的授权，将董事长一职授予莎莉。她婉言谢绝并提名了穆恩维斯。董事会最后通过表决一致同意由穆恩维斯来接任董事长之位。[23]

———

莎莉并不认为维亚康姆集团的权力交接会如此顺遂。她在同一天发布的一份新闻声明中表示："我坚信一点，无论由谁来接替我父亲担任各家公司的董事长，此人都不应是我父亲信托的受托人，也不应与雷德斯通家族的事务有其他关联，他应是一位能独立发声的领袖。"[24]

一位发言人补充道："莎莉将继续为她心中最有利于维亚康姆集团股东的选择而奔走。"[25]

这些话显然剑指道曼，他就是全美娱乐信托的受托人。莎莉游说了父亲，想让他反对道曼晋升，但她的影响力有限。她发起了一场在她看来很有说服力的针对道曼的控诉，一开始就提到了维亚康姆集团暴跌的股价。但在他们共事的几十年里，萨姆纳对他的信任从未动摇。即使在身心都存在障碍的情况下，他对道曼的支持也毫未动摇。

第二天，维亚康姆集团的董事们开了一次电话会议，道曼和萨姆纳分别在度假地和家中通过电话参会。开始唱票后，包括萨姆纳在内的所有董事都投票支持提任道曼为董事长，除了一个显眼的例外：[26] 莎莉投了反对票。

提名委员会主席施瓦茨没有公开提到这张反对票。他说："在选择萨姆纳的继任者时，董事会考虑到了以下方面，我们在这个空前的变革期需要老练的领导层，菲利普拥有许多从商经验且他对维亚康姆集团有着无比深入的了解，对公司有着长远的规划。"[27]

但仅仅五天后，维亚康姆集团远低于预期的收益就震惊了华尔街，其有线电视的收视率和收入双双下滑，同时另一个消息也传播开来，那就是派拉蒙在 2015 年年末连续第四年票房垫底，这还是在他们又上映了一部《碟中谍》续集的情况下。[28] 维亚康姆集团的股价暴跌 21%，创下五年来的新低。[29]

在财报电话会议上——据说萨姆纳也在通过电话旁听——新获任命的董事长道曼心浮气躁，显然情绪很糟。道曼怒斥了一名分析师，[30] 此人问到该公司"极其惨淡的业绩"时，道曼回应道："一些唱反调的人、自私自利的批评者和炒作者扭曲和掩盖了我们真正的前景和事实。"他把股价的下跌归咎于有关该公司的"谣传"，还说"我觉得这种谣传出自何处对所有人来说都是明摆着的"。[31] 人们都认为这句话是在批评莎莉和她的公开言论。

道曼的话听起来只会让人更加绝望。他的策略无非是回购股票、削减成本、降低制片厂的产量，以期降低风险。其制片厂将专注于打造其专属系列电影的续集，比如《碟中谍：神秘国度》。但他们在当年上映的两部电影的续集——《终结者：创世纪》和《鬼影实录：鬼次元》都惨遭败绩。就连《碟中谍：神秘国度》的票房成绩也比前几部有所退步。[32]

截至12月31日，派拉蒙的季度亏损超过了一亿美元。[33]本·斯蒂勒执导的《超级名模2》原本备受期待，这是他在2001年执导的一部热门影片的续集，然而该片刚刚上映就遭遇了温吞的票房表现并受到了尖刻的批评，这对2016年的业绩来说也不是个好兆头。道曼告诉分析师，他相信派拉蒙正在筹拍的影片肯定会大热，包括《星际迷航：超越星辰》和《忍者神龟》的一部续集，以及布拉德·皮特的间谍片《间谍同盟》。[34]

然后，一个有可能拯救道曼和维亚康姆集团暴跌股价的机会出现了。投资银行家、贝尔斯登公司前首席执行官艾伦·施瓦茨联系道曼，谈到了将派拉蒙的一部分股份卖给中国的房地产集团大连万达的可能性，这家企业不仅在中国拥有自己的影院，在美国还持有AMC院线的股份。出售派拉蒙的全部或部分股份并不是什么独到的想法：包括春鸮资产管理公司的杰克逊在内的几位华尔街分析师一直在敦促道曼出售股份以释放价值。[35]华尔街对维亚康姆集团的估值就是其现金流倍数①，由于派拉蒙在持续亏损，它的价值也就微乎其微了。

不过道曼还是觉得他能开个高价。施瓦茨曾表示，他认为派

----

① 现金流倍数是一种用于衡量企业价值的指标。它是指企业的现金流量净额与某个评估基准的比率。一般而言，现金流倍数越高，表明企业的现金流与评估基准的比率越高，其价值也就越高，反之亦然。

拉蒙可能值 50 亿美元；他也许能让中国买家出到 70 亿美元，甚或 80 亿美元。道曼不愿让步，他想开一个更高的价：他跟董事们说自己可以为派拉蒙挣到 100 亿美元。

但维亚康姆集团的一些高管颇有疑虑。100 亿美元是个天文数字，而且以往好莱坞的大制片厂分享其所有权的记录也是一塌糊涂——康卡斯特公司曾被迫买断通用电气在全国广播公司或环球影业的股份，鲁伯特·默多克也曾买断石油大亨马文·戴维斯在二十世纪福克斯的股份。此外，在这个快速变化的行业中，企业纷纷扩大规模以保持竞争力，维亚康姆集团的收缩策略显然与此相悖。不过对于身处险境的道曼来说，这依然是一个有可能让他飞黄腾达的举措。

与此同时，这也意味着萨姆纳遗产的缩水。击败巴里·迪勒并收购这家传奇的电影制片厂就是萨姆纳漫长交易生涯中最大的成就。乔治·阿布拉姆斯警告道曼说萨姆纳永远不会出售派拉蒙，哪怕只是少量股份，除非出价高得离谱，而且阿布拉姆斯在这方面也支持萨姆纳。只要萨姆纳还活着，且拥有法定权限，那么即使他身体出了毛病，想在他不支持的情况下推进此事也几乎是不可想象的——在莎莉卷土重来的情况下尤其如此。

在接替萨姆纳担任董事长后几天，道曼没打招呼就来到了萨姆纳家中。他不想让莎莉知道他要来，但也做好了在那儿撞见她的准备。道曼问贾吉洛和其他护士能否给他和萨姆纳一点私人空间，贾吉洛离开了这个房间，但他就站在门口（他始终没让萨姆纳离开自己的视线），是随后的谈话的证人。[36]

萨姆纳当时坐在客厅窗户附近的椅子上，看着电视。[37]道曼凑到他身前，故意背对着贾吉洛，他认为贾吉洛就是莎莉的奸细。为了不让贾吉洛听到他们的谈话内容，道曼在萨姆纳耳边低声细语。

按照道曼对这次谈话的描述，他告诉萨姆纳，有些人向他表达了很大的诚意，想以一个对该公司的超高估价来收购派拉蒙的少数股权。[38] 他请求萨姆纳准许召开董事会议来讨论这一可能性。

萨姆纳点了点头，似乎是在表示同意。无论事实情况是什么样的，贾吉洛随后就是这么告知莎莉的。

为确保萨姆纳能够理解，道曼把这个请求又说了一遍，萨姆纳又点了点头。

在2月22日的一次电话会议上，道曼向维亚康姆集团董事会简述了他对派拉蒙的规划的实质内容以及他与萨姆纳沟通的情况。[39] 莎莉和萨姆纳都通过电话参会了，尽管萨姆纳像往常一样一言不发。按道曼的说法，他解释了他对派拉蒙的规划，并询问萨姆纳能否理解，这就是贾吉洛看到他点头的原委。莎莉在道曼的陈述中没有听到任何关于大笔出售派拉蒙股份的内容，但包括萨姆纳在内的董事一致投票支持展开谈判，只有一个例外：莎莉投了反对票。

第二天，维亚康姆集团宣布，已有几名身份不明的战略投资人前来接洽，有意入股派拉蒙。[40] 在一份公布给全公司的备忘录中，道曼谈到增加的注资将有助于扩大产量，并为维亚康姆集团的员工提供一些"创造性机遇"，没有指明所谓创造性机遇到底是什么，也没有透露他打算出售多少股份。[41] 消息传出后，惨不忍睹的维亚康姆集团股价上涨了5%。

道曼虽与莎莉不睦，但与萨姆纳仍保持着融洽的关系，他自己也是如此认为。道曼在 3 月的第一周又和萨姆纳见了一面。这一次萨姆纳"几乎完全没有反应，根本无法进行有意义的交流"。[42]

在后来与一些董事的商讨中，道曼表示他想要出售的并不是一小部分股份，而是高达 49% 的股份。[43] 莎莉得知这个消息后惊呆了。鉴于道曼和买方正在协商的价格很高，道曼认为维亚康姆集团应该尽可能多地筹集资本，同时仍保持对该制片厂的控制。但莎莉觉得自己被误导了。她以为他是想出售派拉蒙的一小部分股份，或许是 10%。以她对父亲的了解，出售这么多股份绝对是违背萨姆纳意愿的。他喜欢制作内容，他喜欢拍电影，他爱这一行，他哪怕是入了土都不想失去控制权。现在道曼只是悄声地给他简单介绍了一番，就想卖掉他那王冠上近一半的宝石，还要和另一个投资人共享决策权？

莎莉去见了父亲，汇报了道曼的计划。按她的说法，萨姆纳对这个出售如此多股份的提议颇感震惊，和她刚得知时一样，甚至更为震惊。道曼竟然想通过秘密谈判来卖掉派拉蒙这么多股份，这完全是一种背叛，与霍兰德和皮尔格林的出轨一样不可原谅，尤其是主导者还是一个被萨姆纳视如己出的人。他对那些看起来打算要追随道曼的董事也同样感到愤怒，即使是乔治·阿布拉姆斯和比尔·施瓦茨[①]这样的老友也不例外。

考虑到萨姆纳的精神状况和沟通问题，实在很难确定他对这笔拟议的派拉蒙交易的复杂性有多少了解。但毫无疑问的是，就

---

① 即威廉·施瓦茨。

像他迅速地跟霍兰德和赫泽翻脸一样，他也马上就跟道曼以及阿布拉姆斯这个合作了 53 年之久的律师和知己反目了。萨姆纳用一句标志性的脏话表达了自己的看法，他说道曼现在就是个"该死的混蛋"。

"他怎么能这么干？"萨姆纳问女儿，"我控制着董事会。我该怎么做？"

"这是你的战争，不是我的。"莎莉答道。她要照顾家庭，还经营着自己的风险投资业务。"我已经过上新生活了。"

萨姆纳肯定多少想到了即将展开的战斗需要更多的体力和精神上的决断力，这都不是他现在所具有的。

"莎莉，你必须出手，"他坚持说，"你得阻止这个事。"

就在这一刻，他终于对莎莉说出了这句话："莎莉，我相信你。"

"我会帮你的。"她说。

第 6 集　"示众"

2016 年 3 月 11 日，乐博律师事务所的律师加布里埃尔·维达尔和艾米·科赫带着诉讼律师罗伯·克里格去比弗利庄园会见了萨姆纳。那天下午，一场不同寻常的狂风暴雨席卷了南加州，所以他们通过大门后都把车停入了车库。萨姆纳正在客厅的那张他最喜欢的躺椅上等候，同时观看大屏幕电视上的美国消费者新闻与商业频道的节目。

克里格没见过萨姆纳，所以被他的样子吓了一跳。萨姆纳看起来极其虚弱，大部分时候都是维达尔在说话，萨姆纳回应时只会咕哝几声，幸亏有贾吉洛在现场给他们翻译。

至今为止，在赫泽发起的诉讼中，萨姆纳的法律辩护工作一直是由维达尔主导的。但考恩法官在消化了里德的那份有关萨姆纳精神敏锐度的报告后，称其中的细节让人心痛，由此驳回了萨姆纳撤销该案的动议。[1]他指出，双方都认同萨姆纳患有一种"皮质下神经障碍"，导致他"认知受损"，因此裁定他的心智能力是一个足以成为诉讼依据的问题。[2]考恩还发现了一个古怪的事情，那就是萨姆纳竟会让不住在洛杉矶的道曼取代赫泽来担任他的医疗保健代理人，而没有让莎莉这样的家庭成员承担这一责任。[3]他随后把审判日期定在了5月的第一周。

维达尔本人有可能要出庭作证，而且赫泽被赶走的那天她也在场，更不用说她的律所合伙人毕肖普在这场争讼事件中起到的关键作用，这都使得萨姆纳现在还需要一位不会面临任何潜在冲突的律师。克里格就是由此被选中的，他是休斯顿·亨尼根诉讼律师事务所的合伙人，虽曾多次担任派拉蒙、音乐电视网和维亚康姆集团旗下其他实体的代理律师，但他还是给比弗利庄园最近的这场闹剧带来了新的视角。[4]他从没见过萨姆纳和莎莉。

克里格的头发剪得很短，略带灰色，看起来比他44岁的年纪显得年轻，这一点也掩盖了他的强悍和果断。他在匹兹堡长大，父亲在医院做病理医师，一家人一直住在简陋的房子里，直到他考入汉密尔顿学院，后来入读斯坦福大学法学院，1997 年，以班级第二名的成绩毕业。在学生时期，他总有一种要出人头地的动力，当上律师后，他也自称是个工作狂，每年都要工作 3000 个小时。他起初曾任职于著名的艾尔和马尼拉律师事务所，33 岁时升任该律所的合伙人，其后转投休斯顿·亨尼根诉讼律师事务所。

"你们能听懂他说的话吗？"克里格在和另几名律师驱车离开比弗利庄园时问道。反正他自己听不懂。

对于一段新的律师和委托人的关系来说，这并不是一个多么有希望的开始，但克里格很执着。在接下来的一周里，他几乎每天都会来看望萨姆纳。他第三次来时比维达尔先到一步，家政人员告诉他，萨姆纳想马上开始。于是克里格在没有其他律师在场的情况下见了萨姆纳。

萨姆纳的语气比他前两次来访时要热情和坚定得多。贾吉洛依旧在场，他能帮上忙，但克里格逐渐也能在没有他的情况下听懂萨姆纳的话了。萨姆纳传达的信息非常明确：他不想出售派拉蒙，哪怕一部分股份也不行。他对维亚康姆集团的董事们背着他支持道曼很生气，他是误信了这些人的忠心才一手提拔了他们。他让克里格给维亚康姆集团的董事打电话并告诉他们，他坚决反对这次拟议中的出售。

克里格本想推辞，因为他受聘接手的是赫泽案，萨姆纳交代的工作却与此无关，但萨姆纳相当坚持。于是克里格就给维亚康姆集团的资深法律总顾问迈克尔·弗里克拉斯打了电话，告诉他萨姆纳反对出售。

第二天，萨姆纳的一名护士致电克里格，让他跟萨姆纳通话。克里格联系哪个董事了吗？当克里格说他已经和弗里克拉斯谈过时，萨姆纳变得很焦躁，他坚持让克里格直接联系董事，而不是维亚康姆集团的员工。

第三天，克里格就给两位董事打了电话，这两人都是萨姆纳的老友和知己：威瑞森通信公司的前首席财务官、维亚康姆集团的首席独立董事弗雷德里克·萨勒诺，[5] 以及长期代理萨姆纳法律事务的波士顿律师乔治·阿布拉姆斯，他也是萨姆纳的信托受托人。[6]

萨勒诺回了电话，但很谨慎，因为他从未与克里格打过交道。他也觉得很懊丧，因为除莎莉之外，维亚康姆集团的董事们都没有直接收到过萨姆纳的指示，连萨姆纳最老、最亲密的朋友也不例外。这真是萨姆纳说的吗？还是莎莉说的呢？萨勒诺对萨姆纳的精神状况越来越担忧，对莎莉与日俱增的影响力也心怀忐忑。2014 年，在萨姆纳家中举行的维亚康姆集团董事会晚宴上，萨勒诺就坐在萨姆纳旁边，这是萨勒诺最后一次肯定地表示萨姆纳的脑子是完全清醒的，而且他当时还听到萨姆纳（和以往一样）坚称不该由莎莉接替他。

萨勒诺说他必须核实克里格说的话，他要求面见萨姆纳。但考虑到那场悬而未决的官司，克里格和莎莉都不想答应这一要求。无论如何，这都没有意义，因为萨姆纳拒绝会见任何一个被他视为叛徒的人。

另一方面，阿布拉姆斯没有任何回应。

为了缓和这种紧张的气氛并进一步解释董事会决定出售股份

的理由，道曼决定与萨姆纳见一面，并在 4 月飞到了洛杉矶。会面前一小时，萨姆纳的办公室给他打电话取消了这次会面。

克里格再次来访时，萨姆纳想知道克里格有没有找董事谈过，以及具体聊了什么。知道克里格找了萨勒诺，还给阿布拉姆斯留了言，萨姆纳看起来很高兴。

这样的交流给了克里格更多信心，他相信萨姆纳能够理解现状，并传达自己的意愿。他用不同方式问了萨姆纳同一个问题，有些回答应该是"是"，有些则应该是"不是"，以确保萨姆纳能理解这些问题。萨姆纳的回答始终一致。克里格发现他越来越擅长与萨姆纳交谈，而不必依赖护士的翻译。尽管如此，一旦涉及重要的决定，克里格在采取行动之前还是会不止一次地前来确认萨姆纳的意思。

萨姆纳对他的钱以及将如何花掉这些钱仍然有着强烈的兴趣。他依然决心从霍兰德和赫泽那里拿回他的数百万美元，并反复询问克里格的建议，还要求他对这两个女人采取法律行动。

克里格设法转移了他的注意力，他解释说，如果在这里主张萨姆纳给这些女人转账数百万美元是受了不当影响——更别说他的遗产律师和一名精神病医生也在场——然后又在赫泽发起的诉讼中辩称萨姆纳在几个月后把赫泽从他的医疗保健代理人中划除时并没有受到莎莉的不当影响，这只会额外地让赫泽案变得更加复杂。萨姆纳的态度有所缓和，至少暂时是这样，但仍然一直念叨着他想要回他的钱。

萨姆纳的第二任妻子宝拉有一次联系了克里格，表示萨姆纳已经同意给她 15 万美元作为生日礼物，用来翻修她在佛罗里达的共管公寓，但她不知道应该把发票寄到哪里。

克里格找萨姆纳确认他确实答应过这件事，于是克里格让宝拉把发票寄给萨姆纳的会计师。但这时宝拉说，这15万美元只是六笔分期付款中的第一笔。

克里格又回去找萨姆纳，问他是否同意付这笔总额90万美元的款项？萨姆纳的态度很坚定：他愿意给那15万美元，但剩下的一个子儿都不会出。

———

考恩法官的裁决使得赫泽的诉讼得以继续进行，赫泽阵营由此发出了一连串传票，其中一张要求莎莉出庭作证。莎莉的证人陈述预定在4月的第二周进行，赫泽的律师打算借莎莉的证词探究赫泽提出的指控，即莎莉在那些家政人员中组织了一个间谍团伙，通过贿赂和哄骗，让他们把赫泽赶走了。[7] 赫泽的律师还一直催逼着要给萨姆纳本人录一段证人陈述，他们想在即将开始的审判中把这份录像作为关键证据。

赫泽在这场诉讼中发起的猛攻给了她相当大的筹码，因为莎莉及其法律团队都迫切地想避免宣誓作证，尤其是避免让萨姆纳作证。这场官司和赫泽回归的可能性已让萨姆纳焦虑万分，睡不好觉了。

莎莉也不希望被皮尔斯·奥唐奈这样的律师拖入泥潭，此人是赫泽的法律顾问，向来态度挑衅、咄咄逼人。虽觉得赫泽的行为很卑鄙，但莎莉已经实现了自己的首要目标——重新获得了接触父亲的机会。她和家人比以往任何时候都能更多地陪伴他。

尽管很恼火，但莎莉宁愿让赫泽留着她从自己父亲那里拿走的数百万美元，留着她转走的那4500万美元，甚至愿意给她更多的钱，只要能一劳永逸地让赫泽退出自己的生活。

赫泽也有妥协的理由，一大群护士和家政雇员都排着队要出庭指证她。在克里格受聘后不久，赫泽阵营就建议通过调解程序在庭外解决问题。萨姆纳拒绝了，但他的家人几乎都求他一试。他们担心进行更多的诉讼会进一步损害他的健康，也希望他在有限的余生中能专注于一些积极的事情。他们认为只要能摆脱赫泽，他花的所有钱就是值得的。在双方谈判期间，莎莉和其他人作证的日期都被推迟了。

考虑到萨姆纳对这个旧情人和伴侣存有敌意，调解人分别会见了赫泽和萨姆纳，这次会面的情况还算顺利。双方最终达成了一个框架协议：赫泽将获得一笔横财——3000万美元加上卡莱尔酒店的公寓套房（当时的估值为500万美元），全部免税；她可以保留萨姆纳已经给她的一切。作为回报，赫泽必须撤回担任萨姆纳医疗保健代理人的诉求，她和她的孩子们要永远远离萨姆纳，并且放弃对萨姆纳遗产的任何诉求。

赫泽的律师奥唐奈认为这是他谈过的最好的和解方案之一。对他的律所来说，近1300万美元的风险代理费也是一笔意外之财。

但就在和解看似已经十拿九稳之时，赫泽提出了更多要求，她和她的三个孩子想至少再见萨姆纳一次。她的想法是，如果雷德斯通这个大家族的任何人起诉她，她就要让萨姆纳来付她的诉讼费，她还想让萨姆纳保证她和她的孩子可以参加他的葬礼。

奥唐奈目瞪口呆。他几乎是央求着让赫泽接受这次谈判达成的和解方案。调解人也过问了此事，并警告赫泽，雷德斯通家族已经开出了他们的最终条件，她再得寸进尺有可能会失去一切，但赫泽不肯让步。

她的新要求被适时地传达给了雷德斯通家族。正如调解人所预见的那样，这家人不可能允许赫泽和她的孩子参加萨姆纳的葬礼。萨姆纳本人对此也十分愤怒，毕竟他不是真的想要和解。

时间已经过了 24 个小时，雷德斯通阵营还没有消息。随着时钟滴答作响，赫泽改变了主意，她同意接受之前的条件。

然而为时已晚。3500 万美元飞走了。

———

萨姆纳还明确表示，他希望由莎莉取代道曼来担任他的医疗保健代理人，但他的一些律师担心以莎莉取代道曼的做法只会佐证赫泽的说法——莎莉正在掌控萨姆纳的生活。

克里格明白这一点，但他认为有些事情比诉讼更重要。在萨姆纳的余生中，他有权让任何一个他指定的人为他做出生死攸关的决定。4 月初，萨姆纳适时修改了他的医疗保健指示，安排自己的女儿担任医疗保健代理人。道曼并没有被指定为后备，这对他来说可非吉兆。[8]

随着审判日的临近，考恩法官于 5 月 2 日裁定，赫泽的律师可以让萨姆纳作证，条件是要在萨姆纳家中拍摄取证过程，时间最多 15 分钟。这份录像可以在庭审时播放，但不公开，这样公众就不会目睹萨姆纳的衰颓之相。[9]

"不应该让任何人因为当庭示众而使其职业生涯蒙尘，他自己若有力量阻止，也不会允许这种情况发生。"考恩说道。[10]

5月7日，也就是预定拍摄录像的前一天，克里格和维达尔去见了萨姆纳，想让他练习一下。萨姆纳似乎意识到了这个诉讼程序的严重性，但他很放松，精神状态也不错。他表现得很好，说的话也比平时更容易理解。

克里格在这次排练中扮演了赫泽的律师奥唐奈。

他一开始就问萨姆纳最喜欢哪部电影。

"《教父》。"

"为什么？"

"这个片子的制片人是我的朋友罗伯特·埃文斯。"

"你最喜欢哪支球队？"

"洋基队。"

"最不喜欢的球队呢？"

"跟洋基队比赛的任何一支球队。"

律师们认为这种闪现的幽默是一种健康的标志。

（话虽如此，萨姆纳说洋基队是他最喜欢的球队还是在家中引起了一些恐慌，因为萨姆纳一生都是红袜队的球迷，但萨姆纳也可能会反复无常。如果红袜队在锦标赛中没有领先的希望了，萨姆纳就会转而拥护洋基队，有一年他甚至决定和坦帕湾光芒队共同进退。换句话说，对他来说，赢球比忠诚更重要。）

第二天早上，萨姆纳家的客厅看起来就像是一部派拉蒙出品的电影的缩小版布景，现场有一个摄制组、一名翻译和对方的律师。为了最大限度地减少在场人数，双方都只能有一名律师参加，萨姆纳方面是维达尔，赫泽方面则是奥唐奈。[11]与前一天排练时相比，这时的萨姆纳脸色看起来疲惫而苍白，十分憔悴。

忧心忡忡的维达尔从萨姆纳家里打电话给克里格，表示萨姆纳昨晚一夜没睡，他很难集中注意力。但现在延后作证已经太迟了。

奥唐奈在上午 11 点 55 分开始了询问。

"早上好，先生。我是皮尔斯·奥唐奈，曼努埃拉·赫泽的律师，很荣幸能见到你。你今天还好吗？"

"很好，我很好。"萨姆纳回复道。

"我想问你几个问题。曼努埃拉·赫泽是谁？"

萨姆纳没有回答。

翻译建议他再问一遍，说慢一点。

"曼努埃拉·赫泽是谁？"奥唐奈又问了一遍。

"她是……"萨姆纳开了口，然后停顿了一下，"曼努埃拉是个该死的婊子。"[12]

从这时起，情况急转直下。这次备受瞩目的证人陈述用了 18 分钟。[13]

第 7 集　"一段现代爱情故事"

5 月 6 日，在洛杉矶市中心 10 号州际公路附近的那栋混凝土巨块般的洛杉矶高等法院大楼中，有关萨姆纳·M.雷德斯通的医疗保健事前指示的审判开庭了。诉讼过程将两个充满敌意的斗士送进了同一间法庭：赫泽穿着一件保守的黑色短上衣，搭配连衣裙和高跟鞋；莎莉则身着灰色套装和一件粉色衬衫。陪在莎莉身边的是她的儿子布兰登，他很随意地穿着一件黑色毛衣。

开庭陈述中充斥着高尚的修辞和文学典故。皮尔斯·奥唐奈一开场就"恳求"法庭"在萨姆纳·雷德斯通这段充满挑战、胜利、悲剧、慷慨和非凡成就的传奇人生的黄昏时刻保护好他"。[1]他还说这是萨姆纳和赫泽之间的"一段现代爱情故事"。[2]"无论是在他们人生中最好还是最坏的时期，他们两人之间的关系都变得更加深厚。然而，法官阁下，一眨眼的工夫，你就眼见着这17年的友谊只消区区48小时就烟消云散了，纽带被切断了，他们的爱情遭到了蓄意的破坏，曼努埃拉被逐出了萨姆纳的生活"，这让她"深感震惊、悲痛欲绝"。她的"灵魂伴侣被人从她的生活中生生抽离了"。奥唐奈最后说："是萨姆纳请曼努埃拉照顾他，请她保护他，伴他左右，直至最后。曼努埃拉向他保证，她会遵照他的意愿，而这，法官大人，就是她走上法庭的唯一原因。"

罗伯·克里格则提出赫泽走上法庭的原因并没有那么高尚："因那天发生的事而受到财务影响的人仅有赫泽女士"以及和她住在一起的盟友克琳·雷德斯通。[3]

"赫泽女士和霍兰德女士对雷德斯通先生施以情感虐待，她们告诉他，他的家人不爱他，她们还告诉他，他的家人从未给他打过电话或去看他，与此同时却拦截他的家人打来的电话，阻止他的家人前来探望他，"[4]克里格接着说道，"她们告诉他，爱他的只有她们，如果他不给她们想要的东西，他就会孤独地死去。

这是典型的情感虐待。"[5]

现在赫泽走了，"他的家人又回到了他的生活中，他还能出门远足。医生会证明，他的状况很好"。[6]尽管萨姆纳无疑有严重的言语障碍，但克里格依然断言他"没有理解困难，了解现状，他知道自己想要什么，萨姆纳·雷德斯通还是那个萨姆纳·雷德斯通"。[7]

考恩法官把旁听者请出了法庭，然后播放了萨姆纳的视频证词。当然，奥唐奈、克里格和其他律师都知道接下来的情况，不过看到和听到他这份费力的证词还是会给人不同的感受。当萨姆纳第一次将赫泽描述为"该死的婊子"时，法庭里有人倒吸了一口气，他的声音清晰可闻。

"你认识曼努埃拉·赫泽多久了？"奥唐奈在录影中继续问道。他没有理会萨姆纳的激动情绪。[8]

"有年头了，很多年。"

"曼努埃拉在你家住过吗？"

"是。"

"她在你家住了多久？"

"差不多一年。"

萨姆纳说不出那是哪几年的事，奥唐奈接着问她为什么会离开。

"我把她赶出去了。"

萨姆纳始终说不出这是什么时候的事，奥唐奈放弃逼问，转向其他问题。

"曼努埃拉住在这里的时候，她在你的医疗保健方面帮过忙吗？"

"是。"

"她是怎么帮你的？"

萨姆纳沉默了一阵，然后重复了那句话："曼努埃拉是个该死的婊子。"

奥唐奈把问题又问了一遍，但萨姆纳还是答不上来，即便翻译在尽力帮他。[9]奥唐奈问到他的姓氏被改成雷德斯通之前原本姓什么，他也没有作答。

萨姆纳看到一张他和赫泽一同出席派拉蒙某场首映式的照片时，话多了一些。

"这张照片大概是什么时候拍的？"[10]

"谁记这个？"

"拍下这张照片的时候，你正在和曼努埃拉约会吗？"

"是。"

"你是不是在某个时刻爱上了曼努埃拉？"

"是。"

"你和曼努埃拉约会了多久？"

"不知道。"

奥唐奈换了个话题。[11]

"雷德斯通先生，曼努埃拉是不是偷了你的钱？"

"是。"

"曼努埃拉偷了你多少钱？"

萨姆纳没有回答，即使对方请他在一份图表上指出相应数字时也没有动作。

"你有没有——你有没有说过曼努埃拉是你的一生挚爱？"

"有。"

"你还爱她吗？"

"不。"

"曼努埃拉离开你家的时候，你有没有当面告诉过她你为什么要让她离开你家？"[12]

"没有。"

"为什么没有？"

"因为她是个该死的婊子。"

奥唐奈没有再问其他问题了。他确信自己已经证明了萨姆纳的心智并不健全：他连自己原本的姓氏都记不起来。

维达尔对萨姆纳进行证词询问时，萨姆纳似乎表达得更清晰，也更放松，这无疑要归功于他做过的练习。不过他的脏话并未减少。

"雷德斯通先生，你为什么要把曼努埃拉赶出家门？"[13]

"她骗我。"

"她骗了你什么？"

"泰莉有空和西德尼的信。"

"雷德斯通先生，你现在对曼努埃拉是什么感觉？"

"我恨她。该死的婊子。"

"你想让曼努埃拉来为你做医疗保健方面的决定吗？"

"不。"

"如果你自己不行的话，那么雷德斯通先生，你想让谁来为你的医疗保健做决定？"

"莎——莎莉。"

"我没听错吧？我听到你说的是莎莉。"

"对。"

"雷德斯通先生，你最近见过你的家人吗？你对此感觉如何？"

"我感觉很好。"

"雷德斯通先生，你满不满意——你接受的护理服务合你的意吗？"

"嗯。"

"雷德斯通先生，我想让你告诉我，你在这场审判中想得到什么结果。"

"我想让曼努埃拉离我远点。"

萨姆纳的证词给考恩法官留下了很直接的印象。[14]

"我要跟大家说一句，雷德斯通先生也许就是他自己最好的证人，"这位法官在录像播完后说道，"他提供了一些强有力的证词。我很想知道这些证词凭什么得不到尊重。"

考恩法官警示了奥唐奈，说他面临着一场艰苦的斗争，但奥唐奈并未退缩，他请上了下一位证人——斯蒂芬·里德，这位老年病专家检查过萨姆纳。里德承认，鉴于萨姆纳对赫泽有着强烈敌意，她不可能再担任萨姆纳的医疗保健代理人了。[15]

考恩法官要求双方提供书面的辩护状，他将在周末审慎研究这个案子。但周一，他突然终止了审判，并发表了一份17页的意见。

"法庭已经听取了这位关键证人的证词，而赫泽本人从本案一开始就坚持让法庭听取雷德斯通的证词，"他写道，"在雷德斯通的证词下，她的诉讼失败了。尽管赫泽可能认为雷德斯通什么都说不了，也无法理解那些问题，但雷德斯通在这两方面都做到了。"[16]

他接着说："即使雷德斯通和莎莉多年来在财务或生意上存在分歧，就像很多家庭一样，即使他们因为不管什么原因而疏远彼此，父母和孩子之间爱的纽带也很难完全被破坏，这一点是无可争议的。比如大家都会认同雷德斯通现在就是这样，特别是在脆弱的时候，他会很自然地去联系女儿，在没有配偶的情况下尤其如此。"[17]

当雷德斯通阵营明白他们已经大获全胜时，莎莉突然哭了起来，并且拥抱了克里格。

在法庭外，她说："我很感谢法庭结束了这场漫长的煎熬。我由衷为我的父亲感到高兴，他现在可以在朋友和家人的陪伴下平静地过自己的生活了。"[18]

赫泽则告诉《纽约时报》："我回想起我在那个视频里看到的萨姆纳，他是那么脆弱、困惑和孤独，我还看到他那茫然的眼神，听到他那咕哝。这让人很难过，让我更想保护他了。"[19]

奥唐奈对这一裁决大吃一惊，但他依然做好了准备：同一天，他提起了一项新的涉及 7000 万美元的诉讼，要求恢复赫泽作为萨姆纳遗嘱受益人的身份，在赫泽对抗雷德斯通家族的战役中开辟了一条新的战线。[20]赫泽的起诉书指控莎莉策划了一场"政变"，并招募萨姆纳家的家政人员来实施她那"阴险的计划"，采取"刺探、贿赂、非法驱逐和欺骗手段来达到她的目的。她大功告成了"。赫泽被逐出家门，"只消 48 个小时，一段长达 17 年的友谊就化为了灰烬。"[21]

赫泽后来还说莎莉和她的儿子泰勒通力合作，向护士和家政人员开出了"隐秘的金钱诱惑"，把他们变成了雷德斯通家族的间谍。赫泽援引了莎莉的电子邮件，莎莉在邮件中谈到要在帕斯被辞退后给他支付一个月的工资作为遣散费，赫泽还援引了奥克塔维亚诺的一封电子邮件，他在其中索要了经济援助，好让他们夫妻俩开一家自助洗衣店。

但赫泽的陈述忽略了一个事实：是这些护士主动联系了雷德斯通家族，并向他们通报了比弗利庄园里的情况，而不是雷德斯通家族指使他们这么干的。而且作为一名律师，泰勒也一直谨慎行事，不让自己显得像是在干涉赫泽与萨姆纳的关系。正如泰勒给莎莉的一封电子邮件中所说："我在这个时候给他们任何人钱都会很小心，因为这有可能会被解读为贿赂或侵权干扰①。"

无论如何，赫泽并没有拿出任何证据来证明雷德斯通家族确实进行了贿赂。（雷德斯通家族只付了一笔小钱，那就是给了帕斯一个月的工资作为遣散费。[22]）

莎莉的一名代言人称这起诉讼是针对雷德斯通家族发起的一场"毫无根据的袭击"，是"完全捏造的"，而且"能充分说明赫泽的动机和性格"。[23]

尽管如此，赫泽发起的诉讼实现了一个公关目标：媒体的报道掩盖了她刚刚输掉那起医保诉讼案的事实。

---

① 侵权干扰（tortious interference）是指有意损害他人的契约关系或其他商业关系的行为。

———

在赫泽处于守势的情况下（至少目前是如此），莎莉竭力保护父亲的遗产并确保其家族能掌控他的传媒帝国，如此一来，道曼所构成的威胁更加凸显了。道曼既是维亚康姆集团的首席执行官，也是控制着维亚康姆集团和哥伦比亚广播公司的全美娱乐信托的受托人。多年以来，道曼似乎都对萨姆纳怀有一种盲目的忠诚，如今却在挑衅般地继续就派拉蒙股份的出售事宜展开谈判，甚至预言这笔交易将在 6 月底对外公布。[24]

道曼肯定明白，一旦这么做，他就免不了与雷德斯通家族展开一场决战。但他告诉董事会和管理层的同僚，他认为自己可以以这么一个不同寻常的价格出售派拉蒙的股份，从而消除所有反对意见，哪怕是来自雷德斯通家族的反对意见。无论如何，在那次耳语谈话中以及随后的董事会议上，他都自认为获得了萨姆纳的首肯。他仍然希望并期待自己或另一名董事能获准与萨姆纳见面，而萨姆纳随后就会认同他的真实意图并支持他。他也没有什么可失去的：如果莎莉真的控制了局势，鉴于他们之间的仇怨已如此之深，无论他是否推动了派拉蒙的股份出售，他在维亚康姆集团剩下的日子都屈指可数了。

道曼似乎得到了维亚康姆集团独立董事们的坚定支持，尽管这些董事之前从未在任何重大问题上反对过公司的控股股东，[25] 而这次的理由是他们不相信萨姆纳心智健全。和萨姆纳的老友兼同盟乔治·阿布拉姆斯最后回克里格电话时说的一样，只要萨姆纳头脑正常，他就会按他所认为的萨姆纳的意愿投票。但阿布拉姆斯也强调，他理解派拉蒙对于萨姆纳的重要性，只有在价格高到连萨姆纳都会接受的情况下，他才会支持出售。

和其他的长期雇员一样，塔德·扬科夫斯基也有些举棋不定。萨姆纳是他一生的导师。多年来，他见证了莎莉作为一名企业高管逐渐成长起来的历程，和她的关系也十分密切。但他同样了解萨姆纳对道曼有多么支持，以及他和阿布拉姆斯有多么亲密。他亲自飞到加州看望了萨姆纳，并评估了局势。尽管存在惯常的沟通问题，萨姆纳还是谴责了道曼，就像跟克里格那次谈话时一样骂了道曼一通。扬科夫斯基离开时已经确信：萨姆纳坚决反对任何出售派拉蒙股份的交易，而且觉得他的长期盟友道曼和阿布拉姆斯欺骗了他。

莎莉有时会想，如果她是萨姆纳的儿子，董事会又会作何反应。但她认为只要在某种程度上对舒适的现状造成了威胁，那么在这个位子上的人性别是男是女都没什么分别，保守的董事会成员无论如何都会抵制变革。但相比于道曼，一个女人竟能代表她的父亲并成为他的继承人，他们似乎无法接受这样的事实，他们好像都认为道曼就是萨姆纳的干儿子和合法继承人。

就在考恩法官作出裁决后一周，雷德斯通阵营进一步对道曼施压。应克里格之请，萨姆纳雇用了迈克尔·涂，这是克里格在以前接手的案件中结识的一名律师，涂与维亚康姆集团、派拉蒙或其旗下其他任何子公司都不存在利益冲突。涂代表萨姆纳致函维亚康姆集团董事道曼、萨勒诺和阿布拉姆斯，要求他们在采取任何进一步措施之前向萨姆纳做"全面简报"，同时对维亚康姆集团的振兴战略作出解释，以让萨姆纳了解派拉蒙这笔交易的益处。[26] 涂警示道，萨姆纳"对维亚康姆集团的业务仍高度关注，作为维亚康姆集团的控股股东和董事，他目前正在考虑下一步行动"。

萨勒诺的律师们给迈克尔·涂打了电话，旁敲侧击地指出萨姆纳没有能力做出这样的决策。[27] 他们想知道涂有没有见过他的这位新客户，如果见了又是何时见的。涂被他们的这些要求惹恼了，他表示这不关他们的事。（迈克尔·涂实际上确实与萨姆纳见过面，并且谈过。）涂怂恿他们让萨勒诺和其他董事去见见萨姆纳，自行判断其心智状况，但一直没有得到回应。萨勒诺坚称他无法确定涂是否真的能代表萨姆纳行事。

第二天，维亚康姆集团董事会召开了一场为期两天的电话会议。[28] 萨姆纳例行在线旁听，但不发言，即使董事会通过表决取消了他作为执行董事长的薪酬，他也未发一言。道曼开启了有关当前出售派拉蒙股份事宜的讨论，萨姆纳还是没开口，莎莉也没有提出任何反对意见。考虑到董事会对道曼的坚定支持，她觉得反对毫无意义。无论如何，她已经决定走上更为激进的路线了：除掉道曼和他的盟友，运用她父亲作为控股股东的权力。

萨姆纳有权罢免任何一个受托人——除非他丧失了行为能力，而他现在看起来恰恰如此。在这种情况下，控制权将移交给那五名非家族受托人。道曼的地位似乎很稳固，因为他与盟友乔治·阿布拉姆斯和大卫·安德尔曼占了非家族受托人的多数，只要团结一致，他们就能阻止任何罢免他们的企图。安德尔曼和莎莉在萨姆纳给女人转账的问题上经常发生争执，而且就在几天前，他还坚定地表达了他对道曼的支持。

因此，当迈克尔·涂在5月20日给道曼和阿布拉姆斯发去电子邮件时，他们都有些措手不及，邮件中称他们的受托人身份和在全美娱乐公司的董事职务都已被人取代，这剥夺了他们所保有的支配维亚康姆集团的权力来源。[29]萨姆纳手下的长期雇员塔德·扬科夫斯基和莎莉的密友吉尔·克鲁蒂克接替他们成为受托人，莎莉的女儿金伯莉则被任命为全美娱乐公司的董事。[30]道曼和阿布拉姆斯甚至都不知道有一场会议或表决正在进行。莎莉和萨姆纳——以及道曼和阿布拉姆斯的前盟友安德尔曼——已经联起手来对付他们了。

大吃一惊的道曼拿起电话，另一头的安德尔曼接了。

"怎么回事啊，大卫？"道曼问道。

看到是道曼的来电，安德尔曼似乎也吓了一跳。当时房间里有几个人都在听着，安德尔曼结结巴巴地说他很抱歉，并肯定地表示自己站在莎莉一边。他说他别无选择，他不想让她找他的麻烦。

房间里旁听的人都认为这代表他害怕莎莉会对他发起诉讼。或许他们也清楚，安德尔曼有些软肋，很容易被人起诉攻击，因为他在给霍兰德和赫泽支付巨款的事情上是起了作用的。即便他最终赢下了这场官司，相应的辩护成本和随之而来的负面报道也可能毁掉他。

道曼说他很失望，安德尔曼则急着挂掉电话。他们此后再没谈过。

————

道曼卸下了所有合作的伪装，并由此展开了反击。在一份新闻公告中，他称"莎莉·雷德斯通非法利用患病的父亲萨姆纳·雷德斯通的名义和签名来夺取控制权，这是可耻之举"。[31]萨姆纳·雷德斯通现在并没有采取这些措施的能力，这一点她是清楚的，法庭诉讼程序和其他事实也证明了这一点。萨姆纳·雷德斯通绝不会草率地罢免菲利普·道曼和乔治·阿布拉姆斯，几十年来，他们都是他信任的朋友和顾问"。

这次罢免来得突然，或许出人意料，但由于道曼早已安排了一个律师团队，他也不算没有准备。[32]5月23日（周一），道曼和阿布拉姆斯在马萨诸塞州提起诉讼——雷德斯通的信托是在该州创建并接受管理的——要求撤销对他和阿布拉姆斯的罢免令，允许他们继续担任受托人和董事。

道曼和赫泽突然间又成了盟友。赫泽的律师奥唐奈提交了一份声明，支持道曼的控诉，并称萨姆纳不过是"杜莎夫人蜡像馆里的一尊蜡像"。[33]道曼现在则显得相当尴尬，仅仅几周前，他还在赫泽发起诉讼时说萨姆纳投入而专注，此时却改口称萨姆纳心智不全。

道曼试图辩解，说他"并未看出雷德斯通具有做出重大商业决策的能力"，[34]而且自上一年10月和11月举行的会议以来，"雷德斯通的健康状况就急转直下了"。[35]道曼现在的说法是他在3月的第一周去看望了萨姆纳，他"看起来几乎彻底没反应了，完全无法进行有意义的交流"。[36]

总而言之，萨姆纳"正在被他的女儿莎莉操纵。[37]在多年的疏远之后，她混入了他的家宅，支配了他的生活，让他与其他人隔绝开来，还自称在为他说话。她企图利用他的控制权来废除他的遗产规划，为她自己牟利，并接管他长期以来都不让她染指的企业控制权"。

萨姆纳往昔的干儿子和亲女儿如今正在展开一场公开的大战。

第8集　"没人喜欢大起大落"

不用说，道曼并没有受邀参加萨姆纳的93岁生日派对，那是2016年5月27日，亦即他起诉后第四天。穆恩维斯也是一样。在霍兰德和赫泽被赶走后，萨姆纳的生日派对基本上就变成了家庭聚会，至少对莎莉这边的家人来说是如此。莎莉、莎莉的母亲菲丽丝、布兰登、金伯莉和泰勒都在。萨姆纳的两个曾外孙在一张为这个日子专门装设的蹦床上跳来跳去。除了家人之外，只有罗伯特·埃文斯是萨姆纳在好莱坞的圈中好友。

此时赫泽的官司已经审结，萨姆纳家中也配备了专业的医疗保健人员，他的精神似乎恢复了些许。"自从霍兰德和赫泽搬走之后，雷德斯通先生看起来开心多了，"[1]他的护士贾吉洛说道，"他更放松了，很少哭。他经常出门，看起来很享受跟女儿莎莉和外孙布兰登在一起的时光，还经常和东部的其他孙辈聊天。"

6月10日（周五），萨姆纳和他的护士乘车前往好莱坞的派拉蒙片场，然后停在雷德斯通大楼前。[2] 长期执掌派拉蒙影业的布拉德·格雷赶来陪了他们15分钟左右。后来他表示萨姆纳反应迟钝。

接下来的周二，他们驱车越过好莱坞山，前往哥伦比亚广播公司制片中心，穆恩维斯和他们一起乘车过去参观了不到10分钟。[3] 萨姆纳似乎都不知道穆恩维斯是谁。

有关这次派拉蒙之行的报道纷至沓来，维亚康姆集团的首席董事萨勒诺按捺不住给萨姆纳写了一封信。

"几十年来，你和我一直在共同努力，为股东创造价值并巩固股东的信任。"萨勒诺写道，但"奇怪的是，在过去的几个月里出现了很多新的顾问和发言人，他们都说在为你工作。他们声称，在过去的几个月里，你几十年来所表达的坚定看法已经完全逆转了。他们说你不再信任你的老朋友、顾问或者你的董事会了。他们告诉我们，你已经让女儿莎莉来掌管你的信托和你在全美娱乐公司的董事会，尽管你多年来明确表达的意愿和规划都与此相反"[4]。

信中还说："萨姆纳，我们真诚地希望你一切顺利。但让人震惊的是，你的代理人不给我们机会和你交谈、表达我们的观点、分享我们的友情或直接从你口中了解你的意愿和个中缘由。比尔·施瓦茨和我虽一再提请，但一直都没有获准见你。自3月初以来，菲利普也一直没有获准见你。我们非常担心你说的话——和看法——没有被听到。你在家把电话打到我们的董事会时也是一句话没说。我们请你投票，得到的也只有沉默。"

"那些人的声明试图暗示你，我们打算把派拉蒙整个卖了，或者我们会在半夜里背着你这么干。没什么比这更离谱的了。你可能还记得，2月，菲利普在你家跟你谈到了一些有可能会增强派拉蒙实力的新机会。他说他问了你有没有听到并理解他说的这些话，你没有回话，只是点了点头。"

萨勒诺再次恳请和萨姆纳开一次会。"他们告诉我们，他们不会让你见我们，因为他们担心这样的会面会引来更多的官司。说实在的，在你周围筑墙才会惹来更多的官司——这不是我们想要的。我们想知道你到底怎么了。我可以向你保证，你可以相信我们会为你和其他众多的长年受你恩惠的维亚康姆集团的股东挺身而出的。"

雷德斯通阵营对此表示怀疑——在迈克尔·涂为维亚康姆集团的董事提供面见萨姆纳的机会时，他们甚至未作回应。而此时，随着诉讼的激烈展开，这样的会议断然不可能举行。剔除了道曼和阿布拉姆斯的全美娱乐公司的新董事此时已完全忠诚于萨姆纳和莎莉，作为对这封信的回应，他们只是修改了维亚康姆集团的章程，要求表决一致通过后才能出售派拉蒙的股份。（作为维亚康姆集团的控股股东，全美娱乐公司有权随时修改维亚康姆集团和哥伦比亚广播公司的章程。）这一规章的变更赋予了莎莉和萨姆纳对所有交易的否决权。

维亚康姆集团的管理层此时遭遇了来自其控股股东的阻碍。福尔塔谴责此举是"不合规的"，而且"与健全的公司治理方式完全背道而驰"。[5]

这一规章的变更在很大程度上扼杀了道曼出售派拉蒙股份的可能，毕竟谁会明知雷德斯通反对出售还去洽谈这样的交易呢？[6]何况达成这种交易的可能性也已经降温了，因为中国人对道曼给出的 100 亿美元估价也犹豫不决，而且越来越怀疑道曼是否有权达成这种具有法律约束力的交易。大连万达那边的投资银行家们已经在华尔街试探了一番，他们非常清楚雷德斯通阵营反对出售，哪怕是少数股权。此外也不存在其他出价者，就算他们存在，其身份也从未公开。

道曼不得不披露，原定于6月底前公布的这笔股权出售交易将被推迟，他将这一情况归咎于莎莉的阴谋。不过《华尔街日报》报道称，尽管遭到了雷德斯通阵营的反对，大连万达仍在就收购该制片公司49%的股份进行"商谈"。[7]

6月16日，已在人们意料之中的人事更迭落下了帷幕：全美娱乐公司宣布，它正在行使其权力，更换维亚康姆集团的五名董事，包括道曼和萨勒诺。[8]五位新获任命的董事各具专长，将为该董事会带来新的活力，他们更年轻，也更适应维亚康姆集团的受众。

道曼仍在担任首席执行官。但全美娱乐公司在一份预示着其命运的声明中表示："新成立的董事会有责任评估目前的管理团队，并采取任何在董事会看来合适的举措，以确保维亚康姆集团拥有强大、独立而有效的领导层。"[9]道曼执掌维亚康姆集团的日子显然已屈指可数。投资者都因为有可能摆脱他而欢呼，消息传出后，维亚康姆集团的股价上涨了7%。

同日，莎莉请首席运营官汤姆·杜利在道曼下台后担任临时首席执行官。[10]不出所料，杜利把这个消息透露给了道曼。"如果这就是她的打算，那就随她去吧。"道曼只说了这一句。

第二天，道曼在接受《财富》杂志编辑艾伦·默里采访时为自己和自己的业绩作了辩护。默里问得很直白：除了萨姆纳精神状况的问题外，考虑到你们公司近年的糟糕表现，股东们还有什么理由让你留任?

道曼给出了一个典型的含糊其词的回答:"一只股票在任何既定时刻的价格都是一张快照。股票有涨有跌,但没人喜欢大起大落,我也不喜欢。"[11] 他强调,直到两年前,维亚康姆集团的表现一直都很好,而且"一个好的投资者会进行长线投资,能看到未来的发展"。他还说:"媒体喜欢戏剧性,人们也爱听商业传奇。但我们的工作环境很棒,我们的价值观也很棒,创造性就是其中的核心。我们想在做好工作的同时也能惠及众人。"

撇开这些豪言壮语不谈,道曼再次明确表示,无论长期还是短期,他都没有什么扭亏为盈的策略。他唯一的真正希望就是他在马萨诸塞州打的那场官司。但法院直到 10 月才会确定审判日期——时间太晚了,无法立刻为道曼提供任何保障。

———

那一年即将召开的艾伦公司传媒峰会① 让莎莉有些紧张,这一峰会每年都在爱达荷州的太阳谷举行,被坊间戏称为"亿万富翁夏令营"。与会者包括贾斯汀·特鲁多、马克·扎克伯格、蒂姆·库克和沃伦·巴菲特等,这个场面无论如何都有些令人生畏,尤其莎莉还是少数几位不是以女伴身份出席的女性之一。[12] 像往常一样,她会独自前往。但更让她焦虑的是,穆恩维斯和道曼应该都会到场。[13]

---

① 这一峰会于每年 7 月召开,会期一周,主办方是一家私营商业银行——艾伦公司(Allen & Company)。

幸好道曼在最后一刻取消了行程，这让人松了一口气。[14] 穆恩维斯则充分利用了这个竞争对手缺席的机会，大展魅力，向众人引见介绍莎莉，并和他人推杯换盏，还陪她用了餐。她本觉得那段时间从维亚康姆集团的董事会到其他所有人都在回避她，所以很感激穆恩维斯对她的照顾。

　　让莎莉尤其高兴的是，穆恩维斯在《洛杉矶时报》上谈到了她，称赞她是"一位了不起的董事，在任职于哥伦比亚广播公司期间一直都是良好的公司治理模式的有力代言人"。[15]《名利场》的报道称莎莉在此次会议中占据了"中心舞台"，成了"聚光灯的焦点"。[16]

———

　　莎莉到太阳谷赴会时，泰勒正在与道曼展开深入的谈判。[17] 泰勒起初并没有告诉莎莉，他在6月初就已开始秘密联系道曼。[18] 道曼也隐瞒了两人谈判的事情，没有告诉维亚康姆集团的任何董事。这两人和他们的律师在纽约维亚康姆集团总部的一个会议室里单独见了面，泰勒在那里颇有说服力地指出，让道曼的诉讼进入审判程序对任何人都没有好处。

　　没有几个人能在马萨诸塞州的这场正在展开的焦土诉讼中全身而退，相比于赫泽那份诉状里的内容，这场官司很有可能会更加追根究底地挖出比弗利庄园里的那些骇人听闻的事情。

　　泰勒也对道曼的困境表示了同情。泰勒明白，他外祖父和道曼作为全美娱乐公司的董事已共事多年，他们之间的关系比通常的董事长和首席执行官之间的关系要密切得多。

和解条款以惊人的速度获得了双方律师的一致同意。道曼将撤回质疑萨姆纳行为能力的诉讼，[19] 并辞去维亚康姆集团首席执行官一职。[20] 杜利将暂时接替他。[21] 作为回报，道曼将获得约7200万美元的报偿——这当然是一笔巨款，但按照合约，这基本上也是他应得的。[22] 泰勒把拟议的和解方案告诉了克里格，克里格便和其他律师开始起草细节。

道曼有责任向维亚康姆集团董事会宣布这一消息，他在7月27日把这件事告诉了他们。[23] 其他董事们吃了一惊，他们在公开为他辩护，他却为中饱私囊而秘密展开了和解谈判，这一点让他们很难接受。首席董事萨勒诺非常恼火，觉得自己被出卖了。董事会拒绝批准这笔款项，从实际上扼杀了这笔交易，因为要给道曼付钱的是维亚康姆集团，而非雷德斯通家族。

道曼甚至没有把这一即将达成的和解方案告诉他的共同起诉人乔治·阿布拉姆斯。[24] 然而没有道曼参与，这场官司必输无疑。尽管阿布拉姆斯的受托人身份被人替换一事让他颇感震惊和受伤，但在某种程度上，把这个运转不良的雷德斯通派系抛到脑后，专注于其他客户和自己丰富的艺术收藏，这也是一种解脱。他自此之后再也没有听到关于萨姆纳的消息了。

一周后，道曼公布维亚康姆集团第三季度的收益时丝毫没有透露董事会出现的动荡，而当季的利润也是一塌糊涂，下降了近30%。[25] 从6月份的《忍者神龟》续集开始，道曼承诺会大卖的派拉蒙影片都以失败告终。《超级名模2》和《间谍同盟》的票房也不如人意，后者是因万众关注的布拉德·皮特和安吉丽娜·朱莉离婚一事而受了拖累。即使是最新的一部《星际迷航》

也让人失望，这一部的票房比上一部少了一亿美元。

这些还只是最明显的失败。[26]另外，包括音乐电视网、尼克国际儿童频道和戏剧中心在内的媒体网络收入也暴跌了22%。

华尔街的反应非常迅速。维亚康姆集团的股价在短短一年内下跌了50%。6月，曾被道曼接替的维亚康姆集团前首席执行官汤姆·弗雷斯顿在美国消费者新闻与商业频道上抨击了道曼的表现。他尖刻地评论道："道曼只关注股票、诉讼和怎么利用客户们的小钱。"[27]他说维亚康姆集团需要的是一个"对流行文化和这个圈子里正在发生的事感到兴奋、充满兴趣、也有一定了解的人"。简言之，这些素质道曼一样也不具备。

这种严峻的形势和对道曼日益增长的不信任迫使萨勒诺和他在维亚康姆集团董事会的同僚们不得不坐到谈判桌前，而这一次道曼和泰勒都不在场。在一个周末，萨勒诺和一位被保举上来的新董事以及一名为莎莉提供咨询的投资银行家到长岛开了会，达成了一项新的协议。[28]这与泰勒谈成的那份协议并没有太大不同：除了道曼拿走7200万美元报酬之外，维亚康姆集团还将支付他此前三个月内产生的所有法律费用，[29]并在此后三年里给他提供一间办公室并为他安排行政助理；[30]还有一项条款赋予了道曼当面向维亚康姆集团的新董事会提出出售派拉蒙股份的计划的权利，保全了他的面子。[31]

8月18日，新上任的临时首席执行官杜利公布了这一协议。当时道曼已经搬回了他在东汉普顿①的庄园，[32]随后，他在棕榈

---

① 东汉普顿（East Hampton）是美国纽约州的一个顶级富人区。

滩购置了一栋市值 2400 万美元的海滨豪宅和一架私人飞机。[33] 道曼再也没有在维亚康姆集团总部露面，也再未找过维亚康姆集团的新董事会来推动他的派拉蒙售股计划（他只为此发送了一份书面备忘录），更没有透露他口中本应排着队来购买派拉蒙股份的买家的名字。[34] 尽管有关大连万达的猜测甚嚣尘上，但莎莉怀疑根本就没有这样一个买家。

在萨姆纳取消了上一年 4 月的会面后，道曼再也没有见过他的这位长期导师，也再没有机会和他说话。

———

莎莉罢免了道曼及其盟友，从而保住了派拉蒙，兑现了她对父亲的承诺。萨姆纳·雷德斯通的帝国依然完好无损，并且处于其家族的掌控之下。为了做到这一点，莎莉不得不变更了萨姆纳的信托受托人，重新组建了全美娱乐公司的董事会，替换了维亚康姆集团的大部分董事，并甩脱了道曼。在做这一切的同时，她还在应付赫泽、照顾她父亲的身体。她虽表面上仍然撑着门面，但精力已经耗尽，身体也疲惫不堪了。

"我不能说这是了不起的一年，也不能说这是我经历过的最有意思的一年，但若回望上一年，我终于可以说这场战斗已经结束了，"莎莉在 11 月的《纽约时报》交易录论坛上如此说道，"这是艰难的一年，但在一年前，要说我今天会坐在这里谈论我们所取得的成就，我想我是不敢相信的。"[35]

第9集 "让人难以忍受的贪婪恶臭"

随着道曼的离开，持续不断的诉讼至少暂时消停了，萨姆纳看起来也放松了不少。莎莉仍旧会每个月到加州陪他两周。她握着父亲的手，给他阅读书报，一起看电视和电影，即便他经常没什么反应。

在护士的建议下，萨姆纳用上了一台微软的专业版平板电脑，以协助他跟人交流。这台电脑中有他的语音程序。他只用点击一下，电脑就会回应"是"或"不是"。电脑里还有专门用于回复莎莉的"我爱你""我为你骄傲"和"你想来点水果沙拉吗"。但萨姆纳最喜欢用的还是那句"靠"。每当有人提到唐纳德·特朗普时，他都会反复点击这个选项。

每隔几个月，莎莉就会带着父亲去洛杉矶南部的度假社区拉古纳海滩的蒙太奇酒店。他们的海景房彼此相邻，两人会戴着红袜队的棒球帽看着电视上的棒球赛（随着这支球队的连胜，萨姆纳再次成为红袜队的球迷）。即便如此，莎莉也还是很担心自己待在加州的时间不够长，自己应该花更多精力来照顾父亲。她的朋友们对此都有些难以置信，毕竟萨姆纳在她人生的大部分时间里都不怎么待见她。但事到如今，莎莉已经大体上接受了父亲那种将自己的工作和情感分割对待的做法——他爱她这个女儿，但也会批评她这个企业高管。

莎莉硬着头皮接管了父亲的传媒帝国，在诉讼大战至少告一段落的情况下，维亚康姆集团仍需要一位常任首席执行官，同时这家企业的经营状况似乎也正处于自由落体状态。有一个办法可以解决这两个问题：重新合并维亚康姆集团和哥伦比亚广播公司，由穆恩维斯担任首席执行官——只要雷德斯通家族保留投票控制权。莎莉一直反对将这两家公司分开，重新合并它们将实现她的夙愿，那就是纠正这一错误。[1] 这一合并还将使这两家公司拥有更大的规模，使其能与奈飞和亚马逊争雄。她对穆恩维斯完全有信心，与道曼开战时穆恩维斯选择支持她之后她更如此认为。

当然，这还需要让她的父亲改变早先拆分公司的决定。萨姆纳永远不会承认自己犯了错，更不用说要他认同他的女儿才一直都是对的。尽管不情愿，但他确实回应了这两家公司需要重组以保持竞争力的看法。

9月29日，萨姆纳和莎莉给两家公司的董事会发了一封信，主张合并，理由是"不断变化的娱乐和媒体格局带来了挑战"。[2] 但他们的控股公司全美娱乐公司不会接受将这两家公司或其中一家出售给其他人，也不会放弃对合并后公司的控制权。[3]

萨姆纳和莎莉都在这封信上签了名，为了公平对待其他股东，他们承诺不会干涉董事会的协商或审议。[4]

第二天，维亚康姆集团和哥伦比亚广播公司的董事会都任命了独立的委员会来评估这一合并方案，同时讨论所有相关的交易条款。[5]

试图合并两家公司或许会诱使其他人对维亚康姆集团或更有可能让人眼红的目标——哥伦比亚广播公司发起强行收购，这并非全无可能。流媒体和用户退订有线电视所引发的媒体剧变正在激起一波合并浪潮。在有线电视和宽带巨头康卡斯特公司于2013年完成对全国广播环球公司的收购后，有传言称其他的大型分销商也在关注内容公司，特别是康卡斯特公司的竞争对手美国电话电报公司和威瑞森。2016年，莎莉会见了美国电话电报公司的首席执行官兰德尔·斯蒂芬森，但她在会面中明确表示哥伦比亚广播公司是非卖品。[6]

在美国电话电报公司于10月宣布收购时代华纳之后，关于哥伦比亚广播公司也是他人收购目标的猜测甚嚣尘上。威瑞森首席执行官洛威尔·麦克亚当和莎莉探讨了双方公司合作的可能性，但在采取任何重大举措之前，莎莉主要关注的是哥伦比亚广播公司和维亚康姆集团的合并。[7]

维亚康姆集团和哥伦比亚广播公司有可能合并，穆恩维斯将担任首席执行官，这让维亚康姆集团寻找新首席执行官的过程变得更加复杂了，因为公司以外的人不可能考虑接受这么一个只要两家公司完成合并就会下台的职位。杜利是道曼的长期盟友，所以并非合适人选，而且他在担任首席执行官不到一个月后已于9月中旬宣布离职，为暂时挽留他，集团给了他440万美元的"留职费"，好让他再干两个月。[8]如此一来就只剩下少数维亚康姆集团的部门负责人可供选择了。罗伯特·巴基什正是其中之一，他的国际部门在这家陷入困境的企业内部一直都是相对成功的。

巴基什一点也不像当过演员且魅力非凡的哥伦比亚广播公司首席执行官穆恩维斯，但也不是类似道曼的精明律师。巴基什在哥伦比亚大学获得工商管理硕士学位之前接受的是工程师的训练，他是从管理咨询业转入娱乐业的。好莱坞大腕的装扮或腔调他一样都没学到。他没有任何人脉关系可言，也并非红毯常客，然而在各部门负责人按要求向新组建的董事会汇报时，巴基什是唯一做了详细的长期战略规划的人。莎莉对他印象很好，她大声地问巴基什在哪儿"躲了这么些年"。

形势刻不容缓。正如莎莉在 10 月发给克里格的电子邮件中所说的："维亚康姆集团正在走向溃败。"[9]

巴基什很乐于接受这份工作，即便他也料到它只是临时的（他得到了承诺，一旦两家公司合并，他将担任全球娱乐部门的负责人）。他十分清楚自己即将面对的挑战——杜利离开前曾告诉巴基什："现在你能明白我的薪水是真的少得可怜了。"[10]巴基什在发给员工的第一份备忘录中就承诺要拆除道曼树起的僵化的"筒壁垒"，并且"要富有冒险精神，进行更具实验性的尝试，采取更富创意的做法"。

他的首要任务就是挽回有线电视运营商和互联网供应商。葫芦网[1]不久前就已拒绝给维亚康姆集团提供频道。与特许通讯公司的续签谈判也迫在眉睫。双方在巴基什的那间位于时代广场的办公室会面时，这家全美最大的有线电视公司之一的首席谈判代表告诉巴基什："我曾发誓再也不会踏进这栋楼。"但现在道曼走了，他愿意给巴基什一个机会。

莎莉对这个初步成果颇感振奋，就像她在 11 月时对交易录论坛的观众们所说的："我们维亚康姆集团现在有一位很棒的首席执行官，他让我超级激动。他把我们的国际业务做得非常好，也

---

① 葫芦网（Hulu）是美国一家大型流媒体视频平台。

乐于接受变化和创新，明白这一切都关乎品牌。"[11]

莎莉搬入了父亲在维亚康姆集团位于时代广场总部 52 层的办公室。在此之前，她拆除了父亲之前使用的深色木质镶板墙面、皮革家具，以及他没日没夜地用来跟踪维亚康姆集团和哥伦比亚广播公司股价的彭博终端设备①。她用柔和的灰色和粉色重新装饰了这间办公室，但保留了萨姆纳的所有家庭照片和他多年来收集的新英格兰爱国者队的纪念品。尽管他再也没有走进这间办公室，但她告诉父亲，现在这里就是"我们的"办公室了。

维亚康姆集团的高管们认为这并不仅仅是一种象征性举动。尽管多年来莎莉一直申明自己不想管理父亲的传媒帝国，也无意成为什么大亨，但她似乎对自己在这家公司的新角色感到很开心，毕竟公司的董事会和首席执行官都很尊重她的想法。

———

在两家公司即将合并以及寻找维亚康姆集团常任首席执行官人选之时，莎莉最不需要也最不想做的就是把精力分散到与霍兰德和赫泽展开的更多诉讼之上。人们大多认为，现在有关雷德斯通家族企业的所有重大决定都是她做出的，而不是萨姆纳，但在一个问题上，萨姆纳很坚定：他还是想从霍兰德和赫泽手中拿回自己的钱。萨姆纳不停地重复说着这两个女人对他说了谎，欺骗了他。他陷入了这个话题，而他一旦陷进去，是不会放过那个

---

① 彭博终端（Bloomberg terminal）是一套可以让专业人士访问"彭博专业服务"（Bloomberg Professional Service）的计算机系统。用户通过"彭博专业服务"可以查阅和分析实时的金融市场数据并进行金融交易。

问题的。

克里格尽了最大努力来劝说萨姆纳放弃诉讼。克里格警告萨姆纳，这场诉讼可能会拖延多年，给他的身心都造成伤害。霍兰德和赫泽可能会大肆宣扬萨姆纳那些离经叛道的举止，从而转移人们对她们两人的过失的注意，不过萨姆纳说他不在乎。莎莉也不希望看到更多关于她父亲那些骇人听闻的行为的公开报道，她宁愿白送他的情妇和性伴侣们几百万美元。但她这次选择接受：她父亲以前过的就是他想要的生活，轮不到她来评判。

就像道曼和赫泽的律师在之前的诉讼中一样，克里格也面临着一个存在矛盾的难题。他需要辩称萨姆纳在驱逐赫泽和替换道曼时，心智是健全的，人也很机警，但他送给这两个女人大笔钱财的时候却受到了虐待和不当影响——这发生在萨姆纳赶走赫泽和道曼之前，而此时他的身心从理论上来说应该是健康的。

不仅如此，萨姆纳自己的律师——安德尔曼和毕肖普——以及斯帕医生都明确地断定萨姆纳赠送这些钱款时具有行为能力，他很明白自己在做什么。

但克里格的打算是辩称萨姆纳的心智能力和他是否受到不当影响是两个独立的问题，尽管这两个问题可能存在某种相关性。雷德斯通家族聘请了班奈特·布鲁姆，这是一位精神科医生，也是著名的老人受虐问题专家。[12] 布鲁姆承认萨姆纳患有"某种程度的认知障碍"。[13] 但由于老人受虐通常持续时间很长，且具有隐秘性，所以就如布鲁姆在一份宣誓声明中所说的，安德尔曼和毕肖普"不可能知道"萨姆纳受到了这两个女人的不当影响。[14]

布鲁姆强调，即使是萨姆纳这样"意志坚定"而"果断"的人也可能受到不当的影响和虐待。[15] 有时他们甚至更容易受到操纵。正如布鲁姆在其书面声明中解释的那样，萨姆纳这样的受害者可能会肯定地声称他想要做一笔特定的交易，而原因通常只是他听信了谗言，以为施虐者"爱他"，而其他人则怀有"恶毒的企图"，或者他可能会害怕一旦自己不听话就会遭到报复。[16] 布鲁姆的结论是霍兰德和赫泽都"进行了多种通常与不当影响相关的行为"。[17] 她们贬斥萨姆纳的家人只关心钱，一再声称她们才是唯一爱他的人，如果他拒绝她们的要求，她们就威胁要抛弃他，让他孤独地死去。

萨姆纳聘请了一名退休的联邦调查局探员来搜集证据。[18] 这位探员采访了几乎所有现任和前任的护士以及比弗利庄园里的家政人员。几乎没有什么细节能逃过他们的眼睛，不过有些人比另一些人更愿意开口。作为房屋管理员和内勒的共同被告人，马丁内斯就只愿在受到法庭传唤时才开口——这也许是为了保住他那份有利可图的和解协议。

10 月 25 日，克里格在萨姆纳的恳请下提起了诉讼。起诉的理由是萨姆纳在霍兰德和赫泽霸占他家的五年多时间里"几乎完全要依靠"她们。[19] 原告方在诉讼中声称霍兰德和赫泽"对雷德斯通进行了操纵和情感虐待，以获得她们想要的东西——珠宝，名牌服装，在比弗利山、纽约和巴黎的不动产，以及钱，很多钱。上一年秋天，雷德斯通把赫泽和霍兰德赶出家门，也赶出了他的生活。那时她们已经向他索要了 1.5 亿美元，让他负债累累，因为这些'赠礼'让他不得不承担了巨大的纳税责任"。

此外，萨姆纳还在纽约提起了诉讼，要求将赫泽的名字从其卡莱尔公寓套房的房契中删除。[20]

与爱打官司的赫泽不同，霍兰德在与内勒打的那场倒霉的官司达成和解后一直都在尽力回避出庭事宜。但这次虐待老人的指控意在要她归还从萨姆纳那里得到的所有钱，面对这种情况，她对莎莉提起了反诉，声称是莎莉诱使萨姆纳违背了他许下的照顾霍兰德和她女儿一生的承诺，并付钱给"内奸"，让他们收集霍兰德的把柄。[21]

正如克里格所警告的那样，情况正变得越来越糟糕。霍兰德委婉地提到了萨姆纳和其他女人的风流韵事，以及他送给她们的无数奢侈礼物，几无掩饰地威胁要变本加厉地抹黑萨姆纳的声誉。虽然霍兰德没有透露相关女性的姓名，但她的律师警告说："西德尼可能会被迫披露她们的身份，并传唤雷德斯通的名人朋友以及维亚康姆集团和哥伦比亚广播公司的高管出庭作证。"[22] 其中就包括哥伦比亚广播公司的穆恩维斯，他"在 2014 年 5 月 20 日得知了雷德斯通给西德尼的最大一笔礼金"。[23] 而提到维亚康姆集团显然意味着要传唤道曼来作证。

克里格答复称，霍兰德的回应"充斥着赤裸裸的勒索威胁和让人难以忍受的贪婪恶臭"。[24]

有些证人也让霍兰德相当担心，头一个就是乔治·皮尔格林。皮尔格林与霍兰德之间暴风骤雨般的关系并没有随着他们激烈的分手而结束。皮尔格林几乎立刻就对自己冲动的行为感到后悔了，他打了电话，又发了短信和电子邮件，时常在半夜给她留言，只求她回心转意。但由于他费的气力没有产生任何预期效果，这些留言也变得越来越有火药味儿，脏话和威胁性话语也越来越多，包括"我会回来找你的""我要把你直接送进地狱"以及"把这个放给你们洛杉矶警局的警察听吧，我无所谓"。霍兰德不得不换了手机号。

2016 年，她把这些证据提交给洛杉矶县高等法院，并取得了一项针对皮尔格林的限制令。[25] 几个月后，皮尔格林没有对这一触犯加州刑法的轻罪提出抗辩——这一刑法典严禁给他人发送猥亵信息及威胁伤害他人。他被判处三年缓刑。[26] 法院发布了一项刑事保护令，禁止皮尔格林与霍兰德进行任何接触。

但这并不妨碍皮尔格林扬言要起诉霍兰德，他自称有权获得出售塞多纳房产的部分收益，并有权索回《公民皮尔格林》的版权以及获得其他补偿，但他对霍兰德最严重的威胁还是在于他有可能作为敌意证人与雷德斯通家族合作。

有了这一筹码，皮尔格林的律师于 2016 年 12 月与霍兰德达成了一项秘密和解协议，霍兰德同意分三次向他支付 33 万美元，并给予他其他补偿。作为交换，皮尔格林同意放弃他的法律诉求，归还他们之间的所有电子邮件、短信和其他通讯记录副本，交出他"与莎莉·雷德斯通以及与和她有关的、隶属或受雇于她的任何人"的所有通讯记录，并且如有不实则甘愿以伪证罪论处。若是莎莉或她的律师联系了他，他也必须通知霍兰德。

此外，这份和解协议还要求皮尔格林承认他捐给霍兰德的精子已被销毁，以及他已收到精子库的书面确认，该库已证明其精子并未形成胚胎。协议中声明："因此，皮尔格林明白他没有资格对霍兰德的任何孩子和契约条款提出任何亲权要求，并同意他不会在有关霍兰德子女的事务上采取任何行动或提出任何法律诉求。"

这一条款并非摆设，因为霍兰德正期盼着一对双胞胎男孩的降生，当然，她又雇用了代孕者。尽管协议中有这样的措辞，但当利亚姆·霍兰德和哈里森·霍兰德这对兄弟于 2017 年出生时，皮尔格林还是很确信自己就是他们的生父。他不相信精子库的声明是真实的，鉴于其文件中没有任何签名，他觉得那份声明很有可能是伪造的。

霍兰德拒绝让皮尔格林接触这两个男孩，这是意料之中的。无论如何，他都已经放弃了根据他捐精时签署的合同所能享有的一切亲权。

但在其他方面，这次和解似乎取得了预期结果。2016 年，克里格与萨姆纳和莎莉的其他代理律师联系了皮尔格林，把他当成了霍兰德和赫泽虐待老人案的潜在证人，皮尔格林的律师表示他愿意配合。当时霍兰德为了阻止皮尔格林作证而将其告上了法庭，但未能成功。这个案子了结之时，她和皮尔格林已经签署了和解协议。在雷德斯通的律师想安排皮尔格林作证时，皮尔格林就开始回避且不愿配合了，他一直在找借口拖延作证。

另一方面，赫泽又对雷德斯通家族提起了诉讼——这一次是指控莎莉敲诈勒索。"明知她父亲不久于人世，她竟有条不紊地策划了一个犯罪计划，旨在掌控她父亲的生活，然后利用这一统治地位接管哥伦比亚广播公司和维亚康姆集团。"[27] 赫泽在诉状中如此宣称。[28] 这一次，她想索要一亿美元的损害赔偿金——根据敲诈勒索方面的法规，这个金额可能会增加两倍。（此时赫泽

207

已经解雇了皮尔斯·奥唐奈并组建了新的律师团队。)

这些诉讼使霍兰德和赫泽重新联合起来，雷德斯通家族现在就是她们共同的敌人。赫泽仍然对霍兰德那么鲁莽地倾覆了她们精心制定的计划而感到恼火。霍兰德对赫泽也相当不忿，毕竟是赫泽出卖了他，一手造成了她被驱逐的局面，并夺取了她在比弗利山庄的控制权。但她们的命运和名誉又是紧密相连的——也许永远都是如此。

第 10 集　"别沾惹这个事"

2017 年 2 月，在洛杉矶召开的哥伦比亚广播公司董事会议上，空气里弥漫着明显的寒意。前一晚，莎莉陪萨姆纳吃了晚饭，然后回到了比弗利山的四季酒店。她在大堂遇到了查尔斯·查德·吉福德和布鲁斯·戈登这两位董事同僚。接下来到底发生了什么尚有争议。按莎莉所述，高大的吉福德紧紧拽住她的胳膊，把身高 157 厘米的她带到一间侧室，为重组哥伦比亚广播公司和维亚康姆集团的计划纠缠了她一通。他那些问题让她很不舒服——她的律师曾告诫她不要讨论这个问题。但吉福德要求她回答，她越抗拒，他就越强硬。她打算在董事会上说些什么？他要知道。她让步了，然后又为自己透露了这些消息感到内疚，觉得

· 208 ·

自己被人轻视和摆布了。哥伦比亚广播公司的这些保守派董事一向不尊重她，即便她是事实上的控股股东。

（吉福德否认给她施加了任何不当压力，戈登则表示他没有看到吉福德拽住莎莉的手臂或有其他的不当行为。没有争议的一点就是莎莉在离开时对这次遭遇深感震惊和不安。）

在重新合并维亚康姆集团和哥伦比亚广播公司的问题上，莎莉虽认为她已经征得了穆恩维斯的同意，但现实要复杂得多。尽管穆恩维斯在哥伦比亚广播公司拥有不小的权力和权威，但他天生就厌恶冲突。他知道莎莉想要合并，而莎莉和她父亲是控股股东，他向这个现实低头了，给她留下了他支持她这一计划的印象。

但对于哥伦比亚广播公司的董事，特别是评估此次合并的独立委员会成员，穆恩维斯有完全相反的观点。随着哥伦比亚广播公司连续九年稳坐收视率冠军宝座，并连续八年实现收益增长之后，穆恩维斯走上了职业生涯的巅峰。[1]凭什么他－－以及哥伦比亚广播公司的股东们——要承担扭转维亚康姆集团困境的重担？在他看来，莎莉的合并计划欠缺考虑，目的就是挽救陷入困境的维亚康姆集团。这对维亚康姆集团的股东来说可能是件好事，但对哥伦比亚广播公司的股东则不然。

此外，无论理论上多么合乎逻辑，合并这两家公司都面临着一大堆阻碍，首先就是估值的问题，尤其是考虑到哥伦比亚广播公司的表现如此之好，而维亚康姆集团的表现又如此之差。这个结果对莎莉和萨姆纳来说并不重要，因为他们在这两家公司持有的股份不变，最终拥有的资产也是一样。但哥伦比亚广播公司的股东和代他们行事的董事肯定需要保住一个相当数额的溢价，而维亚康姆集团的董事们可能并不愿认同。在商谈中，估值成了一个重大障碍。

更根本的问题是，除非穆恩维斯能保住他在哥伦比亚广播公司长期享有的自主权，他才愿意管理合并后的公司。[2]但合并后的公司会产生一个新的董事会，一个由莎莉——而非穆恩维斯——的盟友们挑选出的董事会。这种情况已经在维亚康姆集团发生了，现在维亚康姆集团的董事会里满是莎莉挑选的董事，新的首席执行官实际上也是莎莉选出的——这个活生生的案例很有可能在哥伦比亚广播公司重演。

结果就是哥伦比亚广播公司的独立委员会坚持：除非莎莉和萨姆纳同意合并后的公司接受至少五年的非受控公司①式的管理，否则谈判无法继续，这本质上就是要求雷德斯通家族放弃控制权。[3]届时穆恩维斯将年满74岁，准备退休离任了。独立委员会还要求不得订立需经董事会一致同意的章程，比如雷德斯通家族用来阻止维亚康姆集团出售派拉蒙股份的那种章程。

这个提议在莎莉看来不可接受。雷德斯通家族当初发出的那封提议合并的信已经明确表明：他们不会放弃对合并后公司的控制权。[4]

至此，莎莉已经明白穆恩维斯并不是真想合并。12月12日，两家公司宣布取消拟议中的合并计划。[5]维亚康姆集团表示，巴

---

① 受控公司（controlled company）是指大多数有表决权的股份由个人或另一家公司持有的公司。这种持股水平能使大多数股份的持有人有效地掌控任何有关股东的问题的投票结果。

基什将成为该公司的常任首席执行官。

"我们知道维亚康姆集团拥有大量的在目前被低估的资产，我们有信心，在这个新的强大的管理团队的领导下，这些资产的价值将得到释放，"雷德斯通家族在一份新闻声明中表示，⁶"与此同时，哥伦比亚广播公司在莱斯·穆恩维斯^①的领导下依旧表现得格外出色，我们有充分的理由相信，这一势头将在独立运营的基础上继续下去。"

合并计划的破产让莎莉十分失望，这也表明了她实际上掌握的控制权多么有限。而且就像她早已说过的，她讨厌失败。

———

弗雷德里克·萨勒诺退出了维亚康姆集团和哥伦比亚广播公司的董事会，这为莎莉在哥伦比亚广播公司空出了一个董事席位——这将是该公司十年来的首位新董事。时机来了——《财富》五百强公司里只有沃伦·巴菲特的伯克希尔·哈撒韦公司的董事会比他们的更老。哥伦比亚广播公司的董事会有 16 名董事，其中包括三名管理层成员（穆恩维斯、伊安尼洛和人事主管安东尼·安布罗西奥），三名隶属于全美娱乐公司的非独立董事（萨姆纳、他的律师大卫·安德尔曼和莎莉），两名好莱坞的资深制片人（《野战排》的制片人阿诺德·科派尔森和《霹雳娇娃》的制片人伦纳德·戈德堡，这两人都是萨姆纳的密友），还有与萨姆纳关系密切的资深唱片制作人道格·莫里斯。前国防部部长威

_____

① 莱斯是莱斯利的昵称。

廉·S.科恩为董事会添入了一份庄重。洛杉矶一家饭店的老板琳达·格里戈是董事会中除莎莉之外唯一的女性。

但真正掌权的还是董事会委员会的几位主席：首席独立董事、长期担任威瑞森高管的全国有色人种协进会前主席布鲁斯·S.戈登，已经退休的利宝互助保险公司前首席执行官加里·L.康特里曼，以及美国银行前董事长、曾在四季酒店惹恼莎莉的董事查德·吉福德。这些人全都是穆恩维斯的铁杆拥趸。

莎莉想要推倒这堵以白人男性为主的老人墙。"我需要另一个你，"她在发给好友、维亚康姆集团新任董事妮可·塞利格曼的电子邮件中说道，"但显然不能是你。"她提议下周五见面喝个咖啡。[7]不久后的1月，莎莉与哈佛大学法学院院长玛莎·米诺通了电话。塞利格曼和莎莉是在约翰·肯尼迪图书馆认识米诺的，她们曾在这家图书馆的委员会共事。另外，塞利格曼也毕业于哈佛大学法学院。

玛莉·米诺似乎是哥伦比亚广播公司董事会的一个理想人选。作为哈佛大学法学院的院长和教授，她的履历无可挑剔，而且经常有传言说她会被提名为最高法院的大法官候选人。[8]她教授的是有关美国宪法第一修正案的课程。传媒和广电已经刻进了她的基因——其父牛顿·米诺担任过联邦通信委员会主席，[9]他因在1961年将商业电视描述为"广阔的荒原"而闻名。[10]她的姐姐内尔是影评家、律师和公司治理方面的专家。

米诺和莎莉的私人关系并不亲近，两人的政治立场也截然不同——米诺是关注社会正义问题的自由派民主党人；而自从在新英格兰爱国者队的比赛中遇到唐纳德·特朗普以来，莎莉就一直和特朗普保持着热络的关系①。¹¹莎莉曾去白宫拜访过特朗普，尽管她并不同意他的很多政治观点，但她很珍视他的支持，她曾公开称特朗普是"我个人极大的支持者"。¹²尽管存在分歧，米诺还是很钦佩莎莉，因为莎莉会欣赏那些为自己的信念挺身而出的人，无论他们的政治立场如何。她们曾在一个委员会共事，遴选肯尼迪图书馆年度勇气人物奖的获奖者。¹³

至于萨姆纳，米诺对他所知甚少。2014年，她慕名前往比弗利庄园，为哈佛大学法学院筹集了1000万美元的捐款，¹⁴这并不容易。虽然萨姆纳几乎是以班级第一名的成绩毕业，但他只想和米诺谈论他以前在宪法课程上拿到的D②（萨姆纳曾在自传中抱怨道："这让我至今愤恨不已。"¹⁵）他对除此之外的话题似乎都有些心不在焉，让他更感兴趣的是电视上的内容，而不是米诺或他资助给哈佛大学的公共服务奖学金。但为了纪念这一刻，他与米诺合了影。他穿着黑衬衫，打着宽大的银色领带，看起来就像他最喜欢的电影《教父》中的角色。

加入一家上市公司的董事会并不是米诺在院长任期即将结束时想做的选择，但哥伦比亚广播公司似乎是一个特例，尤其是考虑到哥伦比亚广播公司的新闻部曾对2016年总统大选结果产生重大影响。她并不特别担心那种双重的股权层级：很多大型传媒公司都是由家族控制的，而且这种结构长期以来一直在为亏钱的新闻部门兜底。但当莎莉打电话给米诺时，米诺明确了一点，"我

---

① 特朗普是共和党人。

② 垫底的分数。

只能作为一个独立的人来行事，"她告诉莎莉，"我们会有意见不一的时候的。"

"我想让你来就是这个原因，"莎莉回复道，"你会做得开心的。"

但米诺的姐姐内尔却不这么想。"别沾惹这个事。"她警告说。

———

联系米诺后不久，莎莉在休斯敦的第51届超级碗现场观看了她心爱的新英格兰爱国者队对阵亚特兰大猎鹰队的比赛，当时她在50码线附近的场地上看到了她在哥伦比亚广播公司的同事——董事查德·吉福德。她过去打招呼时，吉福德捏着她的下巴抬起了她的头。[16]"听着，小姑娘，我们得谈谈。"他说。

这种轻蔑的态度又让莎莉想起了他们在四季酒店的那次碰面。"我们这是在超级碗。"莎莉抗议道。她并不想谈论生意，只想转身离开。吉福德松了手，但这次摩擦几乎糟蹋了一场本应让人兴奋不已的比赛，当时爱国者队在加时赛中以 28：3 的比分战胜了对手。

第二天，吉福德给她打了电话："我听说你在生我的气。"[17]

"是的，"她答道，"你的行为很不得体。"

"我对我女儿就是这样的。"吉福德试图解释。

"我不是你女儿！"莎莉喊道，"我是你任职的董事会的副董事长。"

（吉福德向其他董事坚称，他从未碰过她的下巴或脸，并指出他做了手术，那天拄着腋杖，腾不出手。）

莎莉把这件事告诉了米诺，作为提名和治理委员会的主席，吉福德和其他委员会成员正在为那个空出的董事会席位和她面谈。在这些面谈中，米诺清楚地了解到，他们对莎莉多多少少都有些不信任，似乎还怀疑米诺是莎莉派来的卧底。有些人对米诺是否有资格担任"独立"董事显得犹豫不决，这并不仅仅是抠字眼，哥伦比亚广播公司的章程要求独立董事在董事会中必须占多数。

　　没有人明确表达观点，但董事们都传达了这样的信息：米诺不应该指望哥伦比亚广播公司遵守标准的公司治理规则。萨姆纳在很多方面都曾是个专制君主，对莎莉的态度尤其如此。一些董事告诉米诺，在董事会议上，萨姆纳对莎莉的言论所表达的轻蔑几乎毫无掩饰，甚至近于残忍。而现在莎莉似乎掌权了，即便萨姆纳还活着且仍是控股股东。董事会成员仍在考虑该如何适应这种情况。

　　米诺也必须过穆恩维斯这一关。两人在曼哈顿的摄政酒店一起吃了午饭，和很多人一样，米诺也觉得他很有魅力。他谈到了创意流程，强调这是他在哥伦比亚广播公司的专注点——他的首席运营官约瑟夫·伊安尼洛负责财务琐事。"要是没有乔①，我就做不了我想做的事。"穆恩维斯说。

　　米诺问穆恩维斯是如何打造出热门剧集的，关键是剧本吗？还是选角？穆恩维斯答道，这两点都重要，而且不止这些。他对这个话题很感兴趣，把它描述成了一个更像是艺术而非科学的过

---

① 乔是约瑟夫的昵称。

程。说到底，一切都归功于他自己和他那独特的感受力。

穆恩维斯阐述了他对未来的愿景，重点大都放在了一项直接面向消费者的流媒体战略之上，他称之为 CBS 全通道。他很清楚，老旧的广电和有线电视分销模式注定要失败。他认为，在新的流媒体时代，哥伦比亚广播公司可能会成为一个"小体格的大玩家"。

米诺随后就收到了提名和治理委员会主席吉福德发来的一封电子邮件，他邀请她参加 5 月 19 日在纽约现代艺术博物馆举行的哥伦比亚广播公司年度股东大会和董事选举。她显然接受了挑战。尽管姐姐警告过她，但她还是决定赴会。她认为，再不济，这也会是一次有教益的经历。

这类年度股东大会一般会轮流在纽约和洛杉矶召开，其间少不了为董事们举办的豪华晚宴，他们的配偶、约会对象和少数哥伦比亚广播公司的名人也会受邀出席。董事会议本身就是穆恩维斯编排的一场照本宣科、精雕细琢的报告会。董事们很少发言，而制片人阿诺德·科派尔森总会例行地感谢穆恩维斯为董事会的晚宴挑选了如此好的地点。

在米诺参加的第一次董事会议上，穆恩维斯宣布萨姆纳也在通过电话旁听，而且他将成为荣休董事长，不再是拥有表决权的董事。"哥伦比亚广播公司的每个人都应该感谢萨姆纳为这家公司所做的一切。"穆恩维斯如此说道，同时也向莎莉表达了感谢。[18]

董事会批准了穆恩维斯和伊安尼洛的两份要价不菲的新雇佣合同。如果穆恩维斯有"正当的理由"离开这家公司，包括董事会的构成受到过多干预的情况，他就能得到一顶价值 1.2 亿美元的黄金降落伞①。同时，伊安尼洛若未能接替穆恩维斯担任首席执行官，他也将获得 6000 万美元的津贴。[19]

接下来就是董事选举。与几乎所有股东表决一样，董事候选人的人数与空缺数一样多。所有被提名人只要得到 3600 万以上的票数就能当选或连任。米诺得票数最高，获得了 3640 万张赞成票，可能是因为她没有什么过往经历可供反对。[20]

选举结束后，米诺问穆恩维斯新董事是否需要接受任职培训。哥伦比亚广播公司已经很久没有任命新董事了，这个问题把穆恩维斯问得一愣。"不用，我们没这个规矩。"他答道。

———

尽管米诺承诺保持独立，但莎莉觉得虽然自己选择了米诺这样有水准且正直的人进入董事会，却并没有获得哥伦比亚广播公司其他董事的赞许。他们大都是以怀疑的眼光在看待这两个女人。即便莎莉有副董事长的头衔，但作为一名非独立董事，莎莉不是任何委员会的成员，也不得参与他们的讨论。不过根据章程，她确实有权召开委员会会议。

莎莉问米诺能否在委员会会议上充当她的"耳目"，米诺一口回绝了，说这会让她感到不舒服，但她认为莎莉至少应该能旁听会议。

因此，在 5 月的董事会议结束之后，莎莉给克里格打了个电话，他当时正罕见地在夏威夷度假。"如果我提名你进入董事会，

———

① 即大笔的解约补偿金。

你高兴吗？"萨姆纳荣休后又空出了一个非独立董事的席位，但克里格完全没想过这个问题。他不仅与莎莉关系密切，也是她和她父亲的律师。莎莉说，这就是重点。她并没有因为招募保持真正独立性的米诺而获得任何赞许，所以还装什么呢？在董事会里有一个坦诚的盟友总是件好事。

和米诺一样，克里格也跟其他董事一起吃了早餐和午餐，最终又在比弗利山经常安排商务聚餐的小巷烧烤店吃了一顿饭。在某些方面，克里格要比米诺更容易过关，因为他无须表现出坚定的独立性。

6月下旬，克里格与米诺在剑桥吃了顿午饭。他们彼此并不相识，但也有一些共同之处：克里格和米诺的妹妹玛丽是斯坦福大学法学院的同学，当然，他们也都是律师。米诺说董事会虽接纳了她，但对她并无一丝好感可言。她不明白为什么她的独立性会受到质疑，她和莎莉并没有私人关系。

克里格会见的其他董事都表现得好像莎莉即将要发动一场类似维亚康姆集团那样的董事会政变一样。克里格可以感受到彼此间的紧张和猜疑。此外，莎莉则几乎将董事会的每一次举动都解读为有意在排挤和边缘化她。这显然是一个功能失调的董事会，充满了偏执和误解。

克里格清楚一点，那就是莎莉并不想取代穆恩维斯，也不想跟哥伦比亚广播公司的其他董事开战。维亚康姆集团的状况已经够糟了，那是因为它处在发展危机之中。相比之下，哥伦比亚广播公司则正在蓬勃发展。即使他是莎莉亲手挑选的提名人，克里格也觉得他或许能通过与双方对话来弥合穆恩维斯和莎莉两派间的裂痕。

7月28日，克里格接任了萨姆纳空出的董事会席位。[21]

———

10月4日，《好莱坞报道者》首次公开透露，多产的好莱坞制片人哈维·韦恩斯坦将面临很大的麻烦："《纽约时报》会曝光不利于哈维·韦恩斯坦的消息吗？"[22]不仅是《纽约时报》，记者罗南·法罗"据说正在与《纽约客》杂志合撰一篇'长'文。"该杂志补充道。

对于《好莱坞报道》的大多数读者来说，韦恩斯坦无须介绍。他在65岁时已经获得了300多项奥斯卡奖提名，是米拉麦克斯影业公司的联合创始人，也是《性、谎言和录像带》《哭泣的游戏》《低俗小说》《莎翁情史》和《英国病人》等片的制片人。他让人又爱又惧，同时也广受吹捧——一直有传言说他是选角沙发这一众所周知的恶习的顽固践行者。[23]尽管他个性霸道、脾气暴躁，模样也让人反感——更不用说他还娶了迷人的时装设计师乔治娜·查普曼——但经常会有年轻漂亮的影坛女新人挽着他的手臂。

尽管如此，在《好莱坞报道》预告的爆炸性深度长文刊载于10月5日的《纽约时报》和10月10日的《纽约客》之前，只有很少人知道韦恩斯坦连续侵犯女性的人数和恐怖程度。

《纽约时报》的那篇文章由记者茱蒂·坎特和梅根·图伊（瑞秋·阿布拉姆斯也为该报道出了一份力）撰写，描述了韦恩斯坦在过去30年里的八次保密和解的不端性行为。[24]韦恩斯坦承认他给受害者"带来了很大的痛苦"，[25]并立即告假离开了韦恩斯坦公司，这家公司是他和他兄弟鲍勃在离开迪士尼旗下的米拉麦克斯公司后于 2005 年创立的。不过他否认了对他的性骚扰指控。三天后，韦恩斯坦公司董事会解雇了他。[26]

罗南·法罗在《纽约客》上发表的文章引用了 13 名女性的控诉，其中甚至还有更严重的案例，包括三项强奸指控。[27]韦恩斯坦再次否认他有过任何未经对方同意的性行为。

在揭露传媒和娱乐界权势男人的不端性行为方面，《纽约时报》和《纽约客》的文章并非首开先河。一年前，唐纳德·特朗普在《走进好莱坞》①中说的话就曾被公之于众，他在这个节目中炫耀自己作为名人几乎可以对女性为所欲为。[28]

福克斯新闻频道曾因其脱口秀明星主持人比尔·奥莱利受到的性骚扰指控而向五名女性支付了几百万美元以达成和解，随后奥莱利于 2017 年 4 月被迫辞职。[29]福克斯新闻频道的负责人罗杰·艾尔斯在被多名女性指控性骚扰后于 2016 年 7 月辞职。[30]很多人对喜剧演员比尔·科斯比发起了民事和刑事诉讼，他最后被判犯有严重猥亵罪[31]（该判决后因技术问题被推翻[32]）。

但《纽约时报》和《纽约客》的文章触发了一场全国性甚至全球性的运动。这些故事都出自一些女性，她们打破了长达数十年的缄默法则，主动发声，而且大多是冒着职业和声誉上的风险公开的，这使得她们的故事既令人瞩目又很鼓舞人心。

在《纽约客》的报道发表五天后，女演员艾莉莎·米兰诺

---

① 2016 年 10 月 7 日，《华盛顿邮报》发布了脱口秀节目《走进好莱坞》的一段视频，其中涉及特朗普的一些言论。

引用了社会活动家塔拉娜·伯克在十年前创造的一个话题标签"#MeToo"①。[33]

米兰诺在推特上发了一则推文："如果你遭到了性骚扰或性侵，请写上'我也是'以作回应。"[34]

———

在韦恩斯坦的故事刊载于《纽约客》的第二天，女演员伊里纳·道格拉斯给罗南·法罗发了条短信："我们得谈谈莱斯·穆恩维斯。"道格拉斯说法罗在《纽约客》上发表的文章现在让法罗成了"守护女演员的圣人"。[35]她还说："这就是一个女性的集体时刻。我们把门推倒了，大声说出我们不会再被人这样对待了。"

对于女演员米娅·法罗和电影制片人兼喜剧演员伍迪·艾伦的帅气儿子罗南·法罗而言，报道不端性行为和好莱坞的问题是他逃不开的家常便饭。艾伦娶了养女宋宜（用罗南·法罗的话说，这让自己既是艾伦的儿子，还成了艾伦的小舅子[36]），这件事人尽皆知。在姐姐迪伦控诉艾伦在她七岁时性侵过她时，罗南·法罗支持了姐姐。[37]（艾伦再三否认了这一说法，但几次调查也未能证实他的说法。）

罗南·法罗15岁时就从巴德学院毕业，拿到了罗得奖学金②，此后又在耶鲁大学法学院完成了学业。[38]作为记者，他调

---

① 指性骚扰受害者。

② 创立于1903年罗德奖学金是世界上历史最悠久、最负盛名的国际奖学金项目之一，有"全球青年诺贝尔奖"的美誉，得奖者即被称为"罗德学者"。

查过比尔·科斯比的案件 [39] 和一些校园性虐待事件。[40] 最初他是为全国广播公司新闻网调查韦恩斯坦，但该新闻网试图压制这一报道，此后他才把这篇报道带到了《纽约客》。[41]

道格拉斯也出身于好莱坞豪门：她的祖父是奥斯卡金像奖获得者、戏剧和电影双栖演员茂文·道格拉斯。[42] 道格拉斯在1996年结识了穆恩维斯，当时她刚刚结束与导演马丁·斯科塞斯的爱情长跑。[43] 在出演过他的影片《好家伙》和《恐怖角》后，她希望到电视领域闯出一片天地。[44]

但在她讲述自己的故事之前，她告诉罗南·法罗，只有在他发现了其他的涉及穆恩维斯的性骚扰案件时，她才会同意法罗公开引用自己的言论，她不想成为文章中唯一公开姓名的女人。穆恩维斯的权势太大，她还是心存忌惮。

法罗没有怪她。在与韦恩斯坦打过交道后，他比道格拉斯更清楚一个得到了企业组织支持的掌权男人会有怎样的手腕，况且哥伦比亚广播公司比韦恩斯坦的公司要大得多，也富得多。

道格拉斯接着讲述了她的故事。1997年，哥伦比亚广播公司请她出演了一部新的情景喜剧《皇后区》，背景设在纽约市。[45] 当时她和穆恩维斯在他的办公室单独见了面，表面上是为了讨论剧本，但他却问他能不能亲她。[46]

"在一毫秒之内，"她告诉法罗，"他的一只胳膊就伸过来钳住了我。"穆恩维斯"猛烈地亲吻"她，又把她摁在自己的沙发上，将她的双臂提过了头顶。"被人摁住是什么感觉呢——你没法喘气，也动不了。"[47]

衣冠不整的道格拉斯走出穆恩维斯的办公室时哭了起来。[48]

在接下来的几周里，哥伦比亚广播公司把道格拉斯从《皇后区》一剧中除了名，还拒付其薪资。道格拉斯的老板开了她。她的经纪人——当时就职于创新艺人经纪公司的帕特里克·怀特塞尔在打电话"祝她顺利"后就不理她了，此人在妻子与杰夫·贝佐斯交往很久后成了花边新闻的素材[49]。

法罗对道格拉斯细致的回忆颇感惊讶，毕竟这已经是20年前的事了。但他能确证道格拉斯的话吗？道格拉斯和穆恩维斯各执一词可不行。

道格拉斯说她在事发那天告诉了当时和她同居的男演员克雷格·切斯特。在她被哥伦比亚广播公司以及她的老板和经纪人炒掉之后，她向斯科塞斯寻求了建议，斯科塞斯把她介绍给了跟他合作的律师事务所。她咨询了那里的一名律师，对方做了记录。哥伦比亚广播公司最终决定和解，以避免诉讼。

法罗已经掌握了他需要的所有线索。在与道格拉斯通了两个小时的电话后，他赶紧把此事转告了《纽约客》的编辑大卫·雷姆尼克。

———

鉴于韦恩斯坦制作的影视作品广受欢迎，加上此事还牵涉了众多名人，关于韦恩斯坦的新闻最终登上了世界各地的头版头条。美国戏剧作家、电影编剧珍妮特·杜林·琼斯就和一个朋友在伦敦看到了有关哈维·韦恩斯坦的报道。

"我真不敢相信没人说说莱斯·穆恩维斯的破事儿，"琼斯告诉朋友，"我知道我不是唯一一个（受害者）。我知道。"

第三季

第1集　"我们都这么干过"

　　哥伦比亚广播公司的公关负责人吉尔·施瓦茨对该公司的重大事件几乎无所不知。迷人而健谈的施瓦茨在公司的公关高管中可谓独一无二。多年来，他都在用笔名斯坦利·宾撰写一个尖刻的专栏，用来批评大企业，嘲讽董事会的愚蠢，他的文章起先发表在《时尚先生》，后又转投《财富》杂志。他以斯坦利·宾的身份出版了13本书，包括三本小说和非虚构作品《疯狂的老板》。[1]作为斯坦利·宾的他比作为施瓦茨的他更加出名。

　　在哥伦比亚广播公司工作了20多年的施瓦茨是个老派的公关人员，会与记者闲谈八卦，偶尔还会抖出独家新闻。作为一名曾经苦苦挣扎的演员，他喜欢在哥伦比亚广播公司附属公司的会议上进行精准的模仿。他从未忘记公关的基本规则："能够感受到深切的甚至是愚忠般的忠诚，是一项必要的能力。"他在《时尚先生》上开设的专栏中如此说道。[2]穆恩维斯在2003年被任命为首席执行官时，施瓦茨就把这种忠诚献给了他。

　　穆恩维斯对施瓦茨也给予了高度信任。[3]在哥伦比亚广播公司内部，施瓦茨人称"莱斯利的耳语者"，其他员工若要向穆恩维斯诉苦，常常会先去找施瓦茨。从他撰写多年的斯坦利·宾专栏就能看出他是公司政治和生存方面的大师。

　　施瓦茨并不了解穆恩维斯的私生活。穆恩维斯常驻洛杉矶，而施瓦茨常驻纽约，所以他们见面的时机并不太多。尽管如此，施瓦茨也知道穆恩维斯肯定不是什么好男人。他曾不得不驳斥穆恩维斯与朱莉·陈在公司内有染的传言，[4] 这一传言始于 2003 年，当时穆恩维斯与妻子南希尚处于婚姻关系之中，而朱莉·陈则是哥伦比亚广播公司《早间秀》节目的主持人。（两人于 2004 年底在墨西哥南部港市阿卡普尔科结婚，当时是穆恩维斯与南希离婚后两周。）作为丈夫，穆恩维斯忠于南希吗？施瓦茨认为答案很可能是不，但他并不认为穆恩维斯的恋情和性事与他有何相干，除非这些事会给哥伦比亚广播公司惹上麻烦。

　　现在的情况可能就是如此。就在韦恩斯坦的烂事曝光后，施瓦茨颇为尴尬地询问穆恩维斯哥伦比亚广播公司需不需要担心这方面的问题。穆恩维斯说他活了"这么大岁数了"，虽然一直"很活跃"，但"想象不出会有什么问题"。

　　这就是施瓦茨需要——或想要——听到的一切了。

———

　　在韦恩斯坦的爆炸性事件发生一个月后，菲丽斯·高登-戈特利布正在洛杉矶奇迹英里社区的家中看着午夜电视节目。已经退休的戈特利布现年八十有二，但看起来出人意料的年轻。她曾是资深电视制作人，多年前退出了娱乐圈，做起了有特殊需求儿童的教育工作。[5]

当晚，斯蒂芬·科尔伯特在哥伦比亚广播公司的《斯蒂芬·科尔伯特晚间秀》中说："如果你们正准备收看我今晚对路易·C.K.的采访，那我有个坏消息要告诉你们。"[6]在《纽约时报》报道了C.K.欲引诱一名女性到他的酒店客房并且在她面前手淫之后，C.K.取消了这次面谈。

对高登-戈特利布来说，这一事件的揭露让她回想起了20世纪80年代她就职于洛里玛电视制片公司时的痛苦经历，当时她正在该公司负责情景喜剧的开发工作。[7]高登-戈特利布有自己的故事需要倾吐，坐在电视机前的沙发上的她立时决定当晚就要付诸行动——不是打电话给记者，而是报警。

起初她不知道该去哪儿，但她很快就找到了好莱坞警察局的地址，第二天就开车去了那里。

高登-戈特利布告诉值班警员，她就职于洛里玛电视制片公司时曾与莱斯·穆恩维斯共事，穆恩维斯比她年轻，当时是冉冉升起的电视电影部门的新星。1986年的一天，穆恩维斯邀请她共进午餐。上车后，他没有像她预计的那样载她到餐厅，而是把她带到了一个偏僻的地方。他停下车，拉开裤链，抓着她的头用力顶他……[8]

尽管如此，他们仍在共事。两年后的一天，她在他的办公室里时，穆恩维斯借口去拿一杯酒，结果回来时已经脱了裤子。她径直逃了出去。[9]

第二天，他痛斥了她一顿，然后把她一把推到墙上。[10]她摔倒在地，起不了身，躺在那儿痛哭。

不管怎么样，这就是她的故事。

正如 1997 年的影片《洛城机密》①所展示的，好莱坞没有秘密。科里·帕尔卡是好莱坞警区的资深警长，但他还兼任着哥伦比亚广播公司的安保官员。从 2008 年到 2014 年，他都曾在格莱美颁奖典礼上为哥伦比亚广播公司效力。高登-戈特利布报警后，帕尔卡打电话给哥伦比亚广播公司的特殊事件负责人伊恩·梅特罗斯，并留了一条信息："大约几个小时前，有人到警局来指控你的老板性侵。你知道这是保密的，但你打个电话给我，我可以告诉你一些细节，好让你在媒体得知此事或者曝光前先了解一下指控的内容。"梅特罗斯当即给吉尔·施瓦茨打了电话。

施瓦茨大吃一惊。自从穆恩维斯向他保证哥伦比亚广播公司没什么可担心的之后，《纽约时报》和《华盛顿邮报》的记者都打电话向施瓦茨询问过有关穆恩维斯的传言。11 月初，施瓦茨又从另一名记者那里听说罗南·法罗正在到处打听穆恩维斯的情况。

现在麻烦又来了。警方报告的威力绝非传言可比，这是值得报道的事实。施瓦茨让梅特罗斯去拿警方报告的副本，帕尔卡给了他一份，尽管这份报告有三处都标记着"机密"字样，而且高登-戈特利布明确要求保密处理。

报告中的指控十分生动。如果一份正式的报警记录的内容被公之于众，考虑到"#MeToo"运动引发的持续热潮，这对哥伦比亚广播公司来说可能会演变成一场公关噩梦。施瓦茨和哥伦比

---

① 此片改编自詹姆斯·艾罗瑞（James Ellroy）的小说，讲述了 20 世纪 50 年代洛杉矶警界腐败与犯罪纵横的状况。

亚广播公司必须做好准备。施瓦茨深吸一口气，给穆恩维斯打了个电话，当时穆恩维斯正在观看八岁儿子查理的足球比赛。

施瓦茨把这些指控概述了一番。

"这太荒唐了。"穆恩维斯回应道。在洛里玛公司的日子已经封存在他的记忆里很多年了。

"你认识那个女人吗？"施瓦茨问道。

对穆恩维斯来说，弄清楚她到底是谁并不难。他告诉施瓦茨，他曾经和一个高管同事——高登·戈特利布——发生过几次双方自愿的性行为，他们"在此之前、期间和之后都保持着友好关系"。

施瓦茨向穆恩维斯保证，他并没有发现什么迫在眉睫的威胁。这些摩擦已经年深日久，案子是永远不会被起诉的。穆恩维斯在哥伦比亚广播公司也没有犯过这种事。尽管如此，消息走漏的风险始终是存在的，何况这个女人也可能会主动公开这件事。施瓦茨告诉穆恩维斯，他最好跟哥伦比亚广播公司的董事通个气。毕竟事情若被披露，穆恩维斯也不会想惊扰到董事们。

穆恩维斯应承下来。但他也强调，没什么需要担心的。然而"在感恩节期间，这件事还是让我心烦意乱。我脑子里想的基本上全是这个事"，穆恩维斯后来承认。

在接下来的几周里，施瓦茨多次向穆恩维斯提到了这次报警事件。穆恩维斯似乎很生气，最后干脆告诉施瓦茨不要再提这件事了。他说他已经告诉了两名董事。

基于穆恩维斯的保证，施瓦茨起草了一份媒体回应稿，以防万一。如果被问及此事，他会确认哥伦比亚广播公司知道洛杉矶警方对穆恩维斯的调查，并表示公司董事会已获悉此事，其他的一概不说。施瓦茨在周末提醒了他的媒体团队，还给其中一人发了一条短信："今天手机别离手，有状况了。"

但一段时间之后，并没有人再提起此事。

穆恩维斯本人可丝毫没有放松警惕。他聘请了刑辩律师布莱尔·伯克。伯克比较喜欢低调的工作方式，如美国有线电视新闻网所说，这名律师"能消除明星们的法律创伤"。[11]伯克与帕尔卡取得了联系。11月15日，帕尔卡给梅特罗斯和伯克发了短信，说他次日会联系并告诫控告人不要去找媒体并保守"她的秘密"。他还说："你们将是这次调查最早的以及仅有的联络人。"

十天后，穆恩维斯在西湖村的一家酒庄安排了一次与帕尔卡和梅特罗斯的会面。穆恩维斯强调他想要终结这次调查，同时他们还谈到要联络其他的公职人员。

但事实证明这并无必要。2017年11月30日，梅特罗斯告诉穆恩维斯，他从帕尔卡那里听说他们可以不用担心了："这起控告被明确驳回了——因为没有证人和（或）确凿的证据。"

在警方转送给洛杉矶县地方检察官的文件中，高登-戈特利布只被标注为"佚名女士"，穆恩维斯则被标注为"重要人士"。审核此事的助理地方检察官指出："这三起事件都已过了适用诉讼时效。"[12]

施瓦茨接着又收到了少数几名记者的消息。12月8日，好莱坞行业刊物《综艺》的商业编辑辛西娅·利特尔顿给他发了一封电子邮件，告诉他"有传言说莱斯是一个性骚扰故事（受害者身份不明）的主角"。

事情就这样结束了，或者说看起来如此。

———

那篇韦恩斯坦的报道也唤起了安妮·彼得斯医生的痛苦回忆，她是南加州大学临床糖尿病项目的主任，也是该校教授。在斯坦福大学完成住院医师实习并搬到洛杉矶后，她逐渐成长为糖尿病问题的专家。阿诺德·科派尔森就是她的知名病患之一，在凭借《野战排》获得奥斯卡金像奖后，他一直都声名赫赫。科派尔森也是彼得斯的朋友，1999 年，在科派尔森的力劝下，彼得斯同意给一名和科派尔森一样患有糖尿病的新患者诊治，此人即莱斯·穆恩维斯。[13]

预约时间是早上 7 点，当时大多数医务人员尚未赶到，她描述当时的场景时回忆道："晨光穿透了百叶窗。"[14] 房间里只有她和穆恩维斯，两人坐在一张小桌的两边，她像往常一样开始了最初的面谈。当他们起身走向检查台时，穆恩维斯一把抓住她，把她拉向他，还做出了一些摩擦的动作。[15] 她忘不了他脸上的表情，那是一个"怪物"的表情，她回忆道。[16] 她推开了他，但他又企图脱她的衬衫，扒她的裤子。彼得斯只得使劲甩开了他。

"你会喜欢的。"穆恩维斯说道。接着他就走到诊室的角落里手淫，然后离开了，没再说什么。[17]

彼得斯向医院报告了这件事，结果院方却警告了她，说穆恩维斯比"我们医院有更多的钱来请律师"，并且让她"不要向警方正式报案，因为只会在法庭上败诉"[18]，她回忆道。

但彼得斯给科派尔森详细描述了这件事情。2007 年，科派尔森被提名为哥伦比亚广播公司董事会成员时，她曾力劝他拒绝这一职位，因为穆恩维斯的行为不端。科派尔森却不屑地说她的顾虑"微不足道"。[19] 他说那次遭遇已经是几年前的事了，不管怎么说，"我们都这么干过"。[20]

在其后几年里，彼得斯一直很害怕再次与男性患者独处一室。她曾多次和科派尔森提到穆恩维斯的这件事，有时还会与在场的其他人谈论。现在"#MeToo"运动势头正盛，此事又具有了新的紧迫性和相关性。与其他受害者不同的是，由于医患保密规定，彼得斯不能公开点名穆恩维斯。但她敦促科派尔森挺身而出，或者至少警示一下穆恩维斯在哥伦比亚广播公司董事会的同僚们。彼得斯甚至找了两人的一个共同好友来为案子辩护。

然而科派尔森什么都没做。

————

11月14日，"#MeToo"运动的浪潮波及了哥伦比亚广播公司的竞争对手——全国广播公司新闻网，该电视网宣布解雇其当红节目《今日秀》的制作人、顶级星探马特·齐默尔曼，原因是他存在"不端行为"，且涉及多名女性。若非与有家有口、人称"美国老爸"的《今日秀》明星马特·劳尔关系密切，少有人知的齐默尔曼可能一直都会是一个无关紧要的角色。[21] 人们大多认为齐默尔曼就是劳尔的门徒，两人经常一起旅行，包括前往东京观看奥运会。

在有关劳尔的传言风起云涌之时，哥伦比亚广播公司董事会薪酬委员会于11月18日召开了会议。资深董事琳达·格里戈——

在米诺加入之前她是董事会里除莎莉之外唯一的女性——突然偏离议程，问起哥伦比亚广播公司是否有可能面临与全国广播公司类似的情况。[22]穆恩维斯马上向她保证，哥伦比亚广播公司正在"应对这种情况"，并且"启动了妥当的程序"。

仅仅两天后，《华盛顿邮报》就发文引用了八名女性的叙述，她们自称在为查理·罗斯的公共广播访谈节目《查理·罗斯秀》工作时受到了他的性骚扰。[23]罗斯也是哥伦比亚广播公司新闻频道的明星，作为共同主持人，他协力重振了《CBS 今晨》，还做过《60 分钟》的通讯员。《华盛顿邮报》指出其不端行为包括"打电话时语带猥亵，在这些女性面前赤身裸体地走来走去，或者摸她们的胸部、臀部以及下体"。[24]

罗斯承认他"有时表现得很麻木"，[25]哥伦比亚广播公司和公共电视网在报道发表后的几小时内就解雇了他。[26]

在哥伦比亚广播公司，罗斯的共同主持人盖尔·金面临着一项尴尬的任务，她要在没有罗斯的情况下主持第二天早上的节目。"在过去五年里，我和查理一直享受着这种友谊和伙伴关系，"她说，"我一直对他怀有很高的敬意。我真的很挣扎。因为在你非常关心的人做了这么可怕的事之后，你要怎么说？你的脑子要怎么捋明白这件事呢？"[27]

不过在下一次哥伦比亚广播公司的董事会议上，几乎没有人为罗斯站台。穆恩维斯表示，哥伦比亚广播公司将调查罗斯的行为，但也强调公司没人知道此事，这全都是他主持公共电视网的节目时发生的。

穆恩维斯是 11 月 29 日《综艺》创新峰会的主题发言人[28]（同

日，全国广播公司在有关马特·劳尔的流言疯传数周后终于将马特·劳尔解雇[29]），当时关于"#MeToo"运动的讨论淹没了这场会议的议程。穆恩维斯表示，"毫无疑问"[30]，哥伦比亚广播公司已经受到了韦恩斯坦丑闻和随后曝光的一些秘闻的影响。他称这是一个"分水岭时刻"[31]，还说，"我们在学习很多东西。有很多我们不知道的事"，但"重点在于这是公司文化所不能容忍的"。

几周后，穆恩维斯与卢卡斯影业的凯瑟琳·肯尼迪、迪士尼的鲍勃·伊格尔和奈飞的泰德·萨兰多斯这几位好莱坞大腕联合成立了一个由安妮塔·希尔领导的"工作场所性骚扰和促进平等委员会"。希尔指控最高法院大法官克拉伦斯·托马斯的证词让她成为反性骚扰行为的一个全球性标志人物。[32]

第 2 集　"如果芭比开口"

马夫·道尔永远留着一头用吹风机吹过的白中带黄的头发，长得就是一副好莱坞艺人经理的模样。[1] 在电视网的选角领域，他基本上谁都认识，尤其是日间剧的演员，这类剧中的一些实力派明星都是他旗下的艺人，比如伊芙·拉茹（作品有《我的孩子们》《犯罪现场调查：迈阿密》）和约书亚·莫罗（作品有《年轻和骚动不安的一族》）。

道尔的家乡在明尼苏达州的奥斯汀，那里接近艾奥瓦州的边境，人口有 2.5 万，是广为人知的世棒牌罐装午餐肉的原产地，[2] 对一个从偏远地区前往好莱坞闯荡的人来说，他已经相当能干了。他如今住在洛杉矶西部的一个社区，[3] 离名人云集的贝莱尔和布伦特伍德很近，距山门乡村俱乐部也只有一步之遥，他在那儿追求着他毕生的两大爱好：高尔夫（他曾四次一杆进洞）和桥牌（他积累了 3000 多的大师分）。他开的是一辆敞篷梅赛德斯。离婚后，他周围也不乏美女，尽管接连不断地有过几段恋情，但他并不打算再婚。

不过最近他在财务上有些紧张。选角导演好像都对他视而不见。他的收入——从他为客户赚取的收入中获得的分成——开始骤降。幸亏他在拉斯维加斯赢了一把才还掉了最近的一笔按揭。[4]

道尔也不明白这到底是怎么回事，直到一位选角导演问他为什么没有向她提交艺人资料了，说她自 2015 年以来就没有收到过他的消息。道尔简直不敢相信，他一直在提交艺人资料，或者至少是自认为如此。他向洛杉矶警方和联邦调查局报告了此事，同时更改了自己的电子邮箱密码，他提交的艺人资料才又开始被接受。调查发现是一个心怀不满的前客户窃取了他的电脑密码，并在过去几年里定期删除了他提交的材料。

道尔需要花时间来重建客户名单、充实自己的银行账户。对一个 70 多岁的人来说，这种未来让人望而生畏。

不同于众多急于为客户赢得公众关注的艺人经理，道尔不结交记者，也不太看重媒体。2017 年 11 月 28 日，接到《纽约时报》

调查记者埃伦·加布勒的电话时，他立刻就戒备起来。[5] 当加布勒把这次来电的原因告诉他时——有篇报道涉及莱斯·穆恩维斯的性侵行为——他愈发警觉了。加布勒没能跟他深谈，因为道尔有些慌乱，他说他肯定会给她回电话，然后就挂断了。

"#MeToo"这张网所牵涉的名人越来越多，道尔并不意外。韦恩斯坦被曝光也并没有让他感到惊讶：在他看来，性方面的不轨之举向来猖獗，而且这一直都是男人的世界，至少目前还是如此，且并不仅限于娱乐圈。但为什么记者要给他打电话呢？穆恩维斯刚刚被《好莱坞报道》评为娱乐圈第四大权势人物[6]（比莎莉·雷德斯通高出两个档次）。相比之下，道尔只是个无名小卒。他从来没有上过任何机构的权力榜，和穆恩维斯也并不熟。靠着自己的客户、哥伦比亚广播公司的明星伊芙·拉茹，他才和穆恩维斯一样参加过哥伦比亚广播公司的两场宾客云集的派对，一次是在玫瑰碗的比赛之后，另一次是在穆恩维斯位于比弗利山的家中，但那都是几年前的事了。自那以后，他和穆恩维斯就再无联系。

《纽约时报》的加布勒并不是第一个联系他的记者，也不是唯一一个。11 月 10 日，《好莱坞新闻前线》也有人给他发了电子邮件，打听穆恩维斯和道尔的另一位客户——女演员芭比·菲利普斯的情况。道尔的客户拉茹此前曾告诉《好莱坞新闻前线》，演员史蒂文·西格尔在一次试镜时侵犯了她，西格尔以拿剧本为借口诱使她走进一个房间，然后敞开了自己的和服（"他穿着内裤，谢天谢地。"拉茹对记者大卫·罗伯说道）。[7] 在采访中，拉茹还告诉罗伯，穆恩维斯和菲利普斯之间也发生过一些不好的事。拉茹建议罗伯去找菲利普斯的艺人经理，也就是道尔。道尔没有回复这封电子邮件。

但媒体的询问勾起了道尔的思绪。

他第一次见到芭比·菲利普斯是在 1993 年，当时她 25 岁，染了一头金发，凭借出众的身材，她四次登上了《肌肉与健身》杂志的封面。不过道尔一直都有遇到漂亮女人的本事。他从 1984 年开始艺人经理生涯，多年来，他的朋友们对他发现和培养年轻女性的那种不可思议的本事都颇为惊叹。他的冰箱几乎总是空的，因为他从不在家吃饭。他会参加每一场受邀或能够参加的派对。一位选角导演回忆道，道尔多次借口去喝一杯，但不知怎么回事，他回来时都会挽着一个迷人的女人。他说道尔就是一头"大白鲨"。

道尔的魅力似乎与性无关。确切地说，他给人的印象就是一个让人安心的父亲，碰巧认识城里所有的选角导演。在寻觅潜在艺人时，他的开场白直截了当："你很有吸引力。你是演员吗？"他曾对一个年轻的金发女人如此说道，而此人正是瑞茜·威瑟斯彭，很久以后她才成名（她当时没有聘用道尔）。在比弗利山举行的一场名人寥落的派对上，他走向一位黑发美女，问道："你怎么会来这种派对？"对方答说她是前美国妙龄小姐，想进军演艺界。巧了，他想："我是一名艺人经理。"

这个年轻的姑娘就是伊芙·拉茹，她是道尔最早、最持久的客户之一，也是他旗下第一个游出日间肥皂剧的死水、演到黄金时段项目的艺人。

道尔遇到菲利普斯时，他的反应和遇见拉茹时一样：她有做明星的潜力。她的微笑可以照亮整个房间——或者屏幕，道尔心想。在南卡罗来纳州的查尔斯顿出生和长大的菲利普斯散发着邻家女孩的健康之美和无可否认的性魅力。她当时刚开始涉足电视领域，在全国广播环球公司的剧集《他们来自外太空》中曾短暂出场，接着又演了两集《拖家带口》。但她觉得自己得到的角色都是些"性感傻妞"，比如在备受争议的限制级影片《艳舞女郎》中裸露上身，以及在《红鞋日记》的一集中出演引诱男人的女人"甜美罗拉"（巧的是乔治·皮尔格林也参演了这部娱乐时间电视网的电视剧）。

道尔仅仅见了一次菲利普斯就签下了她。一位选角导演建议，如果她放弃金发，改为褐发，那么她作为一名女演员会得到更认真的对待，她照办了。八个月后，她得到了她迄今为止最好的角色——在美国广播公司播出的15集连续剧《一级谋杀辩护》中饰演吸毒的模特朱莉·科斯特洛。

道尔猜测，正是接下来发生的事情促使记者们提出了那些问题。

凭借菲利普斯出演的一个影视片段，道尔在 1995 年 2 月给她安排了一次与穆恩维斯的会面。那时洛里玛电视制片公司和华纳的电视业务已经合并，穆恩维斯成了华纳兄弟电视公司的总裁，大权在握的他就是在那时开发了大热剧集《老友记》和《急诊室的故事》。[8] 在选角方面，他是一名亲力亲为的高管，坚持亲自和主角签约，而且经常旁观试镜。

菲利普斯当时甚至都不知道穆恩维斯是谁，但道尔强调这可能就是她进入黄金时段的重大机会——她甚至有可能出演热门剧

《急诊室的故事》。

菲利普斯去穆恩维斯在华纳兄弟的办公室见了他一面。之后，她的经纪人劳拉·斯莫尔夫给道尔打了电话。斯莫尔夫告诉道尔发生了一些不好的事。那次会面结束后，菲利普斯直接到她的办公室抽泣起来。

道尔给菲利普斯打了电话。[9]"跟穆恩维斯见面的情况怎么样？"道尔问道，但并没有说他刚刚收到了她经纪人的消息。

"不太好，"她简短地答道，"我不想谈这件事。"

不过看起来情况很顺利，至少从穆恩维斯的角度来看是这样。第二天，穆恩维斯就打电话给道尔，说他真的很喜欢菲利普斯，想让她上几个剧。穆恩维斯打电话告诉了菲利普斯这个好消息，还以为她会很兴奋。

但菲利普斯很生气。"我绝对不去。让他离我远点。"她回复道。[10]她跟道尔说她再也不想见到穆恩维斯了，也不想和他共事。[11]道尔心想，无论那次会面发生了什么，都肯定是糟糕透顶了。

在与穆恩维斯会面之前，菲利普斯很喜欢试镜。从那之后，试镜机会反而让她患上了焦虑症。她拒绝单独与电影公司的高管会面。有一次，在一场电影放映会开始前，由于太怕遇到穆恩维斯，她在影院外的一条巷子里吐了。[12]

在与菲利普斯见面的几个月后，穆恩维斯离开华纳兄弟公司，成为哥伦比亚广播公司娱乐公司的总裁。菲利普斯则说到做到，再也没有和穆恩维斯说过话。但她还是又见了他一次。1998年的电视剧《过江龙》是哥伦比亚广播公司的一部意外走红的剧集，她是三个决选试镜者之一。她到达试镜现场时，穆恩维斯也在那里，他跟她打了招呼。在她读剧本时，他就坐在前排凝视着她，这让她很紧张。最终她没有拿到这个角色。

此后几年里，菲利普斯在几部黄金时段的电视剧中都出演了角色。除了《一级谋杀辩护》，她还在多家媒体共同播出的电视剧《暗侠》中饰演了一名见习宇航员，共出场17集。她抱怨自己这个角色穿泳衣的时间比穿太空服的时间还多。[13]虽然发色变了，但她从没有获得她渴望的那种更严肃的角色。2001年，她宣布退出演艺界。

菲利普斯把精力都放在了抚养儿子上。她再婚后和丈夫一起搬到了多伦多，她丈夫是加拿大人，在好莱坞做发型师。她从事着动物权利保护方面的事业，还培养了对宗教和灵性的兴趣。她试图把过去抛在脑后，活在当下。最近她又重返演艺圈，出演了独立政治惊悚片《甘地谋杀案》。[14]

道尔注意到好莱坞的行业媒体提到了她在《甘地谋杀案》中扮演的角色。也许她又需要一位艺人经理了。随后打听穆恩维斯的电话就打来了。道尔觉得这是个机会。

道尔琢磨着该如何接近穆恩维斯这种大人物，他已经很多年没见过他了。他犹豫了好几天，然后在12月4日给穆恩维斯打去电话，留了一条语音信息。道尔还给穆恩维斯发了一封隐晦的电子邮件："莱斯利——给我打个电话，有重要的事。马夫·道尔。"道尔还留下了自己的电话号码。穆恩维斯会回应吗？

片刻之后，穆恩维斯打来了电话。

"还记得芭比·菲利普斯吗？"道尔问，"她是多年前出道的。

你们有过一段？"道尔说得有些微妙。

道尔告诉穆恩维斯，他接到了《纽约时报》记者的电话，伊芙·拉茹跟《好莱坞新闻前线》提到了菲利普斯和穆恩维斯的事。

穆恩维斯非常清楚道尔在说什么。他承认当时曾与菲利普斯有过性接触，但他坚称这是双方自愿的。

道尔说没有人会相信这是双方自愿的，尤其是在韦恩斯坦事件和"#MeToo"运动之后。[15] "你看哈，她在宗教上变得很虔诚，但她也不介意找点工作。"道尔补了一句。

穆恩维斯说他已经听说有篇关于他的"#MeToo"方面的文章可能很快就会发布。"我觉得我不会有事的，"他说，"但如果芭比开口，我就完了。"[16]

第 3 集 "我以前是个好人"

道尔说他会和菲利普斯聊聊，然后再回复穆恩维斯，但在结束通话之前，道尔又提醒了他一次，芭比·菲利普斯是一名女演员，她"一直在找工作"。[1] 道尔还提到了他的另两名艺人——约书亚·莫罗和伊芙·拉茹，说这两人应该出现在哥伦比亚广播公司的黄金时段。他不用说得太直白：交换的条件显而易见。

穆恩维斯给了道尔两个私密手机号，让他打这两个号码。

两天后，穆恩维斯给道尔发了短信："没事吧？"

"因为火灾嘛，我有点被困住了，"道尔回道，（加州州长杰里·布朗前一天宣布洛杉矶县进入紧急状态，因为当地的野火蔓延很广。[2]）"我住在山门这边，他们4点5分就把这儿封了，我们哪儿也去不了。我有很多事要告诉你，但我们还是得当面谈，不然我觉得不妥。"他又说，"我还没有收到任何人的消息。"

穆恩维斯回复道："你家房子的事我很遗憾。要注意安全。我们能通个电话吗？"

"可以。我不相信媒体，但我可以把我听到的所有情况都告诉你，然后你可以想想这些事要是被媒体爆出来该怎么办。"

"感激之至。"穆恩维斯回道。

"我没法想象这对你来说是个什么状况。"道尔回道。

第二天，道尔再次接到了《纽约时报》记者埃伦·加布勒打来的电话。他又挂掉了。"他们搞得我有些措手不及，"道尔立刻给穆恩维斯发了短信，"我说我会给他们回电话的。下面怎么办由你来定吧。"

"没必要和他们谈。"穆恩维斯说。

"我不会的。"道尔保证。

不久之后，菲利普斯给她这个多年前的艺人经理回了电话。道尔告诉她，《纽约时报》一直在给他打电话。菲利普斯说她也接到了媒体的电话，她没有回应，但她的一些朋友知道多年前她和穆恩维斯发生的事，都在劝她说出来。

道尔竭力为穆恩维斯说好话，还说他有一个年幼的儿子。"请不要毁了他的生活。"道尔说。

道尔提到穆恩维斯的儿子，这引起了菲利普斯的共鸣——她的儿子自杀了。她向道尔保证，她无意向媒体透露这些事。她的口头禅就是努力向前、宽恕他人，这是她克服丧子之痛的唯一办法。她不想重温过去，也不想唤起不愉快的回忆。

她一提到宽恕，道尔便开始顺水推舟。他告诉她，穆恩维斯对之前的事感到很难过，这件事也一直困扰着他。穆恩维斯觉得他必须找出办法来弥补，否则就没法向前看。

菲利普斯说她不想要穆恩维斯的任何东西。尽管如此，那些要做出补偿的话还是引起了她的注意，她想知道穆恩维斯是怎么想的。

道尔说穆恩维斯可能是想让她出演哥伦比亚广播公司的剧集。菲利普斯一口回绝，说她并不想找工作，但道尔一再坚持。"要是他们请你去，我就把邀约发给你，怎么样？"道尔说，"你现在不用做任何决定。"

这听起来很有道理。她以后随时都能处理此事。菲利普斯同意在她的互联网电影资料库的个人资料页上重新将道尔标示为她的艺人经理。然而她多少还是觉得这一切看起来都很奇怪。她的丈夫也很警惕，他不明白为什么穆恩维斯不能独自面对他过去的行为，为什么非要把芭比牵扯进来？

道尔挂断电话就给穆恩维斯发了短信："我刚和芭比打了30〔分钟〕的电话，我想你肯定会非常非常高兴的。"道尔当时正要赶着去见他的朋友、演员詹姆斯·伍兹，但是会"在大约一个小时内给你打电话。找个记事本"。

———

　　道尔和穆恩维斯一夜之间就从近乎陌路人变成了常来常往的
笔友。道尔很快就通过培养人情抓住了机会，而人情在好莱坞就
是一种历史悠久的货币。前洛杉矶道奇队棒球运动员雷吉·史密
斯是道尔的朋友，道尔安排史密斯给穆恩维斯的小儿子查理上了
几节棒球课，还送了他儿子一个签名棒球——穆恩维斯觉得自己
无论想不想要都得接受这些赠礼了。("能见到雷吉，查理很激动。"
穆恩维斯在短信中说道。)道尔找到了一些描绘着棒球巨星贝
比·鲁斯、卢·格里克和杰基·罗宾逊的老纪念邮票，然后把它
们寄了穆恩维斯。他还给穆恩维斯寄了一张照片，上面都是他
收藏的名人球衣——乔治·布雷特、皮特·罗斯、格雷茨基·乔
丹、卡尔·埃勒、马塞尔·迪翁——并邀请穆恩维斯和查理在假
期来参观。

　　道尔还以嘲笑"#MeToo"运动的方式来迎合穆恩维斯。《时
代》杂志刚刚将"打破沉默者"①评为 2017 年度人物，道尔就在
短信中跟穆恩维斯谈到了这个评选："别跟我说这个世界还没乱
套。"他还抱怨说："肯定还有些医生、和平缔造者或者军人要
比这些女人对地球的贡献更大吧。"

　　与此同时，道尔也在继续施压，给穆恩维斯通报他收到的每

———

① 据《时代》周刊定义，"打破沉默者"是由 2017 年敢于站出来控诉权贵人士性骚
扰或性侵的人构成的群体，其中大多数为女性。

一次媒体的询问，这种节奏肯定能让穆恩维斯保持焦虑状态。

"《纽约时报》刚刚又来电话了，"道尔在12月13日给他发短信说，"不用说，我没接电话。她发了一段30秒的留言，说她正在写一篇文章——她想跟我谈谈，公不公布在我。莱斯利——这个时候你只用保持信心——他们没法接触到我或者其他任何人——所以也不可能有什么报道——你必须相信——"

"多谢了。但愿吧。"穆恩维斯回道。

当天晚些时候，道尔告诉他："《好莱坞新闻前线》刚打电话给我，我挂了。"

"还是那个家伙？"穆恩维斯很好奇。

"总会有办法打退这些杂种的，"道尔答道，"连我都睡不好了——要是下礼拜你在城里的话——也许能一起吃个午饭。在那之前——我会让你随时了解最新情况的——希望我不会听到什么状况。"

几天后，他又给穆恩维斯通报了《纽约时报》的另一通电话。

"还是那个女人。我很好奇他们什么时候才能明白我不会跟他们谈。"他发完又发了一句，"五分钟内，又有两个我没见过的号码打过来了，所以我没接。"

"真操蛋。"穆恩维斯回道。

"我完全同意，"道尔写道，"他们简直是缠上我了。"

"他们明显是在钓鱼。"

"他们在我这儿抓不到任何东西。"道尔向他保证。

"你的不开口防守策略至今都挺好用的。"穆恩维斯告诉他。

道尔为客户找工作的努力很快就开始见效了。12月12日，哥伦比亚广播公司的选角负责人彼得·戈登给穆恩维斯发了一封电子邮件，说"经过我们的谈话"，他正考虑让拉茹出演一个角色。（戈登想不起那次谈话了，但他表示很可能是穆恩维斯"给我打了电话，说要把伊芙·拉茹当成候选人"。）

两天后，拉茹的名字就出现在了一部多种族喜剧的试播片《他们的恋爱史》的演员名单上，而且担纲了主角。

———

临近年末，假期将至，莎莉频繁地往返于加州和东海岸之间，一边忙着照顾萨姆纳，一边也尽量花更多时间来陪伴子女。但最近的事情也迫使她开始考虑重启哥伦比亚广播公司和维亚康姆集团的合并计划。她在一年前放弃这一计划时好像并没有很迫切地要合并它们，但现在娱乐业对于规模扩张的需求似乎已经迫在眉睫。奈飞和亚马逊在新剧集上投入了数十亿美元。传媒业正在快速转型，哥伦比亚广播公司和维亚康姆集团所倚仗的传统广播和有线电视的商业模式行将崩溃。

即便是鲁伯特·默多克对此也心知肚明。美国消费者新闻与商业频道在 11 月报道说萨姆纳的这个主要竞争对手正在与迪士尼展开谈判，欲将二十一世纪福克斯公司的大部分娱乐资产出售给迪士尼。[3]

福克斯和迪士尼有可能达成交易的消息在业内造成了震动，这也不免波及了哥伦比亚广播公司董事会。该公司首席董事布鲁斯·戈登请精品投行森特尔维尤合伙公司给哥伦比亚广播公司做了一次报告，这家投行也参与了福克斯和迪士尼之间的交易。

12 月 14 日，穆恩维斯主持董事会议，公布了哥伦比亚广播公司的最新业绩（包括最近一个季度的收入增长情况[4]），还表示他正在对这个行业和哥伦比亚广播公司的潜在合作伙伴进行战略分析。莎莉惊讶地看向克里格：尽管戈登跟她谈到过一些有关"这个行业"的讨论，但并没有提及这样的战略评估。

森特尔维尤合伙公司为其列出了一份潜在的合作伙伴名单，包括一些惯常的猜测对象：米高梅电影公司、索尼娱乐和狮门影业都是哥伦比亚广播公司有可能收购的公司；威瑞森、亚马逊、苹果甚或沃伦·巴菲特的伯克希尔·哈撒韦公司这样的巨头则有可能想要收购哥伦比亚广播公司。

只有一个刺眼的遗漏：维亚康姆集团几乎无人问津，它已被弃如敝履，尽管它刚刚以好于预期的收益惊艳了华尔街，这表明巴基什的战略正在生效。[5]

森特尔维尤合伙公司的演示文稿中有一页比较了默多克家族和雷德斯通家族的财富，其中显示默多克家族的财务状况要好得多。

莎莉怒从心起。她正式提出并支持过这样的合并，而维亚康姆集团却没被人放在眼里。这是一种侮辱，是极度的无视。

莎莉还觉得自己遭到了偷袭。她本想夺门而出，但还是忍住了这种冲动。报告一结束，她就站了起来，抓起自己的东西就大步走了出去，没有再多说一句。克里格则紧随其后。

车子正在楼下等候。莎莉一上车就向克里格发泄了一通。如果没人听她的，也没人在乎她说了什么，那她在董事会里还能有什么作为？她觉得自己被逼入了又一场董事会的战争之中，就像她刚刚在维亚康姆集团经历的那场一样。但她觉得自己已经没有精力了。也许她应该退出，让哥伦比亚广播公司为所欲为。

克里格抓住了这个机会。"与其去弄清楚合并哥伦比亚广播公司和维亚康姆集团有没有意义，然后再应付不可避免的官司，为什么不让其他人去想这个事呢？"雷德斯通家族可以卖掉全美娱乐公司，也就是放弃担任维亚康姆集团和哥伦比亚广播公司的控股股东。莎莉也可以专注于高城资本和自己的家人。

这个想法很大胆，但克里格认为这是有意义的。全美娱乐公司的资产——对哥伦比亚广播公司、维亚康姆集团以及连锁院线的控股权——对于一个在娱乐业追求规模的买家来说可能永远不会比此时更有价值了。毕竟莎莉说过，她厌倦了争斗。

莎莉表示会考虑此事。鉴于其父连派拉蒙的一部分股份都不会卖，想要说服他卖掉全美娱乐公司是不太可能的，但她还是让艾维克投行的银行家们研究了一系列选项。

无论她作何决定，有一件事现在对克里格来说是很明确的：莎莉和穆恩维斯之间正在酝酿某种决战。

———

12月19日，前演员、胸怀大志的编剧琼·赛莉·基梅尔参与了一场推特上的讨论，论题是好莱坞是如何趋向于将后韦恩斯坦时代曝光的性侵事件归咎于女性受害者的。[6]

"是时候说说这件事了，我给莱斯·穆恩维斯做过一次推介，当时他是二十世纪福克斯公司的开发部主管，"基梅尔发推文说道，"会面很顺利，双方准备合作，然后他就强吻了我……"

这条推文未被记者注意，但莎莉看到了，并且转给了玛莎·米诺，还提到了"现在推特上的某些传言"。[7] 第二天，这两位女士就谈了谈。"我们可能必须要处理一些比查理·罗斯还过分的事情了。"莎莉说。

米诺问她们要不要提醒董事会关注这条有关穆恩维斯的推文，但莎莉说她想让米诺自己决定。莎莉觉得自己和董事会的矛盾已经够多了，她不想让人以为她在就穆恩维斯的问题煽风点火。尽管如此，她还是告诉米诺，她听到了很多关于穆恩维斯的"闲言碎语"，并认定米诺会把这条推文转发给其他董事。然而米诺觉得她们应该谨慎行事，所以她没有再说什么。

莎莉还把这条推文转给了克里格。这条推文里的事件距今已颇为久远——穆恩维斯在 1985 年加入洛里玛电视制片公司之前曾供职于福克斯，所以这已经是几十年前的事了。然而在那场惹恼莎莉的董事会召开仅几天后，穆恩维斯的"#MeToo"问题就将戏剧性地打破双方的权力平衡。

这个局面可能会变得很有意思，克里格心想。

————

穆恩维斯丝毫没有向其他董事透露他所面对的日渐沉重的压力。但他在道尔面前却表现出了一丝绝望，还一度暗示自己可能会提前退休。不过穆恩维斯一旦被解除了哥伦比亚广播公司首席执行官的权力，他对道尔及其客户的价值也就所剩无几了。道尔在 12 月 19 日向他建议："你说你可能会提早退休——只因为现在这个'状况'。那坏人就要赢了。依赖你的人太多了——

你的目标应该是按自己的方式走出去。——该说的我都说了。挺住。"

"我以前是个好人，现在也还是。"穆恩维斯坚称道。

"没人怀疑这一点。"道尔向他保证。

在一次聚会上，道尔遇到了伊丽莎白·塞里达，她是金球奖的主办机构——好莱坞外国记者协会的会员。她走到他跟前说："我们要逮住穆恩维斯。"

"为什么？"道尔问。

"原因太多了。"她只说了这一句。

道尔当即告知了穆恩维斯这件事。"要提防一个叫伊丽莎白·塞里达的宣传人员，"他说，"我希望她是喝醉了，因为她说了一些跟你有关的事……很吓人。"

"她说什么了？"穆恩维斯问道。

"这个女人挺凶的，"道尔说，"她说了一些和你有关的蠢话……还有好多女人掌权的废话。"

"她知道我们俩认识吗？还是她只是泛泛地谈到了我？"穆恩维斯问道。

"我不知道。"道尔接着又说，"我真的被惹毛了——但还是保持着冷静。她是那种会让我很庆幸我还单身的女人。"

穆恩维斯想知道她还有没有提到过谁。

"真没提谁的名字，"道尔说，"她就是个没人认识的大嘴巴……干货一点没有。"

道尔还说："我可不想毁了你的假期。"

尽管他刚刚无疑是毁了。

第 4 集　"我一直觉得很恶心"

　　穆恩维斯和妻儿在纽约度过了圣诞节，新年到来时又返回加州，然后一直住在他那栋位于马里布的价值 2800 万美元的海滨别墅里。"一大家子人都在这儿。"他给道尔发短信哀叹道。然而在新年前夜，穆恩维斯还是抽时间驱车前往洛杉矶，与道尔在影视城①的艺术熟食店吃了顿早饭，这里离哥伦比亚广播公司的演播室不远，业内人士常去。

　　道尔此时依然不知道穆恩维斯和芭比·菲利普斯之间到底发生过什么，但穆恩维斯矢口否认他侵犯过这位女演员。穆恩维斯承认他们在他的办公室发生了关系，但他坚称这是"双方自愿的"。道尔再次向穆恩维斯保证，他和菲利普斯都没跟别人说过这件事。

　　不久之后，道尔跟菲利普斯简单提到了这次会面，但他失言了，说穆恩维斯声称他们的那次经历是双方自愿的，这把菲利普斯激怒了。在她看来，穆恩维斯根本不像是在尽力寻求弥补或想获取她原谅的态度。

　　当天晚些时候，穆恩维斯给道尔发了一条短信，表达了他的感激之情："很高兴跟你见了面，祝你新年快乐。我知道你会支持我的，你是个好人，谢谢。"

---

　　①　影视城（Studio City）位于加州洛杉矶市圣费尔南多谷东南部。

即便如此，道尔还是相当失望，因为他此前曾想方设法地在圣诞节前把一个有球星签名的棒球送给了查理，但穆恩维斯提都没提这件事。

"查理喜欢那个球吗？"道尔戳了他一下。

"抱歉。他很喜欢。"穆恩维斯回复道。

———

莎莉仍然对 12 月的董事会议耿耿于怀，但至少她在哥伦比亚广播公司的董事同僚们似乎也意识到了一点：面对日益激烈的市场竞争威胁，必须要采取一些措施。这样一来，或许可以说服他们支持哥伦比亚广播公司和维亚康姆集团的合并。然而维亚康姆集团的内斗已经让她筋疲力尽，她无意再展开一场董事会之争了。如果穆恩维斯反对，她就不准备再推动这场合并。

莎莉觉得穆恩维斯对罗伯·克里格可能会更加坦率，对她则只会说一些他认为她想听的话，于是她决定让克里格去会会穆恩维斯，好探探他的口风。与此同时，克里格也认为自己或许能为填补莎莉和哥伦比亚广播公司首席执行官之间不断扩大的鸿沟出一份力。

1 月 5 日，克里格来到了穆恩维斯位于影视城的办公室。[1] 穆恩维斯穿着条牛仔裤，看到他也全无悦色。克里格提前一周来了，这个决定可能没起到什么好作用——穆恩维斯原本是定于 1 月 12 日见他。但现在他来了，两人就在穆恩维斯办公室近旁的一个小会议室里坐了下来。穆恩维斯的双臂交叉抱在胸前。

"可能这些话轮不着我来说。"克里格开了口。他明白自己只是一名律师，却要尽力给这个娱乐界最成功的高管提些建议。他真心认为穆恩维斯是一个商业天才。他可以理解，穆恩维斯会对他眼中莎莉一方的人保持警惕，但他还是决定单刀直入。

"我知道莎莉在生意上有很多主意和想法，"克里格说，"我不知道这当中的一些是否是好的，也许有一些并不好。"他说他这次来不是想让穆恩维斯照着莎莉的意思去做。"如果你觉得哪个想法不行，那就别干。但让她觉得你很在乎，这有何不可呢？比方说你考虑了她的观点，而且你很感兴趣，这有那么难吗？"

克里格给穆恩维斯举了几个例子。如果你要任命某个人担任高管，那就问问她的意见。有新剧集？那就告诉她你很重视她的建议，然后你觉得怎么对就怎么做。

"如果她觉得你在考虑她的看法，你没有疏远她，那你们的关系会好得多。你们也不用这么持续不断地争斗。如果你想搞合并，那这点真的很重要。"

克里格由此引出了（两家企业）合并的话题，他说他此刻也不知道合并是不是对的。但穆恩维斯会支持吗？

"我不会挡道的。"穆恩维斯说。

"这不是她想听的。"克里格回应道。[2]

穆恩维斯说他不喜欢莎莉上次在董事会议上气冲冲离开的态度。现在她还在抱怨他手下的那个忠诚的、长期任职的董事吉福德，甚至因为超级碗上发生的一些小事就想把他赶出董事会。

克里格强调，穆恩维斯和莎莉需要和睦相处。除非穆恩维斯热心地支持这次合并，否则莎莉也不想坚持己见。"如果你不情愿，这个事就干不成。"克里格说，"莎莉和鲍勃的关系越来越近了。"

克里格接着警告说，鲍勃是指维亚康姆集团的巴基什，他已经证明了自己是一个关系管理大师。莎莉在维亚康姆集团有一间办公室，巴基什经常去请教她。但让巴基什来考虑如何最好地整合这两家公司是不可能的，这个人只能是穆恩维斯。"我只能相信你可以做好这个整合工作，"克里格说，"你支持吗？"

穆恩维斯说他支持，他会力挺此事。

然而他的肢体语言却是另一回事，他的样子有些闷闷不乐。对于克里格的指教，他显然并不领情。

克里格向莎莉做了汇报，说穆恩维斯自称想推进此次合并，但似乎并不那么热情。

不过在穆恩维斯貌似表示支持之后，这个消息被泄露给了《包罗万象》①，并很快得到了美国消费者新闻与商业频道的证实，"维亚康姆集团和哥伦比亚广播公司的副董事长莎莉·雷德斯通正在寻求合并这两家十多年前拆分的传媒公司"。[3]

———

身在多伦多的菲利普斯始终无法将穆恩维斯从脑海中抹去。道尔告诉她的那番话——穆恩维斯说他们的那次经历是"双方自愿的"——让她越想越气。1月6日，她终于在脸书上给道尔发了一条消息：

> 我睡不着，因为穆恩维斯并不愧疚，这让我很生气——

---

① 《包罗万象》（*The Wrap*）是美国的一家多平台媒体下属的杂志，专注于娱乐业和传媒业的报道。

他基本上就是在说我是个骗子。他在我这儿可打不了受害者的牌。我没提过这事，你是知道的。我只是回应说我相信在生活中需要宽恕并向前看。但是，我不会再做别人的受害者了……我正在尽我最大的努力在我的生活中做一个积极、宽容的人。我们都不完美。不过这并不是什么好事。我要去冥想，尽量找回我的宁静。

第二天，菲利普斯看了金球奖颁奖礼的电视直播，奥普拉·温弗瑞成了首位获得塞西尔·B.戴米尔终身成就奖①的黑人女性。[4]温弗瑞发表了激动人心的获奖感言，谈到了蓬勃发展的"#MeToo"运动。

"有一点我很确定，那就是说真话是我们所有人都拥有的最强大的工具，"温弗瑞说，"我尤其为所有觉得自己足够强大、足够有力量、因而能够公开言说并分享个人故事的女性感到自豪和备受鼓舞。"她还说："今晚，我想向所有经受了多年性侵犯和攻击的女性表示感谢，因为她们——和我的母亲一样——有孩子要抚养，有账单要支付，有梦想要追求。她们是那些我们永远不会知道其姓名的女人。"

"天呐，这就是我。"菲利普斯心想。

几天后，道尔给穆恩维斯发了短信，说温弗瑞的演讲"搞得人坐卧不宁……我希望她开工后就会把这一切都忘光光了"。

---

① 又称金球奖终身成就奖。

在伦敦，作家珍妮特·杜林·琼斯与一位从洛杉矶远道而来的同行朋友吃了顿午餐。韦恩斯坦自然是两人谈话中的一个重点。穆恩维斯在琼斯心中一直挥之不去，在某些方面，他比韦恩斯坦更让她厌烦。韦恩斯坦向来横行霸道，他从不伪装，而英俊迷人的穆恩维斯却依然是好莱坞的金童。

琼斯的朋友让她想起几年前她与穆恩维斯会面时发生的事情。当时，琼斯曾警告她这个朋友一定要带上她的经纪人。当时这个朋友还奇怪这是为什么。琼斯并不想道出实情——她仍然害怕穆恩维斯，以及他让她闭嘴的直白警告。但这次她把真相告诉了这个朋友。

1985 年，琼斯刚从长滩州立大学毕业并开始担任编剧助理，不久前才为一部电视剧写下了她的第一份剧本小样。她把这个本子交给了她的一位导师——作家迈克·马文，他当时刚凭借由乡村音乐明星肯尼·罗杰斯主演的电影处女作《六背包》而广受赞誉。[5]

当时马文和穆恩维斯关系很近，两人加入了一个男性互助小组，每周三都会碰面。于是马文给穆恩维斯打了个电话，后者同意见见琼斯。

琼斯先和男友演练了一下怎么在穆恩维斯面前推销自己的剧本，然后在布洛克百货商店买了一套深蓝色女士套装——这超出了她的预算，她还穿上了她最好的一双意大利乐福皮鞋。下午 4 点半，她来到穆恩维斯的办公室，手里揣着作家朋友安·马库斯送给她的一个时髦的皮革公文包。（马库斯曾告诉她："每个作家都需要一个包。"）

琼斯注意到穆恩维斯的桌上摆满了他妻儿的照片。穆恩维斯递给她一杯葡萄酒，她婉拒了——她想在宣讲时保持完全清醒。她和穆恩维斯闲聊了一阵，提到她曾在圣丹斯电影节实习，最后谈起了自己写的故事。大约在这次宣讲进行到一半的时候，穆恩维斯起身走向她坐的沙发。是不是说话的声音太小了？琼斯感到很奇怪，所以提高了嗓门。突然间，穆恩维斯扑到她身上，把她推倒，试图亲她。整个过程快得让人头晕目眩。

琼斯哭喊着，挣扎着推开了他。穆恩维斯挪到了沙发的另一头。"你知道你这是在做什么吗？"她目瞪口呆地问道。[6]

"我是在泡你。我想亲你。"他没有拐弯抹角。

她站了起来，把稿件塞进包里，朝门口走去。

"哎呀，行了，这有什么啊，"他说，"我们在这儿就是朋友，坐下。"

她走到门口时发现门锁上了。她慌了神，说他要是不开门，她就要尖叫了。[7]

穆恩维斯在桌后按下按钮，门开了。

琼斯吓坏了，她不确定自己还能不能开车，但她最终赶到了西好莱坞的一个朋友家中，讲述了事情的经过，30分钟后才平静下来。她让朋友打电话给她的男友，把这件事告诉了他。他们都认为她很幸运，因为她没有遭到强奸。她应该公开这件事吗？她的朋友和男友都提醒她，这么做会终结她的职业生涯。

第二天，琼斯给安排这次会面的马文打了电话。她没有透露详情，但还是告诉他，穆恩维斯很"离谱"，他干了些不得体的事。

"我很抱歉，"马文跟她说，"他说他不会再那样了。"

"什么？"琼斯很吃惊。

"大家都说他有点喜欢占女人便宜。"马文说他会和穆恩维斯谈谈这件事的。

琼斯讲完这件事后，她朋友几乎都不知道该说什么。"天呐，真是个混蛋。"这个朋友最后说。

但琼斯能怎么办呢？穆恩维斯的权势比哈维·韦恩斯坦大得多。像安吉丽娜·朱莉或格温妮丝·帕特洛这样的明星去指责韦恩斯坦还有些作用，可谁有兴趣去听珍妮特·琼斯这种名不见经传的小作家的话呢？

———

2018年的消费类电子产品展览会于1月9日在拉斯维加斯拉开帷幕，莎莉·雷德斯通是出席这一年度科技展的少数知名女性之一。所有主讲人都是男性，但这并不妨碍硅谷和好莱坞对性骚扰的热议。[8]莎莉总会被问到此事，有一个名字也常常被人提及：莱斯·穆恩维斯。尤其是罗南·法罗正紧咬着他不放，正准备在《纽约客》上给他来一次大曝光。

莎莉又联系了米诺，她那周正在夏威夷大学上课。莎莉给她发了一封电子邮件，说"在消费类电子产品展览会上有很多传言"，特别是法罗正在为《纽约客》做一篇有关"#MeToo"运动的报道，和穆恩维斯有关。莎莉说她并不了解更具体的情况，也没有听到任何传闻中的受害者的名字。

莎莉还听说了穆恩维斯和约瑟夫·伊安尼洛在拉斯维加斯的一次会议上的事情，当时两人都穿着浴袍——现在浴袍已经成了"#MeToo"运动的一个典型标志，因为韦恩斯坦和查理·罗斯都喜欢在女人面前敞着浴袍。同样地，莎莉也并不清楚其中的细节。

　　这一次，米诺给另一名董事——查尔斯·吉福德打了电话。吉福德对此表示怀疑。他告诉米诺，莎莉这是又想坑穆恩维斯了。据他所知，莎莉本人可能就是这些传言的幕后黑手——甚至有可能在和法罗一起散布这些故事。

　　但米诺说这无关紧要。她坚称，无论出了什么事，董事会都有"责任"进行调查。吉福德说他会和戈登商量一下。

　　董事琳达·格里戈也听说穆恩维斯的一些事情即将被曝光。吉尔·施瓦茨对法罗正在打造的雄文亦有耳闻。一名记者告诉他，莎莉几乎已经把法罗需要的东西都交给了他。施瓦茨将此事转告了穆恩维斯，后者则急不可耐地想要指斥莎莉。

　　施瓦茨一直在拼命地为他的老板辩护。当他得知一名记者打了很多电话来询问那些"#MeToo"的传言时，他便先发制人地发起了攻击。1月24日，他写道："你们这帮家伙真卑鄙。"后面他又说："你们只会到处乱挖，挖掘那些毫无价值的垃圾。太可悲了。你们对付的也是一个人。我希望你们为了不被挫败而像个懦夫一样忙活的时候不要忘了，你们明面上还有发稿标准。从来没有人提出任何控告或和解，也没有什么保密协议可以让你去找。有点你大爷的道德操守好吧。找个真故事。"

　　与此同时，道尔仍与穆恩维斯保持着密切联系，把更多媒体来电询问的事情告诉了他——甚至包括《纽约时报》打到菲利普斯的丈夫在多伦多的美发沙龙的一通电话。

"我一直觉得很恶心。"穆恩维斯给道尔发短信说道。

当月，在提名和治理委员会的一次特别会议上，这些传言几乎达到了众所周知的程度。莎莉简直不敢相信哥伦比亚广播公司还没有为公司及其领导层可能面临的公关灾难做好准备。此外，合并哥伦比亚广播公司和维亚康姆集团的新计划已经假定了穆恩维斯将担任这个规模大得多的新公司的首席执行官。任何有可能质疑穆恩维斯任职的可行性的事情都会威胁到此次合并。

该委员会同意聘请独立董事们的律师、纽约大型律所——威嘉律师事务所的企业部负责人迈克尔·艾洛来调查这些传言并向该委员会汇报。

莎莉以为她和该委员会的来往都是保密的。但事实并非如此，吉福德和戈登通过一连串电子邮件和谈话已经把一切都告诉了穆恩维斯。

穆恩维斯在回复中告知他们，"很大程度上"，确实在"几十年前有一些双方自愿的陈年往事，但女方可能会拿这些事做文章"，他不愿谈论这些事。吉福德和戈登向穆恩维斯保证，他们本身并不需要了解其中的细节，也不想听，但还是建议他把一切都告诉律师艾洛。

鉴于有可能会开展正式的董事会访谈，穆恩维斯请来了律师丹·彼得罗切利，他曾因成功代理了 O. J. 辛普森的受害者罗恩·高曼的父亲的案子① 而闻名全美。9 穆恩维斯还拜访了罗

---

① 彼得罗切利为高曼一家争取到了 3350 万美元的赔偿金。

恩·奥尔森，此人是洛杉矶最著名的庭审律师之一，长期受雇于穆恩维斯，曾为其谈下条件颇为优厚的合同。[10]

艾洛在1月16日与穆恩维斯进行了面谈——这是穆恩维斯第一次就"#MeToo"控诉接受正式质询。艾洛和奥尔森都做了笔记。威嘉律师事务所的其他律师也通过电话旁听了这次面谈。[11]

"如果真有什么故事，我们得有个数。"艾洛先开了口。

穆恩维斯说，有两件事可能会让人有些担心，这两件事都过去几十年了，是在他入职哥伦比亚广播公司之前发生的。

在第一起事件中，有一名年轻的女演员在他任职于华纳兄弟时曾去见过他一次，但他并不认识她。根据一名律师所做的访谈笔记，他说他"露出"了自己，而她"跑出了房间"。"受害者什么都没说。"艾洛记道。也就是说，她没有投诉。

"先等等，"艾洛说，"'露出'是什么意思？"

这一次，穆恩维斯明说他们发生了关系，这是双方自愿的。事后他从这名女演员的经纪人那里听说她"很难过"。《纽约时报》一直在四处致电询问，人们对此事都"叽叽喳喳的"。"朋友们说她对这件事很不高兴。"艾洛记了下来。穆恩维斯没有和这位女演员本人谈过，尽管他知道她的名字。根据另一位律师对穆恩维斯的话所做的笔记，这名女演员"从那以后就再无音信"，已经"引退了"。

根据艾洛的笔记，这一事件没有产生官司方面的威胁，"没人投诉过"，也"没有公开或私下付钱了事"。

这说的显然是芭比·菲利普斯。

穆恩维斯说，第二起事件涉及一名电视业女高管，她最近曾向警方投诉他性侵。这起事件发生在 20 世纪 80 年代，很久以前就过了诉讼时效，已无法提出任何指控。但无论如何，他们的性行为也是双方自愿的。

这段极为简短的描述显然与高登‐戈特利布有关。尽管穆恩维斯的说法有很大漏洞，但很奇怪艾洛没有多问。他没有问这两个女人的名字，即便穆恩维斯自称认识她们，没有问那名女演员的经纪人的名字，也没有打听其他的可以佐证穆恩维斯说法的证人。他没有追问一个明显的矛盾之处：那名女演员在穆恩维斯"露出"自己后就跑掉了，又怎么能留下来发生双方自愿的性关系？

在艾洛的笔记中，没有一处提及穆恩维斯自愿接受了道尔为菲利普斯和其他客户谋求工作的请求，或者穆恩维斯给他帮的任何忙。

———

在艾洛和穆恩维斯面谈的那天，莎莉·雷德斯通在洛杉矶的办公室里与穆恩维斯单独吃了顿午饭。她列出了自己的长期规划——哥伦比亚广播公司和维亚康姆集团将会合并，然后以更有利的地位被另一家公司收购。若有必要，一旦达成交易，全美娱乐公司将放弃其控股权。如她之前所说，她并不想成为一名传媒大亨——她只希望能专注于自己的家人和其他事业。穆恩维斯会同意吗？

他给出了肯定的答复。

莎莉表示穆恩维斯对这一战略来说至关重要。考虑到他已年近七十，他对未来有什么打算呢？

穆恩维斯告诉她，他很期待人生的"下一阶段"，也很可能会在两年后离任。他说他很理解她需要开始考虑由谁来继任了。[12]

莎莉还提到董事会有必要作出一些变动。吉福德冒犯过她，这个人不能留。她想提名理查德·帕森斯进入董事会。69岁的帕森斯是纽约州塔里镇洛克菲勒庄园的一名场地管理员的孙子，[13]十年前从时代华纳首席执行官的职位上退休，担任过几年的花旗集团董事长，然后又成了很多公司的首席执行官以及莎莉值得信赖的顾问。[14]

帕森斯这个选择很难挑出毛病，但吉福德的问题依然是穆恩维斯的心头刺，因为吉福德是最忠于他的董事之一。穆恩维斯的合同中有一项不同寻常的条款，即竞争对手公司的现任或前任首席执行官若被提名进入董事会，穆恩维斯可以"以充分的理由"辞职，并获得巨额解约补偿金。他指出，任命帕森斯就会触发这个选项。[15]

最后，两人谈到了那些棘手的"#MeToo"传言，也就是当时艾洛调查的主题。莎莉问穆恩维斯，这些传闻有几分真实。

"看着我的眼睛，"穆恩维斯跟莎莉说，"一点真的都没有。"

———

艾洛那天与穆恩维斯谈过之后就给吉福德和戈登简要介绍了情况。艾洛向他们保证，他并没有发现什么值得他们担心的事。对警方的报告，他也只字未提。

1月29日，艾洛向委员会全体成员作了简介，内容和他之前对戈登和吉福德所说的大致相同：董事会没什么可担心的。[16] 艾洛说穆恩维斯提到了两起事件，都发生在几十年前，在穆恩维斯转投哥伦比亚广播公司很久之前。穆恩维斯的行为可能"不大得体"，展开过一些"惹人厌恶的追求"，但那也只是他与朱莉·陈结婚之前的事。穆恩维斯现在婚姻很幸福，大家都称他是模范丈夫。

米诺要求他提供这两起事件的更多细节。艾洛向委员会成员们保证，他们"不会愿意知道的"，他"也不想说得太细"，这表明在此次调查中似乎出现了一种对于讨论性行为过于拘谨的态度。众人还简短地讨论了哥伦比亚广播公司是否需要优化其人力资源运营情况，但最后一致认为现状已然能满足需求。有人问起那篇传闻中的《纽约客》的文章，艾洛向他们保证，施瓦茨正在"监控此事"，而且"紧跟着最新动态"，但并未察觉什么确凿动向。

米诺质疑他们是否为查明这些传言的底细而做了足够的工作。艾洛向她保证，没有什么可调查的了。（但凡看过一集《犯罪现场调查》的人应该都能看出下一步要怎么办：采访受害者，听听她们对此事的说法，找到潜在的证人。艾洛并未公开解释他为什么没有找任何人确证，可能他一直都很担心这些调查会被公之于众。）

艾洛告诫该委员会的成员，不要对哥伦比亚广播公司的其他董事说什么，特别是那些与莎莉结盟的非独立董事。由于对莎莉有疑虑，委员会成员们都很怕泄密。在目前的情况下，竟连所属公司董事会都调查了穆恩维斯受到的性侵控诉，这个消息很有可能造成毁灭性的影响。

　　莎莉随后就向戈登打听艾洛有没有什么发现，但戈登只告诉她，穆恩维斯否认了这些控诉，所以没什么可担心的。她对此颇为怀疑。"你的意思是莱斯的否认能经得起法律审查的调查？"他坚称没错。

　　莎莉去找米诺，米诺告诉她，艾洛说不需要再调查什么了。

　　"你跟我开玩笑吧？"莎莉回道，"我希望你听到的是正经的法律意见。"

　　戈登告诉莎莉，如果她想了解更多，那可以自己去和艾洛谈谈，但她并没有费这个力气。她觉得自己已经尽了全力，然而只能碰壁。

　　这基本上就是艾洛调查的结果了。整个董事会从未收到过相关简报，大多数人似乎都非常开心地相信了艾洛的结论，并决定就此翻篇。

第5集　"这简直是疯了"

　　尽管莎莉很怀疑艾洛的调查，但她也乐于把穆恩维斯的传言抛在脑后，并专注于推动合并之事。两年前，她曾认为维亚康姆集团需要哥伦比亚广播公司来拯救。但现在，她觉得形势发生了逆转。在巴什充满活力的领导下，她相信维亚康姆集团已经有了可行的战略规划，过去几乎没有数字化业务，现在已经雄心勃勃地欲为其新生的流媒体服务绘制蓝图了。与此同时，哥伦比亚广播公司却好像困在了一个正在消亡的媒体世界，其中重要的只有尼尔森收视率，其 CBS 全通道流媒体平台似乎只是一种补救措施。

2月1日，哥伦比亚广播公司和维亚康姆集团都宣布，他们已经委任了由独立董事组成的特别委员会来"评估这次有可能实现的合并"。[1] 和以往一样，莎莉和她的非独立董事盟友将被排除在外，尽管他们想要什么是毫无疑问的。雷德斯通家族的产业——这两家公司的控股股东全美娱乐公司发表了声明，称此次合并"有可能为股东创造可观的长期价值"。[2]

几天后，在明尼阿波利斯举行的第 52 届超级碗比赛中，穆恩维斯和莎莉一同坐在哥伦比亚广播公司的包厢里，以此展现他们的团结，两人都为莎莉支持的新英格兰爱国者队加油鼓劲，不过最终比分为 41：33，其对手费城老鹰队获胜。[3]

然而这次合并的消息很快就被有关穆恩维斯的新一轮猜测所掩盖，越来越多的传言称，人们期待已久的那篇《纽约客》的报道即将出炉。甚至连道尔都对此有所耳闻，他发短信询问穆恩维斯："你听说过罗南·法罗吗？"

《纽约客》通常在周一刊行，周日晚上就会有媒介拷贝传出。2月10日（周六），克里格向莎莉提出：穆恩维斯和潜在的"#MeToo"问题甚至都没有被告知全体董事，这似乎让人有些难以置信。最让人担心的还不是控诉是否属实的问题，而是董事会将作何应。董事会要让穆恩维斯暂时离职吗？董事会要发表什么声明？克里格提议由他去找布鲁斯·戈登谈谈这个问题。

莎莉发短信给克里格："我给布鲁斯打个电话没问题，但就算我提了这个问题，他们也不会和我说，或者邀请我参加任何会议。这纯粹是在浪费我的时间。"

"这是董事会的责任，我来问吧，我没什么避讳的，"克里格回复道，"不然这会让我们陷入不利的处境，让整个董事会面临巨大的风险。"

克里格计划在周日上午与戈登通话，和他讨论一个"敏感问题"。"我们还没有开会商量过这件事，这简直是疯了。"他说。戈登的反应似乎并不热情，但他承认，考虑到《纽约客》的刊行时间，董事会应该在当天晚些时候开一次电话会议。

下午 2 点，克里格收到了戈登发来的一封简短的电子邮件："今天不召开董事电话会议了。"

克里格打电话过去让他解释。戈登说吉尔·施瓦茨已经查明，那篇备受期待的《纽约客》文章与穆恩维斯无关，所以没必要召开什么紧急会议。董事会可以通过常规的业务流程来处理此事。

2 月 16 日，法罗在《纽约客》上最新的揭露性文章公布了。施瓦茨是对的：这篇报道与穆恩维斯毫无关系，讲的是唐纳德·特朗普和他很久以前与《花花公子》的插页女郎凯伦·麦克道戈发生的婚外情，以及她最近与《国家询问报》达成的交易①。4

---

① 《国家询问报》（*National Enquirer*）的母公司美国媒体公司（AMI）属于唐纳德·特朗普阵营，他们向凯伦·麦克道戈支付了 15 万美元以买断她的报道版权，旨在防止相关报道于 2016 年美国总统大选前公开。

关于穆恩维斯的传言全部偃旗息鼓了。

奇怪的是，这个喘息之机并没有提振穆恩维斯的情绪。他坚信是莎莉散布了谣言，参与了这场想要摧毁他的运动，所以依然怒气难消。他打电话给克里格抱怨了这件事。克里格随后给莎莉发了一条短信："刚接到莱斯的电话。他真的很介意（多疑）是你在背后散布了那些对他不利的不实传言，他认为你是想拐弯抹角地把他赶出公司。我向他保证，你也对这些传言感到不安，而且完全与之无关……我觉得他和我谈后感觉好些了，但还是有些憔悴。"

莎莉后来和穆恩维斯通了电话。她为这些传言去找过提名和治理委员会，这让他很不高兴。为什么她没有向他提出自己的忧虑，而是去找了董事会的一个委员会？为什么她要这样对他？

莎莉说这并不代表她相信这些控诉，但董事会必须做好准备。之后她告诉克里格，穆恩维斯"很生气，但我觉得我们没事儿"。

她还表示很明显提名和治理委员会中的某个人向穆恩维斯泄露了一些在她看来理应保密的讨论，此人有可能是戈登或吉福德。

"我确实认为是布鲁斯〔·戈登〕出卖了我，"她在发给克里格的短信中写道，"回头再聊，不过我再也不会给董事会里的任何人打电话了，除了你。"

———

对于穆恩维斯来说，当月的好消息是接连不断，洛杉矶县地方检察官因为诉讼时效的问题已经拒绝就高登－戈特利布的案子提出任何指控。[5] 这看起来就是那次报警的结果了，但穆恩维斯明白自己尚未脱困——道尔依然紧咬着他的脚后跟。

道尔最终获得了哥伦比亚广播公司的某种垂青。选角负责人彼得·戈登联系了道尔，想安排菲利普斯去参加哥伦比亚及华纳兄弟联合电视网的最新罪案剧《暗中》的试镜。[6] 拉茹也试演了该电视网的剧集《新圣女魔咒》中的一个角色。穆恩维斯还打算和道尔的另外两个客户——约书亚·莫罗和菲利普·博伊德见面。

作为回报，道尔把他的一个宝贝送给了穆恩维斯：一张贝比·鲁斯的亲笔签名照。"我敢肯定你的家人会保管它很长时间，"他发短信说，"贝比就交给你了。"

穆恩维斯尽力推辞，但道尔不肯罢休——他说这张照片已经从他家的墙上取下来放进他的车里了，穆恩维斯应该把它挂在办公室里。

穆恩维斯只得收下。

道尔甚至还要给穆恩维斯提供"一栋位于卡特琳娜岛①的房子，两年内免费居住。你要是有意，我就交给你"。他还说："那个社区很私密。"

穆恩维斯并未理会。

尽管获得了一些很有希望的试镜和试演机会，但到3月底，道尔的客户还没有在哥伦比亚广播公司获得任何一个角色，他越

---

① 卡特琳娜岛（Catalina Island）是太平洋上的一个岛屿，从洛杉矶坐船过去只需两小时即可到达。

来越不耐烦了。在给穆恩维斯的短信中，他说芭比·菲利普斯在向他抱怨，问他："哥伦比亚广播公司那边有消息吗？"

"告诉她我说话算数。"穆恩维斯回道，"现在是试播期，大多数事情都在迅速发展。剧集开播的时候她就会得到一些客串的工作，之后她也有希望获得更大的角色。好吧？"

道尔提醒穆恩维斯，他在经济上一直很艰难，因为他为客户提交的推荐材料都被人拦截了，差点因为丧失抵押品赎回权①而失去自己的房产。

"真不容易，"穆恩维斯（在2018年3月27日）回复道，"关于你的客户，我会尽力帮忙。把你的人交给彼得〔·戈登〕和选角团队吧，你需要赚点钱。"

一周后，穆恩维斯动身前往佐治亚州的奥古斯塔市，参加了哥伦比亚广播公司现场直播的高尔夫大师赛。道尔在短信中给他发了一个小型高尔夫球场的表情符号。

——

当月，关系日益紧张的莎莉和穆恩维斯再次见面讨论了合并事宜。有关控制权问题的讨论愈加尖锐：穆恩维斯表示，他想让"他的团队"来管理合并后的公司，还想让"他的人"进入董事会——尤其是他的盟友戈登、科恩、康特里曼和吉福德。吉福德无疑是一根刺。莎莉对其他三人都没意见，唯独他不行。[7]

---

① 丧失抵押品赎回权是指借款人因还款违约而失去赎回抵押品的权利。贷款机构会根据规定的法律程序获得相关房产抵押品所有权或将房产抵押品出售以抵消借款人欠债。

巴基什的问题也依然悬而未决。穆恩维斯问她会不会坚持让巴基什来当他的二把手，或者将巴基什指定为他的继任者。[8]

莎莉说不会，她只想给巴基什一个"重要的职位"，足以"吸引他留下来"就行。

这并不是穆恩维斯希望听到的，但他仍然答应了一点：他想要与莎莉"和平相处"，他们相互间应该保持"坦诚"，而不是公开争斗。

莎莉离开时确信，她与穆恩维斯的关系——以及此次合并——已经重回正轨。

3月29日，哥伦比亚广播公司向维亚康姆集团董事会提交了他们期待已久的收购维亚康姆集团的报价，这一全股份收购报价比维亚康姆集团当时125亿美元的市值低了约10亿美元。[9]几乎所有收购报价都会高于当前市价，而且通常会高出很多，但哥伦比亚广播公司可以辩称，由于有人猜测该公司将收购维亚康姆集团，其价值已被人为地、不切实际地夸大了。[10]

这个报价还取决于一个条件，即穆恩维斯和他手下的二号人物伊安尼洛须作为首席执行官和总裁来管理合并后的公司。[11]

道尔很快就注意到了这个消息。在穆恩维斯执掌派拉蒙和维亚康姆集团的有线电视频道之后，他的客户可能也会有更多的机会，甚至有可能参演电影。他给穆恩维斯发了一条短信："祝贺你们和维亚康姆的'交易'。"一周后他又说："收到了芭比的短信，她祝贺你接管维亚康姆，我也要向你道贺。"

穆恩维斯提醒他："维亚康姆的事离搞定还远着呢。但我很感谢她，也要谢谢你。"

这笔交易的确是远未达成。莎莉告诉过穆恩维斯，她不会坚持让巴基什来接他的班，但穆恩维斯和哥伦比亚广播公司的其他人都没有就任命伊安尼洛担任总裁一事征求过她的意见。在她看来，伊安尼洛或许是称职的首席运营官或首席财务官，但他没有创造力，也没有远见，没道理让他来管理哥伦比亚广播公司，更不用说合并后的公司了。她觉得自己又被打了个措手不及。[12]

一周后，维亚康姆集团董事会表示他们想要 147 亿美元，此时，巴基什的问题显得更为关键了。巴基什——而不是伊安尼洛——将成为合并后公司的总裁兼首席运营官，以及穆恩维斯的指定继任者。

对穆恩维斯来说，以巴基什来取代他信任的盟友伊安尼洛是无法接受的，他认为巴基什不过是被莎莉操纵的木偶。不仅如此，按照伊安尼洛的合同，如果伊安尼洛未被任命为穆恩维斯的继任首席执行官，或者有其他人被任命为总裁，伊安尼洛都能"以充分的理由"辞职，并获得一笔巨额的补偿和福利。[13] 穆恩维斯的合同也与之类似，这几乎锁定了他作为首席执行官的位置。

这两份合同都是由哥伦比亚广播公司董事会的薪酬委员会谈成的，戈登和吉福德正是其成员，他们都为这些合同辩护，说是为了确保管理层的连续性，这么签是必要的。但新晋董事——包括克里格和米诺——则震惊地发现，只有薪酬委员会的董事参与并协商了穆恩维斯和伊安尼洛两人合同中的"充分理由"条款。尽管该委员会成员表示，这些合同在签署时就向全体董事披露了，但莎莉并不记得有谁给他们通报过任何此类条款。可一旦伊安尼洛没有被任命为穆恩维斯的继任者，那么补偿的金额就会大得离谱，以至于几乎直接决定了谁将是下一任的首席执行官——这一决定通常是全体董事所要行使的最重要的职权。[14] 然而情况还不止于此。

3月29日，哥伦比亚广播公司人事主管安东尼·安布罗西奥将穆恩维斯的新雇佣协议的拟议条款清单发给了穆恩维斯的律师进行审查。相较于之前的协议，这份协议在终止合同的"缘故"上出现了一个重大变化。[15] 这个问题至关重要，因为按照穆恩维斯的合同，如果哥伦比亚广播公司因"故"解雇了他，那么该公司就不必向他支付一亿多美元的离职补偿金和其他福利。[16]

在穆恩维斯这种高管的雇用合同中，缘故是一个专门术语，与其常识性的含义关系不大。比如没有去上班就构不成解聘他的"缘故"。在穆恩维斯之前签定的协议中，"缘故"仅限于"你的蓄意不法行为对公司造成了重大的负面影响"。但新合同进一步限定了"不法行为"，为其添加了"界定于受雇期间的术语"的解释。这实际上意味着穆恩维斯若在新合同生效前存在任何不法行为，那么无论他做过什么，公司都不能因此终止他的合同。[17]

其中也包括所有性侵行为——这是严重到足以构成不法行为的不端之举。受聘为董事会提供咨询的薪酬顾问罗斯·齐默尔曼注意到了这一变化。他在4月的一封"预先提醒"布鲁斯·戈登的电子邮件中警告说，公司不能以穆恩维斯在新合同生效前所做的任何事为由解雇他，而新合同将在合并完成后生效。"在这个"#MeToo"流行的时期，我突然意识到这个限制可能是个问题。

在最糟糕的情况下，如果一些难堪的事情浮出水面，"齐默尔曼接着说，"那么豁免这些责任可能是有争议的。"

穆恩维斯的下属、哥伦比亚广播公司人事主管安布罗西奥试图修改新合同，使其有利于穆恩维斯，而此时有关性骚扰问题的传言四起，这本应是个明显的警告信号，但当穆恩维斯新合同的条款清单被分发给其他董事时，修订后的版本对"缘故"的定义仍保持不变。

———

2018 年 4 月 28 日是道尔的 75 岁生日，尽管他现在财力有限，但还是尽可能精心安排了盛大的聚会。此前他也举办过几场大型派对，以十年为周期庆祝自己的大寿，就像他 70 岁生日时办的那场一样。但此时的道尔也不知其余生所剩几何，他不想等到 80 岁了。多亏了他和穆恩维斯发展出的新关系，这场派对有望成为他有生以来最盛大的一场。

在道尔烦扰了穆恩维斯几周之后，穆恩维斯在 4 月 10 日给他发了短信，说他和他的妻子将"很荣幸地"来参加这场派对。在好莱坞的社交界，穆恩维斯能出席道尔的派对，意味着不可估量的价值。有了穆恩维斯站台，道尔想要找哪个选角导演都是手到擒来，他的客户也会为他所折服。这场派对要传达的信息很明确：在经过几年的挣扎之后，道尔重新回到了人生巅峰。

直到最后一分钟，道尔还担心穆恩维斯可能不会出席，并对每一处细节都感到焦虑不安。他并不打算指定座位，但由于预计穆恩维斯会来，所以他为穆恩维斯夫妇以及他能请到的大小名流设了一张贵宾桌。其中的主角包括演员詹姆斯·伍兹，前明尼苏达州参议员诺曼·科尔曼，以及前电影制片人（《老板度假去》）、洛杉矶国王队的老板布鲁斯·麦克纳尔（他曾因欺诈而入狱）。道尔在麦克纳尔入狱的 13 个月里一直与他保持着密切的通信，而麦克纳尔和他的前妻就在自己家中为道尔举办了这场生日派对，那是一幢位于塔扎纳①的大宅子。

道尔甚至考虑过停车的问题。他告诉穆恩维斯："你看到服务生的时候就跟他说，马夫·道尔说了你是贵宾，你的车可以停得很近，走的时候也方便。"（道尔似乎并不介意穆恩维斯当晚要参加两场活动，他和妻子只是顺道出席道尔的派对，接着就会赶赴另一场）。

穆恩维斯和朱莉·陈在晚上 8 点左右赶到了这里。他给道尔带了一份礼物——一条绿黄相间的奥古斯塔国家高尔夫球俱乐部的领带，他最近在那儿参加了大师赛。随后穆恩维斯和伊芙·拉茹聊了起来。"你已经很久没有上过哥伦比亚广播公司的戏了吧。"他说。

现场来了 100 多位客人，包括道尔在明尼苏达州的小学同学、几名职业曲棍球运动员，以及一批令人印象深刻的星探。伍兹念了一篇搞笑的颂词，回避了他所拥护的右翼政治观点。道尔的前女友、新潮的爵士乐歌手简·戴利演唱了一首混合了《回忆》和《明天你还会爱我吗？》的串烧歌曲。以广告歌手身份出道的拉茹演唱了雪莉·荷恩②的哀婉民谣——《向生命致敬》。

---

① 塔扎纳（Tarzana）是洛杉矶西部的一个繁华的商业和住宅区，有不少名人定居于此。

② 雪莉·荷恩（Shirley Horn）1934 年生于华盛顿，是美国著名女爵士音乐人，曾六次获格莱美奖提名，并于 1998 年获第 41 届格莱美最佳爵士歌手奖。

拉茹接着还说:"道尔如果想要什么,他真的不会放弃,不管是20岁的可爱姑娘,还是他多年前为了成为了不起的艺人经理而展开的新事业。"

第二天,道尔给穆恩维斯发了短信。"昨晚(对我来说)真的很有纪念意义……没有比这更好的了……周围都是一等一的朋友——名人堂曲棍球运动员……前女友……制片厂的高管……演员等等。"道尔写道,"很高兴终于见到了朱莉——再次感谢你们的光临——我都不知道还能怎样表达我的感激之情。"

至于那条领带,"下次咱们见面的时候,我保证我会戴上——太酷了——现在我都想推一杆!!"

穆恩维斯的话语中也洋溢着同样的热情。

"昨晚真是个美好的夜晚。我给你发了一条很长的信息,也不知道你收到没有。不管怎么说,我们很尽兴,很可惜我们不能待太久。伊芙很动人。吉米^①还是和以前一样有才又搞笑,简是个很厉害的歌手。另外,这场派对的氛围也非同一般,有很多爱你的人,你今天应该感觉棒极了。很高兴我也是其中的一员。"

两天后,道尔给穆恩维斯发了消息:"我刚和伊芙聊了,她非常兴奋——她说你想让她上你们电视网的戏!在他们宣布启动新的试播剧之后,我就要开始找活儿了,到时候要麻烦你了。"

"我会帮忙的。"穆恩维斯承诺道。

---

① 指詹姆斯·伍兹。

第6集 "搁置"

　　由于未能说服科派尔森站出来指证穆恩维斯，安妮·彼得斯医生一直试图找到一种方法，想在不违背任何医患保密协议的情况下自行披露那一事件。5月1日，彼得斯在《内科学年鉴》上发表了一篇文章，她一开篇就写道："我和其他在'#MeToo'运动中挺身而出的人有点不同，因为作为一名医生，我无法合法地说出骚扰我的病人的名字。"[1]

　　她描述了自己和这个匿名患者之间的可怕经历，写道："我不知道该怎么办。我感到耻辱，我没有尖叫——我本应为这个男人提供'格外特殊'的服务，因为他有钱有势，对我所在的机构（一个我已经离任的地方）也有好处。[2]……这个病人打电话来道了歉。他说他有很严重的问题，他对很多女人都做过这种事。他和女人单独在一起的时候基本都没法控制自己。我告诉他，他需要马上去接受辅导，而且永远不能让自己和女人单独待在一个房间里。[3]"

　　彼得斯说她再也没有听到过他的消息，但"他在他那个行当里变得越来越有权势，也越来越受人尊敬了"。[4]

　　这篇发表在专业医学杂志上的文章没有被哥伦比亚广播公司或维亚康姆集团的任何人注意到。

哥伦比亚广播公司董事会的特别委员会对维亚康姆集团并购计划的审议进展得并不顺利，至少从莎莉·雷德斯通的角度来看是如此。上一次讨论并购维亚康姆集团的议题时，这一委员会从未对其做过认真的评估，穆恩维斯的盟友对此都怀有敌意，或者说莎莉是这么认为的。这一次，由于米诺和格里戈在委员会中制衡了一些保守派，该委员会听取了几家投资银行的意见，并且权衡了利弊。该委员会开了很多次会——30多次。

莎莉坚信巴基什正在扭转维亚康姆集团的颓势，但哥伦比亚广播公司的特别委员会所得出的结论并不支持这一观点。她一直在恳请他们多给些时间。该委员会认为维亚康姆集团是一家无可救药的失败公司，但他们也认同莎莉的一个观点——规模很重要，而且派拉蒙和至少几个维亚康姆有线电视频道的加入也有益于哥伦比亚广播公司，只要价钱不高。但这一次，价格并不是主要的障碍。

问题在于控制权。巴基什曾表示他做穆恩维斯的下属没问题，他认识穆恩维斯已有多年，也尊重他取得的成就，但巴基什（乃至莎莉）在合并后的公司中要充当什么角色呢？从穆恩维斯的角度来看，只有一个可接受的答案：什么角色也没有。穆恩维斯用不着克里格告诉他，就知道巴基什已经热情地将莎莉迎入了他在维亚康姆集团的核心圈子，这个前景只会让穆恩维斯心惊胆战。他想跟莎莉和睦相处，让她开心。他愿意定期陪她吃饭，并随时向她通报各种情况，但他还不至于要向她讨教。克里格曾建议他去征询她的意见，可他非但没听，反而还把她推到了更边缘的位置，他提议让伊安尼洛担任总裁并将其指定为自己的继任者，这种做法已经再清楚不过地表明了他的态度。有一次穆恩维斯还恳求米诺："帮帮我吧。莎莉要把我逼疯了。"

奇怪的是，双方阵营好像都没有考虑到穆恩维斯可能会直接退休。毕竟他已经六十有八，虽比萨姆纳年轻，但也到了该体面让位的年纪了。他可以在职业生涯的巅峰急流勇退，获得卓越的声誉，同时也年轻得足以开启另一个篇章，比如去做制片人。公司内部讨论过他的退休问题，至少是短暂地讨论过，但穆恩维斯坚称他作为首席执行官的工作还没有结束，特别是在他带领哥伦比亚广播公司进入流媒体时代之后。[6] 再过几年，穆恩维斯就会自动让位，这也是继任问题如此重要的原因之一。

从董事会的角度来看，没有穆恩维斯的哥伦比亚广播公司似乎不可想象。不过他已将伊安尼洛锁定为自己的继任者，而大多数董事都不认为伊安尼洛有这个资格。莎莉和她的盟友意识到，即便不替换首席执行官，合并将引发的动荡也是足够大的。华尔街喜欢穆恩维斯，他有可能离任的任何迹象或许都会导致股价暴跌。

至于穆恩维斯本人，就像他跟道尔所说的，退休将在很大程度上消除"#MeToo"给他造成的威胁。很少有媒体会对某个不再掌权的人因几十年前的行为所受到的控诉感兴趣。无论如何，《纽约客》的文章也迟早会被人遗忘。

然而哥伦比亚广播公司首席执行官的身份也给他带来了与其地位相称的奢华待遇——连他赚取的数亿美元的报酬都无法与之

比拟。施瓦茨担保穆恩维斯会获得皇室成员般的礼遇。在法国巴黎等外国首府，施瓦茨的一名下属会给酒店的门卫和餐厅的接待生大撒小费，还会在穆恩维斯到达之前就给他们看他的照片，以确保他受到热情的欢迎，并被当作贵宾来对待。作为这位首席执行官的妻子和电视明星，朱莉·陈也可以乘坐公司的飞机，配备随行的理发师、化妆师、造型师和助手，所有费用都由哥伦比亚广播公司承担。

———

哥伦比亚广播公司和维亚康姆集团的特别委员会都认为他们已经就合并的财务条款达成了"口头协议"。[7]但由于穆恩维斯和莎莉在巴基什和吉福德在将来会担任什么角色的问题上争执不下，这次合并似乎已经陷入了岌岌可危的境地，所以莎莉找来了帕森斯帮忙，此人以个性温和且善于谈判著称。5月1日，她和帕森斯前往公园大道，在穆恩维斯的宽敞公寓里会见了穆恩维斯和布鲁斯·戈登，他们提出了一个折中方案：巴基什不进入管理团队，而是加入董事会。[8]

穆恩维斯抱怨了一句，说莎莉"更喜欢巴基什而不是我"。

莎莉的看法恰恰相反，她坚称自己在个人层面上和穆恩维斯要亲近得多。她提醒他，她最近一次去洛杉矶时曾和穆恩维斯以及朱莉·陈一起在比弗利山的甜蜜生活餐厅吃饭，那是穆恩维斯最喜欢的餐厅。他们谈笑风生，共度了一段美好时光。第二天穆恩维斯还打电话给莎莉，说这是他们吃过的最好的一顿饭。"朱莉很爱你，"他说，"真是太开心了。"

穆恩维斯对莎莉不喜欢伊安尼洛也颇有怨气。莎莉说她"对伊安尼洛几乎没什么了解",她认为他是一位很不错的首席运营官,但并不觉得他适合担任首席执行官。[9]

在吉福德的问题上,莎莉则是寸步不让。她觉得可以"私下谨慎地"让他退出董事会,但他必须走人。[10]

归根结底,莎莉是想让穆恩维斯而非巴基什来管理这家公司,[11]她希望穆恩维斯拿出心甘情愿的态度。对于这次合并,她对他说:"我需要你的热情支持,但不仅仅是支持。你要是不愿意,这笔交易我就不做了。"

穆恩维斯向她保证他会支持。

莎莉认为这次会面极其顺利。尽管哥伦比亚广播公司的董事们都在焦虑不安地猜测她是想密谋替换他们,但她还是怀着一种和解的心态。她相信合并哥伦比亚广播公司和维亚康姆集团有很多好处,却并不想展开一场消耗战。穆恩维斯对她来说比这次合并更重要。

穆恩维斯和戈登在这次会面中没有做出任何承诺,只是说他们会回复莎莉和帕森斯。但几天后,戈登告知帕森斯,哥伦比亚广播公司董事会已经决定暂时"搁置"合并事宜——暂缓进一步的讨论——因为他们下周的日程安排很满,其中包括5月17日的哥伦比亚广播公司年度股东大会。[12]

穆恩维斯并不准备让巴基什加入董事会,也不打算让吉福德走人。[13]他在5月11日给伊安尼洛发了短信:"还记得她父亲常说的话吧,永远不能放弃你的控制权。为了保住权力,她真会〔不择手段〕。这是萨姆纳的第一守则。"

———

马丁·利普顿[①]和他所在的沃奇尔·立普顿律师事务所的一批随行律师曾就并购维亚康姆集团一事向哥伦比亚广播公司的特别委员会做了一次简报，玛莎·米诺就是在那时首次听说了那种后来被称为"核选项"的手段。[14]

利普顿早在几年前就提出了一个派发特殊股息的动议，后来又做过改进，以适应哥伦比亚广播公司的奇特现状：多数独立董事都反对莎莉，而她实际上是让他们坐上了董事之位的控股股东（且仍然可以随时解除他们的职务）。[15]利普顿提出的这个大胆的、或许能称之为首开先河的计划很可能会成为他那早已成为传奇的企业律师和战略家生涯的巅峰之作。

这个计划简单得令人叫绝。哥伦比亚广播公司（和维亚康姆集团）是双重股权结构。雷德斯通家族牢牢掌控的全美娱乐公司拥有的是 B 类股份，这部分股份仅占该公司市值的 10%，却拥有 80% 的投票权。其他股东拥有的是 A 类股份，但只有 20% 的投票权。股息大多就是钱。但利普顿提出的拟派股息将是额外的投票权，这个方案是哥伦比亚广播公司的章程所明确许可的，它足以让 A 类股东获得大约 83% 的投票权份额，而全美娱乐公司的投票权份额则会缩减至 17%。[16]这一举措如果成功，雷德斯通家族的投票权就将被褫夺。[17]

有些董事一开始就觉得这个主意不合情理，米诺也是其中

———

① 资深并购律师，"毒丸计划"（目标公司用来抵御恶意收购的一种防御措施）的发明人。

之一。投资者为控制一家公司而支付了巨额溢价，董事会怎么能不作补偿就简单地通过投票来剥夺其控制权呢？这个派息方案要如何在特拉华州的法院获得通过呢？哥伦比亚广播公司需要得到法院系统的直接帮助，否则雷德斯通家族只会罢免这些董事并找人换掉他们——就像这个家族在维亚康姆集团所做的那样。

但穆恩维斯的态度很明确，如果巴基什涉足（合并后公司的）管理层或董事会，他就将辞职，尽管他并未直说。若他真的辞职，股价很可能会出现暴跌，混乱也将接踵而至。毫无疑问，这不符合哥伦比亚广播公司股东的利益，董事们有责任维护股东的利益，而不是莎莉·雷德斯通的利益。如果这意味着启动核选项，那也是势在必行。

独立董事都对此宣誓保密——他们显然不可能向莎莉及其盟友透露这一想法。5月11日，克里格联系了戈登，想看看他在让吉福德下台一事上有没有什么进展。[18]

戈登回应说，他认为在讨论合并事宜的同时在董事会做出任何变动都是错误的。

克里格问戈登有没有跟吉福德提过让他辞职的事。

"像这种谈话，我连想都不会想。"戈登说。他一想到莎莉有权罢免董事就万分恼火，他认为这种事应该由整个董事会来做决定。

克里格断定戈登无意更换他在董事会的这个长期盟友。克里格表示会和莎莉谈谈，但留住吉福德的想法肯定会让她"不爽"。

他和戈登预定在周一再通一次电话。

—

在哥伦比亚广播公司的特别委员会看来，穆恩维斯最初对这个稀释雷德斯通家族投票控制权的计划表现出了坚定的信心，但此时他动摇了。5月11日，也就是穆恩维斯给伊安尼洛发短信讲到控制权之重要性的那天，他向自己多年的亲信兼代言人吉尔·施瓦茨显露出了一种截然相反的苦恼心态。

"我没准备好这么干，"穆恩维斯发短信说，"我知道我没有选择、没有选项了，但这么干肯定更见鬼。"

施瓦茨向他保证："你得到了所有人的支持和钦佩……头戴王冠，必承其重。"这句话引自莎士比亚的剧作《亨利四世》的下篇。"但你戴得很好。"

当然，穆恩维斯知道一些施瓦茨并不知道的事——不离不弃的道尔就一直在提醒他。

穆恩维斯回道："有死敌企图摧毁我的时候，钦佩并不能让我睡得更好。"随着心态愈发绝望，他又说："这会是一种折磨，哪条路都是折磨。我感觉很不好，换其他任何一条路我也会觉得难受。"

施瓦茨很担心穆恩维斯的精神状态。"你是一个人吗？你是喝酒把自己喝得陷入恐慌了吧。"

穆恩维斯承认他确实喝了酒。"受到攻击的恐惧正向我袭来。我真的想要和平。"他发短信说。

穆恩维斯将话题转到了莎莉·雷德斯通身上。"她跟谁都处不好，"他坚称，"总要闹上法庭。"他担心她"会来找我麻烦"。

一小时后，他又说："这么干肯定要见鬼了。"

第 7 集　"全面的战争"

　　施瓦茨并不是穆恩维斯核心圈子中唯一担心其精神状态的人。"你还撑得住吗？"5 月 12 日，伊安尼洛给穆恩维斯发了短信，"我们是真没得选了，我们要是输了，那肯定得走人。这是她造成的，不能怪我们。"

　　穆恩维斯并没有感觉好受一点。"我觉得自己像坨屎一样，"他说，"我知道这是她造成的，但这将是一场全面的战争。"

　　穆恩维斯形容莎莉是一个"疯子"，还提醒伊安尼洛："你这是在要她的命。"

　　"维亚康姆才是她的命，"伊安尼洛反驳道，"她和我们公司没有任何关系。顺便说一句，我们可以额外给她 10 个亿，免得她找麻烦。她还有维亚康姆这个玩具。〔她〕有自己的董事会和她自己的人要管。"

　　虽然穆恩维斯并非特别委员会成员，但他的盟友们会随时向其通报每一步进展。5 月 13 日（周日），穆恩维斯发短信给戈登："这是一场核战争。我们和他们上次会面时还没走到这个地步。"他明白没有回头路可走了，"官司一打，就不可能再达成交易了。"谈到莎莉时，他说："她不会任人摆布的。"

　　"她现在就已经不受人摆布了。"戈登回道。

　　穆恩维斯再次暗示了他过去受到的心照不宣的威胁。

　　"她会找到理由炒掉我的。"

十分钟后，穆恩维斯又改了主意，他给施瓦茨发了一条短信："我不能这么干，我不想打官司，这会是一场持续六个月的公开战争。我在情感上还没有做好准备，我宁愿走人。对不住了。"

施瓦茨只回了一句："我明白了。"

穆恩维斯随即向戈登表明了他的决定。"抱歉，布鲁斯。我不想打官司，我们应该再谈判一次。我退出了，不能这么干。这一仗会很可怕。"

劝穆恩维斯回心转意的责任落到了戈登身上。他对穆恩维斯的犹豫不决并不十分意外。他知道穆恩维斯不喜欢冲突，也担心莎莉和她的公关顾问们会挖出他的什么把柄（尽管他从未想过这可能涉及"#MeToo"的控诉）。但戈登认为自己的责任是为股东着想，而不是让穆恩维斯活得更轻松。他相信这次合并不符合哥伦比亚广播公司股东的利益。

董事会当天召开了电话会议，商议特别股息的问题和将对雷德斯通家族发起的攻击。在会议中，戈登给穆恩维斯发了一条短信："我真觉得你并不想这么做，你这样会自毁信誉的。"

"我没准备好开战，"穆恩维斯回道，"我不能这么干。六个月的攻击，算了。"

"你会失去董事会、你的高管团队、你的员工和市场，"戈登反驳道，"你担心的是你的名声，而这么做就会毁了你的名声。"他还说："吉福德会走人，其他人接着，那时候怎么办？"

戈登接着说："你正在犯下巨大的错误，你会后悔的。你想给大家打电话然后把你的决定告诉他们吗？你觉得会怎么收场？"

穆恩维斯没有马上回复。七分钟后，戈登换了一种策略。"我觉得我没有帮你解决这个问题。我有什么能帮你的？"

"不用了。"穆恩维斯回道。让他心烦的是，如果他支持通过表决来削弱雷德斯通家族，随后发起诉讼，那么莎莉肯定会用她能收集到的所有"弹药"来攻击他。而如果他不这么做，那么他就将失去戈登、吉福德和其他忠于他的董事的支持。

"怎么做我都觉得不舒服，"穆恩维斯又说道，"我还从来没有过这么糟的感觉……这是一次示众……（莎莉）想要掌控它。我们就随她去吧。"

该委员会的其他成员都很清楚穆恩维斯的犹豫不决。在多次谈话中，只要有人问他是否支持拒绝合并的决定并提起诉讼以夺取莎莉的控制权，他不是一改旧辙，就是给出前后矛盾的回答。该委员会现在已经决定将这一"核选项"执行到底，但即将正式投票之时，委员会成员们还是希望能直接听一听穆恩维斯的想法。他们也只想在穆恩维斯的全力支持下继续推进此事。

几分钟后，戈登给穆恩维斯发了短信，说他是时候参加董事会的电话会议了。

"我想我们马上就要把你加入进来。你准备好了吗？"

不知何故，戈登把穆恩维斯从悬崖边劝了回来。穆恩维斯又来了一次大反转，他准备好迎头向前了。

"去繁就简，"戈登向他建议道，"我们这周可以灵活地处理细节问题。"

"这会是个头条新闻。"穆恩维斯回道。

下午3点刚过，穆恩维斯加入了正在进行的董事会电话会议。他表示自己完全支持特别委员会阻止此次并购并起诉全美娱乐公司的决定。他说得很简短生硬，有些董事能看出他很焦灼，没有表现出活力和热情。他表示，他看不出还有什么其他的可行之路，他也不可能和莎莉合作。

该委员会基本上只能在莎莉和穆恩维斯之间选边站，同时也都认为穆恩维斯对哥伦比亚广播公司的健康发展至关重要。经过一致投票，他们认定与维亚康姆集团合并不符合哥伦比亚广播公司股东的利益，而只是有利于全美娱乐公司和雷德斯通家族。[1]

该委员会本可以就此打住，将投票结果公之于众，然后静待莎莉和她的律师们采取下一步行动。但由于该委员会确信莎莉会迅速修改公司章程，用支持合并的董事取代他们，所以他们次日就一致投票决定在特拉华州提起诉讼，申请发布限制令，以阻止雷德斯通家族行使其控制权，并定在那一周晚些时候召开董事会全体会议，就永久稀释雷德斯通家族投票权的特别股息进行投票。[2]

此次投票结束后，戈登联系了穆恩维斯。

"你还好吗？"

"挺好。"穆恩维斯答道。当时只是下午 5 点 40 分左右，但他已经又喝上了。"现在是第三杯伏特加和第二个蛋卷。走起。"

"希望你能感受到我们百分百的承诺和支持。"戈登写道。他指的是全票通过的结果。

"我感受到了。女士们好像很紧张。"穆恩维斯说道。"女士们"指的是米诺和格里戈。

穆恩维斯给施瓦茨发信息时的语气就远没有这么自信了。"我还是动手了，"他告诉施瓦茨，"如果我们不这么干，查德就会被炒。要是三个人出局，我们就会失去这家公司，那就全完了。我现在冒了很大的个人风险。"

"我知道，"施瓦茨回道，"我挺你，我们都挺你。"

伊安尼洛也给予了同样的忠诚和支持，他在短信中说道："我会挺你到底！"

"好吧，我就指着你们保我不死了。"穆恩维斯回道。

"我们团结在一起就会更强大，"伊安尼洛向他保证，"每个人都这么想。我们没得选，只有一些更烂的替代方案。"

穆恩维斯仍很担心莎莉。"她会大举追击我的。我知道你是挺我的！！！她把我们卖了，却毫无压力。现在？？？哇噢……她肯定会暴跳如雷。"

一个半小时后，穆恩维斯决定开战。

"明天一早上床垫，"① 他给伊安尼洛发短信说，"带上枪，咱们用得上。"3

"咱们也别忘了奶油煎饼卷！"② 伊安尼洛回道。

穆恩维斯给施瓦茨发信息时也引用了《教父》的台词："系好安全带，明天上床垫。"

到此刻为止，穆恩维斯喝的酒肯定远远不止当晚的三杯伏特加了。他在当晚 10 点 36 分给施瓦茨发了最后一条短信，说的话

---

① 在电影《教父》中，处于开战状态的黑手党家族会租下宽敞的公寓，让杀手们轮流在公寓的床垫上休息，其余的值班人则蹲守窗旁，时刻准备受命攻击敌对家族的成员，所以"上床垫"就是准备开战的信号。

② 在电影《教父》中，"教父"麦克·柯里昂的妹妹康妮在歌剧《乡村骑士》开始前用一份奶油煎饼卷毒杀了自己的教父，也就是柯里昂家族的死对头、黑帮头目阿尔托贝洛。

已经语无伦次："我们得让他们那群丑角趁早看出没什么困难能阻挡我们，没有，不会让他们铐上的。要是他们带着那玩意儿提防我们，那我们就大开杀戒。老莎拉（莉）我们什么都不做就陪你玩。现在我们就要虾（吓）她一大跳，所有人，所有人吓死他们。我可不能让这头公共场合的公牛撞个止（正）着。我们现在就追赶他们并给他们一个迎头痛击吧。"

———

第二天，也就是 5 月 14 日早上，莎莉·雷德斯通正待在纽约皮埃尔酒店的高层公寓套房里。中央公园的景色在她的窗外延展开来，彼时那儿已被春日的枝叶染成了一片鲜绿。

上午 9 点 30 分，她收到了一封电子邮件，说哥伦比亚广播公司董事会将在周四召开一次特别会议。这还是莎莉头一次听说什么特别董事会议。

她给自己的律师、纽约佳利律师事务所的克里斯托弗·奥斯汀打了电话。

"这个董事会议是怎么回事？"

"恐怕不是一次会的事了，"奥斯汀回复道，"你已经被起诉了。在特拉华州。"

"什么？"

奥斯汀简要讲述了对方的说法：莎莉密谋更换哥伦比亚广播公司的董事，她违背了她应对股东承担的义务，她在董事会的同僚们想要剥夺她、她父亲及其雷德斯通家族的控制权。莎莉认为他们想要偷走她父亲创建的公司。

莎莉茫然地在公寓里徘徊。她的心里混杂着浓烈的震惊、受伤和遭人背叛的情绪。她才刚刚决定，如果穆恩维斯不支持合并，她就打消这个念头。尽管她和穆恩维斯之间多有龃龉，但两人还是朋友。至少她是这么想的。

这时电话响了。是莎莉的女儿金伯莉。"你还好吗？"

她不好。

当时洛杉矶时间刚过早上6点半，所以莎莉给克里格发了条短信："我在特拉华州被人起诉了，打给我。他们宣战了，他们捏造了事实……我正在发抖、发抖、发抖……我是实打实地震惊了。"

第四季

第1集 "公然的权力滥用"

不出穆恩维斯所料，哥伦比亚广播公司的这场旨在剥夺雷德斯通家族投票控制权的官司成了各家媒体的头条新闻，其中很多都提到该公司已经启动了"核选项"。[1]

哥伦比亚广播公司的诉状用一种高尚的措辞将这起诉讼描述成了股东的民主体现，而不是穆恩维斯与莎莉以及双方董事盟友间的一场意志的对抗。哥伦比亚广播公司称，尽管受到了雷德斯通家族的控制，但它还是向投资者表明了自己是一家由独立董事管理的公司。哥伦比亚广播公司列举了莎莉破坏这一前提的各种举动：[2]她让自己的私人律师（克里格）进入董事会；她在未经董事会授权的情况下谈论了有可能接替穆恩维斯的人选，并且"贬低了"伊安尼洛；她甚至在没有通知董事会的情况下拒绝了另一家公司（威瑞森）的提议；她正在密谋替换不支持拟议中的并购维亚康姆集团一事的董事。[3]

全美娱乐公司在一份声明中称这些指控"令人震惊"，并强调全美娱乐公司"绝对无意替换哥伦比亚广播公司的董事会或强行达成一项没得到两家公司支持的交易。[4]全美娱乐公司的言行始终都坚持这一点，并且反映了它对良好治理流程的承诺"。

　　莎莉让克里格把这次诉讼的消息当面告诉她父亲。她不想在电话里告诉他——这件事太过复杂，可能会让人心焦过度。克里格把此事告诉萨姆纳时，萨姆纳不出所料地恼怒至极。先是道曼对他反戈相向，现在又轮到穆恩维斯了。但面对这个消息，他显得还比较从容，诉讼已经刻进了他的基因，他预计自己能赢下这场战斗。

　　克里格原定要与戈登通一次电话，以决定吉福德的命运，但不消说，这个电话一直没有打成。让克里格感到惊讶的是，戈登在合并协商期间提出了吉福德不应被替换的看法，而那时他就知道委员会已经做出了要拒绝此次合并且提起诉讼的决定了。至于稀释控股股东控股权的进一步措施，克里格仍然不敢相信他的董事同僚们会同意采取如此激烈的行动，尤其是在莎莉无意强行实现合并的情况下。

　　尽管希望渺茫，但也许他们还是可以让董事会恢复理智，就此撤诉。于是他给格里戈和米诺打了电话——这两位独立董事在他看来并非穆恩维斯一派。

　　由于格里戈身在伦敦，所以他最终只和米诺说上了话。"这太荒唐了吧。"克里格说，"（莎莉）什么都没做，即使她做了，这也不是个办法吧。"米诺几乎什么也没说，她只是建议展开进一步的谈判。

　　第二天，一个包括戈登在内的更大的团体召开了电话会议。戈登的口头禅就是董事们只需按照他们对莎莉以外的股东的受托责任行事，除此并没有其他什么要讨论了。

"你那边情况顺利吗？"莎莉在当天晚上晚些时候给克里格发了短信，"有什么回应吗？"

"电话打了老半天，完全是浪费时间。"他答道。

克里格琢磨着真正的问题会不会根本就不是这次拟议的合并，而是莎莉想要替换吉福德的态度。

各种短信和电子邮件都表明吉福德确实是一个关键因素。

同一天，穆恩维斯在发给伊安尼洛的短信中提到了至关重要的提名和治理委员会，他说："没有查德〔·吉福德〕，就相当于我们失去了 N 和 G。① 那我们就死定了。"

"这个事我们不能让步。"伊安尼洛回道。

"绝对不行。"穆恩维斯肯定地说。

当天早上，戈登也发表了意见。他力劝穆恩维斯："给查德打个电话，他在给大家背锅，他会很感激你的支持的。"

穆恩维斯确实给吉福德打了电话，然后回复了戈登："刚和查德谈了一下，我想他感觉好多了。"

但及至当天深夜，穆恩维斯的信心已经逐渐减退了。"我还是觉得自己像坨屎，"他给亲信吉尔·施瓦茨发短信说，"我不喜欢冲突，尤其是和这些人起冲突。"莎莉"想要管理这家公司，那行吧，剧终"。

"是的。"施瓦茨表示同意。

这是种"公然的权力滥用"，穆恩维斯接着说道，这似乎是在给他自己找台阶，"这是以牺牲员工和股东的利益为代价。"

---

① N 和 G 分别是提名和治理的英文首字母。

几个小时后，施瓦茨劝穆恩维斯去"睡个好觉"。施瓦茨接下来的短信表明，对于穆恩维斯苦恼的真正原因，他知道的要比他所透露的更多：莎莉手中的法律文件里并没有"我们担心的事"，内容都"很乏味，和你个人无关"。

———

随着谈判的流产，莎莉启用了奥斯汀和佳利律师事务所的一个律师团队。自从雷德斯通家族在 2015 年替换了维亚康姆集团的董事以来，他们就一直在幕后代理全美娱乐公司的法律事务。跟莎莉一样，奥斯汀和他的同事们对这起诉讼也颇感意外，他们整晚都在展开反击。莎莉"给我们的指示很明确"，该律所的合伙人维克多·侯说道，全美娱乐公司"不是这场战争的发起方，但将终结这场战争"。[5]

为此，全美娱乐公司迅速采取了与保卫维亚康姆集团控制权时相同的步骤：雷德斯通家族支配下的全美娱乐公司的董事们修改了哥伦比亚广播公司的章程，规定该公司董事会需获得 90% 的多数票才能派发股息。在 14 名董事中，任意两名——比如莎莉和克里格——就可以实际上否决周四要进行的旨在稀释雷德斯通家族控制权的拟派股息的投票。[6]

就在双方陷入僵局之际，特拉华州法院的听证会开始了，下午 4 时，法官安德烈·布沙尔作出了一项裁定。他说："我还从没见过这样的事。"[7]随后，他权衡利弊，批准了哥伦比亚广播公司对于临时限制令的请求。他承诺第二天会作出最终裁决。

哥伦比亚广播公司董事会拿下了第一回合。

一

在布沙尔作出裁定后几分钟，哥伦比亚广播公司在纽约卡内基音乐厅为广告商举行的年度"预告"发布会拉开了帷幕，[8]这家电视网在会上介绍了2018年秋季将播出的剧集——包括由坎迪斯·伯根主演的复活剧①《墨菲布朗》，以及《法律与秩序》的制片人迪克·沃尔夫打造的一部新剧。在很多方面，这些预告的剧集都是在吃电视网黄金时代的老本，穆恩维斯总会事先把它们编排得极其细致。

哥伦比亚广播公司董事布鲁斯·戈登坐在观众席上，演员约翰·马尔科维奇走上了舞台中央。他在念开场白时突然拨了一通电话，观众们能听到电话那头是穆恩维斯，但只闻其声，不见其人。

"你读过台本了吗？"马尔科维奇问他。

"这些狗屎我都读了20年了，现在轮到你了。"穆恩维斯的回应是在暗示这可能是他最后一次公开露面，场内的每个人都知道特拉华州发生了什么。

"你真以为我会说这些扯淡的话吗？"马尔科维奇问道。

"约翰，拜托你这次可别当刺头了。"穆恩维斯恳求道。

"该死的高管。"马尔科维奇挂断时压低声音说。

"该死的艺人。"穆恩维斯喃喃地回应。

随后穆恩维斯走入场内，观众席上响起了热烈的掌声。

---

① 即中断后再度播出的剧集。

"好吧，你们这周过得怎么样？"穆恩维斯开口打破了紧张的气氛。一波笑声紧接着变成了一阵掌声，大家边鼓掌边站了起来——这在预告发布会上还前所未见。[9]

"多年来，我都跟你们说我只会在这儿待上几分钟，"穆恩维斯在观众们落座时说道，"今年，也许是第一次，这话确实是实话。"这是又一次不那么含蓄地提到他有可能即将离任。[10]

尽管如此，但站在台上，沉浸于掌声之中，这似乎提振了穆恩维斯的精神。当晚，他给戈登发了短信："这场秀看得开心吗？这一天对我们来说挺不错。"

"秀很棒！"戈登回道，"特别是你受到的热情欢迎，这确实是非常美好的一天。我们就看看明天怎么样吧，我已经开始想象宴会大概是什么样了。（他附带了各种表情符号，包括一个红酒杯。）"

"希望你对自己这个继续挺进的决定感到欣慰，舆论、法庭都在为你加油。"

"我们肯定是做出了正确的决定。我需要你们的时候，你们给予了我力量。我永远不会忘记这一点。"穆恩维斯说道。

"这就是朋友的用处。"戈登回道。

——

哥伦比亚广播公司在法庭上的胜利是短暂的。周四上午，法官布沙尔驳回了该公司针对全美娱乐公司发出限制令的请求，理论上，这使得莎莉和全美娱乐公司可以随意修改哥伦比亚广播公司的章程，继而采取其他行动，比如罢免其董事，但这很难说是在维护全美娱乐公司。这位法官裁定，哥伦比亚广播公司提出了一项"似是而非的主张"，声称莎莉和全美娱乐公司违背了他们对哥伦比亚广播公司其他股东的受托责任。[11] 但他认为，顺其自然并不会造成"不可弥补的伤害"（亦即实施临时限制令的门槛），因为该法院以后还可以废止任何变更的章程，如果莎莉以该法院视为不正当的理由罢免任何董事，该法院都可以废止这些行动。因此，法院认为没有必要立即下令限制全美娱乐公司可以采取的行动。

这一裁决引发了当天下午的董事会议以及一场有可能长达数年的诉讼。

当天下午晚些时候，莎莉、克里格和他们聘请的佳利律师事务所的律师们在曼哈顿中城区希尔顿酒店的酒吧里碰头，随后乘多辆林肯城市汽车赶往附近的黑岩大厦。当时交通很拥堵，莎莉一度担心若他们在这场关键的董事会议上迟到，那么投票可能会在他们缺席的情况下进行。结果他们确实是最后到达的，其他董事都已在哥伦比亚广播公司的一个大会议室里聚齐，另有三人——威廉·科恩、伦纳德·戈德堡和阿诺德·科派尔森——通过电话参加了会议。

伊安尼洛和施瓦茨是穆恩维斯管理团队中的核心成员。会议室里的律师也济济一堂：有威嘉律师事务所的艾洛，他代表特别委员会；有奥斯汀和佳利律师事务所的一个律师团，他们代表莎莉和全美娱乐公司；甚至还有受人尊敬的马丁·利普顿本人，他代表哥伦比亚广播公司。[12] 总共 12 名外聘律师和哥伦比亚广播公司的法律总顾问劳伦斯·涂都挤在这间会议室里。

值得注意的是，萨姆纳这个实际的控股股东缺席了，他甚至没有通过电话参会。他不再是董事会成员，无论如何他都不宜参会了。但没有人会怀疑萨姆纳对这一议题——用来稀释雷德斯通家族投票权的拟派股息——的立场。

下午5点刚过，穆恩维斯就宣布会议开始。根据会议记录，经过几轮初步的讨论后，戈登开了口，说委员会对于闹到这种尴尬的境地感到"失望"，这"并非他们的初衷"。[13]但在断定与维亚康姆集团的合并"不符合所有股东的最大利益"之后，[14]他表示，之所以提议派发这一特别股息，是鉴于全美娱乐公司的"过往行动"，委员会"很担心"该公司可能会采取的行动，这显然是指维亚康姆集团发生的事。[15]他还提到，该委员会相信莎莉已经与穆恩维斯的一些潜在继任者"进行了对话"，而且"至少有一个"向哥伦比亚广播公司提出了收购报价的"潜在投标方"被莎莉"劝阻了"，这是指威瑞森。[16]此外还存在一种"非常切实的威胁"，即全美娱乐公司将继续利用其投票权"阻挠"独立董事们对所有股东行使受托责任，所以委员会建议派发这一特别股息。

戈登强调，该委员会的动机与保障其成员在董事会的地位无关，为了保证这一点，他表示，一旦特别股息获得特拉华州法院的批准，所有五名委员会成员都会辞职。

穆恩维斯丝毫没有表现出前几天折磨过他的矛盾心态，考虑到莎莉也在场，他可以说是出人意料地直言不讳。按会议纪要所述，穆恩维斯"向董事会提出了他对他所宣称的雷德斯通女士和全美娱乐公司所施加的干预的负面影响的看法，包括他所描述的他们对哥伦比亚广播公司管理层的贬低，对于公司战略、继任计划、董事独立性以及员工士气和哥伦比亚广播公司管理层成功监管其业务运营能力的否定性说辞。"[17] 他还说她的言论"极具侮辱性"。他虽未扬言辞职，但也明确表达了自己的意图："我不认为自己在这种状况下还能继续顺利地领导这家公司。"

对莎莉来说，直到三天前，她还很信任这个人，视他为朋友，而他却当着她和她父亲掌控下的公司的全体董事发表了这样的评论，这格外让人痛心。她不得不尽力稳住自己混杂着伤痛和愤怒的情绪。她可能控制得刚刚好，所以还能念出一份事先准备好的声明。按会议纪要所述，"雷德斯通女士宣读了一份声明，称全美娱乐公司没有、也从未打算在未获得两个特别委员会支持的情况下强行达成这笔潜在交易，而且在特别委员会采取最近的行动之前，全美娱乐公司也无意罢免任何董事，只有一名此前已被认定与一场未决诉讼有关的董事除外"，这是指吉福德。[18]

莎莉忍不住补充了一句："虽然我还有很多话要说，但按照律师的建议，我不会再说什么了。"[19]

轮到克里格时，他说他是以哥伦比亚广播公司的董事而非雷德斯通家族的律师的身份来发言的，他觉得两个阵营间若有更好的沟通，则目前的"可怕状况"本可以避免。[20] 他说他虽是莎莉和萨姆纳的私人律师，但他依然在尽力表现出"建设性"。他声称让他感到尤其不安的说法是雷德斯通家族损害了"哥伦比亚广播公司及其股东的最大利益和福祉"，而且"对公司的长远发展有害"。在他看来，这一决议基于"猜测和来源不明的媒体报道"。克里格表示，该委员会似乎是基于其对全美娱乐公司会强行达成此次合并的担忧来证明其拟派股息的合理性，但莎莉在会议上声明了她无意这样做，而他也真诚地相信她的行为只会符合所有股东的最大利益，有鉴于此，这样的威胁实际上并不存在。

"真正的原因，"克里格接着说道，"是管理层不愿看到控股股东的存在。"他也指出，董事们对所有股东都负有受托责任，其中也包括全美娱乐公司这样的控股股东。此外，拟议的合并方案极为宽泛。如果董事会担心全美娱乐公司会强行达成这次合并，它还可以申请强制令以终止合并，而不是"永远且全面地"削弱控股股东。

因此，作为董事之一，克里格投票反对这一股息方案和附随的决议。

戈登当即提出异议，而克里格此时也并不真的指望能改变任何人的想法或投票，[21] 但他温和的话语还是引发了米诺的回应。考虑到米诺哈佛大学法学院前院长的身份，她的看法似乎有着相当大的分量。她也表示，对于此次会议召开的背景，特别委员会中没有人感到高兴。她希望与全美娱乐公司的商讨能够继续，这件事仍然可以在庭外解决。她还详细阐述了该委员会这么做的理由，乃至更清楚地表明了穆恩维斯对这一结果的重要性。按会议纪要所述，她也谈到了莎莉对哥伦比亚广播公司的这个"A+"管理层的不利影响，并"向特别委员会强调了穆恩维斯那番表态的重要性，即他已告知他们，他在目前的状况下无法继续顺畅地管理这家公司"。[22]

讨论持续了一个多小时。下午 6 点多，董事会进行了投票。包括所有独立董事在内的 11 人对派发股息的提案投了赞成票，另外三人——莎莉、克里格和长期受雇于萨姆纳的律师大卫·安德尔曼——投了反对票。

按会议纪要所示，该决议"正式通过"，但前提是法院推翻全美娱乐公司修改的那条需要获得 90% 的绝对多数票才能通过决议的章程。[23]

因此结果仍悬而未决。但在某种意义上，采用"核选项"已经实现了穆恩维斯及其盟友的大部分目的。由于律师们（和法官）现在都在仔细审查莎莉的每一个举动，她在替换董事（尤其是那些违逆过她的董事）方面不得不谨慎行事，而且现任董事会也不可能批准这次合并或同意罢免穆恩维斯。由于有这么多诉讼仍在进行，莎莉实际上已被绑住了手脚。

———

尽管董事会层面出现了动荡，但该电视网的工作仍在继续。试播季虽结束了，但那个春季，哥伦比亚广播公司仍在为《血宝藏》选角，它可能会在仲夏替补播出。这部惊悚剧中的角色包括一名艺术品窃贼、一名文物专家、一名恐怖分子、各色纳粹分子，剧情还涉及克利奥帕特拉 ① 的墓葬。

5 月 17 日，在那场关键的董事会议召开的同一天，不知何故，穆恩维斯抽空给该电视网的选角导演彼得·戈登发了一封电子邮件，提到了一些有可能出演《血宝藏》的演员。穆恩维斯建议"让伊芙·拉茹饰演'安娜博士'，菲利普·博伊德饰演'牧师'"，

———

① 即埃及艳后。

这两人都是道尔的客户。"你看看能不能让他们来试个戏。"

"行。"戈登答道。

"菲利普和伊芙都觉得他们的试演非常顺利，"道尔说，"我们会拭目以待，感谢你的帮助。"

穆恩维斯给道尔发短信说，他还想为芭比·菲利普斯"在《血宝藏》里安排个角色"。

"我还在纽约，"穆恩维斯补了一句，"见鬼。"

第2集　"我从来就不是个捕食者"

5月29日，全美娱乐公司和雷德斯通家族发起了反击，要求特拉华州法院阻止哥伦比亚广播公司稀释雷德斯通家族投票控制权的企图。他们在起诉书中称，莎莉造成的所谓威胁——逼迫哥伦比亚广播公司并购维亚康姆集团并干预该公司的经营——"完全是基于来源不明的媒体报道和猜测"。[1]起诉书中还强调"这些想象中的威胁是不实的，无论如何，这都远不足以让董事会蓄意采取稀释控股股东投票权的过分且极端的行动同时给出令人信服的正当理由"。[2]

这份起诉书还针对了穆恩维斯，称他"已经厌倦了必须与拥有投票控制权的股东打交道，而且对这种股东控制权的行使权从萨姆纳·雷德斯通转移到他女儿身上的做法感到尤其愤懑"。[3]
穆恩维斯"一直是一位成功的首席执行官,在哥伦比亚广播公司
的双重股权结构下受益匪浅,在担任首席执行官期间,他获得了
近七亿美元的收入"(这让他成了美国薪酬最高的首席执行官之
一,以及传媒业薪酬最高的从业者之一)。起诉书中还表示穆恩
维斯"显然向被告董事发出了最后通牒:要么你们取消全美娱乐
公司的投票控制权,要么我辞职"。

　　尽管如此,这份诉状在很多方面还是有所克制。它没有与穆
恩维斯彻底翻脸——其中还称赞他是一名"极有能力的电视业高
管",也没有发起穆恩维斯在与施瓦茨的短信交流中谈到的那种
让他格外担忧的私人反击。

　　其中也并没有提及任何有关女性的传言或冲突。

———

　　同月,编剧珍妮特·杜林·琼斯在瓦次艾普[①]上收到了一条消
息,内容是资深电视编剧、《小女巫萨布琳娜》的创作者内尔·斯
科维尔正在四处寻找穆恩维斯的受害者,她还听说了琼斯的事。[4]
斯科维尔是"#MeToo"运动的先锋,最近出了一本书——《纯
纯搞笑……以及偷偷溜进好莱坞男孩俱乐部的几个硬核真相》[5],
还因揭发《大卫·莱特曼深夜秀》中猖獗的性别歧视而闻名,她
在那儿工作了五个月就辞职了。[6]她曾为《纽约客》撰稿,也在尽
力协助罗南·法罗的报道工作。[7]

---

① 瓦次艾普(WhatsApp),一款手机聊天应用。

琼斯凝视着这条信息。一看到穆恩维斯的名字就让她觉得不适。她依然觉得自己人微言轻，但也同意和法罗谈谈，只要她可以保持匿名。法罗打来电话，两人闲聊了一会儿，琼斯就和他熟络起来。他们后来又聊了一次，终于谈到了穆恩维斯。琼斯还是想保持匿名，法罗同意了。于是琼斯把自己的故事告诉了他，包括她企图逃走时，穆恩维斯是怎样扑到了她身上，门又是如何锁上的。她后来给编剧迈克·马文打了电话，之后她听到过一些传闻，称马文后来和穆恩维斯起过争执。她记得不真切了，但她觉得他们好像在一次户外烧烤时发生过推搡。

这通电话让她的情绪乱成一团。她由此想起了已故的父亲，她崇拜父亲，觉得他是个勇敢的男人，总是教她要勇敢地面对霸凌者。父亲总会让她想起《杀死一只知更鸟》中的格利高里·派克。① 而现在她发现自己在想到穆恩维斯时除了流泪什么都做不了。

琼斯打电话给朋友、制片人盖尔·安妮·赫德，她很纠结自己应不应该让法罗公开她的名字。即使现在自己和穆恩维斯之间隔了一片海洋，他是不是依然有能力毁掉她？赫德鼓励她站出来，说自韦恩斯坦事件以来，环境已经发生了变化："你会后悔没有公开姓名的。"

法罗建议琼斯与女演员米拉·索维诺谈谈，他在揭露韦恩斯坦事件时曾引用过索维诺的真名，她愿意无偿地与那些担心后果的女性谈谈。琼斯找索维诺谈了谈，离开时她觉得也许事情并不

---

① 格利高里·派克在该片中饰演了一名勇于伸张正义的律师，同时也是一位慈父。

是那么糟糕了。

尽管如此，她还是没有下定决心。

———

在哥伦比亚广播公司，吉尔·施瓦茨再次听到传言，说《纽约客》会发布一篇文章。他向《名利场》记者威廉·科汉提到了这些传言，还向他保证，法罗的调查终将一无所获。他提醒科汉不要学法罗。穆恩维斯还不时地向施瓦茨保证没什么需要担心的。

现在穆恩维斯和独立董事们已经发起了剥夺莎莉控制权的诉讼战，他在"#MeToo"方面可能存在的任何问题自然就具有了不同的意义。一方面，穆恩维斯愿意提起诉讼，这似乎可以证明他的清白：哪个头脑正常的首席执行官会跟一个知道他的不当性行为有可能被曝光的控股股东开战呢？另一方面，由于穆恩维斯继续担任首席执行官是董事会的核心决定，任何让他的地位受到质疑的事情都将对这起诉讼和公司的未来产生巨大影响。

莎莉和她的盟友们并没有忘记这一点。她和克里格又听到了不少有关穆恩维斯和女性的传言，还听闻了一些涉及哥伦比亚广播公司其他高管的事件。有些传言就出自该公司的前雇员，这些消息人士都要求匿名。这些传言不是非常具体，但足以说服莎莉和克里格，他们需要展开一次比艾洛那种敷衍的行动更加彻底而专业的调查。

6月25日，莎莉和克里格加大了施压力度。他们写信给哥伦比亚广播公司首席法务官劳伦斯·涂，要求他委派外聘律师对"一些涉及哥伦比亚广播公司高层和雇员的骚扰、霸凌及偏袒行为的控诉"展开一次独立调查。[8]信中还写道："虽然这些控诉和媒体报道无疑不能被视为确有不当行为的证据，但也不能对此掉以轻心，毕竟这些事看上去是有可能在这里发生的。"尽管莎莉已经向董事米诺和戈登提出了自己的忧虑，并要求召开董事会议来讨论此事。

我们很清楚，对这些控诉进行的那次仅有的"调查"实质上就是向穆恩维斯先生询问了这些控诉是否属实而已。显然，穆恩维斯先生对这些控诉的否认既是那次调查的起始，也是其结局。

在哥伦比亚广播公司与特别委员会起诉后的几周内，又有人向我们通告了一些有关哥伦比亚广播公司高管骚扰女性的传闻，其中就包括穆恩维斯先生，有鉴于此，我们对这些问题的忧虑也加深了。这些事件都是他人向我们密报的，显然是因为害怕遭到报复（或许有充分理由），所以我们目前不宜透露详情。不过我们准备向哥伦比亚广播公司委派的独立外聘律师提供一些会受到适当保护的细节，以便该律师可以继续跟进这些消息来源，并以其他方式调查已提出的这些控诉和其他控诉。

我们认为我们和其他人提出的忧虑必须得到负责任的、公平的对待——尤其是在这个分水岭时刻——可靠而彻底的调查是关乎公司治理的根本议题之一，对于今后恢复人们对哥伦比亚广播公司的信心、保持企业文化至关重要。

一周后，涂回应称外部调查已经展开。普洛思律师事务所正在对查理·罗斯的行为和新闻部门进行更广泛的调查，威嘉律师事务所面谈了高级管理层人员和人力资源主管，并断定没有展开进一步调查的必要。[9]

涂在文末还因克里格和莎莉提出了这个问题而责备了他们："有一点应该没有任何争议，那就是把这种含沙射影、未经证实的控诉放上台面对一些人极不公平，而且会对哥伦比亚广播公司及其股东造成严重损害。你们与那些不隶属于全美娱乐公司的董事之间目前存在的分歧不能成为这种不公平和做出与哥伦比亚广播公司董事职责不符的其他行为的正当理由或借口。"

这番话促使克里格在 7 月 9 日作出了强有力的回应：

首先，雷德斯通女士和我要否定你那种含沙射影的说法，即我们在信中所述关切是对哥伦比亚广播公司管理层和某些董事起诉其控股股东的决定所作的回应。六个多月来，雷德斯通女士和我一直在提出对传闻中的骚扰和霸凌问题的担忧，早在我们得知哥伦比亚广播公司管理层或董事会成员自视为控股股东及其代表的"反对派"之前很久便是如此。我们当时和现在一样提出了这些担忧，这正是出于我们坚定不移的承诺：履行受托人的义务，并以公司及其股东的最大利益为行动依据。我们要求进行独立调查的动机正是源于哥伦比亚广播公司未能对这些担忧采取行动，这很令人遗憾。

涂的回应也让克里格得知了一个消息，那就是普洛思律师事务所正在领导一项调查，于是他要求与相关律师谈谈。至于威嘉律师事务所的调查，克里格表示，简单地询问穆恩维斯并接受他的否认的做法"甚至都称不上一次调查，更何况任何一家公司，无论上市公司还是私人公司，都理应进行独立的调查以回应其高管涉嫌的不当行为。提名和治理委员会的成员自认为进行了这样一次明显敷衍的调查就算是充分履行了他们的受托义务，这实在是令人震惊"。

涂未作回应。

———

莎莉和克里格在信中施压，要求针对穆恩维斯展开更彻底的调查，这显然让芭比·菲利普斯的保持缄默对穆恩维斯来说变得愈发重要了。自从上一年12月道尔第一次与穆恩维斯联系以来，两人之间几乎所有的互动都是道尔发起的，但现在穆恩维斯主动联系了道尔，提议他们在7月13日（周五）到影视城的艺术熟食店再见一面。"到时候见。"道尔答道。

在他们那次午餐间隙，穆恩维斯重申了他与菲利普斯的性行为是双方自愿的——他的说法是"我从来就不是个捕食者①，我只是个玩家"。[10]但他再次倾吐了悔意，说他想要弥补，也仍在为菲利普斯寻找角色。

道尔回道："你看，已经八个月了，你还什么都没给她。她

———
① 这里的捕食者（predator）通常是指性暴力犯罪者。

一直都很有耐心，希望能有所回报。"他还说："她开始不高兴了。"

接下来的一周，穆恩维斯打电话给选角负责人彼得·戈登，问他多伦多有没有什么戏在拍，想让他考虑一下那边的一个女演员。起初戈登拒绝了，但后来他想到《血宝藏》是在多伦多选角，而且大部分场景都在蒙特利尔。"这个女演员是谁？"戈登问穆恩维斯。

"芭比·菲利普斯。"穆恩维斯回道。这个名字有些出乎戈登的意料。穆恩维斯向戈登透露过他面临着"#MeToo"的困境。（穆恩维斯说戈登"明白这个女人可能会提出控诉"，尽管"我没有说得太细"。）

戈登把《血宝藏》研究了一番，发现了艾莉卡这个角色——"一个大体格、穿着工作服的和善女人"，选角细目中如此写道。这个角色戏份相对较少，拍摄一天的报酬是 1500 美元。[11] 戈登觉得这对菲利普斯来说可能很完美了，于是就给该剧的执行制片人泰勒·埃尔莫打了电话。

———

在六天后，也就是 7 月 19 日，在哥伦比亚广播公司工作了22 年的资深员工、施瓦茨的下属、公关部副总经理克里斯·恩德在一次会议后收到了一条信息。信息来自《纽约客》的事实核查员西恩·拉弗里。

那个传闻已久的可怕电话打来了。

第3集 "你到底在干吗？"

　　西恩·拉弗里一开始并没有跟恩德讲太多，只说《纽约客》调查了六起涉及穆恩维斯和其他女性的事件。他确认了报道中所涉的四个女人的姓名——女演员伊里纳·道格拉斯、"J. D. 琼斯"（为了核查事实，琼斯同意公布其名字的首字母）、克莉斯汀·彼得斯（萨姆纳·雷德斯通的旧情人）和电视编剧黛娜·柯戈。还有一个名义受害者是一名前童星，她只给出了名字——"金伯丽"。此外还有一位女演员，曾在哥伦比亚广播公司的一部长期播出的电视剧中饰演警察。

　　恩德通知了他的上司施瓦茨，施瓦茨叫来了驻纽约的企业公关主管达娜·麦克林托克。恩德住在加州，负责公司的娱乐事务；涉及这位首席执行官的曝光性报道远非他这个薪酬级别的员工能够处理的，这种事通常都是由施瓦茨本人或麦克林托克来应付。但谁想接手这么一个烫手山芋呢？施瓦茨让恩德自己去处理，毕竟他已经接触了拉弗里。

　　恩德给拉弗里回电话时，东海岸已是傍晚时分，法罗也参与了这次通话。恩德和拉弗里从初稿开始详细回顾了这篇报道，并做了大量笔记。通话持续了大约两个小时，最后恩德只感到头晕目眩。

　　他及时向施瓦茨汇报了一切，施瓦茨立即给穆恩维斯打了电话。

　　穆恩维斯最初的反应是震惊——他完全不记得这些传言中的

事件。他仍然深信是莎莉在幕后散布这些传言——他向所有愿意听他说话的人都推销了这个论断，尽管他没有提供任何证据来作支撑。穆恩维斯和哥伦比亚广播公司开始疯狂地搜寻更多的信息，就像穆恩维斯回忆的那样："我们手忙脚乱。"

施瓦茨迅速采取了行动。他通知了几名董事，还让涂参与进来。哥伦比亚广播公司聘了外部律师、前威嘉律师事务所诉讼主管詹姆斯·W.奎因来监督这一工作。他们还请来了律师兼危机公关顾问马修·希尔茨克。施瓦茨制作了一份详尽的电子表格，列出了已知的姓名、日期、地点和其他事实，以及为《纽约客》方面的叙述讹谬列出的一份不断加长的清单。

穆恩维斯试图通过《纽约客》提供的不完整事实来确定这篇报道中未透露姓名的女性的身份，但事实证明他对金伯丽的判断是错误的——他以为她是前童星金·理查兹，《比弗利娇妻》的主演之一，但这个金伯丽另有其人。所以他肯定是不记得自己见过她了。

他猜对了那个警察剧集中的女演员——他认为她是自己的一个老朋友。她在2003年还参加了哥伦比亚广播公司的一场大型庆典，所以穆恩维斯认为她很难辩称他曾为一件据说是发生在1995年的事报复过她。

———

第二天，道尔给选角导演戈登寄去了芭比·菲利普斯的简历和样片拷贝。戈登把这些资料转给制片人泰勒，并附了条信息："希望你考虑一下让她来演艾莉卡，有结果了通知我。"

戈登给穆恩维斯做了简报，穆恩维斯回了句："好。"

当天晚些时候，道尔收到了一个他没见过的号码发来的短信："马夫，我是比利﹝·鲍尔斯﹞，莱斯·穆恩维斯的助理。如果有需要，你可以给这部手机发短信。莱斯现在会用这个号码给你打电话。"

道尔以为穆恩维斯要打来的电话与菲利普斯的角色有关，这件事看起来终于办成了。穆恩维斯联系道尔时，道尔正在看他家乡的棒球队明尼苏达双城队的比赛转播。但穆恩维斯的电话并没有带来菲利普斯的好消息，相反，他的话简短生硬，听起来很紧张。穆恩维斯让道尔删除他们的所有短信，还说他正在让他的所有朋友都这么做。（穆恩维斯的一名代言人否认穆恩维斯曾要求他删除信息。）

道尔想知道这是怎么回事。他挂了电话，又继续观看比赛，但没有删除这些信息。

第二天，道尔给穆恩维斯的新号码发了短信，鲍尔斯回道："只用告诉我是什么消息，我会向他转达。"好莱坞的好几代助理都接受过这种漠视他人的训练。"我怎么就不能和他说话了？"道尔发短信申辩道，"如果莱斯利有空——我想和他谈谈。"

对方没有回应。

那一周，穆恩维斯给鲍尔斯升了职，也加了薪，让他在哥伦比亚广播公司的无剧本部门当上了主任。

———

7月24日，也就是《纽约客》与哥伦比亚广播公司接触后第五天，迈克·马文的公关代理人收到了西恩·拉弗里的一封电子邮件，对方问他愿不愿意跟法罗谈谈。拉弗里没说是什么事，只是在邮件里说此事"发生于 80 年代，也就是他[①]在福克斯工作的时候"。

其中的可能性让马文有些紧张。当他和穆恩维斯还是一同参加男性互助小组的密友时，马文是一部热门电影的成功编剧，穆恩维斯则是一名苦苦奋斗的年轻高管。但自那时起，马文再也没有拍过像《六背包》那样的大热影片了。他的写作生涯已然枯萎，而穆恩维斯则一飞冲天，跻身好莱坞最有权势的高管之列。

马文此时正在巡回演出，他是金斯顿三人组的歌手和原声吉他手，这个组合曾凭借 1958 年的当红歌曲《汤姆·杜利》点燃了民谣音乐的热潮，由新成员重组复出后，他们正在为婴儿潮一代的老年观众演出。[1] 马文是重组团队中唯一一位与原成员有关联的成员：他是乐队创始人尼克·雷诺兹的表亲。[2]

和很多人一样，马文也还用得上穆恩维斯：他希望穆恩维斯能安排这个三人组上一次《CBS 今晨》。但他也知道《纽约客》对穆恩维斯的贬损评论肯定会搞砸这件事。

与此同时，马文对穆恩维斯也怀有相当大的怨恨。多年前，马文曾帮电视编剧安东尼·祖克尔润色过他写的一部电影剧本，那时祖克尔还是拉斯维加斯的一名电车司机，后来这个剧本被拍成了 1999 年上映的犯罪惊悚片《赌命人》。在那之后，马文鼓励祖克尔创作和打造了哥伦比亚广播公司的大热剧《犯罪现场调查》，

---

① 指穆恩维斯。

· 313 ·

但马文从未得到穆恩维斯的一句感谢，更不用说给他分派编剧工作了。在那个男性互助小组解散后，穆恩维斯几乎就没有再理会马文。

所以马文还是给拉弗里打了电话。他的第一句话就是"我一听说韦恩斯坦的事，就知道会有人来问莱斯利了"。不过马文其实并不是一个很热心的消息来源，他似乎对整个"#MeToo"运动都持怀疑态度。他想知道这个报道里还有没有牵涉其他女人，拉弗里告诉他有六个人。最后马文还是同意对方公开引用其言论。他证实琼斯在与穆恩维斯见面后给了他打了电话，当时她很不高兴。马文用的词是"歇斯底里"。但他不记得琼斯对他说过哪些与这次见面有关的事了。

马文认为拉弗里的说法中也有一些让人在意的错误。这个事实核查员说有次烧烤时马文和穆恩维斯发生了争执——他推了穆恩维斯一把。他确实与穆恩维斯发生过争执，但没有推搡，而且这件事是发生在男性互助小组的一次聚会上，而不是烧烤时，马文当时问穆恩维斯到底是怎么回事①，穆恩维斯就对他大喊大叫起来。

另外，琼斯说的时间也是错的。如果琼斯在这种事情上说错了，那么她说的其他事情可能也是错的。马文认定穆恩维斯勾引了琼斯，但他不大相信穆恩维斯真会侵犯她。

———

对于《纽约客》的这篇报道，穆恩维斯也在尽力核实他所听

---

① 指性侵琼斯的事。

到的相关消息，尤其是珍妮特·杜林·琼斯的事让他很纳闷，他对她一点印象都没有。他也忘了迈克·马文，不记得马文给他安排过什么会面，也不记得马文和他起过争执。

穆恩维斯查看了马文的照片，这唤起了他的记忆——他们都参加过迪克·罗塞蒂组织的男性互助小组，罗塞蒂是一名制片人，穆恩维斯就是他招进福克斯的。穆恩维斯还留着罗塞蒂的手机号，但已经很多年没打了。

罗塞蒂在花花公子企业国际有限公司工作过一段时间，现在从事房地产工作。[3] 穆恩维斯给他打了电话，当时他正坐在宝马山花园家中的办公桌前。

"嗨，迪克！"穆恩维斯说。很久没人叫罗塞蒂"迪克"了。他现在用的名字是"理查德"。

和马文一样，罗塞蒂对穆恩维斯一掌权就不再搭理他的态度颇为不满。穆恩维斯从来没有邀请罗塞蒂吃个午饭，或者在能帮忙的时候主动照顾一下他。

"你还好吗？"穆恩维斯漫不经心地问道。罗塞蒂想知道他打电话来是有什么事。

"有些事情能问问你吗？"穆恩维斯接着说，"迈克·马文是谁啊？"

罗塞蒂难以置信地笑了。"迈克·马文是我们互助小组的一员，"罗塞蒂说，"迈克和我们一起合过影，你认识迈克的。"

"哦，对，迈克·马文，对，对。"穆恩维斯敷衍地答道。

罗塞蒂有种直觉，他觉得这个突如其来的电话和"#MeToo"有关。他听说了穆恩维斯的那些传言。"出什么事了？"罗塞蒂问道。

穆恩维斯解释了一番，说马文告诉罗南·法罗，他给穆恩维斯介绍了一个女人，然后穆恩维斯性侵了她。后来马文和他起了争执，据说两人在一次社交活动中发生了某种推搡。

罗塞蒂有些吃惊。他和马文自那段参与互助小组的日子以来一直都是朋友，但他不记得有过这样的事。

"天呐，我很遗憾，莱斯。你想让我怎么做呢？"他问。

"我需要迈克的电话号码。"穆恩维斯回道。罗塞蒂主动提出先给马文打个电话。

"好的，给我回电话。"穆恩维斯说。

罗塞蒂马上打给马文。他不敢相信这个老友会给记者爆料，更不用说控诉穆恩维斯性侵了，这充其量是道听途说。罗塞蒂可能不再是穆恩维斯的密友，但穆恩维斯毕竟是好莱坞最有权势的人之一，他开罪不起。

"莱斯刚给我打了电话，他真的很不高兴，"罗塞蒂说，"他说这个姑娘突然冒了出来。"

"你不记得了吗？"马文问，"那天晚上他对我大喊大叫的？"

"我一点都不记得了，迈克。"罗塞蒂答道，"我们都大喊大叫过啊！"罗塞蒂对这个老友有些恼火。"你为什么要接受采访，还把名字公开了？你到底在干吗，老兄？"他嗔怒地问道。

"你什么意思，什么为什么？"马文气冲冲地说，"我根本没理由隐瞒吧。"

"好吧，莱斯说他不记得你了。"罗塞蒂告诉他。

"莱斯·穆恩维斯说他不记得我了？"马文怀疑地问道。这太侮辱人了。

"你给莱斯回个电话，把我号码给他，让他直接打给我。"马文吩咐道。

"行，"罗塞蒂说，"但别把我扯进来，我不想卷进去。"

大约两个小时后，穆恩维斯给马文打了电话。他开口还没有几秒钟就被马文打断了。

"莱斯，我真不敢相信你刚跟罗塞蒂说你不记得我了。"马文说。

穆恩维斯似乎很戒备："我是告诉迪克我不记得那件事了。"

"我不明白你怎么能忘了我。"马文说。

"我没有忘记你。"穆恩维斯重复道，不过马文并不相信。"迈克，我是不记得这个女人了，"穆恩维斯接着说道，"她的事我一点都不记得了。"

马文告诉穆恩维斯，他记得自己安排穆恩维斯和琼斯见过面，但记不起在那之后发生了什么。穆恩维斯听起来很满意，随后两人就挂了电话。

但当哥伦比亚广播公司把这个说法转告给《纽约客》时，事实核查员拉弗里却说"马文不是这样告诉我们的"，同时还提供了马文此前描述的更多细节。

穆恩维斯又给马文打了个电话。"听着，跟我说实话，"穆恩维斯说，"我保证不会怪你。我只想知道你说了什么。"

于是马文更详细地复述了他跟拉弗里说的话。事情是穆恩维斯在福克斯任职时发生的，马文和穆恩维斯在他们参加的男性互助小组的聚会上发生了争执，穆恩维斯还在聚会中对他大喊大叫。马文坚称自己所说的都是事实，没有添油加醋。至于琼斯，她从来没有跟他说过穆恩维斯侵犯过她。

穆恩维斯说他还是记不起谁是琼斯。

"珍妮特·琼斯，你不记得是我让她去的吗？"马文问道。穆恩维斯说他不记得了。

"好吧，确实有这个事儿，莱斯。"马文说。

两人又聊了一会儿。穆恩维斯问了一下金斯顿三人组的情况。马文告诉他，他们的乐队几乎每场演出的门票都会销售一空。

穆恩维斯的语气和缓了一些，言语间仿佛突然又变回了马文曾经的朋友和知己。"你知道吗，迈克，他们其实就是想在这种事上扳倒我。"

第二天，哥伦比亚广播公司的恩德问拉弗里是否采访了马文。拉弗里说没错。"那你最好再去找找他，"恩德提醒道，"他觉得你们的报道有很多问题。"

于是拉弗里又给马文打了电话，这次马文像是变了一个人。马文很生气："我不想和这件事有任何瓜葛。"拉弗里把他们之前谈话时记的一些笔记给他重新念了一遍。"我从没有说过那些话，"马文坚称，"你完全搞错了。我不会跟你谈了。"

他说完就挂了电话。

———

莎莉、克里格和其他大多数董事对《纽约客》的来电和由此引发的哥伦比亚广播公司公关部内的骚动都一无所知。7月

24 日，越来越火大的克里格再次致信哥伦比亚广播公司首席法律顾问劳伦斯·涂："这些事情显然很重要，但两周过去了还没有任何回音。这种拖延是不可接受的。请在这个周末之前提供我需要的信息。"

克里格还呼吁在 7 月 30 日召开的下一次董事会议上进行一次没有穆恩维斯参加的行政会议，以讨论日渐增多的有关穆恩维斯的传言以及进一步调查的必要性。

涂最终在 7 月 26 日（周四）回复了克里格。他断然拒绝了克里格的要求，对《纽约客》即将发布的那篇文章也只字不提："你肯定知道，我们不认同你对这些事的处理方式和结果的描述，以及你对过往事件的说法。我们并不觉得就这些事实分歧展开进一步的书面辩论会有什么效果，因为我们已经表达了我们对这些事的看法。"

———

在《纽约客》的发刊日逐渐逼近之时，穆恩维斯表示他要亲自与法罗谈谈，不过得是私下交谈。没人想到哥伦比亚广播公司会在这个最后的关键时刻来彻底扰乱这篇报道的发布计划。然而穆恩维斯手里握着一长串所谓的事实错误的笔记——主要是日期、时间和细节——他认为有了这些，这些再加上他的魅力和坦率，就可能达到削弱这篇文章可信度的目的。

法罗接到电话后便问事实核查员能否加入进来，穆恩维斯说不行，他希望这次通话是一对一。他们谈了一个小时多一点。穆恩维斯翻了一遍他的笔记。他强调，彼得斯的控诉是荒谬的，因为她是萨姆纳的前女友（也是目前的伴侣）。穆恩维斯与彼得斯打过照面的唯一原因就是萨姆纳当时在催穆恩维斯聘用她。若是穆恩维斯疯到敢动彼得斯一根汗毛，萨姆纳都会为了报复而毁掉他。

法罗基本上都礼貌地听着。

法罗说他会在文章发布前再给穆恩维斯打个电话，穆恩维斯以为他可能想要把两人谈的一些事情公开。但当法罗在这篇文章发布日的前一天给穆恩维斯打电话时，法罗只是感谢了他的配合。

周四，法罗正坐在德高望重的《纽约客》撰稿人罗杰·安吉尔的办公桌前，紧急给这篇穆恩维斯的报道收尾，这时《好莱坞报道》的金·马斯特斯打来电话，说她要公布法罗揭露穆恩维斯一事的消息，并问他想不想评论几句。

"别发布，"法罗央求她，"我还在调查。"

"我听说你差不多搞完了。"她说。

"你又不在我们新闻编辑部。"法罗恼火地说。

马斯特斯的文章将在第二天一大早发布。她已致电哥伦比亚广播公司，征询他们的说法。

留给法罗的时间不到 24 个小时了。

———

那一周，道尔去明尼苏达州开始了他一年一度的垂钓之旅，借住在他的朋友克莱顿·里德家中。在奥斯汀，他参观了世棒午餐肉博物馆，还在那儿挑了几件合适的 T 恤，准备当作礼物送给穆恩维斯和他的儿子查理。[4]

在此期间，多伦多的选角导演阿什利·格雷给道尔发了一封电子邮件，说哥伦比亚广播公司想让菲利普斯在《血宝藏》中客串一个角色，还让他提供一份试镜视频，这属于标准的电视网业务流程。道尔拒绝了，菲利普斯也不屑一顾。格雷很快就发来电子邮件，说"我们刚刚得到消息，本电视网无须再看芭比的个人视频"，并正式邀请菲利普斯出演艾莉卡一角。

终于来了，道尔心想。

但后来他更仔细审视了这个角色："一个大体格、穿着工作服的和善女人。"他都不用看"大"后面的话了，这在选角行话里就是胖的意思。然后他看了看酬劳：区区 1500 美元。

道尔尽责地给菲利普斯打了电话，并提到了这一邀约。不出所料，菲利普斯觉得受到了侮辱，于是不假思索地拒绝了。

与此同时，她也有些困惑。道尔告诉她，戈登和穆恩维斯本人都打来电话，力劝她接受这个角色。为什么哥伦比亚广播公司的高层会如此倾力于让她扮演这么一个微不足道的角色？

道尔给戈登打了电话。"你肯定想不到，"他说，"她不想接这个角色。"戈登很意外。他觉得这对菲利普斯来说是个很好的角色。

穆恩维斯当晚给道尔打了电话。"他们准备在《纽约客》上发一篇文章，"穆恩维斯说，里德也在一旁听着（道尔开了免提，因为他正在做三明治，腾不出手），"芭比必须接受这份工作。你必须稳住她，否则我就完了。"[6]

戈登也给道尔打了个电话，意思一样，他对着道尔大喊，说菲利普斯必须出演这个角色，然后他把报酬提高到了5000美元。[6]

道尔挂了电话，里德问他是怎么回事。道尔解释完之后，里德让他最好对这件事保持沉默。

———

7月26日，也就是《纽约客》的报道即将完稿的前一晚，拉弗里再一次联系了迈克·马文。马文似乎平静下来了。拉弗里问马文愿不愿意和法罗本人谈谈。"让他找我试试看吧。"马文的语气听起来很警惕。

但法罗打来电话时，马文还是接了。法罗强调，对琼斯来说，马文的支持十分重要。现在是每个牵涉其中的人都要拿出勇气的时候了。马文回应时，法罗一直耐心地听着，然后转头向身边旁听的拉弗里竖了个大拇指。

马文又愿意公开自己的话了。

就在午夜前，法罗给琼斯打了电话。他说时间已经不多了，这篇报道第二天就会在网上发布，她现在必须决定他能否用她的名字。

琼斯想起她刚刚和前男友打的一通电话。"如果是你女儿，你会怎么办？"她问他。

"我会让她公开自己的名字，"他说，"但更重要的是，你父亲会让你公开自己的名字，而且不要害怕。"

他是对的。她想象着父亲的话语："你必须这么做。"

她深吸了一口气。"行，用吧。"她告诉法罗。

第 4 集　"我们不要操之过急"

7 月 27 日，周五，上午 8 点 45 分，《好莱坞报道》爆出了一个消息："《纽约客》准备发表罗南·法罗的一篇文章，其中包括对深陷泥潭的哥伦比亚广播公司董事长兼首席执行官莱斯利·穆恩维斯不端性行为的多项控诉。"[1]

正午时，由于华尔街获悉了这个有可能威胁穆恩维斯任期的消息，哥伦比亚广播公司的股票被大量抛售，股价下跌了近 7%。法罗意识到，这数十亿美元的市值就取决于他的报道。

文章最终在下午 5 点 38 分发布在了《纽约客》网站上。法罗写道：

> 六名与他有职业往来的女性告诉我，在 20 世纪 80 年代和 21 世纪第一个十年之间，穆恩维斯对她们进行了性骚扰。其中四人描述了她们在商务会面期间被他强行抚摸或亲吻的情况，她们说这似乎是他习以为常的做法。有两人告诉我，穆恩维斯对她们进行了肢体恐吓，或者威胁要毁了她们的职业生涯。六个人都表示，在拒绝了他的勾搭之后，他就摆出冷脸或充满敌意，她们都觉得自己的职业生涯因此受到了影响。演员兼编剧伊里纳·道格拉斯告诉我："那就是对我的一次性侵犯，然后我就因为不配合被炒了。"这些女性都表示，她们仍然很担心直言不讳会招致穆恩维

斯的报复，穆恩维斯可以捧人，也可以毁人，这一点在业内是出了名的。作家珍妮特·琼斯告诉我："他这几十年都在逍遥法外。"她指称，穆恩维斯在一次工作会面中强吻了她，然后她不得不把他从自己身上推开。"这是大错特错。"[2]

马文的话也确实被引用了，尽管罗塞蒂警告过他。法罗在报道中说："迈克·马文告诉我，他记得他曾把琼斯介绍给穆恩维斯，而这次见面让琼斯很困扰。他说他在一次聚会上因为这件事与穆恩维斯发生过争执，并说：'不管发生了什么，这姑娘都很不高兴。'他说穆恩维斯大发了一顿脾气。'我们在这件事上确实吵得挺凶。'马文告诉我。"

穆恩维斯本人的话未在文中引用，但他发了一份声明："我任职于哥伦比亚广播公司期间，我们一直在倡导一种尊重所有员工并为其提供机会的文化，也不断成功地将女性推举到我们公司的最高管理层。我承认，几十年前，我可能因为追求一些女性而让她们感到不舒服。这都是错误的，我极其后悔。但我始终理解和尊重——并遵守这一原则——'不'就是'不'，我从未滥用职权来损害或妨碍任何人的职业生涯。"

《纽约客》表示，按照哥伦比亚广播公司的说法，在穆恩维斯供职于该电视网的24年里，没有人对他提出过不端性行为的控诉，也没有人跟他达成和解。

这篇文章还更广泛地报道了哥伦比亚广播公司普遍存在的不端性行为，特别是其皇冠上的明珠——新闻节目《60分钟》中的此类情况："19 名现任和前任员工告诉我，哥伦比亚广播公司新闻部的前负责人、《60 分钟》的现任执行制作人杰夫·法格尔任由该部门的员工进行性骚扰。'这是自上而下的，这种文化就是老男人掌握所有权力，而你屁都不是。'一名资深制作人告诉我'该公司在包庇很多不良行为'。"

穆恩维斯颇感诧异，因为他的否认和解释都没有出现在这篇文章中。《纽约客》把错误的地方都作了更正，但没有删去任何实质内容。

就在"#MeToo"运动如火如荼之际，穆恩维斯却没有认清形势：四名女性公开控诉他存在严重程度不等的不端性行为，还说拒绝他后遭到了报复。而他本人虽强烈否认采取过任何报复之举，但同时也承认他的"追求"曾让女性感到"不舒服"。对大多数读者来说，这就是认罪了。

哥伦比亚广播公司尽了全力来削弱此事的影响。穆恩维斯在董事会中的忠实拥趸认为他有权受到正当程序的保护。他们不信任媒体，不想表现得好像在向公众的狂热低头。布鲁斯·戈登面谈了哥伦比亚广播公司的三个最大的股东，并报称，在对此进行调查期间，没人希望穆恩维斯被停职。

与当即就被停职的哈维·韦恩斯坦形成鲜明对比的是，哥伦比亚广播公司的独立董事只表示他们将调查这些控诉，如这些董事在一份声明中所说，他们把此事放在了"公司的公开法律纠纷"的背景之下。[3]"虽然诉讼仍在继续，但哥伦比亚广播公司的管理团队得到了独立董事们的全力支持。"

哥伦比亚广播公司的两位顶层女高管——首席广告营收官

乔·安·罗斯和日间节目负责人安吉丽卡·麦克丹尼尔——也联手支持穆恩维斯，并发表公开声明，盛赞他在哥伦比亚广播公司对女性的尊重和支持。⁴ 当然，考虑到穆恩维斯是她们的老板，这些话很难说有多么客观。

在支持穆恩维斯方面，没有人比他的妻子朱莉·陈更坚定了。除了克里斯汀·彼得斯之外，控诉中的其他事件都不是发生在他们的婚姻存续期间。那个周五晚些时候，她在推特上发了一份声明："自 90 年代末以来，我就认识我丈夫莱斯利·穆恩维斯了，我和他结婚差不多 14 年了。莱斯利是个好男人，慈爱的父亲，忠诚的丈夫和激励人心的公司管理者。他一直是一个善良、正派、有德行的人。我完全支持我丈夫。"⁵

尽管如此，周一早上的《畅谈》节目①还是让陈相当尴尬。"有些人可能已经知道过去几天在我的生活中发生了什么，"陈在节目开场时说道，"我在推特上对这个话题只发表了一份声明，以后不会再发。我会坚持这一声明，今天、明天，直至永远。"现场观众爆发出了热烈的掌声。⁶

但《纽约客》的曝光报道所引发的负面舆论几乎与揭露哈维·韦恩斯坦的那篇文章不相上下，公众呼吁让穆恩维斯下台或停职。穆恩维斯的母校巴克内尔大学把他从学校网站上撤了下来，并发表声明称"巴克内尔大学不会支持校园内外的不端性行为"。⁷南加州大学紧随其后，暂停了穆恩维斯在其电影艺术学院董事会的职务。⁸ 穆恩维斯本人也悄悄辞去了他在安妮塔·希尔领衔的

---

① 《畅谈》（*The Talk*）是哥伦比亚广播公司的一档日间脱口秀节目。

那个好莱坞性骚扰委员会中的职务。[9]

———

身在多伦多的芭比·菲利普斯被这些报道和《纽约客》的文章惊呆了，幸好没人提到她。但倏忽间，那一连串给她提供工作的举动全都说得通了。也许她很天真，但自从道尔打来第一个电话，她一直以为自己就是穆恩维斯唯一的性侵受害者，也相信他是在真诚道歉，希望求得她的原谅。这篇文章揭露了一切，穆恩维斯一直在做的就是尽力收买她，以换取她的沉默——尽管她从来没打算说什么。她觉得自己被操纵了，又变得像是一个受害者了。他们在很久以前见面时所造成的所有创伤又卷土重来了。她格外难过，甚至出现了身体症状，不得不两次前往急诊室。

愤怒的菲利普斯告诉道尔，她不仅不会出演《血宝藏》的那个角色，也不会接受任何与哥伦比亚广播公司有关的其他邀约。她还说她正在咨询律师。

———

《好莱坞报道》的那条新闻首次发布时，莎莉·雷德斯通和罗伯·克里格正在佳利律师事务所的纽约办公区准备特拉华州诉讼的一系列证词。此后他们便无心他顾，最终搁置了这些工作。

克里格在下午3点32分给莎莉发了短信，说他读了那篇文章。他们都对这些控诉感到震惊和愤怒——包括被控的性侵行为和穆恩维斯对受害者的报复。在他们看来，显然必须让穆恩维斯停职，等待彻底的调查。

但是显然，董事会中的其他人并不这么认为。让莎莉和克里格惊讶的是，在该文发布后，董事会或哥伦比亚广播公司的人都没有给他们打过电话。独立董事们仍一意孤行，发表了一份公开声明，称穆恩维斯得到了他们的"全力支持"。

克里格的怒火甚至比莎莉更盛。周六清晨，他给独立董事和首席法律顾问劳伦斯·涂发了一封电子邮件。

"我很震惊，对于昨天的报道或任何有关适当的下一步举措的商议或决定，你们没有一个人联系过我或全美娱乐公司一系的其他董事，"他写道，"这是要由整个董事会来解决的问题，不能由'独立'董事或董事会中的任何小团体来做主。这与那场悬而未决的诉讼无关，全美娱乐公司一系的董事与本公司或整个董事会之间也没有任何冲突可作为把我们排除在外的正当理由。"

"这些事显然会是周一董事会议要讨论的重要议题，应该为此分配充足的时间。"他补充道。

当天午前时分，布鲁斯·戈登给他打了电话，当时他正站在康涅狄格州的莎莉住所前的车道上。戈登说目前的情况"很复杂"。独立董事们现在同意，有必要展开一次外部调查。

"我们也得参与。"克里格强调。

戈登似乎是真的很不解。"我们请过艾洛，"戈登提醒他，"他说什么事都没有。莱斯利说什么事都没有。我们还有什么可做的？"

克里格心想他能做的事情可不要太多，但他把这话咽了回去。他坚信穆恩维斯不能留任，于是告诉戈登，在调查期间需将此人停职。

"我们不要操之过急。"戈登说道。

———

看过报道文章后，莎莉·雷德斯通几乎无法抑制自己的怒火和失望。尽管几个月来一直都有传言，但这一切还是让人大吃一惊。她飞快地给其他董事们写了一封信。

坦率地说，我对自己身在这样一个董事会深感羞愧，独立董事们对高级管理层表现出了如此盲目的忠诚，并一再地未能为公司、员工和股东的最大利益采取行动。2017年12月，当莱斯·穆恩维斯因个人不当行为而受到控诉的传言开始流传时，我向玛莎·米诺提出了这一问题，以便提名和治理委员会的独立董事们能将其解决。玛莎告诉我，该委员会或其代表向莱斯询问过这些控诉和传言，莱斯声称这一切都是不实的，因此没有必要进行调查。罗伯·克里格和我随后都向布鲁斯·戈登提出了这一问题，戈登也表达了同样的意思。此外，我和莱斯曾在1月吃过一次午饭，其间他向我保证这些控诉绝对不实，他在昨天的声明中也确认了这些控诉是不实的。

即便这些传言和控诉是不实的，董事会也确实需要对此采取行动，考虑到它们的传播强度就更应如此。董事会并未履行其义务，只是询问了首席执行官是否有过任何不当行为，并在他自称没有任何不当行为时采信了他的话。

董事会一直拒绝对高级管理层进行任何监督，并一再阻止我履行自己对公司及股东的义务。

我本希望昨天的事件会让我们团结起来，努力做正确的事情，即便有人敌视我和全美娱乐公司，并对我们发起了诉讼。遗憾的是事实并非如此。恰恰相反，独立董事们对公司这位首席执行官加倍忠诚，还在展开调查之前，甚至在提出这些控诉的文章发布之前，就公开表达了对莱斯的全力支持。更糟糕的是，他们选择忽视《纽约客》的文章所提出的有关本公司整体文化的关键问题，反而暗示我是这些控诉或罗南·法罗这一调查的某种幕后主使，而文章本身已经明确表示这一调查进行了八个多月。需要澄清一点，我与罗南·法罗的调查、这篇文章或任何有关莱斯涉嫌不当行为的媒体报道绝对没有任何关系。我从来没有和罗南·法罗说过话，也没有和任何控诉莱斯的女性说过话。事实上我只是向我的董事同僚们提出了这些问题。这本已足够了，然而今天我很遗憾，面对他们的无动于衷，我并未深究。

对于我是《纽约客》那篇文章或莱斯所受控诉的幕后主使的说法，我一概不予接受。关于我所谓参与这些控诉或报道的不实陈述纯属诽谤。

她要求哥伦比亚广播公司"立即撤回"其在 CBS 晚间新闻上发表的声明，以及哥伦比亚广播公司暗示她或全美娱乐公司的任何人与这篇文章有涉的任何声明。

最后，莎莉恳请董事会"最终走到一起，展开一次建设性的对话，并采取果断行动，以维护公司、员工和股东的最大利益"。

———

穆恩维斯本人整个周末都在给独立董事们打电话，以估算自己的支持率。有少数几个人——比如米诺——不愿和他说话，且认为这很不恰当。对那些愿意倾听的人，穆恩维斯则辩称《纽约客》的控诉是伪造的，或者说是极端的炒作。他的说法很大程度上被人们接受了，尤其是核心圈子中的老年男性董事同侪们。

董事会在周一上午通过电话召开了执行会议，这意味着穆恩维斯会被排除在外。克里格和莎莉在佳利律师事务所的办公室参加了会议。会议伊始，一群骨干董事就明显现出无意讨论的态度，他们已经拿定了主意。国防部前部长威廉·科恩当即站出来为穆恩维斯辩护。"如果有必要，我们会把这次会一直开到半夜，直到我们达成一致，我们百分之百地支持我们的首席执行官，他的地位不会改变。"科恩强调。[10]

在科恩发表声明时，克里格看了看莎莉。她点头示意克里格继续发言。克里格说他从戈登那里了解到，董事会正在约谈律所进行调查，他愿意等几天，听取他们对于此后行动的建议，包括是否要暂停穆恩维斯的职务。但如果科恩坚持他们要把会一直开到他们达成共识为止，那么"对于结果应该如何，我和比尔的看法非常不同，我很乐于进行这场讨论"，他说。

阿诺德·科派尔森对穆恩维斯的支持尤其热烈，对《纽约客》

事件却不屑一顾，认为这都是老皇历，不是穆恩维斯在哥伦比亚广播公司任职期间发生的事。[11] 他一再重申，哥伦比亚广播公司的这个"试播季"最需要穆恩维斯的点金术。

还有很多人谈到，如果穆恩维斯被停职，华尔街可能会有消极反应，因为穆恩维斯是该公司成功的代名词。

董事们并不是必须守到午夜才能解决分歧。他们好像非常乐意接受克里格的建议，一直等到他们从外聘的调查律师那里收到消息——任何能推迟罢免穆恩维斯决定的消息，所以不到一个小时就休会了。

就在人们热议穆恩维斯的命运之际，哥伦比亚广播公司发表了一份声明，称董事会"正在选聘外部律师以展开一次独立调查"，同时"今天的董事会议没有就此事采取其他行动"。[12]

无论是华尔街还是其他地方，没几个人觉得满意。

"这个董事会既短视又懦弱，"[13] 耶鲁大学管理学院教授杰弗里·索南菲尔德对《纽约时报》说，"他们自以为维护这个首席执行官是在展现勇气，但他们现在不过是同流合污而已。"

然而不同于韦恩斯坦、马特·劳尔或查理·罗斯，穆恩维斯闯过了这一关。[14]

董事会任命了一个三人特别委员会来监督这次针对穆恩维斯的调查，没有让如今已然名誉扫地的提名和治理委员会插手。[15] 其中独立董事会占两个名额，第三人则将出自莎莉·雷德斯通一系。[16] 戈登和克里格事先达成了一致，该委员会将由他们两人和琳达·格里戈组成——后者是双方都能接受的少数董事之一，她还有一个额外的优势——她是一名女性。

第 5 集 "他想毁了我"

莎莉·雷德斯通虽恳请哥伦比亚广播公司董事会团结起来，但董事会和三人特别委员会却连是否要外聘律所来进行调查都无法达成一致。玛莎·米诺在一次董事会议上表示，如果哥伦比亚广播公司当天不指定一家律所并宣布展开调查，她就将辞职。她建议董事会聘请两家律所，由此打破了僵局。

莎莉和全美娱乐公司派系选定了德普律师事务所及其合伙人玛丽·乔·怀特，她有着卓越的公职生涯，曾担任纽约南区联邦检察官和美国证券交易委员会主席。戈登和独立董事们则选择与科文顿·柏灵律师事务所的合伙人南希·凯斯滕鲍姆合作，她担任过检察官，是该律所白领犯罪业务部门的联席主任。[1]

新受聘的律师们向三人特别委员会表示，在调查进行期间，像穆恩维斯这样的雇员被停职已是惯例，部分原因在于仍然掌权的被调查人可能会影响潜在证人。但考虑到穆恩维斯对公司的重要性，他们建议在进行某些初步调查时先让他留任。

穆恩维斯本人将成为关键证人，但他的律师说他要到下周一才能接受问询，也就是 8 月 13 日（部分原因是他们担心会有董事泄密，所以想先制定一份严格的保密协议），这至少又为穆恩维斯争取了一周的时间。

周三，哥伦比亚广播公司宣布了这两家律所的消息。[2]周四，穆恩维斯与一些华尔街的分析师开会，并在会上公布了好于预期的季度收益，表现得好像太平无事一般。³这些分析师事前就被告知，由于有法律约束，穆恩维斯不会对《纽约客》的文章或与莎莉·雷德斯通及全美娱乐公司的争斗发表评论。尽管如此，"这些投资分析师对体育博彩可能带来的收益、该公司夸张的流媒体项目乃至所有事情都提出了疑问，却忽视了'房间里的大象'，这实在让人震惊，"⁴国家公共电台记者大卫·福肯弗里克在其报道中如此说道，"这些投资分析师都在那里提问。然而若不了解哥伦比亚广播公司首席执行官的命运——穆恩维斯曾让他们大发其财——以及如果他被罢免，哥伦比亚广播公司是否有任何适当的继任计划，那想要了解这家公司的命运和未来可就难了。"

———

由于事态发展格外迅速，克里格动身飞往纽约，迪克·帕森斯①正在那儿为莎莉和布鲁斯·戈登斡旋。帕森斯觉得让莎莉和穆恩维斯见个面或许能消除双方的误会。自5月14日官司打起来以后，他们一直没有任何联系。

7月31日，克里格陪着莎莉在佳利律师事务所的一间会议室里会见了穆恩维斯和劳伦斯·涂。莎莉很好奇涂这次来有何贵干。作为首席法律顾问，涂应为哥伦比亚广播公司及其股东效力，而非充当穆恩维斯的个人代理人。尽管如此，她还是单刀直入，现场的话几乎都是她说的。她很生气，也很受伤。她提醒穆恩维斯，在与霍兰德、赫泽以及道曼的争斗中，她有多么依赖和信任他。

---

① 即哥伦比亚广播公司董事理查德·帕森斯。

她本以为他们是朋友，现如今他却在"#MeToo"的事情上骗了她，又想通过诉讼来剥夺她的控制权，背叛了她。他怎么能这么做呢？

让克里格印象深刻的是，穆恩维斯大多数时候都在耐心地倾听。他既没有生气，也从不提高嗓门。他没有反驳任何事实或争论。穆恩维斯说的所有话几乎都是含糊其词的："我很遗憾你会有这样的感觉。"

然而，穆恩维斯似乎并没有意识到他在哥伦比亚广播公司的职业生涯已然危在旦夕。莎莉提出了（人事）过渡的话题，问穆恩维斯想如何处理他的离职事宜，他看起来很意外，好像他从没想过自己有可能会离开哥伦比亚广播公司，更不用说这个可能性有多大了。

事后莎莉担心她对穆恩维斯太苛刻了。她应该给他发条短信吗？她想告诉他，她仍然非常珍视他为公司所做的一切，并希望找出一个办法来渡过难关。

克里格建议她不要发。

那一周，负责调查穆恩维斯的三名特别委员会成员通过电话开了好几次会。克里格对穆恩维斯要到8月13日才接受调查谈话相当不满，他认为这不过是一种拖延策略。他和莎莉都坚信，调查开始就应让穆恩维斯立即停职。《纽约客》那篇文章已经发布两周了。

董事会全体会议定于8月10日（周五）召开，届时董事们将对穆恩维斯的未来做出艰难的抉择。但戈登和格里戈临时变卦，辩称在周五投票还为时过早。最终该委员会以2比1的票数推迟了原定于周五召开的董事会议。

　　莎莉非常气愤，在周五强行召集了一次特别董事会议，作为副董事长，她有权这样做。"我知道你们有空。"她给其他董事发了电子邮件。

　　董事们一个个都回应说他们突然没空了，与会者只有莎莉、克里格和安德尔曼，亦即雷德斯通一系。

　　莎莉和萨姆纳在拉古纳海滩的蒙太奇酒店度过了那个周末，克里格也随同前往。尽管此次董事会议未达到法定人数，但他们还是开了一次礼仪性居多的会议。莎莉宣读了一份声明，指出"本董事会的每一位成员都曾表示，他们可以参加布鲁斯·戈登之前要求召开的会议"，但"咱们的大多数同僚突然就没空了，或者干脆选择不参加此次会议。那些没有出席会议的人不愿以应有的效率和审议水准来讨论穆恩维斯先生的任职问题，我对此深感失望。然而鉴于我们没有达到法定的与会人数，我别无选择，只能休会"。

———

　　就在那个周五，写过霍兰德、赫泽以及雷德斯通家宅大戏的《名利场》记者威廉·科汉致电吉尔·施瓦茨，谈到了另一则报道。

　　最初，科汉是从一个消息来源那里收到了一个不得不跟进的线报，线报说穆恩维斯和他的糖尿病医生发生过一起"#MeToo"事件。科汉并不知道穆恩维斯患有糖尿病（很少有人知道）。这位消息人士说他不会透露该医生的姓名，但如果科汉能找出这个名字，他会予以确证。

科汉在谷歌上搜索了洛杉矶最好的女糖尿病医生，安妮·彼得斯之名恰为其首。这一消息人士确证了他提到的这个名字，还说她写了一篇有关此事的文章。他没有透露刊物名称，但经过更多的搜寻，科汉最终在那份医学杂志上找到了。彼得斯不愿和他谈，但其他消息来源证实了她说的那个病人就是穆恩维斯。科汉随即起草了一篇报道。

科汉没有告诉施瓦茨详情，只说他正在写的报道与穆恩维斯侵犯了一名医生有关。穆恩维斯拽住了她，用他的胯部摩擦她的身体，被她断然拒绝后，他又退回到一个角落里开始手淫。科汉还说他已经获得了受害者本人的书面确认。他认为这起事件是发生在 2011 年。他问施瓦茨，穆恩维斯对此有何评论。

施瓦茨大吃一惊："这听起来不像莱斯啊。"他告诉科汉，穆恩维斯"喜欢口交"，而不是"手淫"。

施瓦茨说他会给科汉回电话。

施瓦茨向穆恩维斯简要说明了情况，称有些书面的东西，可能被发到了社交媒体上。穆恩维斯承认对方的说法有一定真实性，他找彼得斯看过病。按他的描述，他把手放到了她的胳膊上，想要吻她，以此来挑逗她，这就是全部。这也肯定不像是发生在 2011 年这么近的事——科汉的说法在这一点上有很大出入。

即便如此，施瓦茨也力有不逮了。此事再加上法罗的报道——这一报道引发的要求穆恩维斯停职的呼声仍未停止——他认为穆恩维斯可能挺不过去了。

施瓦茨自己也感到被背叛了。他想起了洛杉矶警方的第一个电话，还有穆恩维斯坚决否认问题存在的态度。现在，施瓦茨明白穆恩维斯为何会对起诉雷德斯通家族的决定感到焦虑了。施瓦茨曾告诉他："头戴王冠，必承其重。"那时他对此简直一无所知。

施瓦茨为穆恩维斯起草了一封辞职信。

与施瓦茨谈过后，穆恩维斯让女儿上网搜了一些有关彼得斯的内容，重点放在脸书和推特之上。她在社交媒体上一无所获，但偶然在那份医学杂志上看到了彼得斯的文章。为了获得查看权限，穆恩维斯让她支付了35美元，读了这篇文章。

穆恩维斯让一名助手查看了他的日程表，最后找到了那次预约看诊的时间：1999年9月17日上午7时。他告诉施瓦茨，科汉把日期搞错了。

施瓦茨给科汉回了电话，说如果《名利场》刊发这篇报道，穆恩维斯就将辞职。施瓦茨告诉科汉，穆恩维斯的辞职信就在他手里。"哇噢！"科汉心里喊了一声。施瓦茨没有直说，但他显然把穆恩维斯的命运重担压在了科汉肩上。

"你掌握的日期晚了12年。"施瓦茨补了一句，这显然是想让对方对整个叙述都产生怀疑。

"你怎么知道是1999年？"科汉问道，"证明给我看。"

施瓦茨给科汉发了一张穆恩维斯手写的日程表条目截图。

当然，这也证实了穆恩维斯很早就见过彼得斯，而这是该报道的关键要素。

但让科汉格外沮丧的是，《名利场》的律师并未让这篇报道发布，他们对消息来源提出了疑问。科汉显然没有得到彼得斯的确认，因为她不愿和科汉谈，但她告诉了其他人，而这些人向科汉确证了穆恩维斯就是彼得斯文中描述的病人。科汉很恼火，他告诉施瓦茨，这篇报道即便要发也不会在近期发。

穆恩维斯又避开了一颗子弹。施瓦茨把那封辞职信放回了抽屉。

———

整整一周，道尔都试图与穆恩维斯取得联系，而穆恩维斯则因为一些显而易见的原因忧心忡忡。但穆恩维斯也知道，让菲利普斯保持沉默比以往任何时候都更加重要。他最终和道尔在 8 月 11 日（周六）谈了一次，道尔告诉他，菲利普斯拒演这个角色，还聘请了律师。这个消息来得实在不是时候，穆恩维斯几乎是恳求道尔让菲利普斯保持沉默。"如果芭比开口，我就完了。"穆恩维斯说道。他以前也说过这话。"她是能毁掉我的。"他恳求道尔告诉她"等到周三再跟人谈"他。[5]

道尔并不清楚周三的重要性。也许穆恩维斯能找到一个比"艾莉卡"更好的角色。他但愿如此。

道尔向菲利普斯简述了他与穆恩维斯的谈话内容，结果却弄巧成拙。他提到了穆恩维斯的说法——如果她开口，"我就完了"，以及她是唯一能打倒他的人——她听完就开始慌了。她琢磨着：一旦穆恩维斯意识到给她一个角色也没用，他会想着用别的法子让她闭嘴吗？考虑到他以前对她做过的事，她觉得他可能不会善罢甘休。她觉得自己不再安全了。

最近的事态发展让穆恩维斯十分焦虑。他给彼得·戈登打了电话，戈登证实菲利普斯拒绝了这一邀约。考虑到目前悬而未决的调查和菲利普斯已经聘请了律师的事实，穆恩维斯也几乎无能为力。最终，他在下午 6 点给他的律师罗恩·奥尔森打了电话，透露了这位女演员多年前的经纪人一直在向他施压，逼他给她找戏演，而这位女演员本人——也就是在他的华纳兄弟办公室里和他发生关系的那个人——已经聘请了律师。

晚上 9 点 45 分，奥尔森和穆恩维斯的律师丹·彼得罗切利一起联系了艾洛，后者在 1 月曾与穆恩维斯面谈，还告诉董事会没什么可担心的。彼得罗切利告诉奥尔森，在周一与穆恩维斯的面谈中会披露几件事。第一件事和一名医生有关：几年前，穆恩维斯"挑逗"过她，但被她拒绝了。

然后彼得罗切利就谈起了那名女演员的话题，但仍然没有透露任何一个当事人的姓名。穆恩维斯在他的办公室里和她发生了性关系，他在 1 月说过这件事，但现在事情不只如此了。"快进到了 2017 年，也就是上一年 12 月。"艾洛描述彼得罗切利告诉他的情况时说道，"这个经纪人说那个女人在嚼舌头，而莱斯也许可以给她找点工作，这样她就不会抱怨了。据丹〔·彼得罗切利〕说，莱斯当时什么也没做，也没有再听说过什么情况。"艾洛在通话记录中如此写道。

艾洛接着写道："大约在罗南·法罗的文章发表的那段时间，这个经纪人又打电话来重提 2017 年的那次谈话，而〔穆恩维斯〕则说他会给菲利普斯找点事做，免得她抱怨。据丹说，莱斯问他的选角人员有没有适合她的工作。我没有记下来——但我想她应该是加拿大人，住在加拿大，制片人打电话给加拿大的某人，问有没有适合她的戏。他们给了她一个小角色，片酬 1500 美元，她没接，什么事都没有。"然后她请了一名律师。

彼得罗切利提供给哥伦比亚广播公司首席法律顾问劳伦斯·涂的说法与此相仿。

这是对实情的极简描述——在这个说法中，穆恩维斯和那位"经纪人"只有过三次交流——这表明穆恩维斯犯了一个根本性的错误，那就是没有把这件事的全部真相告诉他自己的律师。

艾洛还向布鲁斯·戈登简要说明了这些已被披露的隐情。

这一切都为德普和科文顿的律师们与穆恩维斯的关键性面谈奠定了基础，这次面谈是8月13日（周一）上午8点51分在德普律师事务所的纽约办公区开始的。

"穆恩维斯想全力配合，"彼得罗切利一开场就说道，"他有配合的合同义务。他有意迅速而公平地解决这个问题。他支持这个流程……但克里格和雷德斯通直接把矛头指向了穆恩维斯。克里格本人就是一名出庭律师，也是与你们接洽的三人委员会成员，这是完全不合适的。"他由此也指示穆恩维斯隐瞒一些信息，以免克里格和莎莉以此来对付他。

穆恩维斯详细讨论的第一起事件就是菲丽斯·高登-戈特利布提交的警方报告。穆恩维斯说："这是双方自愿的。"被问及更多细节时，他说："我们在酒吧喝了一杯。在我车里，我们开始接吻。但她声称这件事是大白天在一个停车场吃午餐时发生的。"他还说："我们是朋友，但她很轻浮。我是在以前的工作中认识她的。可能有人会说是她追我而不是我追她。也许吧。那是32年前的事了。"

穆恩维斯曾向吉尔·施瓦茨保证，他已经将警方报告的事告诉了两名董事，但他提供给律师们的说法却与之相反，他说自己没有告诉任何董事——或者除了他的妻子之外的任何人——因为他觉得这是"私事"。

在被问及是否还有其他事件时，穆恩维斯提到了那名"女演员"和她的"经纪人"，但彼得罗切利建议他不要透露他们的名字。穆恩维斯说这个艺人经理在12月给他打过电话。

"你还记得某某人吗？"按穆恩维斯的说法，这句话问的就是那位艺人经理。

"记得。"穆恩维斯答道。

"那个女演员对你有怨言。"

穆恩维斯解释说："我和她见过面，并发生了关系。她另有说法。他就是这么告诉我的。他说，'还记得她是什么时候去见你的吗？她见过你之后就说她当时很不高兴'。这个艺人经理还说，'女演员，你懂的'。"

"我不知道这是怎么回事。一切都挺好的，"穆恩维斯说，"但在她看来情况不是这样。事情就这么结束了。我再也没听到过她的消息，直到上一年12月。他说，'她在抱怨。她的一些朋友正在跟她聊'。"

一名律师问到这次见面是如何结束的。

"完事后，我客套了几句，她就走了。"他说。

随着问询的继续，穆恩维斯还猜测是莎莉挑起了艾洛的那次调查，而调查的起因只是一个荒谬的传言，说是在拉斯维加斯的一次会议期间，穆恩维斯和伊安尼洛穿着浴袍勾搭女人，而浴袍正是"#MeToo"运动最近的一个有力象征。

"五年前，我们在拉斯维加斯开了一次会，"穆恩维斯解释说，"什么事都没有……但是莎莉召集了一次紧急会议，要讨论我和伊安尼洛性骚扰的问题。那些故事里说我和乔穿着浴袍惊扰别人，这简直莫名其妙……我听到这个消息的时候很可能吓了一跳，艾洛说莎莉的所作所为几乎就是犯罪了。"

穆恩维斯告诉律师们，与他有关的只有他告诉艾洛的那两起事件——那份警方报告和那个经纪人给他打过电话的女演员。"我从没把《纽约客》的那六个故事放在心上。"他说。

律师们在那些事件或《纽约客》一文的实质内容上花费的时间相对较少。他们几乎已经断定，这些事情的发生时间太过久远，与穆恩维斯是否需要立即停职无关。

穆恩维斯的防守确实有几分成效。伊里纳·道格拉斯曾告诉《纽约客》，穆恩维斯报复过，让她在创新艺人经纪公司的经纪人炒了她。但穆恩维斯解释说，她的经纪人之所以炒了她，是因为她当时的男友马丁·斯科塞斯已经转投另一家经纪公司，而创新艺人经纪公司代理她的业务只是帮斯科塞斯的忙，这当中不存在穆恩维斯报复的问题。而说他把珍妮特·杜林·琼斯锁在办公室里也很荒谬——他的办公室并没有锁或遥控开关，也许琼斯是犯了糊涂。这扇门确实有一个磁力拉手，必须按下相邻的按钮才能松开，但他并没有试图把任何人锁在里面。

即便他说的都没错，但这在一篇长文中也不过是些相对较小的细节。正如穆恩维斯在向该杂志发表的声明中所承认的，他在有些事件中确实存在不当行为。

将近四个小时后，这次谈话进入尾声。穆恩维斯再次表达了他对泄密的担忧，还痛批了克里格一顿。

"罗伯·克里格不只是想赢下一场官司，"穆恩维斯坚称，"他是想毁了我。太坏了。他基本上可以不择手段。这些信息中的任何一条都可以，而且将被用来对付我。"

"为什么？"怀特问道。

"他是莎莉的人，他也比她更有能力做这件事。我不是弱者。这真是很磨人。我一点都不信任他。但这还不足以赢得这场比赛，你必须摧毁你的对手。"

第6集 "这是个大忌"

第二天，丹·彼得罗切利和艾洛又谈了一次，并报称穆恩维斯已经接受了律师们的面谈："我们谈得不错。"艾洛问他有没有谈到那名女演员及其经纪人的问题。彼得罗切利的回答在艾洛看来有些"古怪"：谈到了，但穆恩维斯没有提供任何"细节"，因为"我真的很担心保密问题"。

艾洛并不确定彼得罗切利到底透露了什么或隐瞒了什么，他决定还是把他与穆恩维斯的几名律师的谈话告诉怀特和凯斯滕鲍姆。他谈到了最近的那次通话，还说彼得罗切利在此前的一次通话中提到过那位医生的事。穆恩维斯曾试图亲吻她，但他"不记得还发生过什么更过分的事了，"彼得罗切利如此说道，"就是这么个程度。"

然后他总结了穆恩维斯与那位女演员的摩擦，并补充了他和她的经纪人之间互动的关键细节。"这个周末，我不知道是周六还是周日——那个经纪人又给莱斯打了电话，"艾洛告诉他们，"他说那个女人对这个小角色非常不满意，她请了一名律师。没有其他细节了。"他重申，穆恩维斯和那名经纪人之间只联系过三次：第一次是在 12 月，第二次大约是在法罗发布那篇文章的时候，第三次是在上周末，这次穆恩维斯得知她很不高兴，还请了一名律师。

对律师们来说，这个关于某位"经纪人"的爆料无异于一颗重磅炸弹。30 年前的性侵控诉是一回事，但现在这件事是刚刚发生的。它表明穆恩维斯迫于压力掩盖了这起事件，利用公司的资源压制了一个潜在的威胁，而且他还没有告诉律师们这件事。如果穆恩维斯在掩盖这件事，他有可能还隐瞒了什么呢？

律师们震惊了，呼吁立即对穆恩维斯进行后续面谈，时间定于周三下午。

下午 4 点，怀特和凯斯滕鲍姆向特别委员会成员戈登、克里格和格里戈做了简报。他们描述了前一天与穆恩维斯的面谈，提及了警方报告、那名女演员，以及《纽约客》报道的那些事件。凯斯滕鲍姆总结了穆恩维斯的回应："有时候他会感觉到一种吸引，认为这是相互的，他会示好，如果被拒，他也不管。"

怀特接着说："我们的感觉是，无论发生了什么，你都看不出他在婚后做过这种事，好像有 14 年的时间都没有过这种举动。

我们问他还可能有什么事，他说有一段时间我在跟人约会，可能有些事，但都是双方自愿的。他提到了与一名女医生的一次会面，那次他碰了钉子。他不愿透露姓名或任何细节。"

然后凯斯滕鲍姆提到了艾洛披露的那名女演员及其经纪人的事。"彼得罗切利称这种情况是敲诈。"怀特说。

"在我们看来，这会引起人们对莱斯的坦诚度以及他利用哥伦比亚广播公司人力资源采取了一些措施的严重忧虑。"凯斯滕鲍姆补充道。

怀特表示，"在我们听到这个事例之前"，律师们还倾向于在调查期间让穆恩维斯继续担任首席执行官，"并加快调查进度以得出最终结果，但我们现在的看法变了"。

凯斯滕鲍姆指出，考虑到穆恩维斯有一种因性吸引力而采取行动的偏好，"很可能还有更多"事件。

怀特接着说道："另一个风险就是我认为我们在他需要披露什么以及风险何在的问题上表现得太天真了。没有人听说过那名女演员，还有穆恩维斯给她找了一份工作的事。彼得罗切利已经意识到他需要在这里披露这些情况了。他后来确实向拉里[1]和威嘉律所披露了这些情况。"她似乎特别担心穆恩维斯只是意识到了他的个人风险——"他紧张到反胃"——却没有意识到公司还面临着更大的风险。

她停顿了一下，戈登催她"继续说。你的结论是，出于你刚才所说的原因，你不建议改变现状，你只是想法变了"。

---

[1] 指哥伦比亚广播公司法律总顾问劳伦斯·涂。

凯斯滕鲍姆答道："鉴于最近的选角导演事件，我们建议改变现状。我们现在认为有一些新情况，很麻烦。"

"这是个大忌。"她总结道。

———

8月15日下午4点28分，穆恩维斯与德普和科文顿的律师们展开了后续的电话访谈。这一次几乎完全聚焦于穆恩维斯与菲利普斯和道尔之间的一连串纠葛。穆恩维斯面临着一个必定会让他感到痛苦的挑战，那就是要调和好那些实际发生过的事情、他告诉律师的事情、他在1月告诉艾洛的事情，以及他认为自己仍然可以隐瞒的事情。

穆恩维斯讲述了整个故事，提到了道尔在上一年12月打来的第一通电话。"这通电话让我感觉不大好，"他承认，这个说法无疑有些轻描淡写，"那段时间我非常恐惧，我很担心这个事。他确实提到了她是个演员，且一直在找工作。"

"道尔这么说是什么意思？"凯斯滕鲍姆问道。

"看看我能不能给她找点活儿。"他还说，"我没有回应。我把这个事晾在那儿了。老实说，我有好几个月都没管这个事儿。"

穆恩维斯表示不大可能有什么通话记录："我们不留通话记录。"

穆恩维斯最大限度地淡化了他与道尔的互动："他会打电话给我，推销不同的演员。有天他问我愿不愿意见他的两个客户。至于那名女演员，道尔会问，"'有什么戏在拍吗？有什么适合她的角色吗？'这些都是电话里说的——我们还吃过一两次午饭，基本上就是这样。他会打电话来说她和另一些客户的事。就是这样了。"

他一句也没提到短信。

当被追问到他与道尔互动的更多细节时，穆恩维斯回道："纯粹是估计啊，也许有五六个电话吧，一般是他打给我。他还曾为其他事打电话给我。他是个铁杆棒球迷，送了我儿子一个带签名的棒球。我们可能还通过电邮或短信交流过，但联络得并不多。"

"我们想了解那些联络内容。"凯斯滕鲍姆说。

穆恩维斯表示理解。

他第二次和道尔吃饭的时候"有一种更紧迫的感觉，他说，'你还什么都没给她呢'，"穆恩维斯说，"这段时间里，我没有在给她找工作的事情上出过一分力。"

"你觉得他在威胁你吗？"凯斯滕鲍姆问道。

"不是。我觉得她这个经纪人只是想转达一下现状。"穆恩维斯说。

但在他 7 月 13 日与道尔吃过午饭后，"我打电话给彼得·戈登，让他给她找个活儿。我感到压力越来越大，我告诉彼得有个女演员，并提到了"#MeToo"，但没有告诉他详情，只是说：'你能给找点活儿吗？'"穆恩维斯接着说道，"他明白我的意思，也在想办法给她找份工作。一说"#MeToo"，他肯定明白这是个有可能会提出控告的女人。"

怀特想知道穆恩维斯为何会告诉戈登这件事。

"我告诉他是因为我和马夫吃过午饭后，给她找些事做的压力更大了，因为我不想让她把这件事公之于众，这个想法多少是有的。"

穆恩维斯接下来就听说这个女演员拒绝了角色，并聘请了律师。他说他没有牵涉其中，但"我听说是因为钱太少了，角色太小了。我不知道是什么角色，那是哥伦比亚广播公司的一部戏，一直没拍。我没有跟进这件事"。

"你有没有纠结过给她找个角色的做法是否恰当？"怀特问道。

"有，"穆恩维斯答道，"不过我已经这样做过上百次了，不是为了那些控诉人，我会给戈登打上百个电话，只为了找些戏份。是的，这有点不寻常。我确实考虑过这样做是不是恰当。"

"你当时是怎么想的？"怀特问。

"她是想公布一个对我不利的糟心故事，还是要在这儿捞点什么好处？"穆恩维斯说，"我意识到当时的环境并不是很妙，我认为这相对来说也算不上什么。我经常这么做，找戈登要角色。"

穆恩维斯说他不记得在1月的访谈中有没有跟艾洛说过这个艺人经理的事，但他认为他肯定说过，因为道尔就是在几周前打来的电话。

穆恩维斯还谈到了一件怪事：他在周一的会议中没有提过这个艺人经理。"我没有在周一提起这件事的原因是，我们要按顺序来。7月出了些大事嘛①"。他说他已经告诉了艾洛和涂，并且认为他们会传达这一信息。

---

① 指《纽约客》的报道。

———

第二天，彼得罗切利告诉艾洛，他收到了芭比·菲利普斯聘请的洛杉矶出庭律师埃里克·乔治的来信。这是个坏消息：乔治扬言要起诉哥伦比亚广播公司和穆恩维斯。

四天后，怀特和凯斯滕鲍姆向特别委员会简述了对穆恩维斯进行的第二次访谈过程，重点是穆恩维斯为菲利普斯找工作所帮的忙。凯斯滕鲍姆表示，他们"愿意相信穆恩维斯在周一的访谈中对此事是坦诚的，尽管他和彼得罗切利都没有足够确切的信息能够说明穆恩维斯漏掉了与那名女演员及其经纪人的事件的原因"。但是，她接着说道："穆恩维斯好像觉得给那名女演员找工作是合理的，这样她就不会说出一个'糟心故事'了。我之前在周三的会议上就提到过，他在这方面缺乏判断力和警觉性，这可能是一个风险因素。"

随后，律师们向全体董事作了简报。至少对包括莎莉派系在内的一些董事来说，警方报告的披露、女医生的事件，尤其是那个女演员及其经纪人的一连串轶事，都如同一枚枚重磅炸弹。对穆恩维斯的后续谈话只是强化了怀特和凯斯滕鲍姆前一天讨论过的诸多观点：穆恩维斯对那名艺人经理的处理方式以及他利用公司资源让那名女演员保持沉默的做法让整个公司都面临风险。仅凭这一点就应该立即将他停职。

不仅如此，凯斯滕鲍姆还告诉他们，这些事不可能是董事会获知的最后一批事件。穆恩维斯之前并没有坦白。很可能还会有更多女性站出来。

阿诺德·科派尔森此前已经给所有董事发了一封电子邮件，提醒他们"在被证明有罪之前，莱斯是无辜的"。现在他更进一步表示："我不在乎是不是还有一百多个女人要站出来，莱斯是我们的领导，我们必须挺他。"

当天董事会没有采取进一步行动。

第7集 "一个曾经难以预料的结局"

同一周，罗南·法罗赶到洛杉矶，在菲丽斯·高登-戈特利布居住的封闭社区的门口按了门铃。他在8月21日给她发了电子邮件，但她没有回复。他联系了她的儿子，还是一无所获。他最后直接来到了她家门口。

找到她并不容易，尽管她报警的消息已经见报。8月2日，《洛杉矶时报》的报道称"一名81岁的妇女告诉警探，30年前，她和穆恩维斯都供职于当时的电视业巨头洛里玛制片公司（《达拉斯》和《解开心结》等剧集的出品方），那时他性侵了她"[1]。

这篇由记者梅格·詹姆斯和理查德·温顿撰写的报道指出，这起受到控诉的事件年代太久，已无法起诉，这位女性没有具名。[2]

法罗阅读了这篇文章，并且联系了温顿。"报道很不错。"法罗称赞了他一番。温顿不知道这个女人的身份，但提出让法罗去联系他在警察局的一名线人。他告诉法罗："我没法让他们开口，但你也许可以。"

法罗和那名警探谈了谈。警探拒绝透露这个女人的名字，但表示会联系她，看看她想不想和法罗谈。她拒绝了。这名警探向法罗转达了她的回复，并且在转达时非常不经意地提到了这个女人的名字：菲丽斯。

幸好，当时的洛里玛制片公司里并没有几个叫菲丽斯的女高管。经过网上的大范围搜索之后，法罗找到了一份老旧的校刊简介："菲丽斯·高登-戈特利布，好莱坞的闯荡者"，其中讲述了她在洛里玛制片公司的高管生涯。（"我有种走进了男更衣室的感觉。"她说。）

自从几周前法罗发布第一篇针对穆恩维斯的文章以来，又有不少女性联系了他。现在他又发掘了五起与穆恩维斯有关的可信事件，这还没算上高登-戈特利布。

高登-戈特利布应门之后，法罗做了自我介绍。"我一直在给你打电话，"他说，"我只是想着一定要让你有机会听我说完。"

出乎他意料的是，她请他进屋了。她告诉他，她的律师、著名的妇女辩护人格洛丽亚·奥尔雷德曾嘱咐她不要开口，但现在他来了。"我很高兴你来了。"她说。

法罗拿出了他的录音机。

———

8月26日，南希·凯斯滕鲍姆联系了芭比·菲利普斯的律师埃里克·乔治以及道尔。乔治兴奋地向对方提出要给菲利普斯安排一次面谈，道尔却说他在高尔夫球场上，说不了话。

道尔随即就向穆恩维斯告知了这通电话的事情。"不要跟他们谈。"穆恩维斯叮嘱道——这公然违背了他要配合此次调查的合同义务。

凯斯滕鲍姆后来又给道尔发了两条短信，他一概视而不见。

然而穆恩维斯为掩盖他与道尔的关系所做的事还不止于此。他几乎把手机上两人的短信记录全都删除了。后来律师们索要他的平板电脑时，他拿出的也是儿子的平板电脑。待他们最终拿到穆恩维斯本人的平板电脑时，其中的设置在最近已进行了调整：系统会删除所有保存 30 天以上的短信。

律师们请的法证专家最终发现了穆恩维斯和道尔在八个月的时间里互发的 400 条短信。

———

就在德普和科文顿这两家律所展开调查之时，董事们也几乎保持着持续不断的联络，要么是个别接触，要么通过频繁的董事会议。由于穆恩维斯为让菲利普斯保持沉默而试图给她找工作的事已被披露，所以除科派尔森之外，他在董事会所获得的支持几乎为零。穆恩维斯曾向他们保证他没有"#MeToo"的问题，哥伦比亚广播公司也没什么可担心的，但他显然撒谎了——有时还是在他与董事们一对一的对话中撒的谎。

唯一的问题是穆恩维斯的离职条款：若是"因故"，那他就拿不到离职金或福利，若是无故，那么哥伦比亚广播公司就可能要给他一亿多美元。

莎莉出人意料地愿意慷慨解囊，甚至问穆恩维斯接下来想不想担任顾问或制作人。只要他离开公司就行，她觉得哥伦比亚广播公司仍有可能受益于他有关公司和行业的深厚认知。他会辞职，而不是被解雇。虽然哥伦比亚广播公司并不想给他全额的离职补偿，但也向他提供了一个优厚的折中方案：7000万美元外加其他福利。穆恩维斯接受了。在任何情况下，7000万美元都是一笔横财，考虑到他离职的背景就尤其如此。

伊安尼洛会暂时接替穆恩维斯，哥伦比亚广播公司将宣布寻找新的首席执行官。（该公司董事会从未找到"浴袍"传闻的任何证据，也没有出现过其他的有关伊安尼洛的控诉。）

穆恩维斯的退出在很大程度上也让这场意在剥夺莎莉控制权的诉讼失去了根基，独立董事们并没有忘记这一点，即使是其中最怀疑莎莉及其意图的人也是一样。正如米诺早已指出的，提起这场诉讼的主要动机一直都是要保住穆恩维斯的首席执行官一职，让他开心。现在这个动机已经没了。如果董事们知道这些潜藏在穆恩维斯过往中的问题，他们决不会同意提起这场诉讼。现在他们知道了，大家全都不敢相信穆恩维斯竟然会答应继续打这场官司。他在想些什么呢？很多董事都在揣测，但他们能想到的无非是他的反驳能力一定非同寻常。

因此，尽管穆恩维斯的命运仍在讨论之中，但这场诉讼的和解谈判也在进行。及至周末，条件敲定了：双方将会撤诉。该案原本有望解决的股东民主这一根本问题将不会通过宏大的法理学来解决。哥伦比亚广播公司不会尝试剥夺雷德斯通家族和全美娱乐公司的控制权，[3] 莎莉承诺至少两年内不会再提出合并哥伦比亚广播公司和维亚康姆集团，除非有三分之二的独立董事同意。[4]
她还将撤回要求获得绝对多数票才能派发股息的章程。[5]董事会
将经历一次彻底的改造。七名董事会成员同意辞职，包括她的死
对头吉福德和穆恩维斯最铁杆的盟友科派尔森。莎莉将提名六位
新董事。

董事会定于9月9日（周日）召开会议，以遴选新任董事，
并正式批准诉讼和解方案和穆恩维斯离职方案的条款。董事会将
在周一上午股市开盘前宣布结果。

此后，施瓦茨又接到了《纽约客》的电话。法罗找到了另外
六名穆恩维斯的受害者，她们都愿意被公开引用，其中包括高登-
戈特利布，这篇报道即将于周一在网络和杂志上发布。

对方向施瓦茨核查了一些事实，施瓦茨则尽责地传达了个中
细节，而德普和科文顿这两家律所的律师们也安排了与穆恩维斯
的又一次访谈。

———

周六下午，律师们通过电话与穆恩维斯进行了访谈。他们
一开始便提到了糖尿病医生彼得斯。根据访谈记录，穆恩维斯承
认："我确实勾引了她一次。"她拒绝了，而且"我完全不记得
之后的情况了……我知道这让人很不舒服或尴尬，我很快就出去
了"。他还说："出了这个事，我并不觉得光彩。我显然误解了
对方的意思，我做得很不恰当。我以最快的速度离开了。我记忆
中的情况就是这样。"

他还否认自己曾在她面前手淫："这绝对不属实。"

第二天，玛丽·乔·怀特问到了穆恩维斯致歉一事。

穆恩维斯承认："有可能我真打电话过去道了歉，因为我对她做出了这样的举动。"但他坚决否认自己说过他和女人独处一室就会犯毛病。"在我的职业生涯里，我曾经和成千上万的女人单独待在一起，我绝不会说我和女人单独待在一起就会这样，"他说，"我从来没有说过这种话，也永远不会说这种话。"

"你有没有因为性瘾而接受过心理咨询？"怀特问。

"从来没有。"穆恩维斯说。

律师们接着问起了道尔的客户伊芙·拉茹。穆恩维斯说道尔在上一年 12 月打来的第一个电话中提到了她，他跟她什么事都没有——穆恩维斯还说他"有七八个月"没再跟道尔说话了。

怀特问到了道尔让他给菲利普斯找工作的事情："你觉得他是在利用这个情况为他的另一些客户牟利吗？"

"艺人经理和经纪人总是会卖力兜售的。"穆恩维斯说。

"你没觉得有压力吗？"怀特问道。

"完全没有。"穆恩维斯说。

南希·凯斯滕鲍姆问他有没有在 2017 年 12 月或 2018 年尝试过让拉茹出演一个角色。

"绝对没有。"穆恩维斯坚称。

律师们很清楚，他说的几乎全都是假话。

———

彼得罗切利曾提醒这些律师，穆恩维斯和哥伦比亚广播公司的女员工还有过另外六次性接触，据说都是双方自愿的。这些事都没有被纳入《纽约客》的最新报道。

穆恩维斯无意讨论这些事情。"她们都是我交往过的人，"他说，"其中有几个我多年没见了。她们大多对我还很友好。有几个人已婚，这可能会影响到她们的生活。"

其中一个人引起了律师们的注意：穆恩维斯的一名助理，其职责之一显然就是随叫随到，在办公室里与穆恩维斯发生关系。她最近还给穆恩维斯打了电话，担心有人会联系她。穆恩维斯说公司里的其他人都知道他们的关系，这种关系已经持续了两年左右。

穆恩维斯说他们的情况就是"纯粹的性交"，都发生在晚上，那时其他人都已经回家了。他坚称这都是"1000% 自愿的"。

他还提到了另一名女性，一个职位相对较高的高管，和他有过长达近六年的恋情。"我认为哥伦比亚广播公司的大多数人都知道这件事……她也是刚结婚不久，"他补充道，"我们依然很亲密。"她在哥伦比亚广播公司"仍然担任高管"。

他说他开始和朱莉·陈约会时，这段恋情已经结束了。

此后，律师们仔细研究了《纽约客》最新的六桩控诉。和以前一样，他承认自己和她们有过多次接触，但坚称都是出于双方自愿。大部分讨论都集中在高登-戈特利布和那份警方报告上。

"她说第二天我把她摔到了墙上，"穆恩维斯说，"我这辈子就从来没像那样跟女人动过手……这绝对是没影的事。隔天我就没有去她的办公室，我没有骂过她，我不知道这个说法是从哪儿来的。再讲一次，她在她那份警方报告里不是这么说的。说我报复她，说我调动了她的职务，这都是无稽之谈。"

穆恩维斯说他看过（但不在他手中）高登-戈特利布的那份

警方报告，内容与她提供给《纽约客》的说法不一致。"（这份报告）并没有声称我强迫她。其中确实提到了我们在我办公室的第二次会面，但她回忆的情况和这份报告有相当大的出入。她说我裸露了自己，然后她跑了出去——这也不是实情。再讲一次，从上一年 11 月我第一次听到高登 - 戈特利布的一连串说法以来，这整个故事在我看来就是一个彻头彻尾的谎言，整件事都是。我们只是发生了两次双方自愿的性关系，不存在强迫。"

———

穆恩维斯总结道："这篇文章里描述的人不是我。我明白我在这件事上面临着潜在的危险，我只是想让你们知道这一点……这两篇文章里写满了的那个人是我用一百万年都想不到的。我并不完美，但我很确定我已经把一切都告诉你们了，你们无疑也在每件事上都盘问过我，我想不出其他事情了。这让我非常厌烦，因为大多数事情根本就是子虚乌有，要么就是半真半假的，要么就是双方自愿的。我发现有点巧合的是，最新的那篇文章是在我和哥伦比亚广播公司达成协议的前一天发布的，我觉得这非常奇怪。整件事都让人心烦，而我还是在尽我所能地向你们坦承一切。"

"我知道你尽力了，"怀特安抚了一下他，"这种事往小了说也确实挺让人头疼。"

———

克里格开车去棕榈泉与另一起案件的证人见面时接到了一个

从康涅狄格州打来的电话，是法罗。克里格之前从未和他说过话，但法罗告诉他，自己正在撰写另一篇有关穆恩维斯的文章，其中会涉及更多的女人。他听说哥伦比亚广播公司董事会马上会有动作，便想在该董事会采取行动之前发布这篇报道。

和往常一样，施瓦茨或其他任何人都没有把《纽约客》正在酝酿一篇新报道的事告诉克里格或莎莉，但克里格渴望看到这篇报道发布。他一直坚定地认为哥伦比亚广播公司一分钱都不该给穆恩维斯。他早就觉得可以解雇穆恩维斯，独立董事们的无动于衷让他分外失望。也许这篇最新的文章会起到决定性的作用。

克里格告诉法罗，董事会不会"马上"采取行动，但在那个周末很有可能。

周日上午，法罗的《纽约客》报道发到了网上，报道中说："现在又有另外六名女性控诉穆恩维斯在 20 世纪 80 年代和 21 世纪第一个十年初之间对她们进行过性骚扰或性侵。这些控诉包括穆恩维斯强迫她们与他发生关系、未经她们同意就向其裸露自己，以及对她们动用了暴力和恐吓手段。"[6]

高登-戈特利布是第一个案例。她与法罗交谈时加入了一些新的细节。在车里被逼后，"她吐了。她告诉我'这太恶心了'，"法罗写道，"她当时没有公布这件事，因为她是单亲母亲，有两个孩子要养，所以很担心自己的事业受影响。'我意识到他就是新的金童……我就一直没出声。'但她说这件事'我从没淡忘'。"

这篇文章还引用了一位"资深执行制片人"的话，此人回忆说，大约在十年前，高登-戈特利布曾在一个社交场合说过穆恩维斯向她裸露了身体。

穆恩维斯再次发表声明，称"这篇文章中的骇人控诉并不属实"。[7]虽然他承认自己与其中三名女性有过"自愿的关系"，但"但凡认识我的人都知道，这篇文章中描述的那个人不是我"。他还说："我只能推测，她们在几十年后第一次冒出头来，无非是另一些人想借此合谋毁掉我的名誉、声望和事业。"

哥伦比亚广播公司董事会已准备对穆恩维斯的命运作出裁决，他们明显保持着克制，这一次没有为他提供支持。董事会只表示，它"承诺对这些控诉进行彻底和独立的调查，且调查正在积极进行中"。

《纽约客》的报道一出，《名利场》杂志就认定科汉那篇与穆恩维斯和彼得斯有关的文章终究还是值得发布的。科汉觉得自家的律师们在看到法罗那篇文章之前都太胆小了。如果他的报道早点发布，很可能会成为一枚重磅炸弹。现在，科汉觉得它只会淹没在法罗那篇文章所引发的骚动之中。即便如此，文章至少还是发了。

科汉打电话给施瓦茨，请其置评，此时施瓦茨只得摊手。

在《纽约客》的文章发布几个小时后，《名利场》的文章也发到了网上。科汉大量引用了彼得斯的那篇随笔，这篇文章"没有传达给更广泛的经常讨论"#MeToo"的受众，"他写道，"不过上个月我从一个熟知内情的消息来源那里了解到，彼得斯医生所指的就是穆恩维斯。"[8]

这是直白的暗示。

"穆恩维斯完了，"科汉写道，"这是一个曾经难以预料的结局，它将为一系列史无前例的事件画上句号，让莎莉·雷德斯通获得她期待已久的胜利。"[9]

科汉觉得他的报道会石沉大海，但他错了。莎莉就看出这是一篇决定性的报道。她认识彼得斯的一些熟人，他们都说她是一位备受尊敬的专业人士，不会撒谎或添油加醋。

哥伦比亚广播公司董事会赶紧发布了原定于周一发布的声明。克里格如愿以偿：穆恩维斯一分钱都拿不到了，也不会有什么制片或顾问的合同了。哥伦比亚广播公司将向穆恩维斯指定的一家妇女慈善机构支付 2000 万美元，还预留了 1.2 亿美元（离职金），在德普和科文顿完成其调查后，决定是否可以就此解雇穆恩维斯。[10]

穆恩维斯作为哥伦比亚广播公司首席执行官的 16 年任期遽然终结了。

———

一个多月后的 10 月 18 日，怀特、凯斯滕鲍姆及其同事们在多伦多与芭比·菲利普斯进行了访谈。穆恩维斯能否收到那 1.2 亿美元在很大程度上要取决于她的证词。律师们此前只听到过穆恩维斯对他与菲利普斯的接触以及他与道尔的关系的说法，按穆恩维斯所说，上一年 12 月以来，他与道尔只联络过三次。

菲利普斯很紧张，这可以理解。自从道尔在约一年前扯出此事以来，她的情绪一直起伏不定，现在她又不得不再次面对陌生人。但她深吸了一口气，然后勇敢开口了。

菲利普斯提到了她在《窥视者》和《艳舞女郎》中的角色，还说她的经纪人道尔安排了她与穆恩维斯的会面，那次会面发生在 1995 年 2 月或 3 月。接着，她讲到了问题的核心。

根据律师们的访谈笔记，菲利普斯说："有些事我记得很清楚。他靠在桌边，我们寒暄了几句。我们分坐在桌子的两旁，他接着就向我打听了《艳舞女郎》的情况。他说，'我要把你介绍给选角导演约翰·莱维'。他试着联系了约翰，但对方当时不在。然后他说，'我会给你介绍约翰·莱维的……来看看我的剧集展板吧'。他在那面墙上挂了一块展板。他给我看了《急诊室的故事》和另一些剧。我回了几句，说了些什么。在我转回身的时候，……太让人震惊了。他说，'做我的女朋友，什么戏我都会让你上'。他把我按下去……我简直不敢相信。然后他打了内线电话，找到了约翰·莱维。他走到了电话前。我站起身，一切都——我要尽力回想一下——我看到了一根棒球棍和一张他妻子的照片。"

对棒球棍的记忆激出了菲利普斯的泪水，让她难以继续。但她尽力说道："他在电话里说，'我这儿有个很棒的女演员'。他边说边穿好裤子。我抓起了棒球棍，我的血液沸腾了，我要打爆他的头。我竭力整理着思绪。他太不当回事了，说'约翰想见你'。我放下了球棍。我说，'我和迪士尼有个会，我得走了'。我抓起提包就走。我必须离开那儿。"

芭比开口了。

尾　声

一想到穆恩维斯有可能带着 1.2 亿美元离开哥伦比亚广播公司，很多人都被激怒了。股东年会当天，现代艺术博物馆外聚集了一群抗议者。[1] 穆恩维斯有可能拿到的巨额补偿金成了人们发泄郁愤的出口，这种愤怒主要针对美国的企业界，他们长期以来无视了许多有钱有势者的不当行为，只要这些人能带来利润和更高的股价。

在穆恩维斯被曝光之后，如果董事会屈服于他的离职金要求，哥伦比亚广播公司就将面临一场公关噩梦。到调查结束时，穆恩维斯对于董事会已毫无信用可言。12 月，科文顿和德普的律师们告诉哥伦比亚广播公司的董事，他们不相信穆恩维斯对这些事件的说法，关于他的所作所为，他一再地欺骗和误导了他们。

新的哥伦比亚广播公司董事会的第一步措施是，一致投票决定因故解雇穆恩维斯。[2]

穆恩维斯离任后，董事会重新提出与维亚康姆集团合并的想法，尽管他们曾承诺至少两年内不会这样做。2019 年 8 月，该公司宣布签定合并协议，并将于 12 月完成合并。[3] 新公司名为维亚康姆 CBS，巴基什任首席执行官，莎莉任董事长。[4]

伊安尼洛没有屈居于巴基什之下，他拿着价值 1.25 亿美元的巨额离职补偿离开了，按照合同，这是他应得的金额，因为被任命为首席执行官的是巴基什而不是他。[5]

穆恩维斯和他的律师们展开了行动，旨在拿到哥伦比亚广播公司存入代管账户的那 1.2 亿美元，但原因并不是他需要这笔钱。他是美国电视业有史以来最富有的人之一——仅在他任职的最后两年，哥伦比亚广播公司就向他支付了近 7000 万美元。[6] 穆恩维斯认为他是被不公平地赶出了公司，而这笔钱能证明他是无辜的。

他的律师们额外找到了一些证据，这些证据会让人们对那些控诉者生疑，尤其是菲丽斯·高登-戈特利布。高登-戈特利布执教之后曾在 2007 年写过一篇博客文章，讲述了她作为一名娱乐业女性所经历的虐待："我供职的一家制片公司的总裁曾把我抱起来摔到墙上，因为我没有在一份备忘录中写上他想写的内容——而我没有哭。一名电视网的部门负责人威胁把我扔出窗外，因为我在他出差不在的时候做了决定——而我没有哭。另一个制片公司的负责人没穿裤子就跟我开了一个宣布好消息的会——而我没有哭。"[7]

其中两件事可与高登-戈特利布对穆恩维斯的指控相对应：把她摔到墙上，并在一次会议中裸露了自己。但在这篇博文中，高登-戈特利布说的是两个人：一名"制片公司的总裁"和"另一个制片公司的负责人"。照理说，此事发生时，高登-戈特利布和穆恩维斯只是同事，穆恩维斯既不是高登-戈特利布供职的制片公司的总裁，也不是一个"制片公司的负责人"。对车上发生的事，她一句没提。她也从未向法罗、《纽约客》的事实核查人员或其他访谈者提及这篇博文。

但这篇博文并不能作为定论。也许高登-戈特利布是故意混淆了穆恩维斯的身份，把行凶者描述成了不同的人，并夸大了他们的职位。但现在这些已无从知晓，因为高登 - 戈特利布患有晚期痴呆症。（她已于 2022 年去世。）

即便穆恩维斯的律师们可以质疑高登 - 戈特利布的信誉，她也只是众多控诉者之一，而且这么做会让穆恩维斯给人一种冷酷无情的印象：企图诋毁一个既年迈又没有自辩能力的名义受害者。

经过两年多的法律论争，2021 年 5 月，穆恩维斯最终同意放弃那 1.2 亿美元。[8] 不过他并没有空手而归。出人意料的是，哥伦比亚广播公司聘请的科文顿·柏灵律师事务所同意向他支付一笔保密款项（消息来源确定其金额超过 1000 万美元），穆恩维斯表示他会把这笔钱捐给慈善机构。[9] 在达成和解之后，他很少再有消息传出。

萨姆纳的几位前任伴侣也逐渐淡出了公众视线。2018 年，法官驳回了赫泽对莎莉和泰勒提起的一亿美元诉讼，由于萨姆纳尚在人世，所以法官裁定赫泽没有资格对其资产处置提出异议。[10]

与此同时，萨姆纳起诉赫泽和霍兰德的虐待老人案仍在继续。但莎莉已无心再打官司，更不用说进一步公开她父亲的性生活了，况且目前也不清楚她父亲还能承受多大的压力。

莎莉和她一家都恳求萨姆纳了结这些案子，先与霍兰德和解，然后是赫泽，萨姆纳最终同意了。霍兰德撤回了她的索赔要求，并向萨姆纳·雷德斯通基金会付了 25 万美元。该基金会随即同意将这笔钱捐赠给自闭症关怀机构。（亚历山德拉患有自闭症。）霍兰德还同意将 75 万美元暂交第三方代管，在三年内归还给她，前提是她遵守和解协议中严格的保密条款。这项和解协议给霍兰德带来了些额外的好处，她不必再担心皮尔格林有可能公布的轰动性证词了。赫泽则同意偿还 325 万美元，并放弃所有索赔，她也在和解时签了一份保密协议。[11]

某种意义上，这些和解算是萨姆纳的胜利，因为霍兰德和赫泽都不得不有所放弃。但这在很大程度上是象征性的：她们还的钱只是他给她们的约 1.5 亿美元中的一小部分。无论如何，"S 和 M"（莎莉经常这样称呼她们）终于离开了莎莉的生活。

———

在《继承之战》这一连串故事中，许多角色来到好莱坞，重塑了他们自身，追逐着一个明显带有 21 世纪特色的加州版美国梦：金钱、权力、性和一栋战利品式的豪宅，大体就是这么一个顺序。来自波士顿的萨姆纳·雷德斯通，来自长岛的莱斯·穆恩维斯，来自明尼苏达州奥斯汀的马夫·道尔，来自圣迭戈的西德尼·霍兰德，来自阿根廷的曼努埃拉·赫泽，无不如是。在这场最新的"为达目的不择手段"的演出中，似乎并没有什么招数是太过离谱、不诚实或不道德的，只要它有效。

演员乔治·皮尔格林曾假扮赫斯特的后人，这或许跨越了再创造和欺诈之间有时模糊的界线，把"为达目的不择手段"发挥到了极致。但即使是牢狱生活也没有让他消停多久：他给霍兰德发出那些影响之后命运的信息时，就已经是在推广一部新的真人秀剧集了。若不是在沃利斯餐厅的那一下冲动，皮尔格林至少能拿走 1000 万美元。即便在此之后，他好像也从没缺过钱花。

然而皮尔格林再也不能靠他的好皮囊和魅力来挣脱他接下来

所处的争议不休的处境了。多年来，他一直官司缠身，既有小额索赔，也有因未能提供子女抚养费而引发的违约诉讼。[12]

及至2021年，皮尔格林搬回了塞多纳，与他的母亲和继父一起生活。他回到了单身状态，看起来又可以接连不断地和迷人的女人们约会了。虽然他的自传《公民皮尔格林》还没有找到出版商，但他正在与一位作家合作，想将其改编成剧本。皮尔格林是个永远的乐天派，他觉得自己的下一桩大买卖——以及与霍兰德的浪漫重聚——已是指日可待了。

考虑到他们多年的敌对和法庭诉讼，以及霍兰德一直在设法将皮尔格林从她的生活中抹去，这两人重聚的可能性十分渺茫。据传在霍兰德被赶出比弗利庄园之后，她曾是好几季《比弗利娇妻》①的头牌候选人，[13]但她并没有在电视上露脸。与此同时，她仍在购买、重新装修和转卖高端房地产。2017年，她以1020万美元的价格出售了一栋穆赫兰庄园的豪宅。[14]三年后，她又把宝马山花园的一处约622平方米的装有白色护墙板的住宅以1150万美元的价格挂牌出售。[15]

2021年，霍兰德斥资400万美元在圣迭戈都会区内的居住区兰乔圣菲买下了一栋大隐于世的牧场式房屋，配有泳池和网球场。她提到洛杉矶不断上升的犯罪率和附近有流浪汉营地是她搬回这个离家乡不远的社区的原因。（她告诉《好莱坞报道》，宝马山花园附近的"街道上针头遍地"。[16]）

---

① 《比弗利娇妻》（*The Real Housewives of Beverly Hills*）是一档美国真人秀节目，主题是居住在比弗利山的女性的家庭与个人生活。

她这次搬家很可能另有他因。皮尔格林在洛杉矶收到的限制令于 2022 年初期满后，他得知霍兰德与圣迭戈地区的一名富有的老医生谈起了恋爱——在他看来这老家伙就是另一个萨姆纳。当年 3 月，他给她发了一封电子邮件："我爱你。"但他也警告说，她又走回了"老路"，和一个"90 多岁的医生"——"另一个有信托的老东西"上床。"别去找他。"皮尔格林恳求道。

霍兰德的一个朋友说她与这名医生的恋情很短暂。霍兰德的个人资料随后出现在了拉雅（Raya）上，这是一款筛选标准很严且仅限会员使用的约会应用，很受名人青睐。

皮尔格林还提出要做 DNA 测试，以确定他和那对双胞胎的亲子关系。

皮尔格林再次发来的电子邮件——更不用说他对她搬到兰乔圣菲以及她的个人状况都有着令人不安的了解——促使霍兰德又申请了一项限制令，圣迭戈的一家法院于 2022 年 6 月接受了这一申请，定于 7 月通过庭审作出裁定。（由于霍兰德和皮尔格林的律师都试图通过谈判达成和解，此次庭审被推迟了。）[17]

霍兰德仍在接受当地时尚杂志的采访，夸耀她作为一名女性创业者和艺术赞助人的经历。2022 年，她在兰乔圣菲的新宅举办的一场高级定制时装秀登上了当地的社会新闻版面。

霍兰德是很多机构的董事会成员，包括加州大学洛杉矶分校的环境与可持续发展研究所。该研究所的网站上有一篇她的传略，称她是"知名的慈善家"、电影制片人和时装顾问，并对她"为一些最知名的国际品牌的创立和扩张所做的工作"大加吹捧。加州大学洛杉矶分校没有人独立地证实这些说辞。她的传略中没有提到萨姆纳·雷德斯通。[18]

在赫泽和霍兰德被萨姆纳驱逐之前，经常有人拍到这两人一起出席博物馆庆典的画面，包括加州大学洛杉矶分校的哈默博物馆庆典。但此后赫泽似乎取代了霍兰德在哈默博物馆的地位。赫泽于2015年加入了这家博物馆的董事会，霍兰德却没有。在最近的庆典上，赫泽都是活动的焦点，身着设计师款的服装在红毯上搔首弄姿，孩子陪同左右，马特·马西亚诺也至少陪她出席了一次。

2019年，赫泽在第一共和银行申请开立账户。这是一家以向富人提供个性化服务而闻名的私人银行。她在遭拒后立即以性别歧视为由起诉了这家银行。[19] 她在起诉书中表示，这家银行告诉她，他们之所以拒绝她的申请，是因为她存在声誉风险，该行认为她有过虐待老人的行为。第一共和银行否认了这些指控。

第一共和银行拒绝赫泽的申请，很可能是因为她爱打官司，这个名声在她随后的诉讼中得到了证实。赫泽不仅与雷德斯通家族在法庭上纠缠多年，还几乎不停地在与众多其他被告打官司。其中包括她的前律师皮尔斯·奥唐奈、萨姆纳的遗产律师莉亚·毕肖普，以及总承建商和各色分包商——他们一直在为她那栋能俯瞰全城的约836平方米的位于穆赫兰道的房产进行着看似永无止境的翻修。（所有人都否认了她的指控，那家承建商还因为未收到工程款而发起了反诉。）

如果霍兰德一开始就拒绝了皮尔格林的示好，并与赫泽结盟，维持甚至强化了她对萨姆纳的影响力，那事情又会如何发展呢？莎莉和克里格都认为霍兰德和赫泽完全有可能获得全美娱乐公司的控制权，并借此掌控哥伦比亚广播公司和维亚康姆集团。毫无疑问，届时这对搭档将跻身于太阳谷中群聚的大亨之列，为其锦上添花。

——

让萨姆纳痴迷的空姐玛丽亚·安德林此前通过邮件切断了他们的联系，之后她就再也没有听到过他的消息。两年后，安德林嫁给了她在秘鲁安第斯山脉的一场典礼上约过会的男人，并帮忙照看他的三个孩子。尽管她也希望把她与萨姆纳的关系抛诸脑后，但还是花了数年时间来接受心理治疗，以尽力消解她一直对此感到的羞愧和难堪情绪。

2021 年，芭比·菲利普斯对哥伦比亚广播公司、科文顿·柏灵律师事务所和莱斯·穆恩维斯发起的索赔达成了和解。尽管其条款仍然保密，但她获得了 1000 多万美元的报偿，部分原因是她的身份和她对自己被穆恩维斯性侵的描述被泄露给了媒体。在拒绝了《血宝藏》中艾莉卡这一角色后，她对重启演艺生涯已无兴趣，她和丈夫在哥斯达黎加投资了一个养生度假村。

当菲利普斯得知她的艺人经理一直在利用她来占穆恩维斯的便宜时，她非常愤怒。马夫·道尔则表示竟有人会觉得他曾试图敲诈穆恩维斯，这让他摸不着头脑。他认为他只是在遵循好莱坞艺人经理的悠久传统，抓住一切机会，以增进客户的利益。

道尔虽把穆恩维斯视为朋友，穆恩维斯却对他从明尼苏达州带回的垃圾 T 恤毫无兴趣，也无视了他后续发去的消息。[20]

当其他人似乎全都带着成百上千万美元出局之时，道尔感到自己在好莱坞已经成了不受欢迎的人。菲利普斯和他最大的客户伊芙·拉茹都离开了他。菲利普斯不再接他的电话。他的客户名单也再未恢复。道尔不得不卖掉他的公寓，放弃了他在山门乡村俱乐部的会员资格。他搬到了圣费尔南多谷的一套公寓，在那儿他仍会抽空打打高尔夫，但由于新冠大流行的缘故，他只能在网上打桥牌了。

像许多离职的制片公司负责人一样，穆恩维斯成立了一家新的制片公司——月升无限，其办公室位于日落大道，租金最初是由哥伦比亚广播公司支付的。[21] 但没有迹象表明月升无限启动了什么重大的开发项目。离开哥伦比亚广播公司后，穆恩维斯几乎一直都和儿子查理以及妻子待在加州，他的妻子开始使用"朱莉·陈·穆恩维斯"这个名字，以示对丈夫的支持。他们有时住在马里布的海滨别墅，有时则住在比弗利山的庄园。穆恩维斯保持着低调，由于肩膀有疾且不愿接受媒体采访，他放弃了贝莱尔乡村俱乐部的高尔夫活动。

离开《畅谈》团队后，朱莉·陈·穆恩维斯接着主持了哥伦比亚广播公司的暑期真人秀《老大哥》，该节目在 2021 年播出了第 23 季。穆恩维斯的一小群老友——娱乐业律师艾伦·格鲁曼、词曲作者卡罗尔·拜尔·塞杰尔和亿万富豪大卫·格芬——仍在和他们夫妇交往。

几位朋友曾表示，以强硬著称的穆恩维斯适应了更悠闲的丈夫和父亲的角色，而且特别高兴能和儿子共处。他们预测，凭借着巨额财富、忠诚且当红的妻子以及庞大的好莱坞人脉，穆恩维斯重新成为好莱坞的幕后掌权者只是时间问题。

尽管如此，穆恩维斯还是对他和哈维·韦恩斯坦一同被放进了"#MeToo"罪人的万神殿而深感不忿。与韦恩斯坦不同，穆恩维斯从未受到过性侵或任何罪行的指控（大多数传言事件都太过久远），也没有受到过民事起诉。即便有控诉者提起了诉讼，也很难证实。有几名哥伦比亚广播公司的前董事仍坚信穆恩维斯是被卷入了一场群体性的歇斯底里之中（阿诺德·科派尔森堪当其首，他在穆恩维斯辞职后不久就去世了）。但无论彼时今日，大多数董事都觉得穆恩维斯的行为是不可原谅的。无论是否有罪，他的行为都严重违反了职业道德。

———

在多年的争斗中胜出的莎莉·雷德斯通登上了 2019 年 10 月 31 日的《福布斯》美国 400 富豪榜那一期的封面。[22] 这份杂志把她排在了全球最有权势女性排行榜的第 24 位，英国女王伊丽莎白二世都要屈居其后。

莎莉过去一直形容自己是一个不情不愿的大亨，但她告诉朋友和顾问们，她很喜欢维亚康姆 CBS 公司董事长这个新角色。她觉得自己在高城资本投资新技术的这些年让她熟悉了公司需要吸引的年轻一代。她对娱乐和科技的结合极为着迷，比如在名叫毕普的艺术家以 6900 万美元的价格出售了一件代币后，她便敦促该公司进军新兴的非同质化代币[①] 市场。她热衷于为维亚康姆集

———

① 非同质化代币（Non-Fungible Token，NFT）是指一种基于区块链技术的数字资产。每个非同质化代币都具有其独特的标识符，这使其不同于其他任何一种资产或代币。非同质化代币可以被用来代表艺术品、文化遗产、虚拟房地产等私人或公共财产。由于其独特性和不可替代性，非同质化代币正成为数字资产市场中的一种新兴趋势。一些艺术家已经开始使用非同质化代币发行其数字艺术品以从中获益。

团的高管、创业者和思想家牵线搭桥，希望能借此点燃创造力的火花。

莎莉任命的首席执行官鲍勃·巴基什热情地迎合了她的创意和投入。尽管如此，他在任内也称不上手脚干净。维亚康姆集团的一名前雇员声称巴基什在 2016 年的一次节日派对上抚摸了她，信息网（The Information）在 2020 年报道了这一事件。[23] 由于在穆恩维斯的丑闻发生后这么快就出现了这种控诉，莎莉和克里格都坚持让董事会外聘一家律所来展开调查。董事会随后发表声明称该公司会严肃对待所有此类控诉，但调查结果"不支持这一控诉"。[24] 该公司尚未公布任何调查细节。

萨姆纳虽无疑是一个格外棘手的委托人，但多年的持续诉讼还是让莎莉对法律界，或至少是一些法律界人士以及将委托人利益放在首位的所谓神圣义务产生了一种可以理解的厌烦。莉亚·毕肖普曾声称自己只是在按照萨姆纳的意愿行事，这让她尤感厌恶。哥伦比亚广播公司的首席法律顾问劳伦斯·涂曾一再阻挠她调查针对穆恩维斯的控诉，他到底在为谁的利益服务？迈克尔·艾洛的草率调查和随后对穆恩维斯的开脱要如何解释？他支持沃奇尔·立普顿律师事务所炮制的针对雷德斯通家族利益的误导性诉讼就更不必说了。

她的经历也没有增强她对股东民主的信心。维亚康姆集团和哥伦比亚广播公司的董事会是由她父亲的盟友们主导的，但在不得不做出选择时，他们还是会与各自公司的男性首席执行官共同进退，并向一位女性控股股东宣战。即使其中没有任何性别歧视的因素，莎莉也面临着美国企业中普遍存在的问题，那就是首席执行官们会想办法支配本应监督他们的董事会。哥伦比亚广播公司和维亚康姆集团的董事都自称是代表所有股东利益行事，但股东们受益了吗？

以最客观的标准衡量，事实也证明了莎莉对于公司的合并和她选择巴基什担任首席执行官的决定是正确的。巴基什在执掌维亚康姆集团的两年里将这家公司从悬崖边拉了回来。他采取了一种谦逊的姿态，想方设法地劝回了那些大型有线电视运营商，并与难搞的特许通讯公司签订了一份持续多年的续约协议。维亚康姆集团收购了冥王星电视平台，并为其派拉蒙＋流媒体服务制定了计划，将 CBS 全通道平台与维亚康姆集团的流媒体业务相结合。2021年 6 月，巴基什宣布冥王星的营收将提前一年达到 10 亿美元。[25] 2022 年 2 月，维亚康姆 CBS 表示，一个新时代即将到来，他们将更名为派拉蒙环球，并以该制片公司标志性的山峰作为其形象标识。为萨姆纳珍视却鲜为人知的维亚康姆之名已不复存在，遑论哥伦比亚广播公司了，它虽仍是个强大的品牌，但与其他的传统电视网一样，其重要性也在不断下降。

当年夏天，派拉蒙环球通过《壮志凌云 2：独行侠》而取得了巨大成功——这是 20 世纪 80 年代的大热影片《壮志凌云》的一部续集，再度由汤姆·克鲁斯担纲主演——但这种成功显然只体现于传统媒体的票房收入之上。该片一开始只在影院上映，为苦苦挣扎的连锁院线（包括全美娱乐公司）注入了新的活力，后来才在仲夏在流媒体上线（尽管用户当即就可以在派拉蒙＋上试用订阅）。

莎莉尽了最大努力来革新她所继承下来的那种以男性为中心

的文化，尤其是在哥伦比亚广播公司。2019 年，哥伦比亚广播公司任命苏珊·齐林斯基为该公司新闻部主管，她是首位领导新闻部门的女性。[26]（她于 2021 年卸任，继任的联席主管中有一位也是女性。[27]）维亚康姆 CBS 董事会的 13 名成员中有七名是女性，包括莎莉和琳达·格里戈，她们是穆恩维斯时代哥伦比亚广播公司董事会仅有的留任者。

毫无疑问，哥伦比亚广播公司和维亚康姆集团的合并使该公司的规模变得更大了。但这就够了吗？其流媒体服务在 2021 年年中拥有 3600 万订户，这好于预期，但也仅排在第六位。维亚康姆 CBS 远远落后于领先者：奈飞（2.13 亿）、亚马逊金牌服务（1.75 亿）、迪士尼 +（1.18 亿）和孔雀平台（5400 万）。[28]

华尔街分析师对这次合并的成效存疑。按照萨姆纳最关心的标准——股价——来看，这次合并未能扭转公司的颓势。2019 年宣布合并时，维亚康姆集团和哥伦比亚广播公司的总市值为 300 亿美元。[29] 及至 2022 年 6 月中旬，其市值下跌过半，仅接近 150 亿美元。它面对的竞争对手的规模要比它大很多倍：亚马逊市值超过 10000 亿美元，奈飞市值 770 亿美元，华特迪士尼市值 1720 亿美元。

在竞争对手抓住数字革命带来的机遇之时，维亚康姆集团和哥伦比亚广播公司却在内斗中丧失了宝贵的岁月。有一点可以肯定，2018 年前的公司内战造成的可能是最糟糕的结果——既没有合并哥伦比亚广播公司和维亚康姆集团，也没有将其出售给其他公司。

合并完成以后，莎莉曾说过她将以合适的价格出售该公司。[30]

有人看到她在 2021 年的太阳谷会议上（她不再需要穆恩维斯这样的人带她四处走动了）与潜在的买家、康卡斯特公司首席执行官布莱恩·罗伯茨谈过之后，这个消息曾一度在坊间盛传，但这件事没有立即产生任何结果。她曾表示，与巨额交易相比，她更愿意专注于和他人组建合资企业，以扩大派拉蒙环球的业务范围，同时保住雷德斯通家族的控制权。[31]

莎莉还掌管着萨姆纳·M.雷德斯通慈善基金会，其宗旨是通过影响幼儿来展开抵制反犹主义以及其他形式的歧视的教育和事业。

在新冠大流行期间，她大都在康涅狄格州的家中工作，那里离长岛海湾的海滩只有几步之遥。她有时每晚只睡三四个小时，却还是会想办法带着年幼的孙辈去看电影——他们在威彻斯特县（莎莉在那里参观了糖果展会）的全美娱乐多厅影院观看了派拉蒙的《狗狗巡逻队》（该片也在派拉蒙＋上播出，其影院票房也于 2021 年 8 月大获成功）。

———

我们并不清楚萨姆纳本人能在多大程度上理解或分享女儿的成功。与萨姆纳过从甚密的《综艺》前资深编辑彼得·巴特在 2019 年难得地获准去看望了他一次。"他用枯槁的手示意问候，或是做了一个类似问候的动作，"[32] 巴特在《好莱坞新闻前线》的一篇专栏文章中写道，"他的眼中闪着微弱的光，但他在谈话时努力发出的只是一种咕哝声，偶尔还夹杂着几声因为身体局限而发出的愤怒而沮丧的尖叫。"萨姆纳长期卧床，通过静脉注射来补充营养，"有一队护士和看护人员随时待命，以备不时之需"，巴特评论道。

2020 年 10 月 11 日上午，萨姆纳的护士从比弗利庄园打电话给莎莉，说她觉得最后的时刻要到了。

莎莉让这名护士在萨姆纳的手里放些暖和的东西，然后攥着他的手。她一直开着手机，好让父亲能听到她说话，尽管他已经失去了意识。她想象着他会这么说："靠！你在说什么啊？我哪儿都不会去。""但以防万一，"她说，"这些事你得知道。"

在接下来的几个小时里，她回顾了他一生的成就。她承诺会照顾好家人，并扶持他所创建的商业帝国。"它永远都会在。"她向他保证。"我爱你！"她一遍遍地说着。

最后，护士告诉她，萨姆纳已经平静地停止了呼吸。莎莉哭喊起来。

萨姆纳享年 97 岁。全美娱乐公司宣布了他的死讯，称他是"白手起家的商人、慈善家和二战老兵，创建了世界上最大的传媒资产集团之一"。[33]

尽管这对父女在晚年和解了，但考虑到父亲官能受损，莎莉永远也无法确定自己是否得到了父亲的认可。就在萨姆纳去世后，她联系了父亲的前助教、朋友和长期的商业伙伴塔德·扬科夫斯基，以求得些许安慰。她做得对吗？她举了罢免道曼和解雇穆恩维斯的例子。她父亲会认可吗？他真的爱过她吗？

他能说什么呢？扬科夫斯基强调萨姆纳酷爱战斗和胜利，而莎莉从未放弃，她已经证明了自己的勇气。她的父亲会"喜欢并尊重这一点的"，他向她保证。她的父亲会为她感到骄傲的。

萨姆纳的遗体被空运至波士顿。莎莉、泰勒和金伯莉随后陪同灵车前往莎伦陵园的家族地块，也就是霍兰德和赫泽曾竭力染指的那块地。（布兰登当时在以色列，但他通过视频电话参与了葬礼。）萨姆纳的儿子布伦特及其家眷全部缺席。由于新冠大流行，除了莎莉的前夫、拉比伊拉·A. 科夫赶来主持葬礼外，并无其他人出席。

到场的都是亲人，所以莎莉觉得没必要克制自己的情绪了。她跪得离墓穴太近，孩子们都担心她会不小心掉进去。在一阵阵哭泣声中，她把她想对父亲说的一切都讲了出来。

最后她停了下来。"接下来是什么安排？"她问。

女儿提醒她，萨姆纳曾要求在他的葬礼上播放弗兰克·辛纳特拉的唱片《我的路》。有好多次，萨姆纳坚持要听这首歌，莎莉总有些排斥，但现在她让金伯莉调出了她手机上的歌词。莎莉唱道：

如今结局已至
我面对着最后的帷幕

她吃力地唱完了五个小节，每个小节都是以这句重复的歌词结尾：

我走了我的路。

致　谢

　　多亏众人襄助，本书才得以完成，其中包括《纽约时报》的同僚们，他们为本书做了不少启发性的贡献。大卫·恩里奇在我们报道穆恩维斯和哥伦比亚广播公司期间一直是我们的编辑，包括在 2018 年登报的《如果芭比开口，我就完了》等报道。他是严格和有趣的完美结合体。大卫第一个提出我们已经具备了写书的条件，并且在整个过程中给了我们不少反馈。我们非常感谢他付出的时间、精准的反馈和优秀的判断力。

　　我们在《纽约时报》的记者同事埃伦·加布勒为《如果芭比开口，我就完了》做了极有价值的调查，而且从"#MeToo"运动的最早期就一直在关注穆恩维斯这个案子。当时《纽约时报》的周日版编辑尼克·萨默斯想出了"芭比"这个标题，并让这篇报道登上了报纸。

　　若没有《纽约时报》当时的媒体编辑吉姆·温多夫，这篇报道可能就会石沉大海，他在早期的指点把我们引向了一个关键的消息来源。《纽约时报》的律师大卫·麦克劳以编辑的眼光帮我们处理了一些法律问题，让我们的作品无懈可击。《纽约时报》勇敢的研究员阿兰·德拉奎里耶尔、多丽丝·伯克和苏珊·比奇都为我们的报道做出了贡献，苏珊·比奇还和我们一同完成了本书，帮助我们找到了那些最难找的消息来源和法庭记录。

　　我们也要感谢《纽约时报》的商业编辑艾伦·波洛克，他很支持我们的报道，对结果也充满热情。多年来，《纽约时报》的最高领导层一直在支持我们的报道，他们提出了一些疑问，也使其有所升华，还允许我们抽空来撰写本书，尤其是副执行主编马修·珀迪对我们多有启发和鼓舞。能参与《纽约时报》的事业，身边还有这样一批有思想、有才华且尽心尽力的记者，我们感念之至。

　　当我们遇到问题之时，我们在商业部、时尚部以及本报其他分社和部门的同事都给予了慷慨的指导，他们都体现出了我们在《纽约时报》工作期间所热衷的合作精神。

　　一提出要撰写本书，我们精力充沛的经纪人阿曼达·厄本立马就表示赞同，而且在报道、写作、编辑和出版过程中的每一步都为我们提供了支持。我们在好莱坞的经纪人罗恩·伯恩斯坦则是这本书最早的读者之一，也提供了敏锐的洞见。

　　在企鹅出版社，我们的编辑安·戈多夫就是我们的北极星。本书是詹姆斯与安合作的第四本书，安是新闻业最高标准的坚定支持者，她那双能够发现优秀报道的锐眼始终关注着我们。她的助手凯西·丹尼斯则一直让我们行驶在正确的方向上。广濑由香指导我们进行了彻底的法律审核，我们对此尤为感激。

　　我们也非常感谢异常仔细、勤奋且有条理的事实核查员与研究员加布里埃尔·约瑟夫·鲍姆加尔特纳。如果没有他，我们简直不敢想象这个过程会是何种境况。

　　最后，我们要感谢博扬·武卡迪诺维奇、米尔扎·费拉托维奇以及四十一街的沃尔夫冈牛排馆的另一些友好员工，那里是

《纽约时报》大厦的一个非官方聚会场所。多年来，我们当中有很多人都曾聚在这里，庆祝、声援和分享那些能让我们为自己在楼上工作而兴奋的报道。

詹姆斯的话：

在新冠大流行期间撰写一本书让来自朋友和家人的支持显得更加弥足珍贵，特别是我们可以真的和彼此待在一起，这是少有的机会。我要感谢我的兄弟迈克尔，他的妻子安娜，我的侄子和侄女——艾丹、布莱恩和凯西，我的妹妹简·霍尔登，她的丈夫约翰，他们的孩子林赛、劳拉、杰克和玛格丽特，以及他们日益壮大的家庭。

我的老友史蒂夫·斯沃茨在我们频繁的午餐聚会中提出了宝贵的意见，詹姆斯·克雷默也是一样。我多年的朋友、前编辑简·贝伦特森教会了我细节的重要性，我希望这一点能在本书中有所体现。我的朋友、作家西尔维娅·纳萨和亚瑟·卢博也总在声援和鼓励我。

哥伦比亚大学新闻学院前院长史蒂夫·科尔、教务长温妮·奥凯利和比尔·格鲁斯金都是我在新闻学院的宝藏同事，对我多有支持。

多年来，我总是有幸与一些杰出的编辑共事，并向他们学习：史蒂文·布里尔、简·阿姆斯特丹、诺曼·皮尔斯廷、保罗·斯泰格、蒂娜·布朗、大卫·雷姆尼克，以及约翰·贝内特——他是我在《纽约客》的长期编辑，更不用说最好的编辑之一——西蒙与舒斯特出版公司的传奇编辑爱丽丝·梅休了，她已于 2020 年去世了，当时我正在撰写本书。爱丽丝见证了我在图书出版业的起步，并一直支持着我。

这是我与人合著的第一本书。我与蕾切尔·艾布拉姆斯原本并不相熟，是我们在新闻编辑部的一次偶遇促成了《如果芭比开口，我就完了》的报道和本书。从那时起，我们几乎每天都会联系。她是一个让人梦寐以求的合作者：极其勤奋、足智多谋、遵守职业道德、考虑周全，而且对每一项发现都充满热情。和她一起工作既鼓舞人心，又十分有趣。

最后，我要感谢我的伴侣本杰明·韦尔。除了研究和写一本书的所有常见的要求和苦楚——光是这些已经够我受的了——他还帮我（和我们）克服了疾病、孤独、隔离和新冠大流行的影响，他的鸡汤随时都会备好。我对他无以为报，也无法表达我对他的感激之情。

蕾切尔的话：

在三个新闻编辑部中，有很多人为我提供了个人和专业的支持，我非常感谢他们。美国之音的迈克·奥沙利文给了我第一份实习工作，沙里尼·多尔给了我在《综艺》的第一份带薪工作。我非常感激《综艺》的辛西娅·利特尔顿，她是一位似乎拥有无尽耐心的导师，她让我对娱乐业的报道有了很多了解。

在《纽约时报》，苏珊娜·克雷格从未因太忙而没有帮我考量棘手的报道，即便她正在跟进那篇有关唐纳德·特朗普税务问题的报道时也是如此，该报道后来获得了普利策奖。我很感谢丽贝卡·鲁伊斯多年来给予我的友爱和智慧，她是我所认识的最有才华的记者之一。比尔·布林克、吉姆·温道夫、大卫·里奇、杰森·斯托尔曼和凯文·弗林是那种能让所有与之共事的记者们都感到幸运的编辑。

感谢我的朋友瑞秋·霍恩、亚当·霍恩、安德鲁·赫斯特、布朗温·詹姆斯、迈克·凯洛格、比亚尼·希瓦特松、迈克尔·德莱弗斯、阿什利·格拉夫、乔恩·斯帕格诺拉、凯特·迈尔斯、阿里·门德斯和汤姆·威尔逊，他们都听我谈过这个项目，其耐心远远超出了任何一个人的实际兴趣。感谢安德鲁·雅各布斯和丹·莱文在疫情最严重的时候收留了我，也感谢他们给予我和其他很多人的善意与慷慨帮助。

吉姆·斯图尔特[①]有可能毁了我将来可能进行的所有图书项目，因为我无法想象还能有比这一次更好的体验了。吉姆是个故事大师，尽管有很高的声誉，却依然谦逊优雅。与他合作使我成了一名更好的记者，有他这个搭档，我非常感激。

感谢我亲爱的家人，迈克、罗宾、卡罗尔、艾琳和丽贝卡。最后，感谢我了不起的父母——伊恩和爱丽丝。我的父亲参与创作了一档在哥伦比亚广播公司播出的电视节目，他让我浸淫在媒体界，从我学会走路开始，他基本上就一直在鼓励我写一本书。他是一位才华横溢的作家，就这个项目给了我极其宝贵的反馈。还有我非凡的母亲，在一个与今天非常不同的时代，她也做过新闻工作，她努力而坚韧，让我能够生活在一个更加重视尊严和尊重的社会环境中。

---

① 即本书合著者詹姆斯·斯图尔特。

附　注

　　《继承之战》源自我们在 2018 年 11 月 28 日刊发于《纽约时报》的报道《如果芭比开口，我就完了》，这篇报道聚焦于莱斯利·穆恩维斯的倒台以及他与芭比·菲利普斯和马夫·道尔的交易。本书的大部分内容都出自另外三年的采访和调研。

　　我们以不具名的方式采访了很多人。这些消息人士要求匿名的原因多种多样，例如他们签定的和解协议和离职协议明确要求他们承诺不谈论相关事宜；害怕被富有的、可能很喜欢打官司的对手起诉；以及存在律师与委托人的守密特权或未决诉讼。除正文中所述和下文所注的一连串诉讼外，2021 年底还有几起案件正在审理之中。

　　也有很多消息来源同意公开其谈话内容，还提供了文本、电子邮件和其他文件的副本，或者同意确认其消息来源的身份。

　　乔治·皮尔格林和我们有广泛的合作，他告诉我们的每一件事都可以公开引用。我们很清楚皮尔格林是一个被判过刑的重罪犯，之前曾伪造过某些方面的个人历史，比如他自称与威廉·伦道夫·赫斯特有血缘关系。在我们的访谈中，他欣然承认了过去的违法行为和捏造之举。如正文和下文附注所表明的，他告诉我们的很多事都得到了其他证人或文件的证实。他还在那些事件发生时向其他人讲述过其中的不少事件，这些人后来也证实了他的说法。他还在其自传的初稿中为他这个故事费了很多笔墨，我们审阅了这些草稿，它们与他后来的描述是一致的。

　　2022 年 6 月，霍兰德的律师斯坦顿·L. 斯坦给我们写了一封信："提醒你一下，皮尔格林不是一个可靠的消息来源……对霍兰德女士有过虚假和诽谤性的言论。"作为回应，我们给他提供了我们打算使用的所有资料。我们还向霍兰德和斯坦发送了一份详细的备忘录，列出了我们认为她可能想要回应的一些事项。

　　霍兰德再次拒绝了。"我应该说明一点，她决定不说话或不逐项反驳你提出的问题，并不代表她认同或承认你备忘录中列出的任何事项的真实性。"斯坦写道，"霍兰德女士很久以前就开始新生活了，在这些话题上来回拉扯不会有任何收获。"他还说："我应该重申一点，如果你们要依赖皮尔格林这个消息来源，那么后果自负。"

在控诉穆恩维斯不端性行为的女性中，珍妮特·琼斯、黛娜·柯戈、菲丽斯·高登－戈特利布和芭比·菲利普斯都同意公开引用其访谈内容。这再次让我们想到，对于这些女性来说，回顾这样的创伤经历有多么痛苦，以及分享她们的故事需要多大的勇气。

马夫·道尔跟我们进行了广泛的合作，他的所有访谈也都可以公开引用。

帕蒂·斯坦格接受了可以公开引用的访谈，并参与了事实核查。

莎莉·雷德斯通本人或通过其发言人回复了我们的所有问题，并参与了事实核查，泰勒和布兰登·科夫也是如此。

除了顺带提到的人，本书中所涉人物都有给出自己的观点的机会。很多人都参与了事实核查，但要求不透露其消息来源的身份。有些人断然拒绝了多次采访邀请，尤其是西德尼·霍兰德和曼努埃拉·赫泽。不过多亏她们提起或参与了大量诉讼，我们也能够纳入她们对相关事件的大体看法。

泰莉·霍尔布鲁克拒绝接受采访，但她表示："我喜欢萨姆纳和他的家人。我在西德尼出现之前就跟他们打交道了，而且一直到最后都是这样。"她说之前关于她的一些报道"不是事实"，但拒绝透露具体细节。

莱斯利·穆恩维斯在接受代表哥伦比亚广播公司的科文顿·柏灵律师事务所和德普律师事务所律师的广泛访谈时提供了他对相关事件的看法。由于我们获得了那些文字记录，所以也能把他对相关事件的描述纳入本书之中。迈克尔·艾洛接受了同一批律师的访谈，但他拒绝和我们谈，萨姆纳的遗产律师莉亚·毕肖普也以律师与委托人的守密特权为由婉拒。长期受雇于萨姆纳的资产律师大卫·安德尔曼也是如此，不过我们拿到了他的宣誓书，这在正文中已有描述。

当我们在 2018 年开始调查报道时，萨姆纳·雷德斯通已严重失能，除了亲近的家人和家庭护理人员，他不再与记者（或者说几乎其他任何人）交谈，彼得·巴特除外，正文中讲述了他在 2019 年的那次探访。

如序言所述，一些保密的消息来源给我们提供了大量文件，其中很多都已在正文中引用。有些短信经过了很轻微的编辑，在较长的交流中，少数短信被删除是为了便于理解。如正文和附注所示，大部分对话出自笔录或录音，有些则是基于参与者的回忆。

其他记者撰写了大量有关雷德斯通家族及其麾下公司的传奇故事。虽然我们仰仗其成果的例子已在下文附注中列出，但有几个例子尤为值得称赞。

　　《纽约客》的罗南·法罗和为《名利场》撰稿的威廉·D.科汉对相关事件的进程产生了重大影响，并以角色的身份出现在我们的故事中。

　　2016年5月5日，就在曼努埃拉·赫泽发起的医疗代理诉讼开庭审理之前，彼得·埃尔金德与马蒂·琼斯合著的《萨姆纳·雷德斯通令人不安的衰落》一文分三部分发表于《财富》杂志之上。这篇文章首次披露了比弗利庄园的萨姆纳豪宅内的怪异状况、他与两个伴侣的关系，以及霍兰德与皮尔格林的秘密关系。

　　《华尔街日报》记者基奇·哈吉为萨姆纳·雷德斯通撰写了传记《内容之王》，由哈珀商业出版社于2018年6月出版，当时萨姆纳尚在人世。这本书讲述了颇有争议的雷德斯通家族史的更多细节和萨姆纳执掌大权的过程，对全美娱乐公司的早期历史感兴趣的读者可以一读。

　　《纽约时报》《华尔街日报》《好莱坞新闻前线》《综艺》和《好莱坞报道》也对此进行了广泛的报道，有时还颇具开创性。

序言

1．"'Disaster for CBS Shareholders': Damning Report on Moonves Reveals Total Failure at Top," December 4, 2018, https://www.nytimes.com/2018/12/04/business/leslie-moonves-cbs-board.html.

预告片

1．Matthew Belloni and Eriq Gardner, "Sumner Redstone Legal Turmoil: Fighting Women, Lie-Detector Tests, Stolen Laptop with 'Private' Photos," *Hollywood Reporter*, June 25, 2014.

2．Belloni and Gardner, "Sumner Redstone Legal Turmoil."

3．Peter Elkind and Marty Jones, "The Disturbing Decline of Sumner Redstone (Part 3 of 3)," *Fortune*, May 5, 2016, https://Fortune.com/longform/sumner-redstone-part-3/.

4．Kevin Harlin, "Hearst Impostor Admits to Fraud—Californian Sold Ads While Pretending to Be Times Union Executive," *Times Union* (Albany),

April 26, 2001.

5. Harlin, "Hearst Impostor Admits to Fraud."

6. Elkind and Jones, "Disturbing Decline of Sumner Redstone (Part 3 of 3)."

7. Complaint 2, Sydney Holland v. Heather Naylor (Superior Court of the State of California for the County of Los Angeles) (Case No. BC519989).

8. Elkind and Jones, "Disturbing Decline of Sumner Redstone (Part 3 of 3)."

第一季
第 1 集   "我反正是要下地狱的"

1. William D. Cohan, "Endless Sumner," *Vanity Fair*, June 2015, 112.

2. Mark David, "In Other...," *Variety*, March 30, 2009.

3. Complaint at page no. 5, para no. 21, Manuela Herzer v. Leah Bishop (Superior Court of the State of California for the County of Los Angeles, West Judicial District) (Case No. SC129651).

4. William D. Cohan, "Hostage to *Fortune*," *Vanity Fair*, April 2016, 124.

5. Redstone Elder Abuse Complaint at 7, Sumner M. Redstone v. Manuela Herzer and Sydney Holland (Superior Court of the State of California for the County of Los Angeles, Central District) (Case No. BC638054).

6. Exhibit U at 445, April 25, 2016, In re: Advance Health Care Directive of Sumner M. Redstone (Superior Court of the State of California for the County of Los Angeles) (Case No. BP 168725).

7. Petition for Probate of Will and for Letters Testamentary at Item B, Attached Pages, Estate of Sumner M. Redstone (Superior Court of the State of California for the County of Los Angeles) (Case No. 20STPB08647).

8. CBS Corp. et al. v. National Amusements Inc., Shari Redstone, Sumner Redstone et al., in RE: CBS Corporation Litigation, Consolidated, page 11 (In the Court of Chancery of the State of Delaware) (Civil Action No. 2018–0342–AGB).

9. Holland's Answer to Complaint at 12–14, Redstone v. Herzer and Holland.

10. Redstone Elder Abuse Complaint at 5, Redstone v. Herzer and Holland.

11. Holland's answer to complaint at 11, Redstone v. Herzer and Holland.

12. Plaintiff Sumner M. Redstone's Amended Separate Statement in Opposition to Defendant Manuela Herzer's Motion for Summary

Judgment at 11, Redstone v. Herzer and Holland.

13. Keach Hagey, *The King of Content: Sumner Redstone's Battle for Viacom, CBS, and Everlasting Control of His Media Empire* (New York: Harper Business, 2018), 238.

14. First Amended Complaint at 34, Manuela Herzer v. Shari Redstone and Tyler Korff (United States District Court Central District of California) (Case No. 2:17–cv–07545–PSG (KSx)).

15. Cohan, "Hostage to *Fortune*," 124.

16. Sumner Redstone, *A Passion to Win* (New York: Simon & Schuster, 2001), 41.

17. Redstone, *A Passion to Win*, 42.

18. Redstone, *A Passion to Win*, 44.

19. Redstone, *A Passion to Win*, 49.

20. "Sumner Redstone to Wed Miss Raphael," *Boston Globe*, January 26, 1947.

21. Larry Edelman, "Building a *Fortune* in Drive–ins to MTV," *Boston Globe*, September 13, 1993.

22. Letters, *Quad-City Times*, August 24, 1975.

23. Redstone, *A Passion to Win*, 16.

24. Kathryn Harris, "Sumner Redstone Prevails by 'Force of Will,' " *Los Angeles Times*, November 11, 1989.

25. Redstone, *A Passion to Win*, 20.

26. Edmund Lee, "Sumner Redstone, Hollywood Brawler," *New York Times*, August 12, 2020.

27. Cohan, "Endless Sumner," 117.

28. Peter Newcomb et al., "Content Kings," *Forbes*, October 9, 2000, 140–61.

29. William R. Cash, "List of Those Hospitalized after Fires," *Boston Globe*, March 30, 1979.

30. Deborah Mitchell, "A Very Good Summer Read," *New York Daily News*, June 18, 2000.

31. Johnnie Roberts, "Redstone's Wife Filed for Divorce but Dropped Suit," *Wall Street Journal*, December 22, 1993.

32. Jeane MacIntosh, "Viacom Mogul Could Be Sumner $quashed," *New*

York Post, September 19, 1999.

33. Mitchell Fink, "Chief's Sizzling Summer Vacation," *New York Daily News*, September 8, 1998.

34. Christine Peters, "My 18-Year Relationship with Sumner Redstone," *Hollywood Reporter*, August 19, 2020.

35. Jeane MacIntosh, "Viacom Tycoon Confesses to Affair with H'Wood Exec," *New York Post*, September 22, 1999.

36. MacIntosh, "Viacom Mogul Could Be Sumner $quashed."

37. James Cox, "Viacom: Divorce Rumors Unfounded," *USA Today*, December 23, 1993.

38. George Rush and Joanna Molloy with Lola Ogunnaike, "Theme from a Sumner Place," *New York Daily News*, November 14, 2000.

39. Peters, "My 18-Year Relationship with Sumner Redstone."

40. Peter Elkind, "The Disturbing Decline of Sumner Redstone (Part 1 of 3)," *Fortune*, May 5, 2016.

41. Peters, "My 18-Year Relationship with Sumner Redstone."

42. Elkind, "Disturbing Decline of Sumner Redstone (Part 1 of 3)."

43. Elkind, "Disturbing Decline of Sumner Redstone (Part 1 of 3)."

44. George Rush and Joanna Molloy with Kasia Anderson, "Tracy's Girls Stand by Their Man," *New York Daily News*, March 13, 2001.

45. Cohan, "Hostage to *Fortune*."

46. Complaint at 4, Sumner M. Redstone v. Sydney Holland and Manuela Herzer (Superior Court of the State of California for the County of Los Angeles) (Case No. BC638054).

47. Complaint at 4, Redstone v. Holland and Herzer.

48. Complaint at 4-5, Redstone v. Holland and Herzer.

49. Complaint at 4-5, Redstone v. Holland and Herzer; James Rainey, "Sumner Redstone Sues Two Ex-companions for $150 Million," *Variety*, October 25, 2016.

50. Bryan Burrough, "Sleeping with the Fishes," *Vanity Fair*, December 2006, 244.

51. Burrough, "Sleeping with the Fishes."

52. Burrough, "Sleeping with the Fishes."

53. "Pro Golfer Ponders Building Local Course; Media Mogul's Marriage

Ends," *Boston Globe*, July 27, 2002.

54. Elkind, "Disturbing Decline of Sumner Redstone (Part 1 of 3)."

55. "The Sumner M. Redstone National Amusements Trust," May 20, 2016, "Sumner Redstone Plans to Add National Amusements Executive to Trust: Sources," Reuters, May 22, 2016.

56. Phyllis G. Redstone, Schedule 13D under the Securities Exchange Act of 1934: Midway Games Inc., July 30, 2002, www.sec.gov/Archives/edgar/data/0001179070/000095013502003591/b43894mgsc13d.txt.

57. "Redstone Snaps Up Huge Stake in Midway," *Mergers & Acquisitions*, December 16, 2002.

58. "Fortune and Fortunato," *New York Daily News*, April 7, 2003.

59. Gayle Pollard–Terry, "Some Tips on That Redstone Gift," *Los Angeles Times*, February 10, 2003.

60. Burrough, "Sleeping with the Fishes."

61. Amy Chozick, "The Man Who Would Be Redstone," *New York Times*, September 23, 2012.

62. Chozick, "The Man Who Would Be Redstone."

63. Philippe Dauman Complaint in Equity at 5, Philippe Dauman and George S. Abrams v. Shari Redstone et al. (Commonwealth of Massachusetts) (No. NO16E0020QC).

64. Chozick, "The Man Who Would Be Redstone."

65. Philippe Dauman Complaint in Equity at 5, Dauman and Abrams v. Redstone et al.

66. Iris Wiener, "Les Moonves Reflects on His Valley Stream Roots," *LI Herald*, August 18, 2010.

67. Josef Adalian, "How Will Leslie Moonves' Exit Affect CBS?" *New York*, September 9, 2018.

68. Laura Rich, "A Succession Plan. Well, Almost," *New York Times*, June 20, 2004.

69. Burrough, "Sleeping with the Fishes."

70. Nikki Finke, "Redstone Family Woes: Now His Marriage," *Deadline*, August 3, 2007.

71. George Rush and Joanna Rush Molloy with Patrick Huguenin and Sean Evans, "Miller–Diddy? Kim–possible!" *New York Daily News*, August 8,

2007.

72. Kim Masters, "Sumner Redstone Gal Pal Says She Got Nothing," *Hollywood Reporter*, July 28, 2010.

73. Cohan, "Endless Sumner."

74. Elkind, "Disturbing Decline of Sumner Redstone (Part 1 of 3)."

75. Nikki Finke, "Who's Crazier: Viacom or Tom Cruise?," *Deadline*, August 22, 2006.

76. Petition at 1, Dissolution of Marriage of Petitioner Sumner M. Redstone and Respondent Paula Fortunato Redstone (Los Angeles Superior Court) (Case No. 60494653), https://web.archive.org/web/20131231171917/; www.aolcdn.com/tmz_documents/1021_sumner_wm.pdf [inactive].

第 2 集 "穿裙子的萨姆纳"

1. Complaint at 3, Brent D. Redstone v. National Amusements Inc. (Circuit Court of Maryland for Baltimore City) (Case No. 24–C–06–0014–93).

2. Mark Jurkowitz, "Transformed by Tradition," *Boston Globe*, April 1, 1999.

3. Jurkowitz, "Transformed by Tradition."

4. Jurkowitz, "Transformed by Tradition."

5. Complaint at 1, Brent D. Redstone v. National Amusements.

6. Dawn Chmielewski, "The Real–Life 'Succession,'" *Forbes*, October 31, 2019.

7. Chmielewski, "The Real–Life 'Succession.'"

8. Richard Verrier, Ben Fritz, and Sergei Loiko, "From Russia (and Brazil and China) with Love," *Los Angeles Times*, July 4, 2011.

9. Dyan Machan, "Redstone Rising," *Forbes*, May 13, 2002.

10. Geraldine Fabrikant, "Inside a Media Mogul's Closet, a Son Sees Dirty Laundry," *New York Times*, February 15, 2006.

11. Complaint at 6–9, Brent D. Redstone v. National Amusements.

12. Luke O'Brien, "Trouble in the House of Redstone," *Boston*, November 23, 2009.

13. Laura Rich, "A Succession Plan. Well, Almost," *New York Times*, June 20, 2004.

14. Sallie Hofmeister, "Viacom OKs Plan to Split, but One Man Will Still

Run the Show," *Los Angeles Times*, June 15, 2005.

15. Robert Lenzner and Devon Pendleton, "Family Feud," *Forbes*, November 12, 2007.

16. Keach Hagey, *The King of Content: Sumner Redstone's Battle for Viacom, CBS, and Everlasting Control of His Media Empire* (New York: Harper Business, 2018).

17. John M. Higgins, "ViaSlow vs. ViaGrow: Sumner Redstone Fine-Tunes His Plan to Split Viacom," *Broadcasting & Cable*, May 9, 2005.

18. Matthew Karnitschnig, "Viacom Lawsuit on Executive Pay Can Go Forward," *Wall Street Journal*, June 30, 2006.

19. Motion for a Temporary Restraining Order at 9, CBS Corp. et al. v. National Amusements Inc. et al. (In the Court of Chancery of the State of Delaware) (Civil Action No. 2018–0342–AGB).

20. "Viacom Inc. Names Independent Directors to the Boards of Post-separation Companies," *PR Newswire*, November 22, 2005.

21. Geraldine Fabrikant, "Redstone Takes a Cut in His Salary," *New York Times*, September 26, 2006.

22. Tim Arango, "New Crack in the House of Redstone," *CNN Money*, July 19, 2007.

23. Geraldine Fabrikant, "Family Laundry Redux," *New York Times*, November 21, 2006.

24. Sumner M. Redstone, Schedule 13D under the Securities Exchange Act of 1934: Midway Games, December 28, 2005.

25. Sumner M. Redstone, Schedule 13D.

26. Tim Arango, "A New Flashpoint for Dueling Redstones," *CNN Money/Forbes*, August 1, 2007.

27. Wailin Wong, "Midway Games Faces Default," *Chicago Tribune*, December 6, 2008.

28. Tim Arango, "Redstone and Daughter Said to Clash on Debt Plan," *CNN.com/Forbes*, December 19, 2008.

29. Luke O'Brien, "Trouble in the House of Redstone," *Boston*, November 23, 2009.

30. Martin Peers, Matthew Karnitschnig, and Melissa Marr, "Shaken from the Family Tree: Sumner Redstone Looks to Oust Daughter and Heir–

Apparent Shari from Viacom Empire," *Globe and Mail* (Toronto), July 20, 2007.

31. First Amended Complaint at 29, Manuela Herzer v. Shari Redstone and Tyler Korff (United States District Court Central District of California) (Case No. 2:17–cv–07545–PSG (KSx)).

32. Robert Lenzner, "Redstone Blasts Daughter," *Forbes*, July 20, 2007.

33. Lenzner and Pendleton, "Family Feud."

34. William Cohan, "It's the Story of a Person Who Was Mistreated by Her Father," *Vanity Fair*, April 25, 2018.

35. Melissa Marr, "Market Turmoil Pressures Redstone," *Wall Street Journal*, October 14, 2008.

36. Georg Szalai, "Billionaire Club Takes Beating," *Hollywood Reporter*, March 12, 2009.

37. Hagey, *King of Content*, 215.

38. Hagey, *King of Content*, 218.

第 3 集　萨姆纳将永生不死

1. Joe Flint, "Sumner Redstone Vows Immortality, Hones Borscht Belt Act," *Company Town* (blog), *Los Angeles Times*, April 29, 2009.

2. "A Conversation with Sumner Redstone: If You Could Live Forever, What Would Life Be Like?," https://milkeninstitute.org.

3. Dave Gardetta, "Valley Girl Interrupted," *Los Angeles Magazine*, October 2001, https://www.lamag.com/longform/valley–girl–interrupted–2.

4. Peter Lauria, "Sumner Redstone Hires Another 'Friend,' Rohini Singh," *Daily Beast*, July 27, 2010.

5. Keach Hagey, " 'Waiting for a Man to Die!!!' Inside the Fall of Sumner Redstone's Girlfriends," *Hollywood Reporter*, July 10, 2018.

6. Philippe Dauman Complaint in Equity at 2, Philippe Dauman and George S. Abrams v. Shari Redstone, Tyler Korff et al. (Commonwealth of Massachusetts) (No. NO16E0020QC).

7. Peter Lauria, "Sumner Redstone and His All–Girl Band, the Electric Barbarellas," *Daily Beast*, June 2, 2010.

8. Peter Lauria, "Sumner Redstone Offers Reward to Get the Electric Barbarellas Leak," *Daily Beast*, July 20, 2010.

9. Lauria, "Sumner Redstone Offers Reward."

10. David Carr, "Sumner Redstone: The Spoken Word Performance," *New York Times*, July 20, 2010.

11. Margaret Lyons, "The Electric Barbarellas Might Be the Phoniest Reality Show Ever," *New York*, May 6, 2011.

12. Complaint at 5, Sydney Holland v. Heather Naylor (Superior Court of the State of California for the County of Los Angeles) (Case No. BC519989).

13. Holland's Answer to Complaint at 20, Sumner M. Redstone v. Manuela Herzer and Sydney Holland (Superior Court of the State of California for the County of Los Angeles) (Case No. BC638054).

14. Kim Masters, "Sumner Redstone 'Thinks He's Paul Newman,' " *Hollywood Reporter*, July 25, 2010.

第 4 集　圈内贵宾社交俱乐部

1. Peter Elkind, "The Disturbing Decline of Sumner Redstone (Part 2 of 3)," *Fortune*, May 5, 2016.

2. Keach Hagey, *The King of Content: Sumner Redstone's Battle for Viacom, CBS, and Everlasting Control of His Media Empire* (New York: Harper Business, 2018).

3. Linda Childers, "Millionaire Matchmaker Patti Stanger: Create a Love Affair with the Consumer," *CNN Money*, August 5, 2011.

4. Tamar Caspi, "Make Me a Match," *Jerusalem Post*, February 12, 2010.

5. Joshua Gillin, " 'Millionaire Matchmaker' Patti Stanger Offends Jews, Gays and Other Key Demographics," *Tampa Bay Times* blog, September 26, 2011.

6. "This Day in Music," *St. Petersburg Times*, October 10, 1994.

7. Danika Fears, " 'Millionaire Matchmaker' Says Redstone Loves 'Busty Brunettes,' " *New York Post*, December 13, 2016.

8. Complaint at 5, Sumner M. Redstone v. Manuela Herzer and Sydney Holland (Superior Court of the State of California for the County of Los Angeles) (Case No. BC638054).

9. Complaint at 5, Redstone v. Herzer and Holland.

10. Hagey, *King of Content*, 227.

11. "The Marketing 100: The Biggest Bertha: Bruce Parker," *Advertising*

Age, June 29, 1998.

12. Elkind, "Disturbing Decline of Sumner Redstone (Part 2 of 3)."

13. William D. Cohan, "Endless Sumner," *Vanity Fair*, June 2015, 112.

14. Complaint at 20, Redstone v. Herzer and Holland.

15. Complaint at 19, Redstone v. Herzer and Holland.

16. Holland Answer to Complaint at 1, Redstone v. Herzer and Holland.

17. Hagey, *King of Content*, 236.

18. Holland Answer to Complaint at 2, Redstone v. Herzer and Holland, December 12, 2015.

19. Claire Atkinson, "The Explosive, Plotting Emails of Sumner Redstone's Girlfriend," *New York Post*, May 19, 2015.

20. Tim Jensen, "Sumner Redstone's Driver: I Delivered $1 Million in Cash to Women," *Hollywood Reporter*, July 15, 2015.

21. Jensen, "Sumner Redstone's Driver."

22. Jensen, "Sumner Redstone's Driver."

23. Jensen, "Sumner Redstone's Driver."

24. Holland Answer to Complaint at 21, Redstone v. Herzer and Holland.

25. Holland Answer to Complaint at 5, Redstone v. Herzer and Holland.

26. Holland Answer to Complaint at 21, Redstone v. Herzer and Holland.

第 5 集　"我的就是你们的"

1. Meg James, "Paramount Pictures Marks 100 Years," *Los Angeles Times*, June 1, 2012, www.latimes.com/entertainment/envelope/la–xpm–2012–jun–01–la–et–ct–paramount–pictures–marks–100–years–20120601–story.html.

2. "Paramount Gathers 116 of Its Greatest Stars for a Landmark Photo Shoot," *Vanity Fair*, June 13, 2012.

3. James, "Paramount Pictures Marks 100 Years."

4. Amy Chozick, "The Man Who Would Be Redstone," *New York Times*, September 23, 2012.

5. James, "Paramount Pictures Marks 100 Years."

6. Geraldine Fabrikant, "Viacom's Victory: Viacom Is Winner over QVC in Fight to Get Paramount," *New York Times*, February 16, 1994.

7. James, "Paramount Pictures Marks 100 Years."

8. "Viacom's Philippe Dauman Is Nation's Highest–Paid CEO (Report)," *Hollywood Reporter*, April 10, 2011.
9. Chozick, "The Man Who Would Be Redstone."
10. Chozick, "The Man Who Would Be Redstone."
11. Kim Masters, "The Men Who Would Be Redstone," *Hollywood Reporter*, October 23, 2012.
12. First Amended Complaint at 2–3, Manuela Herzer v. Shari Redstone, Tyler Korff et al. (United States District Court Central District of California) (Case No.2:17–cv–07545–PSG (KSx)).
13. Declaration of Giovanni Paz at 1, Sumner M. Redstone v. Manuela Herzer and Sydney Holland (Superior Court of the State of California for the County of Los Angeles) (Case No. BC638054).
14. Holland Answer to Complaint at 21, Redstone v. Herzer and Holland.
15. First Amended Complaint at 2–3, Herzer v. Redstone–Korff.
16. Declaration of Jeremy Jagiello at 1, Redstone v. Herzer and Holland.
17. Redstone Elder Abuse Complaint at 10, Redstone v. Herzer and Holland.
18. Declaration of Jeremy Jagiello at 1, Redstone v. Herzer and Holland.
19. Declaration of Jeremy Jagiello at 1, Redstone v. Herzer and Holland.
20. Herzer Complaint at 15, Manuela Herzer v. Shari Redstone, Tyler Korff et al. (Superior Court of the State of California for the County of Los Angeles) (Case No. 17–CV–07545 PSG (KSx)).
21. Complaint at 8, Herzer v. Redstone–Korff.
22. Complaint at 8, Herzer v. Redstone–Korff.
23. Al Gore (@algore), "Congratulations to former @ClimateReality staffer @kathrineherzer on her breakout TV role!"Twitter, October 1, 2014, 8:45 a.m., https://twitter.com/algore/status/517339414922407937.
24. Declaration of Jeremy Jagiello at 6, Redstone v. Herzer and Holland.
25. Declaration of Giovanni Paz at 1, Redstone v. Herzer and Holland.
26. Declaration of Joseph Octaviano at 3, Redstone v. Herzer and Holland.
27. Declaration of Giovanni Paz at 1, Redstone v. Herzer and Holland.
28. Declaration of Giovanni Paz at 2, Redstone v. Herzer and Holland.
29. Declaration of Giovanni Paz at 2, Redstone v. Herzer and Holland.
30. Declaration of Joseph Octaviano at 3, Redstone v. Herzer and Holland.
31. Declaration of Jeremy Jagiello at 2, Redstone v. Herzer and Holland.

32. Declaration of Jeremy Jagiello at 2, Redstone v. Herzer and Holland.

33. Declaration of Keryn Redstone at 1–2, In re: Advance Health Care Directive of Sumner M. Redstone (Superior Court of the State of California for the County of Los Angeles) (Case No. BP 168725).

34. "Photos: Sumner Redstone's 90th Birthday Party," *Variety*, June 6, 2013.

35. Kim Masters, "How Sumner Redstone's Lady Friends Scored Millions of Dollars," *Hollywood Reporter*, February 10, 2016.

36. "Watch Sumner Redstone's 90th Birthday Celebration Video," *Fortune video*, May 5, 2016, 16:47, https://Fortune.com/videos/watch/Watch–Sumner–Redstones–90th–Birthday–Celebration–Video/95c353f7–f5f4–4435–b118–72c1bed0690e.

37. "Watch Sumner Redstone's 90th Birthday Celebration Video."

38. Redstone's Amended Opposition to Defendant Motion for Summary Judgment at 4, Redstone v. Herzer and Holland.

39. Redstone's Amended Opposition to Defendant Motion for Summary Judgment at 4, Redstone v. Herzer and Holland.

40. "Billionaire Sumner Redstone 'Spending Time with' the Baby That His Girlfriend Adopted," *Daily Mail* (online), September 13, 2013.

41. "Rumors Surround Sumner Redstone's New Baby," *New York Post*, September 13, 2013.

42. Petition for Probate of Will and for Letters Testamentary at 19 (Superior Court of the State of California for the County of Los Angeles) (Case No. 20STPB08647).

43. Second Amended Cross–Complaint at 4, Sydney Holland v. Heather Naylor (Superior Court of the State of California for the County of Los Angeles) (Case No. BC519989).

44. Mike Hale, "Girl Group Just Wants to Be Famous (Again)," *New York Times*, June 4, 2013.

45. First Amended Cross–Complaint at 3–5, Holland v. Naylor.

46. Second Amended Cross–Complaint at 4, Holland v. Naylor.

47. Complaint at 2–3, Holland v. Naylor.

48. Complaint at 2–3, Holland v. Naylor.

49. Peter Elkind, "The Disturbing Decline of Sumner Redstone (Part 2 of

3)," *Fortune*, May 5, 2016.

50. Complaint at 3, Holland v. Naylor.
51. Second Amended Cross–Complaint at 4, Holland v. Naylor.
52. Second Amended Cross–Complaint at 5, Holland v. Naylor.
53. Videotaped Deposition of Sumner M. Redstone at 12, In re: Advance Health Care Directive of Sumner M. Redstone.
54. Second Amended Cross–Complaint at 5, Holland v. Naylor.
55. Second Amended Cross–Complaint at 5, Holland v. Naylor.
56. Declaration of David R. Andelman at 2, Redstone v. Herzer and Holland.
57. Declaration of David R. Andelman at 2, Redstone v. Herzer and Holland.
58. Matthew Belloni and Eriq Gardner, "Sumner Redstone Embroiled in Girlfriend's Legal War," *Hollywood Reporter*, June 25, 2014.
59. Declaration of Jeremy Jagiello at 3, Redstone v. Herzer and Holland.
60. Robert Lenzner, "Sumner Redstone Still Passionate and Winning at 90," *Forbes*, May 28, 2013.
61. Complaint at 10, Herzer v. Redstone, Korff et al.
62. Sumner M. Redstone's Amended Separate Statement in Opposition to Defendant Manuela Herzer's Motion for Summary Judgment at 4, Redstone v. Herzer and Holland.
63. Redstone Elder Abuse Complaint at 8, Redstone v. Herzer and Holland.
64. Sumner M. Redstone's Amended Separate Statement in Opposition to Defendant Manuela Herzer's Motion for Summary Judgment at 10, Redstone v. Herzer and Holland.
65. Holland Complaint at 8, Redstone v. Herzer and Holland.
66. Sumner M. Redstone's Amended Separate Statement in Opposition to Defendant Manuela Herzer's Motion for Summary Judgment at 8, Redstone v. Herzer and Holland.
67. Redstone Elder Abuse Complaint at 8, Redstone v. Herzer and Holland.
68. Ryan Gajewski, "Jennifer Lawrence Buys L.A. Home Previously Owned by Jessica Simpson," *Hollywood Reporter*, November 2, 2014.
69. Sumner M. Redstone's Amended Separate Statement in Opposition to Defendant Manuela Herzer's Motion for Summary Judgment at 4, Redstone v. Herzer and Holland.

第 6 集 "你知道他是怎么对女人的"

1. Redstone Elder Abuse Complaint at 10–11, Sumner M. Redstone v. Manuela Herzer and Sydney Holland (Superior Court of the State of California for the County of Los Angeles, Central District) (Case No. BC638054).

2. Redstone Elder Abuse Complaint at 10–11, Redstone v. Herzer and Holland.

3. Notice of Filing of Documents Ordered Unsealed by the Court, exhibit 4, exhibit U, p. 446, In re: Advance Health Care Directive of Sumner M. Redstone (Superior Court of the State of California for the County of Los Angeles) (Case No. BP 168725).

4. Redstone Elder Abuse Complaint at 11, Redstone v. Herzer and Holland.

5. Declaration of Giovanni Paz at 2, Redstone v. Herzer and Holland.

6. Declaration of Joseph Octaviano at 2, Redstone v. Herzer and Holland.

7. Redstone Elder Abuse Complaint at 11, Redstone v. Herzer and Holland.

8. Redstone Elder Abuse Complaint at 13, Redstone v. Herzer and Holland.

9. Declaration of David R. Andelman at 2, Redstone v. Herzer and Holland.

10. Declaration of Giovanni Paz at 2, Redstone v. Herzer and Holland.

11. Sumner M. Redstone, SEC Form 4: Statement of Changes in Beneficial Ownership of Securities, May 16, 2014.

12. Declaration of David R. Andelman at 3, Redstone v. Herzer and Holland.

13. Declaration of Jeremy Jagiello at 3, Redstone v. Herzer and Holland.

14. Declaration of David R. Andelman at 3, Redstone v. Herzer and Holland.

15. Declaration of David R. Andelman at 3, Redstone v. Herzer and Holland.

16. Declaration of David R. Andelman at 3, Redstone v. Herzer and Holland.

17. Redstone Elder Abuse Complaint at 12, Redstone v. Herzer and Holland.

18. Declaration of David R. Andelman at 3, Redstone v. Herzer and Holland.

19. Sumner M. Redstone's Amended Separate Statement in Opposition to Defendant Manuela Herzer's Motion for Summary Judgment at 32, Redstone v. Herzer and Holland.

20. Sumner M. Redstone's Amended Separate Statement in Opposition to Defendant Manuela Herzer's Motion for Summary Judgment at 7, Redstone v. Herzer and Holland.

21. Redstone Elder Abuse Complaint at 13, Redstone v. Herzer and Holland.

22. Sumner M. Redstone's Amended Separate Statement in Opposition to Defendant Manuela Herzer's Motion for Summary Judgment at 9, Redstone v. Herzer and Holland.

23. Sumner M. Redstone's Amended Separate Statement in Opposition to Defendant Manuela Herzer's Motion for Summary Judgment at 9, Redstone v. Herzer and Holland.

24. Sumner M. Redstone's Amended Separate Statement in Opposition to Defendant Manuela Herzer's Motion for Summary Judgment at 15, Redstone v. Herzer and Holland.

25. Sumner M. Redstone's Amended Separate Statement in Opposition to Defendant Manuela Herzer's Motion for Summary Judgment at 15, Redstone v. Herzer and Holland.

26. Peter Elkind, "The Disturbing Decline of Sumner Redstone (Part 2 of 3)," *Fortune*, May 5, 2016.

27. Declaration of Keryn Redstone at 3, In re: Advance Health Care Directive of Sumner M. Redstone.

28. Holland Complaint at 15, Redstone v. Herzer and Holland.

29. William D. Cohan, "Hostage to Fortune," *Vanity Fair*, April 2016.

30. Elkind, "Disturbing Decline of Sumner Redstone (Part 2 of 3)."

31. Sumner M. Redstone's Amended Separate Statement in Opposition to Defendant Manuela Herzer's Motion for Summary Judgment at 10, Redstone v. Herzer and Holland.

32. First Amended Complaint at 22, Manuela Herzer v. Shari Redstone and Tyler Korff (United States District Court Central District of California) (Case No. 2:17–cv–07545–PSG (KSx)).

第7集 "我想要回我的 4500 万"

1. Matthew Belloni and Eriq Gardner, "Sumner Redstone Legal Turmoil: Fighting Women, Lie–Detector Tests, Stolen Laptop with 'Private' Photos," *Hollywood Reporter*, June 25, 2014.

2. Second Amended Cross–Complaint at 7, Sydney Holland v. Heather Naylor (Superior Court of California, County of Los Angeles) (Case No. BC519989).

3. Peter Elkind, "The Disturbing Decline of Sumner Redstone (Part 3 of

3)," *Fortune*, May 5, 2016.

4. Cohan, "Hostage to Fortune."

5. Declaration of Jeremy Jagiello at 2–3, Sumner M. Redstone v. Manuela Herzer and Sydney Holland (Superior Court of the State of California for the County of Los Angeles) (Case No. BC638054).

6. Redstone Elder Abuse Complaint at 9–10, Redstone v. Herzer and Holland.

7. Declaration of Jeremy Jagiello at 3, Redstone v. Herzer and Holland.

8. Declaration of Joseph Octaviano at 2, Redstone v. Herzer and Holland.

9. Declaration of Joseph Octaviano at 2, Redstone v. Herzer and Holland.

10. Declaration of Giovanni Paz at 3, Redstone v. Herzer and Holland.

11. Declaration of Giovanni Paz at 2, Redstone v. Herzer and Holland.

12. Declaration of Giovanni Paz at 2, Redstone v. Herzer and Holland.

13. Declaration of Giovanni Paz at 2, Redstone v. Herzer and Holland.

14. Declaration of Giovanni Paz at 2, Redstone v. Herzer and Holland.

15. Declaration of Giovanni Paz at 2, Redstone v. Herzer and Holland.

16. Declaration of Giovanni Paz at 2, Redstone v. Herzer and Holland.

17. Declaration of Giovanni Paz at 2, Redstone v. Herzer and Holland.

18. Declaration of Joseph Octaviano at 3, Redstone v. Herzer and Holland.

19. Declaration of Joseph Octaviano at 3, Redstone v. Herzer and Holland.

20. Declaration of Joseph Octaviano at 3, Redstone v. Herzer and Holland.

21. First Amended Complaint at 30, Manuela Herzer v. Shari Redstone and Tyler Korff (United States District Court Central District of California) (Case No. 2:17–cv–07545–PSG (KSx)).

22. Complaint at 9, Herzer v. Redstone, Korff et al.

23. Email from Joseph Octaviano to Shari Redstone, dated 9/9/2014, exhibit A, Herzer v. Redstone, Korff et al.

24. Declaration of Giovanni Paz at 3–4, Redstone v. Herzer and Holland.

25. Declaration of Giovanni Paz at 4, Redstone v. Herzer and Holland.

26. Keach Hagey, *The King of Content: Sumner Redstone's Battle for Viacom, CBS, and Everlasting Control of His Media Empire* (New York: Harper Business, 2018), 2.

27. Reporter's Transcript of Proceedings, May 6, 2016, at 84–86, In re: Advance Health Care Directive of Sumner M. Redstone Redstone

(Superior Court of the State of California for the County of Los Angeles) (Case No. BP 168725).

28. First Amended Complaint at 23, Herzer v. Redstone, Korff et al.

29. Redstone Elder Abuse Complaint at 15, Redstone v. Herzer and Holland.

30. Redstone Elder Abuse Complaint at 15, Redstone v. Herzer and Holland.

31. Redstone Elder Abuse Complaint at 16, Redstone v. Herzer and Holland.

32. Redstone Elder Abuse Complaint at 16, Redstone v. Herzer and Holland.

33. Redstone Elder Abuse Complaint at 16, Redstone v. Herzer and Holland.

第 8 集 "这就是你的家人"

1. Declaration of Joseph Octaviano at 6, Sumner M. Redstone v. Manuela Herzer and Sydney Holland (Superior Court of the State of California for the County of Los Angeles) (Case No. BC638054).

2. Declaration of Joseph Octaviano at 6, Redstone v. Herzer and Holland.

3. Keach Hagey, *The King of Content: Sumner Redstone's Battle for Viacom, CBS, and Everlasting Control of His Media Empire* (New York: Harper Business, 2018), 240.

4. First Amended Complaint at 25, Manuela Herzer v. Shari Redstone and Tyler Korff (United States District Court Central District of California) (Case No. 2:17–cv–07545–PSG (KSx)).

5. Redstone Elder Abuse Complaint at 16, Redstone v. Herzer and Holland.

6. Declaration of Joseph Octaviano at 5, Redstone v. Herzer and Holland.

7. Declaration of Joseph Octaviano at 5, Redstone v. Herzer and Holland.

8. Declaration of Joseph Octaviano at 5, Redstone v. Herzer and Holland.

9. Declaration of Joseph Octaviano at 5, Redstone v. Herzer and Holland.

10. Declaration of Joseph Octaviano at 5, Redstone v. Herzer and Holland.

11. Sumner M. Redstone's Amended Separate Statement in Opposition to Defendant Manuela Herzer's Motion for Summary Judgment at 11–13, Redstone v. Herzer and Holland.

12. Hagey, *The King of Content*, 243.

13. Redstone Elder Abuse Complaint at 18, Redstone v. Herzer and Holland.

14. Redstone Elder Abuse Complaint at 17, Redstone v. Herzer and Holland.

15. Redstone Elder Abuse Complaint at 18, Redstone v. Herzer and Holland.

16. Redstone Elder Abuse Complaint at 18, Redstone v. Herzer and Holland.

17. Redstone Elder Abuse Complaint at 18, Redstone v. Herzer and Holland.

18. Hagey, *The King of Content*, 251.

19. First Amended Complaint at 34, Herzer v. Redstone, Korff et al.

20. First Amended Complaint at 34, Herzer v. Redstone, Korff et al.

21. Redstone Elder Abuse Complaint at 19, Redstone v. Herzer and Holland.

22. Declaration of Jeremy Jagiello at 5, Redstone v. Herzer and Holland.

23. Declaration of Jeremy Jagiello at 5, Redstone v. Herzer and Holland.

24. Emily Steel and Sydney Ember, "Sumner Redstone's Total Pay from CBS Plummeted Last Year," *New York Times*, April 15, 2016.

25. Memorandum Opinion at 7, exhibit C, R. A. Feuer v. Sumner M. Redstone et al. (In the Court of Chancery of the State of Delaware) (Civil Action No. 12575–CB).

26. Memorandum Opinion at 8, exhibit C, Feuer v. Redstone et al.

27. Settlement Doc at 4, exhibit G, Feuer v. Redstone et al.

28. Memorandum Opinion at 1, Feuer v. Redstone et al.

29. Petition for Determinations re: Advance Health Care Directive of Sumner M. Redstone at 14, In re: Advance Health Care Directive of Sumner M. Redstone (Superior Court of the State of California for the County of Los Angeles) (Case No. BP 168725).

30. Redstone elder abuse complaint at p. 19, Herzer v. Redstone Korff et al.

31. Declaration of Jeremy Jagiello at 5–6, Redstone v. Herzer and Holland.

32. Declaration of Jeremy Jagiello at 5–6, Redstone v. Herzer and Holland.

33. Declaration of Jeremy Jagiello at 5–6, Redstone v. Herzer and Holland.

34. Declaration of Jeremy Jagiello at 5–6, Redstone v. Herzer and Holland.

35. Redstone Elder Abuse Complaint at 19, Redstone v. Herzer and Holland.

36. First Amended Complaint at 31, Herzer v. Redstone, Korff et al.

37. Complaint at 17–18, Herzer v. Redstone, Korff et al.

第 9 集 "你是想开战吗？"

1. William D. Cohan, "Endless Sumner," *Vanity Fair*, June 2015, 112.

2. Cohan, "Endless Sumner," 114.

3. Cohan, "Endless Sumner," 116.

4. Cohan, "Endless Sumner," 115.

5. Cohan, "Endless Sumner," 116.

6. Complaint at 2, Manuela Herzer v. Leah Bishop (Superior Court of the State of California for the County of Los Angeles, West Judicial District) (Case No. SC129651).

7. Cohan, "Endless Sumner," 148.

8. Cohan, "Endless Sumner," 149.

9. Cohan, "Endless Sumner," 147.

10. Cohan, "Endless Sumner," 149.

11. Cohan, "Endless Sumner," 148.

12. Keach Hagey, *The King of Content: Sumner Redstone's Battle for Viacom, CBS, and Everlasting Control of His Media Empire* (New York: Harper Business, 2018).

13. Cohan, "Endless Sumner," 148.

14. Declaration of Joseph Octaviano at 7, Sumner M. Redstone v. Manuela Herzer and Sydney Holland (Superior Court of the State of California for the County of Los Angeles) (Case No. BC638054).

15. First Amended Complaint at 31, Manuela Herzer v. Shari Redstone and Tyler Korff (United States District Court Central District of California) (Case No. 2:17–cv–07545–PSG (KSx)).

16. William D. Cohan, "Why Sumner Redstone Really Kicked Sydney Holland Out," *Vanity Fair*, September 21, 2015.

17. Emmet McDermott, "Sumner Redstone Serenaded by Tony Bennett as Execs (and Girlfriends) Celebrate 92nd Birthday Bash," *Hollywood Reporter*, May 28, 2015.

18. McDermott, "Sumner Redstone Serenaded."

19. Peter Elkind, "The Disturbing Decline of Sumner Redstone (Part 2 of 3)," *Fortune*, May 5, 2016.

20. "Inside Sumner Redstone's 92nd Birthday Party with Leslie Moonves, Tony Bennett and the Mogul's Girlfriends (Exclusive Photos)," *Hollywood Reporter*, June 3, 2015.

21. McDermott, "Sumner Redstone Serenaded."

22. McDermott, "Sumner Redstone Serenaded."

23. Manuela Herzer Petition for Determination of Advance Health Care of Sumner Redstone at 5, In re: Advance Health Care Directive of Sumner M. Redstone (Superior Court of the State of California for the County of Los

Angeles) (Case No. BP 168725).

24. Redstone Elder Abuse Complaint at 14, Redstone v. Herzer and Holland.

25. Sumner M. Redstone's Amended Separate Statement in Opposition to Defendant Manuela Herzer's Motion for Summary Judgment at 12, Redstone v. Herzer and Holland.

第二季

第 1 集 "我最好还是别告诉曼努埃拉吧"

1. Eriq Gardner, "Sumner Redstone's Girlfriend Must Pay Former MTV Star's $190,000 Legal Bill," *Hollywood Reporter*, July 8, 2015.

2. Gardner, "Sumner Redstone's Girlfriend Must Pay."

3. Holland Answer to Redstone's Complaint at 21, Sumner M. Redstone v. Manuela Herzer and Sydney Holland (Superior Court of the State of California for the County of Los Angeles, Central District) (Case No. BC638054).

4. Redstone Elder Abuse Complaint at 22, Redstone v. Herzer and Holland.

第 2 集 "自由行动"

1. Sumner M. Redstone's Amended Separate Statement in Opposition to Defendant Manuela Herzer's Motion for Summary Judgment at 13, Sumner M. Redstone v. Manuela Herzer and Sydney Holland (Superior Court of the State of California for the County of Los Angeles, Central District) (Case No. BC638054).

2. Manuela Herzer Petition for Determination of Advance Health Care of Sumner Redstone at 1, In re: Advance Health Care Directive of Sumner M. Redstone (Superior Court of the State of California for the County of Los Angeles) (Case No. BP 168725).

3. Decision/Order at 2, Philippe Dauman v. Manuela Herzer (Supreme Court of the State of New York, In re: Advance Health Care Directive of Sumner M. Redstone, BP1678725).

4. Declaration of Joseph Octaviano at 8, Redstone v. Herzer and Holland.

5. Declaration of Joseph Octaviano at 8, Redstone v. Herzer and Holland.

6. Declaration of Jeremy Jagiello at 6, Redstone v. Herzer and Holland.

7. Declaration of Joseph Octaviano at 8, Redstone v. Herzer and Holland.

8. Declaration of Jeremy Jagiello at 6, Redstone v. Herzer and Holland.

9. Redstone Elder Abuse Complaint at 22, Redstone v. Herzer and Holland.

10. Redstone Elder Abuse Complaint at 22, Redstone v. Herzer and Holland.

11. Complaint at 15, Manuela Herzer v. Shari Redstone and Tyler Korff (United States District Court Central District of California) (Case No. 2:17–cv–07545–PSG (KSx)).

12. Declaration of Keryn Redstone at 4–5; Declaration of Keryn Redstone at 3, In re: Advance Health Care Directive of Sumner M. Redstone.

13. Redstone Elder Abuse Complaint at 22, Redstone v. Herzer and Holland.

14. Glen Kenny, "Keanu Reeves, as a Cheating Husband, Endures a Comeuppance in 'Knock Knock,' " *New York Times*, October 8, 2015.

15. Declaration of Jeremy Jagiello at 6, Redstone v. Herzer and Holland.

16. Declaration of Jeremy Jagiello at 7, Redstone v. Herzer and Holland.

17. Declaration of Joseph Octaviano at 9, Redstone v. Herzer and Holland.

18. Manuela Herzer Petition for Determination of Advance Health Care of Sumner Redstone at 10, exhibit F, In re: Advance Health Care Directive of Sumner M. Redstone.

19. Complaint at 13, Manuela Herzer v. Shari Redstone, Tyler Korff, Giovanni Paz et al. (Superior Court of the State of California for the County of Los Angeles) (Case No. BC619766).

20. Redstone Elder Abuse Complaint at 23, Redstone v. Herzer and Holland; Trial Brief of Respondent Sumner Redstone at 8, In re: Advance Health Care Directive of Sumner M. Redstone.

21. Declaration of Jeremy Jagiello at 6, Redstone v. Herzer and Holland.

22. Redstone Elder Abuse Complaint at 23, Redstone v. Herzer and Holland; Declaration of Jeremy Jagiello at 6, Redstone v. Herzer and Holland.

23. Peter Elkind, "The Disturbing Decline of Sumner Redstone (Part 3 of 3)," *Fortune*, May 5, 2016.

24. Declaration of Heidi MacKinney in Support of Petition for Determinations at 2, In re: Advance Health Care Directive of Sumner M. Redstone.

25. Declaration of Heidi MacKinney in Support of Petition for Determinations at 2, In re: Advance Health Care Directive of Sumner M. Redstone.

26. Declaration of Keryn Redstone at 5, In re: Advance Health Care Directive of Sumner M. Redstone.

27. Holland Answer to Redstone's Complaint at 21, Redstone v. Herzer and Holland.

28. Holland Answer to Redstone's Complaint at 21, Redstone v. Herzer and Holland.

29. Elkind, "Disturbing Decline of Sumner Redstone (Part 3 of 3)."

30. Declaration of Jeremy Jagiello at 7, Redstone v. Herzer and Holland.

31. Declaration of Jeremy Jagiello at 7, Redstone v. Herzer and Holland.

32. Redstone Elder Abuse Complaint at 24, Redstone v. Herzer and Holland.

33. Declaration of Jeremy Jagiello at 8, Redstone v. Herzer and Holland.

34. Declaration of Jeremy Jagiello at 7, Redstone v. Herzer and Holland.

35. Declaration of Jeremy Jagiello at 6, Redstone v. Herzer and Holland.

36. Reporter's Transcript of Proceedings, May 6, 2016, at 196, In re: The Matter of Sumner M. Redstone, In re: Advance Health Care Directive of Sumner M. Redstone.

37. Complaint at 21, Herzer v. Redstone, Korff et al.

38. Complaint at 21, Herzer v. Redstone, Korff et al.

第 3 集 "我从没想过我还能见到你"

1. "Netflix and Amazon Outspend CBS, HBO and Turner on TV Programming, IHS Markit Says," Business Wire, October 17, 2016.

2. "Event Brief of Viacom Names Philippe Dauman President and CEO, Succeeding Tom Freston—Final," *FD (Fair Disclosure) Wire*, September 5, 2006.

3. Paul Bond, "Viacom Controlling Company Slams CEO Philippe Dauman after Earnings," *Hollywood Reporter*, August 4, 2016.

4. Viacom International Inc. et al. v. YouTube, YouTube LLC, and Google Inc. (United States District Court, Southern District of New York) (No. 07 Civ. 2103).

5. Bryan Burrough, "Showdown at Fort Sumner," *Vanity Fair*, December 2007.

6. Meg James, "MTV Pioneer Steps Down," *Los Angeles Times*, May 6, 2011.

7. Christopher Zara, "At Viacom, Ratings Woes Soak Up 'SpongeBob' Profits," *International Business Times*, April 29, 2015.

8. William Cohan, "Inside the Viacom Brain Drain," *Vanity Fair*, April 12, 2016.

9. Cmarcucci, "NCTC Fires Off Letter to Viacom CEO Seeking Blackout Ban," *Radio and Television Business Report*, March 31, 2014.

10. Daniel Frankel, "Viacom Renews FiOS Deal, Blocks Suddenlink Broadband Subs from SpongeBob and Jon Stewart," *FierceCable*, October 1, 2014.

11. Shalini Ramachandran, "Viacom, 60 Cable Firms Part Ways in Rural U.S.," *Wall Street Journal*, June 17, 2004.

12. Cohan, "Inside the Viacom Brain Drain."

13. Matthew Garrahan, "An Ailing Titan of the Small Screen," *Financial Times*, October 10, 2015.

14. Keach Hagey and Amol Sharma, "Battle Brews atop Media Giant Viacom," *Wall Street Journal*, October 7, 2015.

15. Complaint in Equity at 15, Philippe Dauman and George S. Abrams, as Trustees of the Sumner M. Redstone National Amusements Trust v. Shari Redstone, Tyler Korff et al. (Commonwealth of Massachusetts) (No. NO16E0020QC).

16. Declaration of Manuela Herzer in Support of Ex Parte Application for Discovery in Support of Response to Respondent's Request to Dismiss Petition at 3, In re: Advance Health Care Directive of Sumner M. Redstone (Superior Court of the State of California for the County of Los Angeles) (Case No. BP 168725).

17. Declaration of Manuela Herzer at 3, In re: Advance Health Care Directive of Sumner M. Redstone.

18. Declaration of Manuela Herzer at 4, In re: Advance Health Care Directive of Sumner M. Redstone.

19. Declaration of Manuela Herzer at 7, In re: Advance Health Care Directive of Sumner M. Redstone.

20. Memorandum Opinion at 12, exhibit D, R. A. Feuer v. Sumner M. Redstone et al. (In the Court of Chancery of the State of Delaware) (Civil Action No. 12575–CB).

21. Memorandum Opinion at 10, exhibit D, Feuer v. Redstone et al.

22. Memorandum Opinion at 11, exhibit D, Feuer v. Redstone et al.

23. Viacom Inc., SEC Form 8–K: Current Report Pursuant to Section 13 or 15(d) of the Securities Exchange Act of 1934, January 21, 2016.

24. Memorandum Opinion at 16, exhibit E, Feuer v. Redstone et al.

25. Declaration of Jeremy Jagiello at 8, Sumner Redstone vs. Manuela Herzer and Sydney Holland (Superior Court of the State of California for the County of Los Angeles, Central District) (Case No. BC638054).

26. Manuela Herzer Petition for Determination of Advance Health Care of Sumner Redstone, In re: Advance Health Care Directive of Sumner M. Redstone.

27. Declaration of Heidi MacKinney in Support of Petition for Determinations at 2, In re: Advance Health Care Directive of Sumner M. Redstone.

28. Declaration of Jeremy Jagiello at 8, Redstone v. Herzer and Holland.

29. Declaration of Jeremy Jagiello at 8, Redstone v. Herzer and Holland.

30. Declaration of Jeremy Jagiello at 8, Redstone v. Herzer and Holland.

31. Declaration of Jeremy Jagiello at 8, Redstone v. Herzer and Holland.

32. Declaration of Jeremy Jagiello at 8, Redstone v. Herzer and Holland.

33. Declaration of Manuela Herzer at 13, In re: Advance Health Care Directive of Sumner M. Redstone.

34. Declaration of Jeremy Jagiello at 8, Redstone v. Herzer and Holland.

35. First Amended Complaint at 13, Manuela Herzer v. Shari Redstone and Tyler Korff (United States District Court Central District of California) (Case No. 2:17–cv–07545–PSG (KSx)).

36. Trial Brief of Respondent Sumner Redstone at 7, In re: Advance Health Care Directive of Sumner M. Redstone.

37. Trial Brief of Respondent Sumner Redstone at 7, In re: Advance Health Care Directive of Sumner M. Redstone.

38. Declaration of Jeremy Jagiello at 8, Redstone v. Herzer and Holland.

39. William D. Cohan, "Hostage to Fortune," *Vanity Fair*, April 2016.

40. Declaration of Carlos A. Herzer in Support of Petition for Determinations at 3, In re: Advance Health Care Directive of Sumner M. Redstone.

41. Manuela Herzer Petition for Determination of Advance Health Care of

Sumner Redstone at 15, exhibit F, In re: Advance Health Care Directive of Sumner M. Redstone; Declaration of Carlos A. Herzer in Support of Petition for Determinations at 3, In re: Advance Health Care Directive of Sumner M. Redstone.

42. Manuela Herzer Petition for Determination of Advance Health Care of Sumner Redstone at 15, In re: Advance Health Care Directive of Sumner M. Redstone.

43. Manuela Herzer Petition for Determination of Advance Health Care of Sumner Redstone at 15, In re: Advance Health Care Directive of Sumner M. Redstone.

44. Declaration of Jeremy Jagiello at 8, Redstone v. Herzer and Holland.

45. Declaration of Jeremy Jagiello at 8, Redstone v. Herzer and Holland.

46. Complaint at 15–16, Manuela Herzer v. Shari Redstone, Tyler Korff, Giovanni Paz et al. (Superior Court of the State of California for the County of Los Angeles) (Case No. BC619766).

47. Declaration of Jeremy Jagiello at 8, Redstone v. Herzer and Holland.

48. Keach Hagey, *The King of Content: Sumner Redstone's Battle for Viacom, CBS, and Everlasting Control of His Media Empire* (New York: Harper Business, 2018).

49. Declaration of Jeremy Jagiello at 8, Redstone v. Herzer and Holland.

50. Declaration of Jeremy Jagiello at 8–9, Redstone v. Herzer and Holland.

51. Manuela Herzer Petition for Determination of Advance Health Care of Sumner Redstone at 15, In re: Advance Health Care Directive of Sumner M. Redstone.

52. Manuela Herzer Petition for Determination of Advance Health Care of Sumner Redstone at 15–16, In re: Advance Health Care Directive of Sumner M. Redstone.

53. Manuela Herzer Petition for Determination of Advance Health Care of Sumner Redstone at 15–16, In re: Advance Health Care Directive of Sumner M. Redstone.

54. Declaration of Jeremy Jagiello at 8–9, Redstone v. Herzer and Holland.

55. Reporter's Transcript of Proceedings, May 9, 2016, at 17–18, In re: Advance Health Care Directive of Sumner M. Redstone.

56. Hagey, *King of Content*, 264.

57. Manuela Herzer Petition for Determination of Advance Health Care of Sumner Redstone at 16, In re: Advance Health Care Directive of Sumner M. Redstone.

58. First Amended Complaint at 22, Herzer v. Redstone, Korff et al.

59. Cohan, "Hostage to Fortune."

60. First Amended Complaint at 5, Herzer v. Redstone, Korff et al.

61. Complaint at 16, Herzer v. Redstone, Korff et al.

62. Manuela Herzer Petition for Determination of Advance Health Care of Sumner Redstone at 15–16, In re: Advance Health Care Directive of Sumner M. Redstone.

63. Manuela Herzer Petition for Determination of Advance Health Care of Sumner Redstone at 15–16, In re: Advance Health Care Directive of Sumner M. Redstone.

64. Cohan, "Hostage to Fortune."

65. First Amended Complaint at 42, Herzer v. Redstone, Korff et al.

66. Decision Order at 2, Philippe Dauman v. Manuela Herzer (Supreme Court of the State of New York, In re: Advance Health Care Directive of Sumner M. Redstone, BP1678725).

67. Complaint at 15, Herzer v. Redstone, Korff et al.

68. Cohan, "Hostage to Fortune."

69. Reporter's Transcript of Proceedings, May 9, 2016, at 17–18, In re: Advance Health Care Directive of Sumner M. Redstone.

第 4 集 "我是不会炒掉他的"

1. Shari Supplemental Declarations in Support of Motion to Dismiss Petition, exhibit A, In re: Advance Health Care Directive of Sumner M. Redstone (Superior Court of the State of California for the County of Los Angeles) (Case No. BP 168725).

2. Shari Supplemental Declarations in Support of Motion to Dismiss Petition, exhibit A, In re: Advance Health Care Directive of Sumner M. Redstone.

3. Manuela Herzer Petition for Determination of Advance Health Care of Sumner Redstone, In re: Advance Health Care Directive of Sumner M. Redstone.

4. Manuela Herzer Petition for Determination of Advance Health Care of

Sumner Redstone at 2, In re: Advance Health Care Directive of Sumner M. Redstone.

5. Manuela Herzer Petition for Determination of Advance Health Care of Sumner Redstone at 2–3, In re: Advance Health Care Directive of Sumner M. Redstone.

6. Manuela Herzer Petition for Determination of Advance Health Care of Sumner Redstone at 3, In re: Advance Health Care Directive of Sumner M. Redstone.

7. Kim Masters, "Holy Lawsuit, 'Batman' !," *Washington Post*, March 27, 1992.

8. Manuela Herzer Petition for Determination of Advance Health Care of Sumner Redstone at 4, In re: Advance Health Care Directive of Sumner M. Redstone.

9. Manuela Herzer Petition for Determination of Advance Health Care of Sumner Redstone at 9, In re: Advance Health Care Directive of Sumner M. Redstone.

10. Page Six Team, " 'Sex–Obsessed' Sumner Redstone Kept Beautiful Women on Retainer," *New York Post*, March 21, 2016.

11. Michael Cieply and Brooks Barnes, "Court Filing Challenges Competence of Sumner Redstone," *New York Times*, November 26, 2015.

12. Peter Elkind, "The Disturbing Decline of Sumner Redstone (Part 3 of 3)," *Fortune*, May 5, 2016.

13. Manuela Herzer Petition for Determination of Advance Health Care of Sumner Redstone at 9, In re: Advance Health Care Directive of Sumner M. Redstone.

14. Manuela Herzer Petition for Determination of Advance Health Care of Sumner Redstone at 12, In re: Advance Health Care Directive of Sumner M. Redstone.

15. "U.S. Lawsuit Raises New Questions about Redstone's Ability to Run Media Companies," Reuters, November 25, 2015.

16. Cieply and Barnes, "Court Filing Challenges Competence."

17. William D. Cohan, "Hostage to Fortune," *Vanity Fair*, April 2016.

18. Joe Flint and Amol Sharma, "Behind Shari Redstone's Rise at Her

Father's $40 Billion Media Empire," *Wall Street Journal*, June 10, 2016.

19. First Amended Complaint at 49, Manuela Herzer v. Shari Redstone, Tyler Korff et al. (United States District Court Central District of California) (Case No. 2:17–cv–07545–PSG (KSx)).

20. Emily Steel, "Power Struggle at Viacom as New Leader Is Named," *New York Times*, February 4, 2016.

21. Opposition of Sumner Redstone to Ex Parte Application Seeking Evidentiary Hearing at 11, In re: Advance Health Care Directive of Sumner M. Redstone.

22. Declaration of Philippe Dauman at 1, In re: Advance Health Care Directive of Sumner M. Redstone.

23. Declaration of Philippe Dauman at 1, In re: Advance Health Care Directive of Sumner M. Redstone.

24. Declaration of Philippe Dauman at 1, In re: Advance Health Care Directive of Sumner M. Redstone.

25. Declaration of Philippe Dauman at 2, In re: Advance Health Care Directive of Sumner M. Redstone.

26. Emily Steel, "Viacom Chief Must Testify on Sumner Redstone's Mental State," *New York Times*, February 25, 2016.

27. Jessica Toonkel, "Exclusive: Top Investors Question Whether Viacom's Redstone Should Step Down," Reuters, December 2, 2015.

28. Eric Jackson, "How Many Photo Ops Does It Take to Cut a Stock in Half? Bringing Viacom Back," SpringOwl Asset Management, January 2016, 15.

29. Jackson, "How Many Photo Ops," 39.

30. Jackson, "How Many Photo Ops," 7.

31. Jackson, "How Many Photo Ops," 8.

32. Jackson, "How Many Photo Ops," 10.

33. Jackson, "How Many Photo Ops," 39.

34. Jackson, "How Many Photo Ops," 13.

35. Jackson, "How Many Photo Ops," 14.

36. Jackson, "How Many Photo Ops," 14.

37. Jackson, "How Many Photo Ops," 13.

38. Emily Steel, "Shareholder Calls for Check of Sumner Redstone's

Condition," *New York Times*, December 2, 2015.

39. Dawn C. Chmielewski and Dade Hayes, "Secret Messages Reveal Bond between Les Moonves and Joe Ianniello in CBS Battle with National Amusements," *Deadline*, August 21, 2018.

40. Chmielewski and Hayes, "Secret Messages Reveal Bond."

第 5 集 "这是你的战争，不是我的"

1. Reporter's Transcript of Proceedings, May 6, 2016, p. 11, In re: Advance Health Care Directive of Sumner M. Redstone (Superior Court of the State of California for the County of Los Angeles) (Case No. BP 168725).

2. Appeal from an Order of the Superior Court of Los Angeles County, David J. Cowan, Judge, at 7, Manuela Herzer v. Sumner Redstone (Superior Court of the State of California for the County of Los Angeles) (Case No. BP 168725).

3. Appeal from an Order of the Superior Court at 8, Herzer v. Redstone.

4. Appeal from an Order of the Superior Court at 7–8, Herzer v. Redstone.

5. Reporter's Transcript of Proceedings at 50, In re: The Matter of Sumner M. Redstone.

6. Reporter's Transcript of Proceedings at 50, In re: The Matter of Sumner M. Redstone.

7. Reporter's Transcript of Proceedings at 130, In re: The Matter of Sumner M. Redstone.

8. Reporter's Transcript of Proceedings at 131, In re: The Matter of Sumner M. Redstone.

9. Reporter's Transcript of Proceedings at 129, In re: The Matter of Sumner M. Redstone.

10. Reporter's Transcript of Proceedings at 68, In re: The Matter of Sumner M. Redstone.

11. Reporter's Transcript of Proceedings at 84, In re: The Matter of Sumner M. Redstone.

12. Reporter's Transcript of Proceedings at 71, In re: The Matter of Sumner M. Redstone.

13. Reporter's Transcript of Proceedings at 72–73, In re: The Matter of Sumner M. Redstone.

14. Appeal from an Order of the Superior Court at 3, Herzer v. Redstone.

15. Appeal from an Order of the Superior Court at 8, Herzer v. Redstone.

16. Appeal from an Order of the Superior Court at 7, Herzer v. Redstone.

17. Reporter's Transcript of Proceedings at 44, In re: The Matter of Sumner M. Redstone.

18. Reporter's Transcript of Proceedings at 44, In re: The Matter of Sumner M. Redstone.

19. Reporter's Transcript of Proceedings at 44, In re: The Matter of Sumner M. Redstone.

20. "CBS Corporation Announces That Leslie Moonves Has Been Named Chairman of the Company," *PR Newswire*, February 3, 2016.

21. R. A. Feuer v. Sumner M. Redstone et al. (In the Court of Chancery of the State of Delaware) (Civil Action No. 12575–CB).

22. Joann S. Lublin and Keach Hagey, "Viacom Board Weighs Further Cut in Sumner Redstone's Pay," *Wall Street Journal*, May 9, 2016.

23. Emily Steel, "Sumner Redstone Steps Down as CBS Chairman, Replaced by Leslie Moonves," *New York Times*, May 3, 2016.

24. Brian Stelter, "Philippe Dauman Succeeds Sumner Redstone in Viacom Board Battle," *CNN*, February 4, 2016.

25. Stelter, "Philippe Dauman Succeeds Sumner Redstone."

26. Paul Bond, "Inside Viacom's Board Meeting: Dauman Calls from St. Barths, Redstone in L.A.," *Hollywood Reporter*, February 4, 2016.

27. Emily Steel, "Power Struggle at Viacom as New Leader Is Named," *New York Times*, February 4, 2016.

28. Emily Steel, "Viacom Says It Will Sell a Stake in Paramount," *New York Times*, February 23, 2016.

29. Emily Steel, "Viacom Chief Is Defensive on Its Weak Earnings," *New York Times*, February 9, 2016.

30. "Viacom (VIAB) Earnings Report: Q4 2015 Conference Call Transcript," TheStreet.com, February 9, 2016.

31. "Viacom (VIAB) Earnings Report."

32. Simon Thompson, "Why Viacom Should Up Film Production at Paramount Pictures Rather Than Sell It Off," *Forbes*, February 18, 2016.

33. Viacom Inc., SEC Form 10–Q: Quarterly Report Pursuant to Section 13

or 15(d) of the Securities Exchange Act of 1934, February 9, 2016, 18.

34. "Viacom (VIAB) Earnings Report."

35. Eric Jackson, "How Many Photo Ops Does It Take to Cut a Stock in Half? Bringing Viacom Back," SpringOwl Asset Management, January 2016, 83.

36. Keach Hagey, *The King of Content: Sumner Redstone's Battle for Viacom, CBS, and Everlasting Control of His Media Empire* (New York: Harper Business, 2018).

37. Hagey, *King of Content*, 3.

38. Hagey, *King of Content*, 3–4.

39. Hagey, *King of Content*, 4.

40. "Viacom Seeks Minority Investor for Paramount Film Studio," Dow Jones Institutional News Service, February 23, 2016.

41. Emily Steel, "Viacom Says It Will Sell a Stake in Paramount," *New York Times*, February 23, 2016.

42. Cynthia Littleton, "Sumner Redstone Fight: Philippe Dauman Slams Shari Redstone as Hearing Approaches," *Variety*, June 27, 2016.

43. Eriq Gardner, "Philippe Dauman Says Redstone Battles Have Slowed, but Not Killed Plan to Sell Paramount Stake,"*Hollywood Reporter*, June 9, 2016.

第 6 集　"示众"

1. Emily Steel, "Sumner Redstone Competency Case Will Go Forward," *New York Times*, March 1, 2016.

2. Tentative Ruling on Motions to Dismiss Petition, February 29, 2016, at 12, In re: Advance Health Care Directive of Sumner M. Redstone (Superior Court of the State of California for the County of Los Angeles) (Case No. BP 168725).

3. Tentative Ruling on Motions to Dismiss Petition at 16, In re: Advance Health Care Directive of Sumner M. Redstone.

4. "Star Entertainment Attorney Robert Klieger Joins Partnership," Hueston Hennigan, July 6, 2015; www.hueston.com/star–entertainment–attorney–robert–klieger–joins–partnership/.

5. "Frederic Salerno," New Mountain Capital, www.newmountaincapital.

com/team/frederic–salerno/.

6. "Viacom Drama's Cast of Lawyers," *Bloomberg Law*, August 3, 2016.

7. Complaint at 14–15, Manuela Herzer v. Shari Redstone, Tyler Korff et al. (United States District Court Central District of California) (Case No.: 2:17–cv–07545–PSG (KSx)).

8. Motion for Expedited Discovery and Trial at 18, Philippe Dauman and George Abrams v. Sumner Redstone et al. (Commonwealth of Massachusetts) (Civil Action No. 16E002QC).

9. Tentative Ruling on Motion to Dismiss Petition, May 9, 2016, at 14, In re: Advance Health Care Directive of Sumner M. Redstone.

10. Ruling on Motion to Quash Notice to Appear, May 9, 2016, at 7, In re: Advance Health Care Directive of Sumner M. Redstone.

11. Ruling on Motion to Quash Notice to Appear at 5–6, In re: Advance Health Care Directive of Sumner M. Redstone.

12. Videotaped Deposition of Sumner M. Redstone at 7, In re: Advance Health Care Directive of Sumner M. Redstone.

13. Videotaped Deposition of Sumner M. Redstone, In re: Advance Health Care Directive of Sumner M. Redstone.

第 7 集 "一段现代爱情故事"

1. Reporter's Transcript of Proceedings, May 6, 2016, at 3, In re: The Matter of Sumner M. Redstone (Superior Court of the State of California for the County of Los Angeles) (Case No. BP 168725).

2. Reporter's Transcript of Proceedings at 5, In re: The Matter of Sumner M. Redstone.

3. Reporter's Transcript of Proceedings at 28, In re: The Matter of Sumner M. Redstone.

4. Reporter's Transcript of Proceedings at 26, In re: The Matter of Sumner M. Redstone.

5. Reporter's Transcript of Proceedings at 27, In re: The Matter of Sumner M. Redstone.

6. Reporter's Transcript of Proceedings at 29, In re: The Matter of Sumner M. Redstone.

7. Reporter's Transcript of Proceedings at 29, In re: The Matter of Sumner M.

Redstone.

8. Videotaped Deposition of Sumner M. Redstone at 7, In re: Advance Health Care Directive of Sumner M. Redstone (Superior Court of the State of California for the County of Los Angeles) (Case No. BP 168725).

9. Videotaped Deposition of Sumner M. Redstone at 11, In re: Advance Health Care Directive of Sumner M. Redstone.

10. Videotaped Deposition of Sumner M. Redstone at 11, In re: Advance Health Care Directive of Sumner M. Redstone.

11. Videotaped Deposition of Sumner M. Redstone at 13, In re: Advance Health Care Directive of Sumner M. Redstone.

12. Videotaped Deposition of Sumner M. Redstone at 14, In re: Advance Health Care Directive of Sumner M. Redstone.

13. Videotaped Deposition of Sumner M. Redstone at 15–16, In re: Advance Health Care Directive of Sumner M. Redstone.

14. Videotaped Deposition of Sumner M. Redstone at 131, In re: Advance Health Care Directive of Sumner M. Redstone.

15. Reporter's Transcript of Proceedings at 146, In re: The Matter of Sumner M. Redstone.

16. Tentative Ruling on Motion to Dismiss Petition, May 9, 2016, at 5, In re: Advance Health Care Directive of Sumner M. Redstone.

17. Tentative Ruling on Motion to Dismiss Petition at 14, In re: Advance Health Care Directive of Sumner M. Redstone.

18. Matt Reynolds, "Judge Dismisses Sumner Redstone Case," *Courthouse News*, May 9, 2016.

19. Emily Steel, "Sumner Redstone Competency Case Abruptly Dismissed by Judge," *New York Times*, May 9, 2016.

20. Complaint at 18, Manuela Herzer v. Shari Redstone, Tyler Korff et al. (United States District Court Central District of California) (Case No. 2:17–cv–07545–PSG (KSx)).

21. Complaint at 4, Herzer v. Redstone, Korff et al.

22. Complaint at 12, Herzer v. Redstone, Korff et al.

23. Lisa Richwine, "New Lawsuit Alleges Paid Informants, Pricey Escort at Redstone Mansion," Reuters, May 9, 2016.

24. Keach Hagey, "Viacom Draws Interest for Minority Stake in Paramount

Pictures Studio," *Wall Street Journal*, March 17, 2016.

25. Verified Complaint at 5, Frederic V. Salerno v. National Amusements Inc., NAI Entertainment Holdings LLC et al. (In the Court of Chancery of the State of Delaware) (No. 12473–CB).

26. Emily Steel, "Paramount Stars in War at Viacom," *New York Times*, May 25, 2016.

27. Verified Complaint at 33, Salerno v. National Amusements International, NAI Entertainment Holdings LLC et al.

28. Verified Complaint at 33, Salerno v. National Amusements International, NAI Entertainment Holdings LLC et al.

29. Motion for Expedited Discovery and Trial at 5, Philippe Dauman and George S. Abrams v. Shari Redstone, Tyler Korff et al. (Commonwealth of Massachusetts) (Civil Action No. 16E0020QC).

30. Complaint in Equity at 8, Dauman and Abrams v. Redstone, Korff et al.

31. Complaint at 25, Herzer v. Redstone, Korff et al.

32. Complaint in Equity at 2, Dauman and Abrams v. Redstone, Korff et al.

33. Joe Flint, "Massachusetts Court to Hear Next Chapter in Redstone Saga," *Wall Street Journal*, June 29, 2016.

34. Complaint in Equity at 15, Dauman and Abrams v. Redstone, Korff et al.

35. Complaint in Equity at 15, Dauman and Abrams v. Redstone, Korff, et al.

36. Complaint in Equity at 15, Dauman and Abrams v. Redstone, Korff et al.

37. Complaint in Equity at 3, Dauman and Abrams v. Redstone, Korff et al.

第8集 "没人喜欢大起大落"

1. Declaration of Jeremy Jagiello at 9, Sumner M. Redstone v. Manuela Herzer and Sydney Holland (Superior Court of the State of California for the County of Los Angeles, Central District) (Case No. BC638054).

2. Kim Masters, "Sumner Redstone Visits Paramount Lot amid Viacom Drama (Exclusive)," *Hollywood Reporter*, June 14, 2016.

3. Joe Flint, "Sumner Redstone Makes Rare Appearances at CBS, Paramount," *Wall Street Journal*, June 14, 2016.

4. David Lieberman, "Viacom Open Letter to Sumner Redstone Raises Fear He Is 'Not Being Heard,' " *Deadline*, June 14, 2016.

5. Emily Steel, "New Questions Arise over Viacom Mogul's Competency

After He Alters Trust," *New York Times*, May 23, 2016.

6. Michael J. de la Merced and Emily Steel, "National Amusements Alters Viacom Bylaws to Stymie Sale of Paramount," *New York Times*, June 6, 2016.

7. Rick Carew, Amol Sharma, and Ben Fritz, "Viacom in Talks to Sell Paramount Pictures to Chinese Group," *Wall Street Journal*, July 13, 2016.

8. Joe Flint, Amol Sharma, and Joann S. Lublin, "Sumner Redstone's National Amusements Moves to Oust Five Viacom Directors," *Wall Street Journal*, June 16, 2016.

9. "National Amusements, Inc. Elects Five Independent Directors to Viacom Board; Five Existing Directors Removed," *PR Newswire*, June 16, 2016.

10. Joe Flint, "Viacom Detente Yields Promotion for New Interim CEO," *Wall Street Journal*, August 21, 2016.

11. Alan Murray, "Philippe Dauman's Last Stand," *Fortune*, April 20, 2016.

12. Paul Bond, "Sun Valley: Shari Redstone Takes Center Stage as Media Moguls Gather," *Hollywood Reporter*, July 6, 2016.

13. Georg Szalai, "Viacom's Philippe Dauman Skipping Sun Valley Mogul Gathering," *Hollywood Reporter*, July 7, 2016.

14. Szalai, "Viacom's Philippe Dauman Skipping."

15. Meg James, "Viacom Struggle Ends: Shari Redstone at Helm," *Los Angeles Times*, August 20, 2016.

16. Emily Jane Fox, "Shari Redstone Goes Shoe Shopping in Sun Valley," *Vanity Fair*, July 8, 2016.

17. Keach Hagey, "Redstone Family's Next Generation Takes On Bigger Roles, Influence in National Amusements," *Wall Street Journal*, November 15, 2016.

18. Joe Flint, "Can CBS and Viacom Merge? It Depends on the Redstone–Moonves Dance," *Wall Street Journal*, September 30, 2016.

19. Confidential Settlement and Release Agreement between Sumner M. Redstone et al. and Philippe P. Dauman et al., August 18, 2016, 64.

20. Confidential Settlement and Release Agreement, August 18, 2016, p. 5.

21. "Viacom and National Amusements Announce Resolution of

Governance Dispute and Transition to New Leadership," BusinessWire, August 20, 2016.

22. Confidential Settlement and Release Agreement, August 18, 2016, 28.

23. Keach Hagey, *The King of Content: Sumner Redstone's Battle for Viacom, CBS, and Everlasting Control of His Media Empire* (New York: Harper Business, 2018).

24. "Viacom's (VIAB) CEO Philippe Dauman on Q3 2016 Results—Earnings Call Transcript," August 4, 2016.

25. Emily Steel, "Viacom's Profit Slumps 29%, Providing a Lens into a Business in Turmoil," *New York Times*, August 4, 2016.

26. "Viacom (VIAB) Beats Earnings and Revenue Estimates in Q3," Zacks Equity Research, August 4, 2016.

27. Brian Price, "Former Viacom CEO Tom Freston Speaks Out on Company's 'Serious Errors,'" *CNBC*, June 15, 2016.

28. Hagey, *The King of Content*.

29. Confidential Settlement and Release Agreement, August 18, 2016, 14.

30. Confidential Settlement and Release Agreement, August 18, 2016, 27.

31. Confidential Settlement and Release Agreement, August 18, 2016, 8.

32. Confidential Settlement and Release Agreement, August 18, 2016, 1.

33. Gene Maddaus, "One Year after Exec Shakeup, Viacom Sees Stability but Faces Stock Struggles," *Variety*, August 30, 2017.

34. Claire Atkinson, "Bon Voyage, Philippe! We Hardly Knew You," *New York Post*, September 14, 2016.

35. Anita Balakrishnan, "Shari Redstone Said CBS, Viacom Are Right to Explore Merger," *CNBC*, November 10, 2016.

第9集 "让人难以忍受的贪婪恶臭"

1. Keach Hagey and Joe Flint, "Sumner Redstone's National Amusements to Call on Viacom and CBS to Explore Merger," *Wall Street Journal*, September 28, 2016.

2. "Press Release: Viacom Announces Receipt of Letter from National Amusements," Dow Jones Institutional News, September 29, 2016.

3. "Press Release: Viacom Announces Receipt."

4. "Press Release: Viacom Announces Receipt."

5. Joe Flint, Keach Hagey, and Joann S. Lublin, "Viacom and CBS Boards Name Special Committees to Review Merger," *Wall Street Journal*, September 30, 2016.

6. Joe Flint and Drew FitzGerald, "AT&T Expressed Interest in CBS to Shari Redstone before Time Warner Deal," *Wall Street Journal*, June 24, 2018.

7. Kim Masters, "Shari Redstone's Viacom–CBS Merger Plans Take Shape amid Tension," *Hollywood Reporter*, January 25, 2018.

8. Paul Bond, "Viacom Interim CEO Tom Dooley to Depart, Company to Consider 'All Options,' " *Hollywood Reporter*, September 21, 2016.

9. Memorandum Opinion, September 17, 2020, p. 22, In re: CBS Corporation Stockholder Class Action and Derivative Litigation (In the Court of Chancery of the State of Delaware) (Civil Action No. 2020–0111–JRS).

10. David Lieberman, "Viacom Names Bob Bakish Acting CEO When Tom Dooley Steps Down," *Deadline*, October 31, 2016.

11. Anita Balakrishnan, "Shari Redstone Said CBS, Viacom Are Right to Explore Merger," *CNBC*, November 10, 2016.

12. Declaration of Bennett Blum M.D. at 1, Sumner M. Redstone v. Manuela Herzer and Sydney Holland (Superior Court of the State of California for the County of Los Angeles, Central District) (Case No. BC638054).

13. Declaration of Bennett Blum M.D. at 3, Redstone v. Herzer and Holland.

14. Declaration of Bennett Blum M.D. at 2, Redstone v. Herzer and Holland.

15. Declaration of Bennett Blum M.D. at 2, Redstone v. Herzer and Holland.

16. Declaration of Bennett Blum M.D. at 2–3, Redstone v. Herzer and Holland.

17. Declaration of Bennett Blum M.D. at 4, Redstone v. Herzer and Holland.

18. Peter Elkind, "The Disturbing Decline of Sumner Redstone (Part 2 of 3)," *Fortune*, May 5, 2016.

19. Redstone Elder Abuse Complaint at 1–2, Redstone v. Herzer and Holland.

20. Sumner also: Opinion, Sumner Redstone v. Manuela Herzer and Hotel Carlyle (Appellate Division of the Supreme Court: First Judicial Department in the County of New York) (February 15, 2018) (Case No. 6987–6988N).

21. Holland Cross–Complaint at 20, Redstone v. Herzer and Holland.
22. Holland Cross–Complaint at 20, Redstone v. Herzer and Holland.
23. Holland Cross–Complaint at 20, Redstone v. Herzer and Holland.
24. Ashley Cullins, "Sumner Redstone Ex Asks Court to Order Independent Medical Evaluation," *Hollywood Reporter*, January 18, 2017.
25. *Sydney Holland v. George M. Pilgrim*, case no. SQ007229, order dated January 8, 2016.
26. Criminal Case Summary, Los Angeles Superior Court, Van Nuys Courthouse West, sentencing date April 13, 2016.
27. Complaint at 1, Manuela Herzer v. Shari Redstone, Tyler Korff et al. (United States District Court Central District of California) (Case No. 2:17–cv–07545–PSG (KSx)).
28. Complaint at 6, Herzer v. Redstone, Korff et al.

第 10 集　"别沾惹这个事"

1. Lisa de Moraes, "NBC Wins 2016–17 Season in Ratings Demo; CBS Takes Total Viewers," *Deadline*, May 23, 2017.
2. Keach Hagey and Joe Flint, "Redstone Daughter Seeks a Viacom Reunion," *Wall Street Journal*, September 29, 2016.
3. Verified Complaint at 21, CBS et al. v. NAI, Shari Redstone et al. (In the Court of Chancery of the State of Delaware) (Civil Action No. 2018–0342–AGB).
4. Joe Flint, "Two Wary Moguls Hold Key to CBS Deal," *Wall Street Journal*, September 30, 2016.
5. Keach Hagey, Joe Flint, and Joshua Jamerson, "Redstones Abandon Plan to Merge Viacom and CBS," *Wall Street Journal*, December 13, 2016.
6. "National Amusements, Inc. Asks Boards of CBS and Viacom to Discontinue Exploration of a Potential Combination," *PR Newswire*, December 12, 2016.
7. Memorandum Opinion, December 29, 2020, at 61, In re: Viacom Inc. Stockholders Litigation (In the Court of Chancery of the State of Delaware) (Civil Action No. 2020–0111–JRS).
8. Glenn Thrush, "Obama Consults on SCOTUS Choice," *Politico*, April 21, 2010.

9. " 'Wasteland' Revisited: Newton Minow Looks Back at His FCC Tempest and Forward to the Future of Televised Debates," *Broadcasting & Cable*, February 29, 2016.

10. " 'Wasteland' Revisited."

11. Kim Masters and Paul Bond, "Shari Redstone Explores Plan to Launch Fox News Competitor (Exclusive)," *Hollywood Reporter*, October 15, 2019.

12. Kim Masters, "Shari Redstone Named THR's Women in Entertainment Executive of the Year," *Hollywood Reporter*, December 6, 2016.

13. "2012 JFK Profile in Courage Award Winners Announced," Targeted News Service, March 12, 2012.

14. "Sumner Redstone Makes Donation to Harvard Law School in Support of Public Service," Professional Services Close–Up Business Insights, January 24, 2014.

15. Sumner Redstone, *A Passion to Win* (New York: Simon & Schuster, 2001).

16. Irin Carmon, "Last Woman Standing," *New York*, July 8, 2019.

17. Carmon, "Last Woman Standing."

18. Jessica Toonkel, "CBS' CEO Moonves Says Viacom Undervalued," Reuters, May 19, 2017.

19. Keach Hagey and Joe Flint, "Shari Redstone Alleges CBS CEO Threatened to Quit If Board Didn't Strip Redstones of Control," *Wall Street Journal*, May 29, 2018, www.wsj.com/articles/shari–redstone–alleges–cbs–ceo–threatened–to–quit–if–board–didnt–strip–redstones–of–control–1527608926.

20. CBS Corporation, SEC Form 8–K: Current Report Pursuant to Section 13 or 15(d) of the Securities Exchange Act of 1934, May 9, 2017.

21. "Robert Klieger Elected to CBS Board of Directors," Hueston Hennigan, July 28, 2017.

22. Kim Masters and Chris Gardner, "Harvey Weinstein Lawyers Battling N.Y. Times, New Yorker over Potentially Explosive Stories," *Hollywood Reporter*, October 4, 2017.

23. Neda Ulaby, "Harvey Weinstein Expelled from the Academy of Motion Pictures Arts and Sciences," *NPR*, October 14, 2017.

24. Jodi Kantor and Megan Twohey, "Harvey Weinstein Paid Off Sexual

Harassment Accusers for Decades," *New York Times*, October 5, 2017.

25. Kantor and Twohey, "Harvey Weinstein Paid Off."

26. Andrew Limbong, "Weinstein Company Fires Co-founder Harvey Weinstein," *NPR Morning Edition*, October 9, 2017.

27. Ronan Farrow, "From Aggressive Overtures to Sexual Assault: Harvey Weinstein's Accusers Tell Their Stories," *New Yorker*, October 10, 2017.

28. David A. Farenthold, "Trump Recorded Having Extremely Lewd Conversation about Women in 2005," *Washington Post*, October 8, 2016, https://www.washingtonpost.com/politics/trump-recorded-having-extremely-lewd-conversation-about-women-in-2005/2016/10/07/3b9ce776-8cb4-11e6-bf8a-3d26847eeed4_story.html.

29. Manuel Roig-Franzia and Ben Terris, " 'The Mission Was to Bring Down Bill O'Reilly' : The Final Days of a Fox News Superstar," *Washington Post*, April 21, 2017.

30. Paul Farhi, "Roger Ailes Resigns as CEO of Fox News; Rupert Murdoch Will Be Acting CEO," *Washington Post*, July 21, 2016.

31. Mamta Balkar, "Bill Cosby Convicted of Sexual Assault," *Financial Times*, April 26, 2018.

32. "Bill Cosby's Accusers React to His Overturned Conviction," *NBC Nightly News*, June 30, 2021.

33. Mary Pflum, "A Year Ago, Alyssa Milano Started a Conversation about #MeToo. These Women Replied," *NBC News*, October 15, 2018.

34. Alyssa Milano (@Alyssa_Milano), "If you've been sexually harassed or assaulted write 'me too' as a reply to this," Twitter, October 15, 2017, 1:21 p.m., https://twitter.com/alyssa_milano/status/919659438700670976?lang=en.

35. David Remnick, "Illeana Douglas Steps Forward, and Rachel Carson at Sea," *New Yorker Radio Hour*, September 14, 2018.

36. Michael Schulman, "Ronan Farrow: The Youngest Old Guy in the Room," *New York Times*, October 25, 2013.

37. Ronan Farrow, *Catch and Kill*: Lies, Spies, and a Conspiracy to Protect Predators (New York: Little Brown, 2019).

38. Schulman, "Ronan Farrow: The Youngest Old Guy in the Room."

39. Erik Wemple, "Here's the Cosby-Oriented Interview That Ronan

Farrow Laments," *Washington Post*, May 11, 2016.

40. Matt Lauer and Ronan Farrow, "It's Also a Dangerous Time Right Now at This Moment When It Comes to This Issue, Sexual Assault on Campus," *Today*, October 12, 2016.

41. Farrow, *Catch and Kill*, 403–5.

42. "Illeana Douglas," *Contemporary Theatre, Film and Television*, vol. 70 (Farmington Hills, MI: Gale, 2006).

43. Ronan Farrow, "Les Moonves and CBS Face Allegations of Sexual Misconduct," *New Yorker*, July 27, 2018.

44. Remnick, "Illeana Douglas Steps Forward."

45. Farrow, "Les Moonves and CBS Face Allegations."

46. Farrow, "Les Moonves and CBS Face Allegations."

47. Farrow, "Les Moonves and CBS Face Allegations."

48. Farrow, "Les Moonves and CBS Face Allegations."

49. Chris Gardner, "Jeff Bezos Battle Begins to Rattle National Enquirer Insiders," *Hollywood Reporter*, February 13, 2019.

第三季
第 1 集 "我们都这么干过"

1. Richard Sandomir, "Gil Schwartz, CBS Spokesman with Alter Ego Who Mocked Corporate Misdeeds, Dies at 68," *New York Times*, May 8, 2020.

2. Stanley Bing, "If Tonya Did Business," *Esquire*, June 1, 1994.

3. Stephen Battaglio, "Gil Schwartz, Longtime CBS Communications Executive and Author, Dies," *Los Angeles Times*, May 3, 2020.

4. George Rush and Joanna Molloy with Suzanne Rozdeba and Ben Widdicombe, "Moonves' Marriage May Get an Airing," *New York Daily News*, April 23, 2003.

5. Meg James and Richard Winton, " 'This Has Been with Me the Whole Time' : Accuser Talks to CBS Investigators in Moonves Inquiry," *Los Angeles Times*, September 13, 2018.

6. Ty Duffy, Ryan Glasspiegel, and Dan Reilly, "How Late–Night Hosts Discussed Louis C.K.," *Vulture*, November 10, 2017, https://Variety.com/2017/tv/news/stephen–colbert–louis–ck–1202611764/.

7. James and Winton, " 'This Has Been with Me the Whole Time.' "

8. Ronan Farrow, "As Leslie Moonves Negotiates His Exit from CBS, Six Women Raise New Assault and Harassment Claims," *New Yorker*, September 9, 2018.

9. Farrow, "As Leslie Moonves Negotiates."

10. Farrow, "As Leslie Moonves Negotiates."

11. Ann O'Neill, "Blair Berk Makes Stars' Legal Scrapes Disappear," *CNN*, October 4, 2010.

12. "L.A. Prosecutors Decline to Pursue Sex Abuse Charges against CBS CEO Moonves," Reuters, July 31, 2018.

13. Rachel Abrams and Edmund Lee, "Les Moonves Obstructed Investigation into Misconduct Claims, Report Says," *New York Times*, December 4, 2018.

14. Anne L. Peters, "A Physician's Place in the #MeToo Movement," *Annals of Internal Medicine* 168, no. 9 (May 1, 2018): 676–77.

15. Peters, "A Physician's Place."

16. Peters, "A Physician's Place."

17. Abrams and Lee, "Les Moonves Obstructed Investigation."

18. Peters, "A Physician's Place."

19. James B. Stewart, " 'Disaster for CBS Shareholders' : Damning Report on Moonves Reveals Total Failure at Top," *New York Times*, December 4, 2018.

20. Stewart, " 'Disaster for CBS Shareholders.' "

21. John Koblin and Prashant S. Rao, "Hoda Kotb Named to Replace Matt Lauer as Co-anchor of NBC's 'Today,' " *New York Times*, January 2, 2018.

22. Amended Verified Complaint at 9, CBS Corporation, Gary L. Countryman et al. v. National Amusements Inc., Shari Redstone et al. (In the Court of Chancery of the State of Delaware) (Civil Action No. 2018–0342–AGB).

23. Irin Carmon and Amy Brittain, "Eight Women Say Charlie Rose Sexually Harassed Them—with Nudity, Groping and Lewd Calls," *Washington Post*, November 20, 2017.

24. Carmon and Brittain, "Eight Women Say Charlie Rose."

25. Carmon and Brittain, "Eight Women Say Charlie Rose."

26. "CBS Fires Charlie Rose After Sexual Misconduct Allegations," *CBS News*, November 21, 2017.

27. Erik Wemple, "CBS News Makes Quick Work of Charlie Rose," *Washington Post*, November 21, 2017.

28. Leslie Moonves, "Photos from Variety's 2017 Innovate Summit."

29. David Folkenflik, "NBC Fires 'Today' Host Matt Lauer Following Complaint of 'Inappropriate Sexual Behavior,' " *All Things Considered, NPR*, November 29, 2017.

30. Tara Bitran, "Leslie Moonves Recently Called Sexual Harassment Revelations a 'Watershed Moment,' " *Variety*, July 27, 2018.

31. Tara Bitran, "Leslie Moonves Recently Called."

32. Cara Buckley, "Anita Hill to Lead Hollywood Commission on Sexual Harassment," *New York Times*, December 15, 2017.

第 2 集　"如果芭比开口"

1. James B. Stewart, Rachel Abrams, and Ellen Gabler, " 'If Bobbie Talks, I'm Finished': How Les Moonves Tried to Silence an Accuser," *New York Times*, November 28, 2018.

2. Pamela Selbert, "Spam Turns 80," *Trailer Life*, July 2017, 9.

3. Meg James, "Talent Manager Marv Dauer Defends 213 His Role in Dealings with Ex-CBS Boss Leslie Moonves," *Los Angeles Times*, December 5, 2018.

4. Stewart, Abrams, and Gabler, " 'If Bobbie Talks, I'm Finished.' "

5. Stewart, Abrams, and Gabler, " 'If Bobbie Talks, I'm Finished.' "

6. "The THR 100: *Hollywood Reporter's* Most Powerful People in Entertainment," *Hollywood Reporter*, June 21, 2017.

7. David Robb, " 'CSI: Miami' Co-star Eva LaRue Alleges Steven Seagal Sexually Harassed Her," *Deadline*, November 10, 2017.

8. Steve Coe, "Lorimar, WBTV Melded Under Moonves," *Broadcasting & Cable*, July 19, 1993.

9. Stewart, Abrams, and Gabler, " 'If Bobbie Talks, I'm Finished.' "

10. Stewart, Abrams, and Gabler, " 'If Bobbie Talks, I'm Finished.' "

11. Stewart, Abrams, and Gabler, " 'If Bobbie Talks, I'm Finished.' "

12. Stewart, Abrams, and Gabler, " 'If Bobbie Talks, I'm Finished.' "

13. Bruce Fretts, "Bobbie Phillips on 'The Cape,'" *Entertainment Weekly*, December 13, 1996.

14. "Solar Eclipse Teaser Release at Dubai Film Festival on 8th," *PR Newswire*, December 24, 2016.

15. Stewart, Abrams, and Gabler, "'If Bobbie Talks, I'm Finished.'"

16. Stewart, Abrams, and Gabler, "'If Bobbie Talks, I'm Finished.'"

第 3 集　"我以前是个好人"

1. James B. Stewart, Rachel Abrams, and Ellen Gabler, "'If Bobbie Talks, I'm Finished': How Les Moonves Tried to Silence an Accuser," *New York Times*, November 28, 2018.

2. "As California Governor Declares State of Emergency, Experts Are Available to Discuss Insurance Implications of Wildfire," States News Service, December 6, 2017.

3. David Faber, "21st Century Fox Has Been Holding Talks to Sell Most of the Company to Disney: Sources," *CNBC*, November 6, 2017.

4. Trefis Team, "Key Takeaways from CBS' Q3 Earnings," *Forbes*, November 3, 2017.

5. Alexia Quadrani, "Viacom: Raise F2018 Estimates with Lower Expenses Offsetting Softer Advertising/Affiliate," JPMorgan Chase, November 16, 2017.

6. Alex Johnson and Stephanie Giambruno, "New Accuser Says She Confronted Leslie Moonves in Public after 'Gross' Encounter," *NBC News*, December 5, 2018.

7. June Seley Kimmel as told to Kim Masters, "New Leslie Moonves Accuser Speaks Out: What I Told CBS Investigators," *Hollywood Reporter*, December 5, 2018.

第 4 集　"我一直觉得很恶心"

1. Verified Complaint at 30, National Amusements Inc., NAI Entertainment Holdings LLC, and Shari Redstone v. Leslie "Les" Moonves, CBS Corporation et al. (In the Court of Chancery of the State of Delaware) (Civil Action No. 2018–0374).

2. Verified Complaint at 30, National Amusements Inc., NAI Entertainment

Holdings, and Redstone v. Moonves, CBS Corp. et al.

3. Sharon Waxman and Matt Donnelly, "Viacom and CBS Are Seeking to Merge, Insiders Say (Exclusive)," *Wrap*, January 12, 2018.

4. "Oprah's Light: Rocking the Golden Globes," ABC News transcript, January 8, 2018.

5. Ronan Farrow, "Les Moonves and CBS Face Allegations of Sexual Misconduct," *New Yorker*, July 27, 2018.

6. Farrow, "Les Moonves and CBS Face Allegations of Sexual Miscondut."

7. Farrow, "Les Moonves and CBS Face Allegations of Sexual Miscondut."

8. Jessica Guynn, "CES Fail: No Women Keynote Addresses Triggers Backlash," *USA Today*, January 5, 2018.

9. Dan Petrocelli, "O.J. Simpson 20th Anniversary: A Lawyer's Never-Revealed Details of a Sister's Tears, $33M Win," *Hollywood Reporter*, June 18, 2014.

10. "25 Attorneys Who Bring Big Business to Their Firms," *Los Angeles Business Journal*, March 4, 2002.

11. James B. Stewart, "Why CBS's Board Turned Against Leslie Moonves," *New York Times*, September 12, 2018.

12. Verified Complaint at 31, National Amusements Inc., NAI Entertainment Holdings, and Redstone v. Moonves, CBS Corp. et al.

13. Nicholas Jasinski and Brian Price, "Richard Parsons Tried to Save Time Warner and AOL. Here's What He Thinks of Today's Deals," *Barron's*, July 30, 2021.

14. Irin Carmon, "Last Woman Standing," New York, July 8, 2019.

15. Verified Complaint at 32, National Amusements Inc., NAI Entertainment Holdings, and Redstone v. Moonves, CBS Corp. et al.

16. James B. Stewart, Rachel Abrams, and Ellen Gabler, " 'If Bobbie Talks, I'm Finished' : How Les Moonves Tried to Silence an Accuser," *New York Times*, November 28, 2018.

第 5 集　"这简直是疯了"

1. Shannon Bond, "Viacom Forms Committee to Explore CBS Merger," *Financial Times*, February 1, 2018.

2. Emily Steel and Sydney Ember, "Reunited? CBS and Viacom Are Talking

about It," *New York Times*, February 1, 2018.

3. Michael J. de la Merced and John Koblin, "Two Moguls Vie for Power in CBS Fight," *New York Times*, May 18, 2018.

4. Ronan Farrow, "Donald Trump, a Playboy Model, and a System for Concealing Infidelity," *New Yorker*, February 16, 2018.

5. Meg James and Richard Winton, "CBS Investigators Interview Phyllis Golden–Gottlieb, Who Accused Leslie Moonves of Sexual Assault," *Los Angeles Times*, September 12, 2018.

6. Daniel Holloway, "CBS Casting Chief Peter Golden Exits Following Allegations of Inappropriate Behavior (Exclusive)," *Variety*, May 3, 2019.

7. Verified Complaint at 33, National Amusements Inc., NAI Entertainment Holdings LLC, and Shari Redstone v. Leslie "Les" Moonves, CBS Corporation et al. (In the Court of Chancery of the State of Delaware) (Civil Action No. 2018–0374).

8. Verified Complaint at 34, National Amusements Inc., NAI Entertainment Holdings, and Redstone v. Moonves, CBS Corp. et al.

9. Ali Haseeb, "Viacom Seeks Higher Valuation from CBS," SNL Kagan Media & Communications Report, April 9, 2018.

10. Joe Flint, "CBS Submits Initial Bid for Viacom at Price Below Market Value," *Wall Street Journal*, April 3, 2018.

11. Verified Complaint at 34, National Amusements Inc., NAI Entertainment Holdings, and Redstone v. Moonves, CBS Corp. et al.

12. Verified Complaint at 36, National Amusements Inc., NAI Entertainment Holdings, and Redstone v. Moonves, CBS Corp. et al.

13. Trey Williams and Sean Burch, "Shari Redstone v. Les Moonves: A Timeline of the Battle for CBS," *Wrap*, May 29, 2018.

14. Exhibit 10(a), Execution Copy, CBS Corporation to Joseph Ianniello, July 1, 2017, www.sec.gov/Archives/edgar/data/813828/000081382817000048/cbs_ex10a-093017.htm.

15. Verified Complaint at 34, National Amusements Inc., NAI Entertainment Holdings, and Redstone v. Moonves, CBS Corp. et al.

16. Verified Complaint at 19–20, National Amusements Inc., NAI Entertainment Holdings, and Redstone v. Moonves, CBS Corp. et al.

17. Exhibit 10(a), Execution Copy, CBS Corporation to Leslie

Moonves, May 19, 2017, 22, www.sec.gov/Archives/edgar/
data/813828/000081382817000048/cbs_ex10a–093017.htm.

第 6 集 "搁置"

1. Anne L. Peters, "A Physician's Place in the #MeToo Movement," *Annals of Internal Medicine* 168, no. 9 (May 1, 2018): 676–677.
2. Peters, "A Physician's Place."
3. Peters, "A Physician's Place."
4. Peters, "A Physician's Place."
5. Verified Complaint at 21, National Amusements Inc., NAI Entertainment Holdings LLC, and Shari Redstone v. Leslie "Les" Moonves, CBS Corporation et al. (In the Court of Chancery of the State of Delaware) (Civil Action No. 2018–0342–AGB).
6. Keach Hagey and Joe Flint, "Once Allies, Two Media Chiefs Go to War over the Future of CBS," *Wall Street Journal*, May 28, 2018.
7. Verified Complaint at 38, NAI v. CBS (In the Court of Chancery of the State of Delaware) (Civil Action No. 2018–0374).
8. Verified Complaint at 35, NAI v. CBS.
9. Verified Complaint at 36, NAI v. CBS.
10. Verified Complaint at 36, NAI v. CBS.
11. Verified Complaint at 35, NAI v. CBS.
12. Verified Complaint at 5, NAI v. CBS.
13. First Amended Verified Class Action Complaint at 3–4, In re: Viacom Inc. Stockholders C.A. (In the Court of Chancery of the State of Delaware) (Civil Action No. 2019–0948–JRS).
14. First Amended Verified Class Action Complaint at 34, In re: Viacom Inc. Stockholders C.A.
15. Meg James and Samantha Masunaga, "CBS Chooses 'Nuclear Option' against Shari Redstone: It Sues to Thwart Viacom Merger," *Los Angeles Times*, May 14, 2018.
16. First Amended Verified Class Action Complaint at 34, In re: Viacom Inc. Stockholders C.A.
17. James and Masunaga, "CBS Chooses 'Nuclear Option.' "
18. Hagey and Flint, "Once Allies, Two Media Chiefs."

第 7 集 "全面的战争"

1. "CBS Board of Directors Declares Dividend to Protect and Give Voting Power to Stockholders," *PR Newswire*, May 17, 2018.
2. "CBS Board of Directors Declares."
3. Gene Maddaus, "Leslie Moonves Quoted 'The Godfather' to Prepare for Redstone Battle," *Variety*, August 21, 2018.

第四季

第 1 集 "公然的权力滥用"

1. James Fontanella-Khan and Sujeet Indap, "CBS Sues Redstones in Attempt to Block Merger with Viacom," *Financial Times*, May 14, 2018.
2. Oral Argument on Plaintiffs' Motion for a Temporary Restraining Order at 2, NAI v. CBS (In the Court of Chancery of the State of Delaware) (Civil Action No. 2018-0342-AGB).
3. Oral Argument on Plaintiffs' Motion for a Temporary Restraining Order at 21, NAI v. CBS.
4. Chris Ariens, "CBS Is Suing Majority Owners Sumner and Shari Redstone," *Adweek* (online), May 14, 2018.
5. Jenna Greene, "Litigators of the Week: In 'Nuclear' Showdown over CBS, Cleary's Kotler and Hou on Top," *American Lawyer*, September 14, 2018.
6. Keach Hagey and Joe Flint, "Shari Redstone Moves to Defend Family's Voting Power over CBS," *Wall Street Journal*, May 16, 2018.
7. Oral Argument on Plaintiffs' Motion for a Temporary Restraining Order at 89, NAI v. CBS.
8. Lisa de Moraes, "CBS Upfront Presentation: Live Blog," *Deadline*, May 16, 2018.
9. John Koblin and Sapna Maheshwari, "CBS Puts on a Happy Face for Ad Buyers amid Off-Stage Tensions," *New York Times*, May 17, 2018.
10. de Moraes, "CBS Upfront Presentation."
11. Court's Ruling at 2, CBS Corporation et al. v. NAI et al.
12. Minutes of a Special Meeting of the Board of Directors of CBS Corporation, May 17, 2018, 1.
13. Minutes of a Special Meeting, 2.

14. Minutes of a Special Meeting, 2.
15. Minutes of a Special Meeting, 3.
16. Minutes of a Special Meeting, 3.
17. Minutes of a Special Meeting, 3–4.
18. Minutes of a Special Meeting, 5.
19. Minutes of a Special Meeting, 5.
20. Minutes of a Special Meeting, 6–7.
21. Minutes of a Special Meeting, 7.
22. Minutes of a Special Meeting, 7.
23. 273 The resolution was "duly passed": Minutes of a Special Meeting, 7.

第 2 集 "我从来就不是个捕食者"

1. Verified Complaint at 4, National Amusements Inc., NAI Entertainment Holdings LLC, and Shari Redstone v. Leslie "Les" Moonves, CBS Corporation et al. (In the Court of Chancery of the State of Delaware) (Civil Action No. 2018–0374).

2. Verified Complaint at 4, National Amusements Inc., NAI Entertainment Holdings, and Redstone v. Moonves, CBS Corp. et al.

3. Verified Complaint at 8, National Amusements Inc., NAI Entertainment Holdings, and Redstone v. Moonves, CBS Corp. et al.

4. Lisa de Moraes, "UTA Casts Its Spell on Scovell," *Hollywood Reporter*, July 31, 1997.

5. Melena Ryzik, "Not-So-Funny Business," *New York Times Book Review*, March 25, 2018.

6. Nell Scovell, "Letterman and Me," *Vanity Fair*, October 27, 2009.

7. Nell Scovell, "Robert Benchley's Legacy in an Era of Fraught Comedy," *New Yorker*, December 26, 2019.

8. EX–10 (A): Settlement and Release Agreement in the Case of Moonves, by His Execution and Delivery of the Moonves Settlement at 34.

9. "CBS Board of Directors Takes Over Investigation into CBS News That Was to Conclude This Month," *CBS News*, August 7, 2018.

10. James B. Stewart, Rachel Abrams, and Ellen Gabler, "'If Bobbie Talks, I'm Finished': How Les Moonves Tried to Silence an Accuser," *New York Times*, November 28, 2018.

11．Stewart, Abrams, and Gabler, "'If Bobbie Talks, I'm Finished'"

第 3 集 "你到底在干吗？"

1．Steve Aaronson, "Interview: Mike Marvin of the Kingston Trio," *WDIY*, October 29, 2021.

2．Aaronson, "Interview: Mike Marvin."

3．Hannah Miet, "Brokerage Founder Credits Star for Guiding Career," *Los Angeles Business Journal*, December 7, 2015.

4．James B. Stewart, Rachel Abrams, and Ellen Gabler, "'If Bobbie Talks, I'm Finished': How Les Moonves Tried to Silence an Accuser," *New York Times*, November 28, 2018.

5．Stewart, Abrams, and Gabler, "'If Bobbie Talks, I'm Finished.'"

6．Stewart, Abrams, and Gabler, "'If Bobbie Talks, I'm Finished.'"

第 4 集 "我们不要操之过急"

1．Kim Masters, "Leslie Moonves Accused of Sexual Misconduct in Ronan Farrow Exposé," *Hollywood Reporter*, July 27, 2018.

2．Ronan Farrow, "Les Moonves and CBS Face Allegations of Sexual Misconduct," *New Yorker*, July 27, 2018.

3．"CBS Independent Directors Respond to Report of Misconduct by CEO Les Moonves," *CBS News*, July 27, 2018.

4．Nellie Andreeva, "CBS' Ad Sales Chief Jo Ann Ross & Head of Daytime Angelica McDaniel Speak in Support of Les Moonves after Allegations," *Deadline*, July 27, 2018.

5．Julie Chen Moonves (@JCMoonves), "I have known my husband, Leslie Moonves, since the late '90s, and I have been married to him for almost 14 years. Leslie is a good man and a loving father, devoted husband and inspiring corporate... ," Twitter, July 27, 2018, 3:14 p.m., https://twitter.com/JCMoonves/status/1022968567728427012.

6．Rebecca Rubin, "Julie Chen Says She 'Stands By' Statement Supporting Leslie Moonves on 'The Talk,'" *Variety*, July 30, 2018.

7．"Bucknell Drops Alum Les Moonves from Website in Wake of Allegations," Associated Press, July 30, 2018.

8．Tara Bitran, "USC School of Cinematic Arts Suspends Leslie Moonves from Board," *Variety*, August 1, 2018.

9. 296 Moonves quietly resigned: Katie Kilkenny, "Leslie Moonves Steps Down from Board of Anita Hill–Led Anti–Sexual Harassment Commission," *Hollywood Reporter*, August 1, 2018.

10. James B. Stewart, "Revelation of Moonves's Deceit Was Last Straw for CBS Board," *New York Times*, September 13, 2018.

11. Stewart, "Revelation of Moonves's Deceit."

12. Bill Hutchinson, "CBS Board Takes No Immediate Action on Les Moonves as Network Launches Investigation of Sexual Misconduct," *ABC News*, July 30, 2018.

13. Edmund Lee, "Les Moonves Stays as CBS C.E.O. While Its Board Plans an Investigation," *New York Times*, July 30, 2018.

14. Edmund Lee, "Leslie Moonves Speaks on CBS Earnings Call but Not about Harassment Allegations," *New York Times*, August 2, 2018.

15. Joe Flint and Keach Hagey, "CBS to Appoint Outside Law Firm to Handle Probe into Moonves Allegations," *Wall Street Journal*, July 30, 2018.

16. Katie Kilkenny, "CBS Hires Multiple Law Firms to Investigate Claims against Leslie Moonves," *Hollywood Reporter*, August 1, 2018.

第 5 集　"他想毁了我"

1. Eriq Gardner, "Leslie Moonves Probe 'May Prove to Be a Tame Investigation,'" *Hollywood Reporter*, August 8, 2018.

2. Edmund Lee, "Leslie Moonves Speaks on CBS Earnings Call but Not about Harassment Allegations," *New York Times*, August 2, 2018.

3. Lee, "Leslie Moonves Speaks."

4. David Folkenflik, "CEO Les Moonves Speaks during First CBS Earnings Call Since Allegations Broke," *NPR*, August 2, 2018.

5. James B. Stewart, Rachel Abrams, and Ellen Gabler, "'If Bobbie Talks, I'm Finished': How Les Moonves Tried to Silence an Accuser," *New York Times*, November 28, 2018.

第 7 集　"一个曾经难以预料的结局"

1. Meg James and Richard Winton, "CBS Chief Talks Finances, Is Silent on

Assault Claims," *Los Angeles Times*, August 3, 2018.

2. James and Winton, "CBS Chief Talks Finances."

3. CBS Corporation, SEC Form 8–K: Current Report Pursuant to Section 13 or 15(d) of the Securities Exchange Act of 1934, September 9, 2018, 2.

4. CBS Corporation, SEC Form 8–K, 3.

5. CBS Corporation, SEC Form 8–K, 3.

6. Ronan Farrow, "As Leslie Moonves Negotiates His Exit from CBS, Six Women Raise New Assault and Harassment Claims," *New Yorker*, September 9, 2018.

7. Farrow, "As Leslie Moonves Negotiates."

8. William D. Cohan, "Les Moonves Admits to Unwanted Kissing of His Doctor 19 Years Ago," *Vanity Fair*, September 9, 2018.

9. Cohan, "Les Moonves Admits."

10. CBS Corporation, SEC Form 8–K, 3.

尾声

1. Dade Hayes and Dawn C. Chmielewski, "CBS Shareholders Elect Strauss Zelnick, 10 Other Board Members in Drama–Free Annual Meeting," *Deadline*, December 11, 2018.

2. James B. Stewart, "Threats and Deception: Why CBS's Board Turned Against Leslie Moonves," *New York Times*, September 12, 2018.

3. Mike Reynolds, "CBS, Viacom to Merge in All–Stock Deal," SNL Kagan Media and Communications Report, August 21, 2019.

4. Meg James, "CBS and Viacom Are Together Again," *Los Angeles Times*, December 4, 2019.

5. Memorandum Opinion, September 17, 2020, at 55, In re: CBS Corporation Stockholder Class Action and Derivative Litigation (In the Court of Chancery of the State of Delaware) (Civil Action No. 2020–0111–JRS).

6. CBS Corporation, Schedule 14A: Proxy Statement Pursuant to Section 14(a) of the Securities Exchange Act of 1934, April 2019; ViacomCBS Inc., SEC Form 10–Q: Quarterly Report Pursuant to Section 13 or 15(d) of the Securities Exchange Act of 1934, June 2020.

7. Phyllis Gottlieb, "Tears for the Teacher," *Inner City Blues*, June 2007.

8. Alex Weprin, "Les Moonves Settles with ViacomCBS over Departure," *Hollywood Reporter*, May 14, 2021.

9. Kathryn Rubino, "Covington Reportedly Paying Settlement over Leak of Les Moonves Sexual Misconduct Report," *Above the Law*, May 18, 2021.

10. Civil Minutes—General at 1, Manuela Herzer v. Shari Redstone, Tyler Korff et al. (United States District Court Central District of California) (Case No. 17–CV–07545 PSG(KSx)).

11. Meg James, "Sumner Redstone and Family Settle Legal Dispute with His Ex–companion Manuela Herzer," *Los Angeles Times*, January 8, 2019.

12. Los Angeles Superior Court docket, George M. Pilgrim.

13. Joe Flint, "Sydney Holland, Ex–girlfriend of Sumner Redstone, May Join Cast of 'Real Housewives,' " *Wall Street Journal*, May 31, 2016.

14. James McClain, "Sydney Holland Lists West Hollywood Contemporary," *Dirt*, October 24, 2019.

15. Lily Tinoco, "Philanthropist, Entrepreneur Sydney Holland Lists Riviera Home," *Palisadian–Post*, September 10, 2020.

16. Gary Baum, "The Hollywood Publicist," *The Hollywood Reporter*, February 7, 2022.

17. "Julie de Libran Paris Showing and Dinner Held in Rancho Santa Fe," *Rancho Santa Fe Review*, January 15, 2022.

18. Institute of the Environment and Sustainability, UCLA, board of advisors biography page, https://www.ioes.ucla.edu/person/sydney–holland.

19. Complaint at 3, Manuela Herzer v. First Republic Bank and Jared Barnes (Superior Court of the State of California for the County of Los Angeles–Santa Monica Courthouse) (West District) (Case No. 20SMCV01997).

20. James B. Stewart, Rachel Abrams, and Ellen Gabler, " 'If Bobbie Talks, I'm Finished' : How Les Moonves Tried to Silence an Accuser," *New York Times*, November 28, 2018.

21. Rachel Abrams and Edmund Lee, "Les Moonves, Fired by CBS, Sets Up Shop in Hollywood," *New York Times*, August 2, 2019.

22. "*Forbes* Releases 38th Annual Forbes 400 Ranking of the Richest Americans," *Forbes*, October 2, 2019.

23. Jessica Toonkel, "ViacomCBS Probed Sexual Misconduct Allegation against CEO Bob Bakish," *The Information*, September 24, 2020.

24. Phoebe Magdirila, "ViacomCBS Clears CEO in Sexual Misconduct Probe," *SNL Kagan Media & Communications Report*, September 25, 2020.

25. Georg Szalai, "Pluto TV Ad Revenue to Exceed $1B in 2022, Says ViacomCBS CEO," *Hollywood Reporter*, June 7, 2021.

26. David Folkenflik, "CBS Names Legendary Producer Susan Zirinsky as Head of News," *NPR*, January 7, 2019.

27. "CBS Names Two New Presidents of Unified News and Television Division," *CBS News*, May 3, 2021.

28. The market capitalization of Paramount Global was $14.75 billion on June 16, 2022, as reported on *CNBC*.com. The market caps of its rivals Amazon, Netflix, and Disney are also from CNBC.com as of June 16, 2022.

29. Irina Ivanova, "CBS and Viacom Agree to $30 Billion Media Merger," *CBS News*, August 13, 2019.

30. Josh Kosman and Alexandra Steigrad, "ViacomCBS Waiting for Other Suitors," *New York Post*, August 10, 2021.

31. Kosman and Steigrad, "ViacomCBS Waiting for Other Suitors."

32. Peter Bart, "Viacom and CBS Teeter toward Merger with Their Master Dealmaker on the Sidelines," *Deadline*, July 11, 2019.

33. "Statement from National Amusements," BusinessWire, August 12, 2020.

译名对照表

ABC 美国广播公司

A Beautiful Mind《美丽心灵》

Acapulco 阿卡普尔科

Access Hollywood《走进好莱坞》

Adolph Zukor 阿道夫·朱克

Advancit Capital 高城资本

Alan Murray 艾伦·默里

Alan Schwartz 艾伦·施瓦茨（投资银行家）

Alcoholics Anonymous 匿名戒酒会

Alexandra Red Holland 亚历山德拉·雷德·霍兰德

Al Gore 小艾伯特·戈尔

Allen & Company 艾伦公司

Allen Grubman 艾伦·格鲁曼

Allied《间谍同盟》

All My Children《我的孩子们》

Alyssa Milano 艾莉莎·米兰诺

Amazon Prime 亚马逊金牌服务

AMC 美国经典电影有线电视台

Amy Chozick 艾米·乔齐克

Amy Koch 艾米·科赫

Amy Shpall 艾米·什波尔（皮尔格林的经纪人、女友之一）

Andre Bouchard 安德烈·布沙尔（法官）

Andrew Katzenstein 安德鲁·卡赞斯坦

Angelica McDaniel 安吉丽卡·麦克丹尼尔（CBS 日间节目负责人）

Angelina Jolie 安吉丽娜·朱莉

Anita Hill 安妮塔·希尔（工作场所性骚扰和促进平等委员会领导）

Annals of Internal Medicine《内科学年鉴》

Anne Kopelson 安妮·科派尔森

Anne Peters 安妮·彼得斯（糖尿病医生）

Ann Marcus 安·马库斯（作家）

Anthony Ambrosio 安东尼·安布罗西奥（CBS 人事主管）

Anthony Zuiker 安东尼·祖克尔（编剧）

A Passion to Win《赢的激情》（雷德斯通自传）

Arbor 乔木康复中心

Arnold Kopelson 阿诺德·科派尔森（CBS 董事，萨姆纳好友）

Art Buchwald 阿特·布赫瓦尔德（专栏作家）

Art's Delicatessen 艺术熟食店

Arthur Cohn 亚瑟·科恩

Ashley Gray 阿什利·格雷

· 440 ·

AT&T 美国电话电报公司

Augusta 奥古斯塔市

Augusta National 奥古斯塔国家高尔夫球俱乐部

Babe Ruth 贝比·鲁斯（美国棒球明星）

Bank of America 美国银行

Barack Obama 巴拉克·奥巴马

Bard College 巴德学院

Barney's 巴尼斯（品牌连锁店）

Barry Diller 巴里·迪勒（传媒大亨）

Bear Stearns 贝尔斯登公司

Beeple 毕普（艺术家）

Bel Air Country Club 贝莱尔乡村俱乐部

Bella (later Belle) Rothstein 贝拉·罗特施泰因（贝莱·雷德斯通）

Bemelmans Bar 贝梅尔曼斯酒吧

Ben Stiller 本·斯蒂勒

Bennett Blum 班奈特·布鲁姆（精神科医生）

Berkshire Hathaway 伯克希尔·哈撒韦公司

Beverly Hills 比弗利山

Beverly Hills hotels 比弗利山酒店

Beverly Park 比弗利庄园

Big Bertha 大贝莎（高尔夫球杆品牌）

Big Brother 《老大哥》（真人秀）

Bill Cosby 比尔·科斯比

Bill O'Reilly 比尔·奥莱利

Billy Bowers 比利·鲍尔斯（穆恩

维斯的助理）

Bing Crosby 平·克劳斯贝

Bob Iger 鲍勃·伊格尔

Bobbie Phillips 芭比·菲利普斯

Brent Redstone 布伦特·雷德斯通

Bryan Freedman 布莱恩·弗里德曼（律师）

Black Rock 黑岩大厦（派拉蒙总部，CBS 董事会所在地）

Blair Berk 布莱尔·伯克（刑辩律师）

Blockbuster 百视达公司

Blood & Treasure 《血宝藏》

Weinstein, Bob 鲍勃·韦恩斯坦

Boston Latin School 波士顿拉丁学校

Boynton Canyon 博因顿峡谷

Brad Grey 布拉德·格雷

Brad Pitt 布拉德·皮特

Brad Rose 布拉德·罗斯（律师）

Brandon Korff 布兰登·科夫（萨姆纳外孙，莎莉之子）

Bravo 精彩电视台

Breakfast at Tiffany's 《蒂凡尼的早餐》

Brentwood 布伦特伍德

Brian Grazer 布莱恩·格雷泽

Brian Roberts 布莱恩·罗伯茨（康卡斯特公司首席执行官）

Bruce Gordon 布鲁斯·戈登（CBS首席董事）

Bruce McNall 布鲁斯·麦克纳尔

Bruce Parker 布鲁斯·帕克

Bryan Burrough 布莱恩·伯勒

Bryan Chamchoum 布莱恩·尚舒姆

Bucknell 巴克内尔大学

Bullock's department store 布洛克百货商店

CAA 创新艺人经纪公司

Callaway Golf 卡拉威高尔夫球公司

Camp Tioga 提奥加夏令营

Candice Bergen 坎迪斯·伯根

Cannon《雷警菲菲》（电视剧）

Cape Fear《恐怖角》

Carl Eller 卡尔·埃勒

Carl Folta 卡尔·福尔塔（维亚康姆集团公关总监）

Carlos Martinez 卡洛斯·马丁内斯（萨姆纳的管家）

Carlyle Hotel 卡莱尔酒店

Carnegie Hall 卡内基音乐厅

Carole Bayer Sager 卡罗尔·拜尔·塞杰尔

Catalina Island 卡特琳娜岛

Carter Ledyard & Milburn 卡特·莱德亚德和米尔本律师事务所

Cary Grant 加里·格兰特

Catskills 卡茨基尔

casting couch 选角沙发

CBS 哥伦比亚广播公司

CBS All Access CBS 全通道

CBS Entertainment 哥伦比亚广播公司娱乐公司

CBS Evening News CBS 晚间新闻

CBS This Morning《CBS 今晨》

CBS Studio Center 哥伦比亚广播公司制片中心

Cecil B. DeMille lifetime achievement award 塞西尔·B.戴米尔终身成就奖

Cecil Holland 塞西尔·霍兰德

Cedars–Sinai Medical Center 西达赛奈医疗中心

Centerview Partners 森特尔维尤合伙公司

Century City 世纪城

Charles (Chad) Gifford 查尔斯·查德·吉福德（CBS 董事）

Charlie Rose 查理·罗斯

Charlie's Angels《霹雳娇娃》

Charter Communications 特许通讯公司

Cheek to Cheek《脸贴脸》

Chinatown《唐人街》

Chris Ender 克里斯·恩德（CBS 公关副总裁）

Christina Chamchoum（Christy Cham）克里斯蒂娜·尚舒姆（克里斯蒂·查姆）

Christine Peters 克莉丝汀·彼得斯

Christopher Austin 克里斯托弗·奥斯汀（律师）

Citigroup 花旗集团

Citizen Pilgrim《公民皮尔格林》

Citizen Kane《公民凯恩》

City National Bank 国民城市银行

Clarence Thomas 克拉伦斯·托马斯（最高院大法官）

Clayton Reed 克莱顿·里德

Cleary Gottlieb Steen & Hamilton 佳

利律师事务所

Climate Reality Project 气候现实项目

CNBC 美国消费者新闻与商业频道

CNN 美国有线电视新闻网

Cold Case 《铁证悬案》

Columbia Pictures 哥伦比亚电影公司

Comcast 康卡斯特公司

Comedy Central 喜剧中心

Coming to America 《美国之旅》

Commission on Sexual Harassment and Advancing Equality in the Workplace 工作场所性骚扰和促进平等委员会

Consumer Electronics Show 消费类电子产品展览会

Copley Plaza Hotel 科普利广场酒店

Corona del Mar 科罗纳德尔玛（社区）

corporate raiders 企业掠夺者

Cory Palka 科里·帕尔卡（好莱坞警长）

Cosmopolitan magazine 《大都会》杂志

Covington & Burling 科文顿·柏灵律师事务所

Craig Chester 克雷格·切斯特

Crazy Bosses 《疯狂的老板》

CSI 《犯罪现场调查》

CSI: Miami 《犯罪现场调查：迈阿密》

CW（Columbia Broad-casting System and Warner Bros. Network）哥伦比亚及华纳兄弟联合电视网

Cynthia Littleton 辛西娅·利特尔顿（编辑）

Dallas 《达拉斯》

Dana McClintock 达娜·麦克林托克（CBS 企业公关主管）

Danny DeVito 丹尼·德·维托

Dan Petrocelli 丹·彼得罗切利（律师）

Dan Tana's 丹·塔纳餐厅

Davenport 达文波特市

David Andelman 大卫·安德尔曼

David Robb 大卫·罗伯（记者）

David Boies 大卫·博伊斯

David Carr 大卫·卡尔（媒体专栏作家）

David Cowan 大卫·考恩（法官）

David Folkenflik 大卫·福肯弗里克（NPR 记者）

David Geffen School of Medicine at UCLA 加州大学洛杉矶分校大卫·格芬医学院

David Letterman 大卫·莱特曼

David Remnick 大卫·雷姆尼克

Deadline Hollywood 《好莱坞新闻前线》

Deauville 多维尔（法国地名）

Debevoise & Plimpton 德普律师事务所

Delaware 特拉华州

Delsa Winer 德尔莎·维纳（萨姆纳的情人）

Dick Rosetti 迪克·罗塞蒂

Dick Wolf 迪克·沃尔夫

Dinah Kirgo 黛娜·柯戈

Disney+ 迪士尼 +

Donald J. Trump 唐纳德·J. 特朗普

Douglas Friedman 道格拉斯·弗里
德曼

Doug Morris 道格·莫里斯（CBS
董事，音乐制作人）

DreamWorks 梦工厂

Dylan Farrow 迪伦·法罗

East Hampton 东汉普顿

e. baldi 伊巴尔迪餐厅

Eddie Murphy 艾迪·墨菲

Electric Barbarellas 电动芭芭丽娜
（女子组合）

Elizabeth McCord 伊丽莎白·麦
考德

Elisabeth Sereda 伊丽莎白·塞里达

Ellen Gabler 埃伦·加布勒（调查
记者）

Eloise Broady DeJoria 埃洛伊斯·布
罗迪·德乔里亚

Elvira Bartoli 埃尔维拉·巴托利

Enchantment Resort 魅力度假村

"Endless Sumner"《永无止境的
萨姆纳》

E.R《急诊室的故事》

Eric Chamchoum 埃里克·尚舒姆

Eric George 埃里克·乔治（芭
比·菲利普斯的律师）

Eric Jackson 埃里克·杰克逊

Ernest Hiroshige 欧内斯特·广重

Esquire《时尚先生》

Eva LaRue 伊芙·拉茹

Evercore 艾维克投资银行

Facebook 脸书

Falcon Crest《鹰冠庄园》

Federal Communications
Commission 联邦通信委员会

First Republic Bank 第一共和银行

Forbes《福布斯》杂志

Ford 福特模特公司

Fortune magazine《财富》杂志

Four Seasons Hotel 四季酒店

Fox News 福克斯新闻频道

Frank Sinatra 弗兰克·辛纳特拉

Frederic Salerno 弗雷德里克·萨勒
诺（维亚康姆集团的首席独立
董事）

Friends《老友记》

Gale Anne Hurd 盖尔·安妮·赫德
（制片人）

Gary L. Countryman 加里·L. 康特
里曼（CBS 董事）

Gabrielle Vidal 加布里埃尔·维达
尔（律师）

Gayle King 盖尔·金（主持人）

General Electric 通用电气

George Abrams 乔治·阿布拉姆斯
（萨姆纳的律师）

George Brett 乔治·布雷特

George Pilgrim 乔治·皮尔格林

George Washington University 乔
治·华盛顿大学

George William Randolph Hearst III 乔治·威廉·伦道夫·赫斯特三世（乔治·皮尔格林自号）

Georgina Chapman 乔治娜·查普曼

Gil Schwartz 吉尔·施瓦茨（CBS 公关负责人）

Giovanni Paz 乔万尼·帕斯

Gloria Allred 格洛丽亚·奥尔雷德

Gloria Mazzeo 格洛丽亚·马泽奥（萨姆纳的行政助理）

Gloria Swanson 葛洛丽亚·斯旺森

Goodfellas 《好家伙》

Graydon Carter 格雷登·卡特

Gregory Peck 格利高里·派克

Gretzky Jordan 格雷茨基·乔丹

Grill on the Alley 小巷烧烤店

Guiding Light《指路明灯》（肥皂剧）

Gwyneth Paltrow 格温妮丝·帕特洛

Hamilton College 汉密尔顿学院

Hammer Museum 哈默博物馆

Harper Business 哈珀商业出版社

Harrison Holland 哈里森·霍兰德

Harvard College 哈佛学院

Harvard Law School 哈佛大学法学院

Harvey Weinstein 哈维·韦恩斯坦

Hasidic Jews 哈西德派犹太人

Heather Naylor 希瑟·内勒

Heidi MacKinney 海蒂·麦金尼

Henry IV 《亨利四世》

Herb Alpert 赫伯·阿尔珀特

History Of Them 《他们的恋爱史》

Hollywood Hills 好莱坞山

Hollywood Foreign Press Association 好莱坞外国记者协会

Hopelessly Rich 《富贵逼人》（真人秀）

Houston Oilers 休斯敦油人队（橄榄球队）

Hueston Hennigan 休斯顿·亨尼根诉讼律师事务所

Hulu 葫芦网

"Hunks in Trunks" 《穿短裤的猛男》（照片）

Ian Metrose 伊恩·梅特罗斯（CBS 特殊事件负责人）

Illeana Douglas 伊里纳·道格拉斯（女演员）

IMDb 互联网电影资料库

Indiana Jones 印第安纳·琼斯

Inner Circle VIP Social Club 圈内贵宾社交俱乐部

Institute of the Environment and Sustainability 环境与可持续发展研究所

In the Dark 《暗中》

Ira A. Korff（Yitzhak Aharon Korff）伊拉·A. 科夫（伊扎克·亚哈龙·科夫）

Irell & Manella 艾尔和马尼拉律师事务所

Isileli Tuanaki 伊西莱利·图阿纳基（萨姆纳的司机）

Jacqueline Kennedy 杰奎琳·肯尼迪

James B Stewart 詹姆斯·B. 斯图尔特

James Woods 詹姆斯·伍兹（演员）

James W. Quinn 詹姆斯·W. 奎因（律师）

Jan Daley 简·戴利

Janet Dulin Jones 珍妮特·杜林·琼斯（编剧）

Jason Hirschhorn 杰森·赫塞豪恩

Jaws 《大白鲨》

Jeff Bezos 杰夫·贝佐斯

Jeff Fager 杰夫·法格尔

Jeffrey Katzenberg 杰弗瑞·卡森伯格

Jeffrey Sonnenfeld 杰弗瑞·索南菲尔德（耶鲁大学管理学院教授）

Jackie Robinson 杰基·罗宾逊

James E. Spar 詹姆斯·E. 斯帕（医生）

Jennifer Lawrence 詹妮弗·劳伦斯

Jeremy Jagiello 杰里米·贾吉洛（护士）

Jerry Brown 杰里·布朗

Jessica Simpson 杰西卡·辛普森

Jill Krutick 吉尔·克鲁蒂克

Jim Elroy 吉姆·埃尔罗伊

Jim Windolf 吉姆·温多夫

Jo Ann Ross 乔·安·罗斯（CBS 首席广告营收官）

Jodi Kantor 茱蒂·坎特

Jon Peters 乔恩·彼得斯

Jon Stewart 乔恩·斯图尔特

John F. Kennedy Library 约翰·肯尼迪图书馆

John Levey 约翰·莱维（选角导演）

John Malone 约翰·马龙

John Malkovich 约翰·马尔科维奇

John Oliver 约翰·奥利弗

Joseph Ianniello 约瑟夫·伊安尼洛（哥伦比亚广播公司首席运营官）

Joseph Octaviano 约瑟夫·奥克塔维亚诺（护士）

Joshua Morrow 约书亚·莫罗

Judy McGrath 茱蒂·麦格瑞丝

Judith Leiber 朱迪思·雷伯（奢侈品品牌）

Judith A. Spreiser 茱蒂丝·A. 斯普雷泽

Juilliard 茱莉亚学院

Julie Chen 朱莉·陈

Julie Costello 朱莉·科斯特洛（芭比·菲利普斯饰演的角色）

June Seley Kimmel 琼·赛莉·基梅尔（编剧）

Justin Trudeau 贾斯汀·特鲁多

Just the Funny Parts... and a Few Hard Truths about Sneaking into the Hollywood Boys' Club 《纯纯搞笑……以及偷偷溜进好莱坞男孩俱乐部的几个硬核真相》

Kathleen Kennedy 凯瑟琳·肯尼迪

Karen McDougal 凯伦·麦克道戈

Katie Holmes 凯蒂·霍尔姆斯

Keach Hagey 基奇·哈吉（记者）

Kenny Rogers 肯尼·罗杰斯

Keryn Redstone 克琳·雷德斯通

Kimberlee Korff 金伯莉·科夫

Kimberly 金伯丽（性骚扰受害者）

Kim Masters 金·马斯特斯（《好莱坞报道》记者）

Kim Richards 金·理查兹

Kingston Trio 金斯顿三人组

Knock Knock 《敲敲门》

Knots Landing 《解开心结》

L.A. Confidential 《洛城机密》

La Dolce Vita 甜蜜生活餐厅

Laguna Beach 拉古纳海滩

La Jolla 拉荷亚镇

Lara Smolef 劳拉·斯莫尔夫（经纪人）

Larry Hansel 拉里·汉塞尔

Larry King 拉里·金

Late Night with David Letterman《大卫·莱特曼深夜秀》

La Tour d'Argent 银塔餐厅

Laura Rich 劳拉·里奇

Lauren Redstone 劳伦·雷德斯通

Law & Order 《法律与秩序》

Lawrence Tu 劳伦斯·涂（CBS 法律总顾问）

Leah Bishop 莉亚·毕肖普

Leonard Goldberg 伦纳德·戈德堡（CBS 董事，制片人）

Leslie Moonves 莱斯利·穆恩维斯

Liam Holland 利亚姆·霍兰德

Liberty Mutual Insurance 利宝互助保险公司

Life magazine 《生活》杂志

Lina Rueda 丽娜·鲁伊达

Lincoln 林肯镇

Linda Griego 琳达·格里戈（CBS 董事）

Loeb & Loeb 乐博律师事务所

Loews Santa Monica Beach Hotel 洛伊斯圣莫妮卡海滩酒店

Long Beach State 长滩州立大学

Long Island Sound 长岛海湾

Lorimar Television 洛里玛电视制片公司

Los Angeles County Adult Protective Services 洛杉矶县成人保护服务处

Los Angeles's Metropolitan Detention Center 洛杉矶大都会看守所

Los Angeles Magazine 《洛杉矶杂志》

Los Angeles Times 《洛杉矶时报》

Lou Gehrig 卢·格里克

Louis C.K. 路易·C.K.

Louis B. Mayer 路易·B. 梅耶

Louise Hay（Louise Linton） 露易丝·海伊（露易丝·林顿）

Lowell McAdam 洛威尔·麦克亚当（威瑞森首席执行官）

Lucasfilm 卢卡斯影业

Lucite 璐彩特（品牌）

Lycée Français 纽约法语高中

Madame Tussauds 杜莎夫人蜡像馆

Madam Secretary《国务卿女士》

Mae West 梅·韦斯特

Malia Andelin 玛丽亚·安德林

Malibu coast 马里布海岸

Manuela Herzer 曼努埃拉·赫泽

Marcel Dionne 马塞尔·迪翁

Mark Wahlberg 马克·沃尔伯格

Mario Gabelli 马里奥·加贝利（维亚康姆集团的主要股东）

Married... with Children《拖家带口》

Martha Minow 玛莎·米诺（哈佛法学院院长，CBS 独立董事）

Martial Law《过江龙》

Martin Lipton 马丁·利普顿（并购律师）

Martin Scorsese 马丁·斯科塞斯

Martin Singer 马丁·辛格

Marty Jones 马蒂·琼斯（作家）

Marv Dauer 马夫·道尔（好莱坞艺人经理）

Marvin Davis 马文·戴维斯（石油大亨）

Mary Jo White 玛丽·乔·怀特（律师）

Massachusetts General Hospital 马萨诸塞州综合医院

Masters golf tournament 高尔夫大师赛

Matsuhisa（Nobu）松久日料餐厅

Matt Lauer 马特·劳尔

Matt Marciano 马特·马西亚诺

Matt Zimmerman 马特·齐默尔曼

Matthew Hiltzik 马修·希尔茨克（律师兼危机公关顾问）

Maurice Marciano 莫里斯·马西亚诺

Max (later Michael) Rothstein 马克斯·罗特施泰因（迈克尔·雷德斯通）

Megan Twohey 梅根·图伊

Meg James 梅格·詹姆斯

Mel Karmazin 梅尔·卡尔马津

Melvyn Douglas 茂文·道格拉斯

MGM 米高梅电影公司

Mia Farrow 米娅·法罗

Michael Aiello 迈克尔·艾洛（律师）

Michael Bay 迈克尔·贝

Michael Eisner 迈克尔·艾斯纳

Michael Fricklas 迈克尔·弗里克拉斯（维亚康姆集团的法律总顾问）

Michael Milken 迈克尔·米尔肯

Michael Tu 迈克尔·涂（律师）

Midway Games 中途岛游戏公司

Mike Marvin 迈克·马文（作家）

Milken Institute 米尔肯研究所

Milken Institute School of Public Health 米尔肯研究所公共卫生学院

Millionaire's Club 百万富翁俱乐部

Mini–Mental State Exam 简易精神状态检查

Minnesota Twins 明尼苏达双城队

Miramax 米拉麦克斯影业公司

Mira Sorvino 米拉·索维诺（演员）

Mission: Impossible《碟中谍》(《不可能完成的任务》)

Mission: Impossible—Rogue Nation《碟中谍：神秘国度》

Montage Hotel 蒙太奇酒店

Moon Rise Unlimited 月升无限制片公司

Mortal Kombat《真人快打》(游戏)

MountainGate Country Club 山门乡村俱乐部

MTV 音乐电视网

MTV Video Music Awards MTV 音乐录影带大奖

Mulholland Estates 穆赫兰庄园

Multiplex 多银幕电影院

Murder One《一级谋杀辩护》

Murphy Brown《墨菲布朗》

Muscle & Fitness magazine《肌肉与健身》杂志

Museum of Modern Art in New York 纽约现代艺术博物馆

"My Way"《我的路》(唱片)

NAACP 美国全国有色人种协进会

Nancy Kestenbaum 南希·凯斯滕鲍姆

Nancy Wiesenfeld 南希·维森菲尔德

Napa Valley 纳帕谷

National Amusements Incorporated 全美娱乐公司

National Enquirer《国家询问报》

NBC 全国广播公司

NBC News 全国广播公司新闻网

NBC Universal 全国广播环球公司

NCIS《犯罪现场调查》

Nell Minow 内尔·米诺

Nell Scovell 内尔·斯科维尔(编剧)

Netflix 奈飞

New England Patriots 新英格兰爱国者队(橄榄球球队)

Newport Beach 新港滩市

Newton 牛顿市

Newton Minow 牛顿·米诺

New York magazine《纽约》杂志

New York Post《纽约邮报》

New York Times DealBook conference《纽约时报》交易录论坛

Nickelodeon 尼克国际儿童频道

Nick Reynolds 尼克·雷诺兹(作家马文的表亲，金斯顿三人组创始人)

Nicole Seligman 妮可·塞利格曼(维亚康姆董事，莎莉好友)

Nielsen ratings 尼尔森收视率

Nikki Finke 尼基·芬克

Nobu Matsuhisa 松久信幸

Norman Coleman 诺曼·科尔曼(前参议员)

NPR 国家公共电台

NYC 22《警界新人》

O. J. Simpson O. J. 辛普森

omertà 缄默法则

Oprah Winfrey 奥普拉·温弗瑞

Orson Welles 奥逊·威尔斯

Paramount Communications 派拉蒙

传播公司

Paramount Pictures 派拉蒙影业公司

Paranormal Activity: The Ghost Dimension《鬼影实录：鬼次元》

Pacific Coast Highway 太平洋海岸高速公路

Pacific Palisades 宝马山花园

Palm Springs 棕榈泉

Park Avenue 公园大道

Patti Stanger 帕蒂·斯坦格

Patty Glaser 帕蒂·格拉泽

Patrick Whitesell 帕特里克·怀特塞尔

Patrón tequila 培恩龙舌兰

Paula Fortunato 宝拉·福图纳托（萨姆纳相亲对象）

Paul Marciano 保罗·马西亚诺

Paul Mitchell 宝美奇（美妆品牌）

Paul, Weiss, Rifkind, Wharton & Garrison 宝维斯律师事务所

PAW Patrol《狗狗巡逻队》

PBS 公共电视网

Peacock 孔雀平台（流媒体平台）

Peninsula Beverly Hills hotel 比弗利山半岛酒店

Peruvian Andes 秘鲁安第斯山脉

Pete Rose 皮特·罗斯

Peter Bart 彼得·巴特（《综艺》前资深编辑）

Peter Elkind 彼得·埃尔金德（作家）

Peter Golden 彼得·戈登（CBS 选角负责人）

Peter Lauria 彼得·劳里亚（每日野兽网记者）

Phyllis Golden–Gottlieb 菲丽斯·高登 – 戈特利布

Phyllis Raphael 菲丽丝·拉斐尔

Philip Boyd 菲利普·博伊德

Philippe Dauman 菲利普·道曼

Pierce O'Donnell 皮尔斯·奥唐奈（律师）

Pierre Hotel 皮埃尔酒店

Platoon《野战排》

Playboy Enterprises 花花公子企业国际有限公司

Pluto TV 冥王星电视平台

Polo Lounge 马球酒廊

predatory sexual conduct 掠夺式性行为

Profiles in Courage Award 年度勇气人物奖

Proskauer 普洛思律师事务所

Pryor Cashman 普凯律师事务所

Quad-City Times《四城时报》

Queens《皇后区》

Rachel Abrams 瑞秋·阿布拉姆斯

RainCatcher 雨水收集者组织（慈善组织）

Ralph Lauren 拉夫劳伦（服装品牌）

Rampage 兰沛琪（服装品牌）

Rancho Santa Fe 兰乔圣菲（居住区）

451

Slash 史莱许

Soon-Yi 宋宜

Spam Museum 世棒午餐肉博物馆

SpringOwl Asset Management 春鸮资产管理公司

Stanton L. Stein 斯坦顿·L. 斯坦（霍兰德的律师）

Stanford Law School 斯坦福大学法学院

Stanley Bing 斯坦利·宾

Star Trek Beyond《星际迷航：超越星辰》

Stephen Colbert 斯蒂芬·科尔伯特

Stephen Read 斯蒂芬·里德（老年精神病专家）

Steve Jobs《史蒂夫·乔布斯》

Steven Mnuchin 史蒂文·姆努钦

Steven Seagal 史蒂文·西格尔

Steven Spielberg 史蒂文·斯皮尔伯格

Steven Sweetwood 史蒂文·斯威特伍德（萨姆纳的继侄）

Studio City 影视城

Suddenlink 速连通讯公司

Sumner M. Redstone 萨姆纳·M. 雷德斯通

Sumner Redstone Foundation 萨姆纳·雷德斯通基金会

Sun Valley 太阳谷

Sundance Film Festival 圣丹斯电影节

Survivor《幸存者》

Susan Zirinsky 苏珊·齐林斯基

Sydney Holland 西德尼·霍兰德

Sylvester Stallone 西尔维斯特·史泰龙

Syracuse University 雪城大学

Tad Jankowski 塔德·扬科夫斯基

Tammy and the T-Rex《百变侏罗纪》

Tampa Bay 坦帕湾光芒队

Tarana Burke 塔拉娜·伯克

Tarrytown 塔里镇

Tarzana 塔扎纳

Taylor Elmore 泰勒·埃尔莫

Téa Leoni 蒂娅·里欧妮

Ted Sarandos 泰德·萨兰多斯

Ted Turner 泰德·特纳

Teenage Mutant Ninja Turtles《忍者神龟》

Temple Emanu-El 以马内利会堂

Temple Gates of Zion team 锡安圣殿门队（篮球队）

Terminator Genisys《终结者：创世纪》

Terry Holbrook 泰莉·霍尔布鲁克

The Alectrix《爱丽克蒂克斯》

The Cape《暗侠》

The Charlie Rose Show《查理·罗斯秀》

The Curious Case of Benjamin Button《本杰明·巴顿奇事》

The Daily Beast 每日野兽网

The Early Show《早间秀》

The Electric Barbarellas《电动芭芭丽娜》（剧集）

The Gandhi Murder《甘地谋杀案》

The Godfather《教父》（电影）